Norbert Entfellner

MEIN WIDERLICHES ZUHAUSE IN VOLLER BLÜTE

Norbert Entfellner

MEIN WIDERLICHES ZUHAUSE IN VOLLER BLÜTE

Schauergeschichten aus der Heimat

Schillo Verlag

INHALT

Fanciulla, das Buch ist für dich.
Jedes Exemplar.

… und das gilt natürlich auch
für dich, Trix.

Und wenn ich die Augen schloss,
sah ich es erst recht.

Stifter, Aus dem bairischen Walde

DIE SCHAUFELNDEN UND DIE GESCHAUFELTEN

Am dritten Tag saß Rudi auf dem riesigen Berg Sperrmüll. Ich brachte ihm Tee und sagte, er soll ins Haus kommen, aber er blieb sitzen. »Ist genauso kalt im Haus wie hier«, sagte er. Später brachte ich ihm eins von den Bieren. »Das ist gut«, sagte er. Aber herunterkommen wollte er nicht. Er schaute über die ganze Zerstörung wie man über eine schöne Landschaft schaut. So als wäre das der Grand Canyon. Aber es war bloß unsere Gasse. Er saß da und rauchte und ließ den Blick schweifen.

Die Straße stank von dem Schlamm. Nach den Überschwemmungen ist der Schlamm die eigentliche Katastrophe, sagt man. Schlamm füllt die Keller und wird dort hart wie ein riesiges Brot. Ein riesiger, stinkender Laib Brot. Und der Schlamm macht unter dem Wasser Berge und Hügel. Auch die sind nachher hart, wie Kartoffelstärke, die sich in der Schüssel absetzt.

Am Ende der Straße wurde geschaufelt. Sie schaufelten seit Stunden. »Jetzt könnt ihr es bleiben lassen«, sagte Rudi leise. »Jetzt ist er hart wie Beton.«

Am Ende der Straße zogen sie an etwas, das halb im Schlamm steckte. Zwei, dann drei Leute zogen. Es war ein

Mantel oder eine Plane oder ein Vorhang, ein Schlafzimmervorhang. Diesmal war das Hochwasser bis in die Wohnungen im ersten Stock gekommen und hatte Sachen aus den Fenstern gezogen. Polstersessel.

»Schau hin«, sagte Rudi, »siehst du das? Idioten.«

»Lass doch«, sagte ich. »Sollen sie doch.«

Aber er hatte Recht. Der Schlamm wurde so hart, dass er nichts wieder herausgab. Schaufeln hatte jetzt keinen Sinn mehr.

Am Abend sahen wir die Fernsehkameras schon vorher. Wegen dem Licht. Das eine Licht war das Technische Hilfswerk. Die THW-Scheinwerfer waren fest auf den mobilen Türmen, auf den Lastwagen, die man auf Stelzen stellen konnte. Von da strahlten sie herunter. »Flutlicht«, sagte Rudi und lachte. »Was ist da lustig?«, fragte ich und Rudi erklärte es mir. Das andere Licht wackelte am Boden heran. Das waren die Reporter. Mit den Scheinwerfern auf den Dächern von Kleintransportern, die über die ausgelegten Bretter wackelten. Oder bloß die schmale Lampe an einer Kamera, auf der Schulter von jemand. Am Ende der Gasse kam das Licht näher. Kameralichter, mehrere, sie stocherten in der Dämmerung. Der Dunst war so dicht, dass man die Leute hinter den Lampen gar nicht sah.

»Wenn du jetzt nicht heruntersteigst«, sagte ich, »kommst du ins Fernsehen.«

»Scheiß doch drauf«, sagte Rudi. »Im Umkreis von hundert Kilometern gibt es kein Haus mit Strom. Also auch keinen Fernseher. Und wenn mich in Berlin oder in Nordrhein-Westfalen oder wo wer sieht, das ist mir scheißwurscht. Sollen sie mich doch fragen. Dann sag ich es ihnen.«

»Die werden es nicht verstehen«, sagte ich zu ihm. »Die wollen hören, dass das Wasser die Katastrophe ist.«

»Aber es ist nicht das Wasser«, sagte Rudi.

Die ersten drei, vier Wochen nach der Flut konnte man immer noch die Mischung aus Heizöl und Klärschlamm in der Luft riechen. Es war warm geworden und alle hatten ihre Fenster offen, zum Lüften. Schimmel war, wovor sie jetzt Angst hatten. Aus den meisten Fenstern hörte man etwas. Meistens Musik. Manchmal Leute reden. Rudi ging durch die Straßen und Gassen, ließ den Kopf hängen, den Blick auf die Wölkchen aus feinem Sand. In den Gassen hatten sie den Schlamm mit Feuerwehrschläuchen weggespritzt und was übriggeblieben war, war jetzt dieser feine Sand. Rudi ließ den Kopf hängen, bockig. Aber ich konnte sehen, wie er manchmal die Augen bewegte, wenn er unter einem offenen Fenster vorbeiging. Ein bisschen drehte er den Kopf. Wahrscheinlich passte er die ganze Zeit auf, ob nicht aus irgendeinem Fenster der Klang eines Harmoniums kam. Er hielt Ausschau mit den Ohren, lauschte wie der Mann mit den Kopfhörern in den alten U-Boot-Filmen. Blieb manchmal mitten auf der Straße stehen, den Kopf gesenkt, aber leicht schief, und hielt mir den Zeigefinger hin, dass ich still sein sollte. Er sagte nichts, aber ich bin sicher, er meinte die ganze Zeit, ein Harmonium zu hören. Und irgendwo muss es ja auch geblieben sein. Irgendwo steht es ja, bei irgendjemand. Aber jedes Mal schüttelte Rudi den Kopf und ging weiter, jeder Schritt ein Wölkchen im Staub.

Mein Kopf schnellte hoch und mir gegenüber saß eine junge Frau. Als ich eingeschlafen war, war da niemand. Nur Rudi und ich in dem großen Zelt, das die Soldaten aufgebaut hatten. Pritschen zum Schlafen für zehn Leute, aber wir saßen an die Zeltwand gelehnt und warteten auf die Durchsagen. Mein Kopf an Rudis Schulter. Das war am zweiten Tag. Ich wachte also auf und da war die junge Frau. Sie blickte mir direkt in die Augen und sagte: »Da kann ich aber nichts dafür.« Sie schaute durch mich hindurch und redete weiter: »Das ist mir egal. Kannst du ihm ruhig sagen.« Ich brauchte einige Sekunden, bis ich verstand, dass sie telefonierte. Sie redete mit jemand irgendwo in ihrem Ohr und schaute geradeaus, als wäre ich Luft und dahinter die schöne Landschaft. Ich wollte mich strecken, aber es war kein Platz. Der Teil des Zelts, in dem ich saß, war jetzt bis auf den letzten Platz besetzt. Auch links von mir saß jetzt jemand, Ellbogen an Ellbogen. Rudi schnarchte. Die Luft war verbraucht, mir wurde der Raum zu eng. Ich stieß Rudi den Ellbogen in die Seite. Er schaute sich um und sagte: »Ja leck mich am Arsch. Wo kommen die alle her? Kaum hat man die Augen zu. Wie die Ratzen«, sagte Rudi. Aber ich fand gar nicht, dass sie wie Ratten aussahen. Es waren gerade, schlanke Menschen mit gesunder Haut. Sie waren alle jung. Als ich so jung war, hatte ich überall Pickel. Die hatten alle eine Haut wie gephotoshopped.

Als der Schlamm noch weich genug zum Schaufeln war, habe ich sie schaufeln gesehen. Sie unterschieden sich von den Einheimischen. Die Einheimischen ließen seit dem Hochwasser die Arme hängen und bewegten sich wie Möwen in der Ölpest, mit vor Angst oder Sorge verklebten Flügeln. Sie aber waren sogar beim Schaufeln leicht. Sie waren beim Schaufeln so leicht wie zuvor, mit flatterndem Schal am Steuer eines

Cabrios. Oder waren sie erst beim Schaufeln eigentlich leicht geworden, mit der Schaufel oder dem Spaten in der Hand gewachsen, oder aufgestiegen, überdimensional, wie auf einer Bühne mit einer Gitarre in der Hand? Sie schaufelten hart, da kann man nichts sagen. Und achteten gleichzeitig darauf, wie sie dabei aussehen. Beobachteten ihre Schatten auf dem Schlamm. Beobachteten sich gegenseitig. Schaufelten einmal ein paar Minuten im gleichen Takt, eine Szene auf einem Baumwollfeld. Schaufelten als wären sie Männer, Stiefel und Jeansknie auf der Spatenkante. Schaufelten wie nach einem Schatz. Schaufelten einmal so und einmal so. Tanzten zwischendurch mit dem Werkzeug. Reichten einer alten Frau in einem Kellereingang die Hand, die sonnenbeschienene Hand, den gebräunten Unterarm im weißen Hemd, und zogen die alte Frau ans Licht heraus. Sie applaudierten sich selbst. Die Hausherren standen in den Eingängen ihrer zerstörten Häuser mit hängenden Schultern, mit engem Hals und schauten zu. Sie aber, aufrecht, locker, seit gestern größer geworden, musterten den gewachsenen Abstand zwischen ihrem Kopf und dem Erdboden mit Amüsement.

Es heißt, die Flut sei so hoch gewesen wie seit fünfhundert Jahren nicht. Es gibt eine Menge dramatische Bilder davon im Fernsehen, aber im Fernsehen sieht es nie so aus, wie es wirklich ist. In Wirklichkeit ist es meistens nicht so dramatisch. Aber größer. Viel, viel größer.

Zugegeben, Rudi hat keine großen Heldentaten vollbracht. Nur den Nachbarn geholfen und sich selber, das heißt uns. Unser Zeug ins Trockene. Die Schätze gerettet. Die Wohnung ist im zweiten Stock, außer Gefahr. Aber natürlich im Keller, alle unsere Schätze. Die Möbel und so weiter, die Rudi von seiner Tante geerbt hat. Das haben wir am ersten Tag alles raufgetragen. Erster Stock ist immer genug. Alles auf die Treppen. Muss ja niemand mehr rauf und runter, wenn die Haustür unter Wasser steht. Also ist Platz auf den Treppen. Schon auch Sachen von den Nachbarn, aber vor allem unsere Sachen. Nicht mehr Heldentum als sich gehört. Und dann hat er den ganzen Nachmittag auf das Wasser gestarrt, wie es höher und höher stieg.

Den Keller sah man den Sachen schon an. Hübsch staubig. Und Spinnweben, und die Regalbretter wurmstichig, dass es nur so aus den Löchern rieselt. Aber irgendwann ist Platz, das war Rudis Ansicht, dann brauchen wir den Schrank. Und irgendwann richte ich das Nachttischchen her. Und dann das Harmonium. Eines Tages, das war Rudis Plan, wollte er lernen, wie man darauf spielt. »Was für Musik das dann wird, das wird sich dann schon herausstellen. Pressiert ja nix«, sagte er.

In den zweiten Stock sind wir an dem Tag nicht zurück. Stromausfall, kein Leitungswasser, kein Gas, rundum vom Wasser eingesperrt. Davon hatten wir noch vom letzten Mal genug. Nicht noch einmal. Nicht noch ein einziges Mal, da waren wir uns einig. Also sind wir gar nicht erst wieder hinauf, damit wir nicht am Ende noch Zeit vertrödeln und nicht mehr herauskönnen. Wir stiegen über den Schrank und das Harmonium die Treppe hinunter und wateten durch das Wasser hinaus. Knietief. Eiskalt.

Die Lichter unten im Dunst stocherten direkt auf uns zu. Rudi sah aber auch gut aus, wie er da auf seinem Sperrmüllberg saß, oben im allerletzten Abendlicht, die Arme über den Knien. Er schaute ins Leere, und um ihn herum die Zerstörung. Sah schon gut aus. Groß. Wie etwas aus der Bibel. Oder aus der Savanne. Wir sahen nur die Lichter, wie sie den Sperrmüllberg abstocherten, und dahinter ein paar Handytaschenlampen wie Insekten. Jeder Fernsehsender hatte eine Kamera geschickt, jemanden mit einem Mikrofon und jemanden mit vielen Umhängetaschen. Einer von ihnen entdeckte Rudi als erster, und die anderen ihm hinterher.

Kurz danach kam der Bürgermeister dazu. Der Oberbürgermeister. Wie zu einer Audienz bei Rudi, dem Mann auf dem Sperrmüllberg. Um zu hören, was er zu sagen hatte.

Als die schönen jungen Menschen in dem großen Zelt auf einmal alle nach draußen stürmten, wurde Rudi unruhig. Eigentlich stürmten sie gar nicht. Es gab kein Gedrängel, kein Geschubse. Es sah aus, als könnten sie sich gar nicht schubsen oder stoßen, sogar wenn sie wollten. Sie glitten aneinander entlang, ohne sich zu berühren. Wie geölt oder mit Graphit geschmiert. So ölen sich die Boxer, oder nicht? Damit alles abgleitet. Aber die jungen Leute waren keine Boxer. Die bewegten sich wie in einem Film, einem Kostümfilm, einem historischen Kostümfilm, wenn getanzt wird, in Uniformen und Ballkleidern, diese komplizierten Tänze, wo alle wissen, wann sie wohin treten müssen, den Partner wechseln oder durch die Reihen schlängeln, und wo man die ganze Zeit die schöne, gerade Haltung behält. Diese Mädchen mit der perfekten Haut und diese braungebrannten, glatten Männerkörper schwebten aneinander entlang wie gleiche Magneten. Männer, sage ich, aber bloß seit gerade erst Männer. Ich kann nicht sagen, dass mir das nicht gefallen hat. So perfekt bronzebraune Oberarme wie vom ganz vielen Tennisspielen oder Beachvolleyball. Ich stellte mir vor, dass diese Oberarme sich anfühlen wie Blindschleichen. Sogar wenn man zupackt, gleiten sie einem aus der Hand. Und dann strömten die nach draußen, so smooth wie der Sand in der Saunauhr von einer Sanduhrhälfte in die andere. Rudi war sofort beunruhigt.

Vor dem Zelt war eine Stimmung wie Berlin am Grenzübergang 1989. Eine unheimliche Gemeinsamkeit. Jemand gab an alle Gummistiefel aus und Schaufeln. Sie machten Fotos von sich. Es gab Sekt aus Pappbechern. Manche hatten auch Gläser. Und so zogen sie hinaus. Andere kamen schon zurück, die Gummistiefel voller Schlamm, sogar die Gesichter schlammig. Die hatten das raus, dass das gut aussah. Schöne Leute mit einem Schlammspritzer im Gesicht, der Schlammspritzer genau an der richtigen Stelle. Rokoko, Schönheitspflästerchen.

Die kehrten zurück und kriegten einen frischen Sekt und redeten. Dass es unglaublich sei, was das Wasser anrichten kann. Dass in der Altstadt wahnsinnig viel Gerümpel ist. Dass alles kaputt ist. Mit leuchtenden Augen. Aber dass sie das zusammen schon schaffen. Und wie sie angepackt haben, hier einen Eingang freigeschaufelt, da Sperrmüll aus dem Weg geräumt.

Rudi war von Anfang an misstrauisch. Gerade was die Sektlaune betraf. »Neunundachtzig«, sagte er, ob ich das ernst meine. »Dieses Gemeinschaftsgefühl», sagte ich. »Wir-Gefühl. Miteinandergefühl.« Ich weiß nicht mehr, wie ich das sagte. »Ja«, sagte Rudi, »aber nicht neunundachtzig. Neunzehnhundertvierzehn, wenn du mich fragst.«

Was die Flut mit ihm macht, wollte der Reporter mit dem gelben Mikrofon von Rudi wissen. Seine Gummistiefel waren genauso gelb wie das Mikrofon. Bei jedem Schritt schaute er einmal hinter sich und unter seine Gummistiefelsohlen und wenn eine Lache, eine Pfütze, ein Wasserloch im Matsch kam, dann stieg er drüber oder ging drum herum. Dabei sind doch die Gummistiefel genau dafür da, dass man in die Pfützen hineinsteigen kann. Auf den Sperrmüllberg stieg er auch nicht, sondern schob seine Teleskopstange auseinander und hielt Rudi das Mikrofon von weitem hin. Rudi ignorierte die Stange und das Mikrofon und nahm einen Schluck aus seiner Bierflasche. Sehr würdevoll. Der Mann mit der Kamera kam näher und die anderen, die weiter weg standen, machten Fotos, es klickte und blitzte und die Fernsehkameras surrten hin und her, weil sie in der Dämmerung nicht gut scharf stellen konnten. »Was die Flut mit mir gemacht hat«, sagte Rudi leise. »Die Flut, gar nichts. Die nicht.« Ganz leise sagte er das, genau so leise wie den ersten Satz. Und dann nahm er wieder einen Schluck Bier und schaute in die Dämmerung.

Später würde überall stehen, überall, in der Zeitung, im Wochenblatt, auf Plakaten und Transparenten, dass die Stadt nun eine gemeinsame Heimat für uns alle ist. Geschäfte schreiben es mit Neonflüssigkreide an Aufsteller vor den Türen. Danke, schreiben sie. Und wer alles einen Rabatt kriegt: die Helfer und die Opfer. Hier, am Fuß des Schutthaufens, sagte der Oberbürger es zum ersten Mal.

»Heimat«, sagte er. »Daheim. Wir miteinander. Heimat miteinander.« Und »stolz und dankbar«, sagte er, stolz und dankbar.

»Die Stadt ist stolz und dankbar. Ich bin stolz und dankbar«, sagt der Oberbürgermeister in das gelbe Mikrofon. Das gleiche Mikrofon, nein das selbe Mikrofon, muss ich sagen, wie das, in das der Rudi geredet hat.

»Das Hochwasser hat die Stadt geeint«, sagt die Einzelhandelssprecherin. Danke, Hochwasser.

Auch das wird man später viel lesen und hören können: »Stolz und dankbar«, redet der Oberbürgermeister aus dem Fernseher. Aber zuerst sagte er es hier, in dem Dunst und dem Gestank und der Dämmerung über dem Schlamm. Rudi konnte sich das nicht einfach anhören. Er krähte von seinem Schuttberg herunter. »Aufpassen«, sagte er halb zum Oberbürgermeister und halb in die Hochwassernacht hinaus. »Aufpassen: stolz sind die Studenten, dankbar die Einheimischen.«

In der schlammverklebten Gasse klang alles, was man sagte, wie in einem Zimmer. Es wurde schneller dunkel als sonst durch den Stromausfall. Die Lichter machten aus dem Sperrmüllberg eine sichtbare Insel in einer endlosen Unsichtbarkeit. Abwechselnd richteten sie sich auf jeden, der gerade redete. Was ihm denn passiert sei, fragte der Oberbürgermeister Rudi. Es war eigentlich nett, wie er fragte. Jedenfalls netter als der Reporter zuvor. Aber Rudi klang ganz und gar bockig, wie er sagte: »Mein Harmonium.« »Was ist mit dem Harmonium?«, fragte der Bürgermeister.

Es war klar, dass der Bürgermeister jetzt andere Sachen zu tun und zu denken hatte, als sich Rudi mit seinem Harmonium anzuhören. Er hatte bestimmt sogar andere Sachen zu tun und denken, als hier vor den Reportern zu stehen. Aber das mit den Reportern ist wichtig für einen Politiker, gerade wenn die Stadt unter Schlamm steht, der gerade im Begriff ist, sie einzubetonieren. Also hörte der Bürgermeister zu. »Ein Eins-a-Schrank», sagte Rudi, »einfach auf den Müllhaufen. Mit welchem Recht?« »Vielleicht«, meinte der Bürgermeister, »war das nicht gleich ersichtlich, dass das ein Eins-a-Schrank war.« Und da wusste er gar nicht, wie recht er hatte. Eins-a stelle ich mir anders vor, mit den abgesplitterten Kanten und die Regalbretter wurmzerfressen. »Und wenn«, sagte Rudi und richtete sich auf seinem Sperrmüllberg auf. »Wieso hat das jemand zu beurteilen? Mit welchem Recht schaufeln die das einfach alles weg?« Darauf gab es für den Bürgermeister nichts zu antworten, also sagte er, »Es war für uns alle hart. Und ist immer noch für uns alle hart.« Einer der Reporter senkte das Kameralicht, andere wendeten sich schon zum Weitergehen. Rudi war bestimmt ein gutes Bild, optisch, aber er war nicht die Geschichte, die sie suchten. Aber der Bürgermeister wollte wohl einen guten Abgang, also setzte er einen gestiefelten Fuß auf den Sperrmüllberg und fragte noch einmal nach dem Harmonium, was damit sei. »Sie sind Musiker?«, fragte er. »Nein«, sagte Rudi. »Ich kann nicht einmal spielen.« Da war die Sache erledigt für den Bürgermeister. »Na, dann«, sagte er, »alles Gute noch«, und folgte den Reportern die verwüstete Gasse entlang.

Rudi schaute ihm nach, jetzt wieder in seiner Savannenposition, wie ein Pavianhäuptling. »Das ist aber wichtig«, sagte er zum Bürgermeister. »Das ist wichtiger als du denkst.« Er sagte es dem Bürgermeister und den Reporterlichtern hinterher, aber ganz leise. Trotzdem sagte ich, »Lass doch den Bürgermeister in Ruhe.« »Oberbürgermeister«, sagte Rudi, »nicht Bürgermeister. O-ber-bürgermeister, du blöde Kuh.« Zu mir, die ich gleich neben ihm saß, war er laut. Zum

Bürgermeister blieb er leise. Rudi. Das soll verstehen wer will. »Wann lernst du das endlich«, schrie er mich an.

*

Der Fernseher geht wieder, Strom ist wieder da. Fast alle Möbel. Nur fast. Weil ja zum Beispiel der Schrank, der hat es nicht überlebt. »Der ist ja gerettet worden«, sagt Rudi. »Jetzt lass halt«, sage ich. Fast alles ist ja noch da. Aber Rudi besteht auf den Schrank und auf das Harmonium. Aber ich koche Tee aus dem Mineralwasser, weil sie von dem Leitungswasser noch abraten, und es ist wieder wie daheim. Es ist ja auch daheim. Wie früher. Vielleicht nicht komplett wie früher, aber ähnlich wie früher. Ähnlich wie vor zwei Wochen. Strom und Fernsehen sind da. Im Fernsehen taucht dauernd das gelbe Mikrofon auf, die haben wirklich jeden gefragt. Nur der Geruch ist noch unheimlich.

*

»Sagen wir es offen«, sagte der Bürgermeister einige Wochen später und über den Rathausplatz hallten die Lautsprecher. »Sagen wir es offen: unsere Studenten waren nicht bei allen Einheimischen beliebt.« »Das kann er laut sagen«, sagte Rudi leise. »Gebügelte und geföhnte Egoisten. Mit Kaschmirpullovern um die Schultern.« »Und ich sage bewusst«, sagte der Bürgermeister (lernst du es denn nie: der Oberbürgermeister, Oberbürgermeister), »ich sage bewusst unsere Studenten, und Studentinnen natürlich.« »Vergiss es«, sagte Rudi, »bei denen sind Frauen immer nur Beilage.«

»Starnberger Porsches. Düsseldorfer Audis. Vor lauter Angst, dass sie abkacken jedes Wochenende besoffen. Und zwar so, dass sie die ganze Altstadt vollkotzen. Dauernd hat jemand die Polizei rufen müssen, weil eine von ihren Partys zu laut war, eine von ihren ordinären Partys. Oder weil jemand Selbstmord gespielt hat. Selbstmord, andauernd hat jemand Selbstmord gespielt, vor lauter Angst, dass irgendwas an ihrer Studiererei nicht so läuft, nicht genau so, wie das aber anscheinend sein muss, für einen guten Lebenslauf.«

Rudi redete auf mich ein, dabei wollte ich hören, was der Oberbürgermeister sagte. Als Rudi spürte, dass ich nicht bei der Sache war, also dass ich nicht bei seiner Sache war, dass er nicht meine ganze Aufmerksamkeit hatte, da wurde er lauter. Erst für mich lauter, dann für die Leute um uns herum. Dann sollten eben die zuhören. »Habe ich Lebenslauf gesagt?«, sagte er. »Okay, wenn ich sage Lebenslauf: Dann meine ich das Papier. Das Dossier«, fügte er hinzu. »Das Portfolio.«

Darüber hatten wir uns schon oft lustig gemacht. Und es stimmt ja auch. Unsereiner ihr Lebenslauf geht auf eine halbe Seite. Der ihrer hat auf der ersten Seite ein eigenes Inhaltsverzeichnis. Dabei sind sie erst zwanzig.

»Nach der Flut«, sagte inzwischen der Oberbürgermeister, »nach der Jahrhundertflut, nach der Katastrophe, wie viele sagen«, und Rudi rief dazwischen, dass ja nicht einmal jemand gestorben sei, also was das bitteschön für eine Katastrophe sei, mein Gott. »Aber nach der Flut«, sagte der Oberbürgermeister, »da waren sie Helden.« »Ja, voll«, sagte Rudi. »Voll die Helden, mit den Pullis und den dreiviertellangen Ärmeln und den Segelschuhen. Bruce Wayne, oder? Arschlöcher bloß am Tag, in Wirklichkeit Lichtgestalten.

Lichtgestalten mit Schaufeln und Gummistiefeln. Avengers! Halbelben!«

Der Oberbürgermeister war inzwischen fertig. Eine Band spielte. Jemand machte eine Ansage, wie die Band klingen würde, Indie, hieß es, oder Indie-Rock und, dass es eine super Band ist. Aber als sie dann anfingen, war es Country.

»Und wie sie aus den Häusern traten
Mit Gummistiefeln, Schaufeln, Spaten.
Sie halfen hier, sie halfen dort,
sie räumten Schlamm und Unrat fort.«

»Ich schrei gleich«, sagte Rudi.

Tatsächlich war es so laut, dass Rudi aus voller Kehle schreien konnte, ohne dass es jemand störte. Als das Lied fertig war, dachte ich, dass auch Rudi fertig ist. »Genug geschrien«, dachte ich. Dann redete noch jemand. »Wenn eines Tages«, sagte die Person und das Mikrofon pfiff, »wenn eines Tages jemand erzählt, was in den Tagen der großen Flut passiert ist.«

»Ich kann euch schon sagen, wie das war«, sagte Rudi. Aber die Leute, die ihn hörten, schüttelten den Kopf und winkten ab und wendeten ihm den Rücken zu. »In Stichworten kann ich das sagen. Instagram«, sagte Rudi. »Selfie mit Sandsack. Selfie beim Sandsäcke Schleppen.« Die Leute protestierten, aber der Person am Mikrofon hörten sie nicht mehr zu.

»Prosecco«, sagte Rudi. »Der Feuerwehr im Weg herumgehen.« Die Leute zischten, manche sagten, der ist ja betrunken, andere sagten, der ist halt traumatisiert. Die meisten schimpften aber, er hätte kein Recht und solle sich schämen. »Prosecco«, sagte Rudi beharrlich. »Prosecco und

Instagram und die Feuerwehr und die Fernsehkameras. Und Lebenslauf.« »Ich hab doch auch was verloren«, rief jemand von den Leuten, »wir haben doch auch was verloren, genau wie du.« »Sicher«, schrie Rudi, inzwischen schrie er wieder, heiser von dem Geschrei zur Countrymusik, »sicher hast du was verloren, Rollkoffer, Laptop, Skischuhe hast du verloren, und dann Prosecco. Und dann Lebenslauf, Instagram, Gummistiefel, und ui, helfen, geil, helfen, helfen ohne links und rechts, immer weiterhelfen. Wie so Rasenroboter. Rücksichtslos geholfen.«

»Sag doch einfach danke«, rief eine Frau. »Ja, danke«, sagte Rudi, »am Arsch.«

Jetzt protestierten die Leute lauter. Manche, die sich schon abgewendet hatten, kehrten um, um Rudi zu beschimpfen. Aber er blieb bei seinen Worten. »Helferische Großoffensive«, sagte er. Und er machte die Hitlerstimme: »Rröcksächstslos geholfen. Seit fönf Ohr fönfondvärzig wird zurückgeholfen.« Die Leute riefen Buh und pfiffen. »Eine Reichsschaufelnacht«, sagte Rudi, »eine Massenhysterie.« Ein Mann begann, Drohungen auszusprechen. »Gleich halt ich mich nicht mehr«, sagte er, »dann hau ich ihm eine rein.« »Ja«, bestätigten die Leute, »dem gehört es nicht anders.«

»Blauhelme«, rief Rudi. »Stolz und dankbar, oder? Bist du stolz oder bist du dankbar? Hast du geschaufelt? Oder bist du geschaufelt worden? Es gibt nur die Schaufelnden und die Geschaufelten.« »Arschloch!«, riefen mehrere. »Leck mich doch!«, rief Rudi. »Hierher die Blauhelme! Zwischen mich und euch! Zwischen mich und die Geschaufelten! Die Geschaufelten und ihre Schaufler! Präsentiert deeen Spatänn!«

*

Seltsam, wie wir nach der Flut wieder in die Wohnung zurück sind. Es waren ja bloß zwei, drei Tage, so siebzig Stunden, vielleicht ein paar mehr oder weniger, ich weiß nicht mehr. Aber wie ich das alles wieder sehe, in der Küche, da kommt es mir vor, als wäre das ganz erstaunlich, dass es noch so ausgesehen hat wie davor. In der Küche der Aschenbecher mit den Resten von Joints und Zigaretten. Spaghettisauce, die außen an dem zu kleinen Topf angetrocknet war. Die Spuren von meiner Arbeit überall: Scheren, Stifte, Farbtuben. Alles unverändert. Das war normal, weil es ja bloß ein paar Tage waren. Aber angefühlt hat es sich. Es fühlte sich an wie Tschernobyl. Wie ein archäologischer Fund. Wie Pompeji im Fernsehen. Das Leben, wie es vor der Flut war, eingefroren in einem Augenblick, mitten aus dem Alltag. Als hätten die Bewohner es eben erst verlassen.

AUS DEM BAYERISCHEN WALDE

Als Verena sich in sie verliebte, erschien ihr Carola als eine Frau, die vor Lebendigkeit funkelte und deren Lippen vom Nektar des Lebens glänzten. Der Niedergang kam später. Am Ende tat die Erinnerung an sie, wie sie in der Zeit der ersten Küsse gewesen war, nur noch weh.

Dass Carola schon damals nicht mehr war, wie sie gewesen war, nur noch ein Schatten davon, konnte Verena nicht wissen. Carola als Neunzehnjährige wäre ihr womöglich auch zu viel gewesen. Aber was sie vorfand, war ihr aufregend genug. Der gelegentliche Anflug von Bitterkeit war auszuhalten. Aber das stetige Verblassen seitdem. Das Feuer, der Zauber, der Wahnsinn, alles hörte auf.

Verena hatte eine Zeit lang gedacht, es läge bloß an ihr selbst. Das Ende der ersten Verliebtheit, das Versiegen der Hormone und gleich sieht man die Partnerin realistischer. Aber auch in den Augen aller anderen hörte Carola auf, das magnetische, elektrisierende Zentrum zu sein, das sie doch war, sogar noch als Verena sie kennenlernte. Also dachte Verena als Nächstes, Carolas Verblassen sei ihre, Verenas Schuld. Nicht, weil sie das Funkeln bloß nicht mehr sah, sondern weil sie es irgendwie erstickt hatte. »Seit sie mit mir zusammen ist, verblasst sie«, dachte Verena.

Aber das war nicht so. Carolas Verblassen war schon lange vor ihr im Gange. Wie ein sehr ferner Stern war ihr gesamtes Leuchten das Echo einer Explosion, die sich vor langer Zeit ereignet hatte, eine Energie, die durch die Leere und die Finsternis wanderte, während ihre Quelle schon nicht mehr existierte.

Und jetzt war Carola tot. Dass Verena das Ferienhaus am Berg erbte, war selbstverständlich, auch wenn einigen von Carolas Cousinen und deren Männern und Kindern das nicht schmeckte. Sie schalteten einen Anwalt ein. In ihren Augen ging das Haus der Großmutter jetzt an eine Fremde. Wie das rechtens sein sollte, das leuchtete ihnen nicht ein. Richtig war es jedenfalls nicht, fanden sie. Verena war nur ein einziges Mal dort gewesen. Carola hatte als Kind hier gewohnt und wollte es ihr zeigen. Das war vor Jahren, es war Oktober und der Wald hatte sich nach einem leuchtenden Ankunftstag eine Woche lang in Nebel und Regen gehüllt. Verena erinnerte sich an klammes Bettzeug und jeden Morgen Feuermachen mit feuchtem Holz und Frühstück in der Küche. Ferienhaus klingt gut, fand Verena, aber im Hotel hat man mehr vom Urlaub. Sie fand, dass man im Urlaub nicht noch mehr Mühe haben sollte als sonst. »Wer sagt denn, dass es nur Urlaub sein soll«, hatte Carola gesagt. Wie es denn wäre, sie würden hier wohnen. Aber so ganz und gar abseits hatte Verena nicht leben wollen. Nicht damals, als sie noch so viel Zukunft für sich und Carola sah.

»Aber wer sagt auch, dass es Urlaub sein soll«, murmelte sie, als sie jetzt vor der Tür des Häuschens stand. Es war wieder

Oktober und der braune Umschlag mit dem Schlüssel und den Urkunden war von der bloßen Luft feucht. Bevor sie über die Schwelle trat, winkte sie noch einmal der Nachbarin auf der anderen Seite der Hecke. Dann verschwand sie im Haus. »Ich verschwinde im Haus«, sagte sie zu sich selbst und schloss die Tür.

Sie hängte ihren Schal an die Garderobe und schaute aus dem Fenster. Dass es jetzt, wo sie das zweite Mal hier war, wieder Oktober war, gab ihr den Gedanken ein, dass es hier vielleicht immer Oktober ist. Verena griff nach der kleinen Sony in der Jackentasche und machte ein Foto.

Als sie den Umschlag auf den Küchentresen warf, glitten die Papiere heraus, auf denen stand, dass das Haus jetzt ihr gehörte. Und natürlich gehörte das Haus jetzt ihr, wem denn sonst. Alles gehörte jetzt ihr. Sie nahm einen Topflappen von einem Haken, der an den Küchenfliesen klebte und knetete ihn zwischen den Fingern. Alles, was Carola gehört hatte, gehörte jetzt ihr. Alles.

Als sie mit dem Weinen fertig war, strich sie den Topflappen wieder glatt. Als sie ihn zurück auf den Haken hängte, sah sie, dass sie eine Spinne darin zerquetscht hatte. An ihrem letzten Faden glitt sie langsam herunter und blieb auf der Arbeitsplatte liegen. Verena ließ sie liegen.

Sie machte einen Rundgang im Haus, von oben nach unten.

Sie öffnete die Klappe in der Decke im Flur und ließ die ausziehbare Trittleiter herunter. Der Dachboden war kaum hoch genug, um darin zu kriechen. Verena sah ausrangierte Elektrogeräte, darunter ein wuchtiger Ghettoblaster mit lila Plastik um die Lautsprecher und ein Drucker aus den neunziger Jahren mit vergilbtem Gehäuse und Schmutzrändern um die Tasten. Ansonsten nur zusammengerollte Teppiche und Mausefallen. Die Mausefallen waren alle nicht weiter als eine Armlänge von der Klappe entfernt aufgestellt. Verena kriegte den Drucker am Kabel zu fassen und schaffte es, ihn um die Mausefallen herum zu sich zu ziehen. Falls er noch funktionierte, würde sie ihn und ihre Minolta an den Computer anschließen und sich doch noch einmal richtig mit Fotografieren beschäftigen. Als sie mit dem Drucker vor sich auf den Sprossen wieder herunterkletterte, ertönte ein Schlag, direkt neben ihr, ein Peitschenknall aus dem Dachboden. Verena hatte eine der gespannten Fallen mit dem Ellbogen ausgelöst. Der Drahtbügel knallte, wie man mit der Zunge schnalzt, bloß viel lauter. Verena war so erschrocken, dass sie ihr Blut in den Schläfen pochen fühlte. Sie schloss die Klappe.

Das Klo war alt, aber sauber und es funktionierte. Verena drückte auf die Spülung und genoss das Geräusch. Als würde es den Schlag der Mausefalle abwaschen können.

Das Bad war altmodisch, aber praktisch. In kleinen Fächern in mehreren Hängeschränkchen fand sie Sachen von früheren Bewohnern. Ein Rasierer. Verpackte Seifen. Benutzte Seifen. Eine Nagelfeile. Tampons. Tablettenschachteln. Verena fragte sich, was davon vielleicht Carola gehört hatte. Manches war bestimmt schon sehr viel länger hier. Eine Nagelschere zum Beispiel, mit verzierten Griffen, sah nach Jugendstil aus und war mit Grünspan überzogen wie mit Moos.

Das große Zimmer war mit Möbeln aus allen möglichen Haushalten bestückt. Mehrere Generationen lang hatten sie hier Tischen, Kommoden und Sesseln ein zweites Leben geschenkt. Solchen, die einmal aus der Mode aber noch zu gut zum Wegwerfen waren. Oder die mit Erinnerungen so vergiftet waren, dass man sie nicht mehr jeden Tag vor Augen haben wollte. Erbstücke, die man nicht hergibt, aber auch nicht um sich haben will. Die einzelnen Stücke passten so gut zusammen wie Grabsteine auf einem Friedhof. Steinerne und eiserne Individuen, die ein jedes schrieen, hier bin ich. Verwechselt mich nicht. Vergesst mich nicht. Aber versammelt in dieser Kameradschaft von Veteranen ähneln sie einander. So wie sich im Krankenhaus die Patienten durch das gleiche Leiden ähnlich sind, wie verschieden sie sonst auch sind.

Verena warf einen Blick in die beiden Schlafzimmer. Sie erkannte dasjenige wieder, in dem sie und Carola gewohnt hatten, in den nebligen Nächten vor ein paar Jahren. Zum Schlafen für heute wählte sie das andere.

Blieb der Keller. Die Treppe hinter der schmalen Tür war beinahe so steil wie die Leiter zum Kriechboden. Aber es gab ein wenig Licht. Ursprünglich waren es drei Lampen gewesen, aber nur noch eine leuchtete, als Verena hinunterstieg. Ein Weinregal aus Tonröhren, aber zu ihrer Enttäuschung leer bis auf drei Flaschen, die mit Spinnweben bedeckt waren. Leere Einmachgläser. Ein alter Couchtisch. Verena fragte sich, was er wohl angestellt hatte, dass man ihn schließlich hierher verbannt hatte. Und was würde danach kommen? Verena fragte sich, wie er auf der schmalen Treppe jemals wieder hier herauskommen sollte. Wie war er überhaupt heruntergekommen, wenn wir schon dabei sind. Carola alleine, wie sie den braunen Siebzigerjahre-Dinosaurier auf den fast senkrechten Stufen herunterließ, das konnte sie sich nicht vorstellen.

Der Warmwasserkessel, der Hauptwasseranschluss mit dem Zähler, mehrere Abzweigungen, die Verena dem Bad, dem

Klo, der Küche, der Waschküche, dem Garten zuordnete. Und noch mehr Rohre. Mehr als ihr nötig schienen, das kleine Haus zu versorgen. Als sie sich umdrehte, um den Verlauf der einzelnen Stränge zu verfolgen, merkte sie, wie rutschig der Boden unter ihren Füßen war. Das Haus war nach Süden in den Hang gebaut. Verena hoffte, dass nicht zu viel Wasser in die Mauern sickerte. Und dann dachte sie noch an Radon. Der ganze Berg war aus Granit, bestimmt war der ganze Keller voll Radon. Sie notierte sich im Kopf, das regelmäßige Lüften nicht zu vergessen. Und bei Gelegenheit einmal messen zu lassen.

Sie machte sich gerade daran, die Treppe, die fast mehr eine Leiter war, wieder hinaufzusteigen. Halb war sie geistesabwesend, halb hörte sie ihren Gedanken dabei zu, wie sie überlegten, wo dieses ominöse Radon eigentlich hereinkam. Während sie schon den Lichtschalter am oberen Ende anvisierte – ein schwarzes Ding zum Drehen aus Bakelit (eine Spinne, die darauf säße, würde man nicht sehen, dachte sie und verzog den Mund) – gerade beim ersten Tritt auf die Treppe, da drehte sie sich noch einmal zum Keller um. Gleich darauf fragte sie sich, warum sie das getan hatte. »War da noch etwas? Habe ich etwas übersehen? Muss ich mich noch um etwas kümmern? Nein.«

Aber doch, da war noch etwas. Es war im hintersten Eck, zwischen dem Haupthahn und dem Warmwasserkessel. Dort, wo der Boden noch eine Spur feuchter war, als wo sie gerade gestanden hatte. Und wo sie gestanden hatte, war es feucht genug, dass man noch die Abdrücke ihrer Schuhe sehen konnte. Dahinter, im hintersten Winkel, schimmerte der Boden grünlich von Algen. Und ganz an der Wand, zwischen

Wand und Boden aber noch am Boden, da war ein Loch. Verena hatte es nicht gleich gesehen, weil es keine Ränder hatte. Wie in einer Tropfsteinhöhle wölbten sich Boden und Wand glatt und organisch nach unten und hinten. So gab es keinen Schatten, keine Kanten, keine Gestalt. Als wäre es über lange Zeit einfach so gewachsen, verschwand dort hinten ein Teil des Kellers einfach. »Na herzlichen Dank«, sagte Verena laut. »Was kommt da wohl heraus, wenn keiner da ist?« Sie stellte sich vor, wie sie oben gleich das Licht abdrehen und die Tür zu den Wohnräumen schließen würde. »Und kaum ist es dunkel«, dachte sie, »kommen sie aus dem Loch.« Sie kniff die Augen zusammen und starrte auf die dunkle Stelle in der Ecke, ging aber nicht näher hin. »Nicht jetzt, wo ich mir die ganzen Ratten vorstelle«, dachte sie. Denn was sonst soll da herauskommen. Natürlich Ratten. Sie stieg die ersten Stufen langsam, ohne den Blick abzuwenden, dann ganz schnell zu dem Bakelitschalter hinauf.

Der Garten war wunderbar. Nebel und Regen hatten sich verzogen, während Verena im Keller war. Die Sonne stand über den Fichten und war dabei, in die herbstlichen Buchen einzutauchen. Die Luft um sie herum war klar und golden, weiter unten, wo der Flusslauf zwischen den Hügeln sein musste, zogen noch Fetzen von Dunst. Es roch nach Laub und Pilzen.

Das Wetter wechselt schnell hier auf dem Berg, das hatte sie inzwischen schon oft gehört. »Launischer Berg«, hatte Carola gerufen, auf ihren nassen und matschigen Wanderungen durch den Wald. »Wart's nur ab, Vreni, du wirst noch goldenes Laub im Sonnenschein sehen, schneller als du glaubst.« Damals hatte Carola falsch gelegen. Es blieb sieben Tage lang grau und nass und sie bekamen beide Triefnasen und die Schuhe wurden nicht mehr trocken. Aber jetzt. »Schau, schau«, sagte Verena, »launischer Berg. Wie lange war ich drinnen? Kann keine halbe Stunde gewesen sein.« Sie stapfte über die Wiese den Hang hinunter, bis ihr ein Zweig des Walnussbaums im Weg war. Sie griff danach. Dann schaute sie um sich herum ins Gras. Noch einmal andersherum. Verenas Gesicht wurde hell. Sie bückte sich und was sie aus dieser Höhe sah, ließ sie sogar lächeln. »Ich werde einen Eimer brauchen«, sagte sie.

Aus dem nassen, langen Gras leuchteten die Nüsse geradezu heraus. Nach kurzer Zeit hatte Verena den ersten Eimer voll und richtete sich auf, um einen weiteren aus dem Schuppen zu holen. Da sah sie, dass ihr die Nachbarin wieder zuschaute. Eine breite Hecke trennte die beiden Grundstücke, die Häuser standen beinahe außer Rufweite voneinander. Aber von ihrer Garage aus konnte die Nachbarin auf Verena herunterschauen wie von einer Tribüne. Und jetzt trat noch jemand anderes zu der Frau und dadurch sah es für Verena noch mehr so aus, als schaute man ihr zu, wie sie irgendeine sportliche Übung vollführte, einen Wettkampf, eine Aufgabe. Sie griff nach einer Walnuss, die in eine Grube in der Wiese gerollt war und dachte, mein Golfplatz, und alles voller Bälle.

»Gut, dass sich jemand kümmert«, rief der Mann neben der Nachbarin. Verena kannte ihn von ihrer Woche mit Carola hier. Ihm gehörte eine Ferienpension am anderen Ende des Feldwegs. »Gut, dass sich jemand kümmert«, rief er, »ich hab schon gedacht, wir müssen die Nüsse einsammeln.«

»Ziemlich unverblümt«, dachte Verena. Sollte sie sagen, ich bringe euch jedem ein Körbchen voll, genauso unverblümt, oder sollte sie so tun, als hätte sie es nicht gehört. Was sollte sie mit zwei, vielleicht sogar drei Eimern Walnüsse anfangen? Sie beschloss, darauf nicht zu antworten, aber beiden ein Säckchen Nüsse vorbeizubringen, sobald sie trocken wären. Inzwischen sagte sie unverbindlich: »Ja, viel zu tun hier, war ja jetzt den halben Sommer keiner da.«

»Ja«, sagte der Mann. »Und jetzt sind Sie da.«

»Gottseidank sind Sie da,« sagte die Nachbarin und warf dem Mann einen strafenden Blick zu. »Wissen Sie was«, wandte sie sich an Verena, »wissen Sie was, Sie sind genau, was wir brauchen. So jemand wie Sie, genauso wen brauchen wir.«

Verena lächelte freundlich und schön deutlich, damit beide es in der Entfernung auch richtig sehen konnten, aber eine Antwort fiel ihr nicht ein.

Aber ihr war aufgefallen, dass sie gesiezt wurde. War das gut oder schlecht? »Egal«, dachte sie. »Das ist nur ein Ferienhaus. Ich muss hier nicht heimisch werden.«

Als sie mit den drei Eimern ins Haus zurückkehrte, war es schon so dämmrig, dass sie nicht mehr bis zur Hecke sehen konnte. Sie fröstelte, aber als sie an der Garderobe nach ihrem Schal griff, war er nicht da. Sie überlegte, ob er draußen auf der Wiese geblieben war, aber es war inzwischen zu dunkel. Sogar der Nussbaum sah grau aus und die schwarze Wand des Waldes war ohne Konturen, einfach nur die dunkle Hälfte des Sichtfelds, wie wenn ein Auge beim Aufwachen ins Kopfkissen blickt. Verena schloss die Tür und zündete Feuer im Kamin an. Sie breitete Geschirrtücher und Zeitungen aus und verteilte die Nüsse darauf. Bald waren überall im Wohnbereich Flächen mit Walnüssen belegt. Die Hälfte des

Tischs, die Simse über dem Kamin und unter den Fenstern, die Küchenarbeitsflächen, der Fußboden dort, wo die warme Luft entlangströmte, überall trockneten Nüsse. Danach war sie hungrig. Sie hatte nichts mitgebracht, weil sie nicht einmal sicher gewesen war, ob sie über Nacht bleiben würde. Kein Restaurant in der Nähe. Waldkirchen war zwanzig Minuten mit dem Auto entfernt. Und Auto hieß auch, kein Wein zum Essen. Verena schaute in die winzige Speisekammer und fand ein paar Fertiggerichte in Konservendosen, die Carola noch angeschafft hatte. Alle noch haltbar. »Gut», dachte Verena. »Serbisches Reisfleisch. Und Wein?« Ihr fielen die drei Flaschen im Keller ein.

Und sie bekam sofort eine Gänsehaut. »Du bist kindisch«, sagte sie laut zu sich selbst. »Im Dunkeln im Keller, klar, das ist keine Schande. Aber wegen ein bisschen Gänsehaut lassen wir uns doch von nichts abhalten.« »Nein, nein«, antwortete sie sich selbst. »Es ist bloß, weil die alten Flaschen so derart eingesponnen waren. Zieh Handschuhe an«, sagte sie, »und mach alles ganz zügig.«

Als sie wieder oben war, mit ihrem dampfenden Teller voll Reisfleisch, mit einem ziemlich hochklassigen Rotwein im Glas, lachte sie über sich selbst. Aber als sie sich zu Bett legte und die klammen Bezüge und das nackte Betttuch spürte, lachte sie nicht. In der Kälte des Betts war Carola noch mehr fort, als sie die Monate seit ihrem Tod schon gewesen war. »Das ist normal«, sagte sich Verena, »an jedem neuen Ort muss man den Verlust neu lernen, das hast du doch gelesen.« Auch eine Dreiviertelstunde heiße Tränen konnten das Bett nicht wärmen oder den Schlaf herbeizaubern. Verena ging ins Bad, um etwas zu trinken und kaltes Wasser über die Augen zu spülen. Ihre Arme und ihr Rücken taten ihr weh. »Das ist die Erinnerung an drei Eimer Nüsse klauben«, sagte sie sich, »dein Körper erinnert dich an –« Mitten in ihrem Gedanken wurde sie unsicher. »Nein, das war etwas anderes. Nicht das Bücken auf der Wiese. Dein Körper erinnert dich an die Anspannung, mit der du im Keller warst. Er erinnert dich an die Angst.«

»So viel Angst habe ich gar nicht gehabt«, antwortete Verena.

»Nicht die Angst vor einer Spinne in der Vertiefung unten in der Weinflasche. Die Angst vor dem Loch.«

Sie hatte nicht an das Loch gedacht, als sie den Wein geholt hatte. »Ich habe gar nicht an das Loch gedacht«, sagte sie.

»Aber vielleicht hat das Loch an dich gedacht«, antwortete sie.

»Das ist lächerlich«, sagte Verena laut. Als sie den Widerhall ihrer Stimme von den Badfliesen hörte, war es ihr sofort unangenehm. »So was soll man sich gar nicht erst anfangen«, dachte sie. Wie, um den Klang im Haus wieder ins Reine zu bringen, räusperte sie trotzdem ein paar Mal laut, bevor sie sich wieder hinlegte, das Licht ausknipste und die Bettdecke um sich wickelte. Aber sie konnte nicht schlafen und lauschte die ganze Nacht auf die Geräusche im Haus und draußen, in dem weitläufigen Garten am Waldrand.

Am Morgen war das Haus in dichten Nebel gehüllt. Verena konnte die Sonne dahinter spüren. Der Nebel war dicht, aber hell wie eine Leinwand. Sie rückte den Tisch ans Fenster und klappte auf der von Walnüssen freien Hälfte den Computer auf. Zwischen den Nüssen lag die Minolta, unter dem Tisch stand der alte Drucker. Es gab kein WLAN im Haus, aber vielleicht konnte sie mit ihrem Iphone einen Hotspot über das Mobilnetz erzeugen. Und was sie gefunden hatte, war ein riesiges Knäuel Kabel. Sie hatte Zeit.

Um hierher zu fahren, ihr Erbe anzutreten und die Papiere durchzusehen hatte sich Verena keinen Urlaub nehmen müssen. Seit Carolas Tod war sie arbeitsunfähig geschrieben, sie würde erst in einem Monat wieder langsam anfangen. Aber ein oder zwei Emails am Tag bearbeitete sie, vor allem wenn es um Fotos ging. Möbelfotos. Oder Teppichfotos. Fotos von Dachterrassen und Whirlpools. Anfangs hatte sie sich für ihre Arbeit vor Carola geniert. Weil Carola aus einer ganz anderen Welt war. Echter Journalismus, nicht bloß mehr oder weniger Reklame in einem monatlichen Blättchen für Einrichtungshäuser. Aber Carola hatte ihr an ihrem ersten Abend zusammen klargemacht, dass sie an Verena, und nicht an Verenas professionellem Status interessiert war. Danach hat sie sich nie mehr vor Carola wegen ihres Jobs geniert. Und sich überhaupt nicht mehr vor Carola geniert. »Aber jetzt war Carola fort und Fotografieren ist das«, dachte Verena, »was mir bleibt. Was ich immer wollte. Es ist das, was ich zu geben habe.«

Verena klappte den Computer zu. Das Netz auf dem Berg reichte nicht für eine Datenleitung. Und für den Drucker gab es keinen passenden Eingang.

Als das rostige Wasser abgelaufen war und sie Staub und das eine oder andere fremde Haar aus der Wanne geputzt hatte (keines davon Carolas, sie nahm jedes unter die Lupe), stöpselte Verena den altmodischen schwarzen Stopfen in den Ablauf, hielt das Handgelenk unter den Hahn und wartete, dass das Wasser warm wurde.

Carola in der Kulturredaktion der Lokalzeitung, das war, aus der Nähe betrachtet, gar keine so andere Welt. Was echten Journalismus betrifft, so sah der auch anders aus. Vor allem in Carolas Augen. Sie kriegte oft Sätze zu hören, wie, sie solle bloß nicht erwarten, dass es hier wie in Berlin sei, erzählte sie Verena. Oder dass die oder jene Veranstaltung nach ihren Standards, nach Hauptstadtstandards bestimmt lächerlich provinziell sei. Man hielt sie für arrogant und fürchtete sie. Wenn die gewusst hätten, wie wenig Carola selbst von ihren Jahren in Berlin gehalten hatte. Namhaftes Blatt, ja, der eine oder andere Fernsehauftritt, bei Phoenix oder nachts um zwei bei arte, gut. »Aber wenn man da drinsteckt«, sagte Carola ihr immer und winkte ab, so müde. »So was brauchst du gar nicht erst anstreben, Mädel. Lohnt sich nicht. Wenn man da drinsteckt, ist es die gleiche Kacke.«

»Aber jetzt, meine Liebe«, sagte Verena bei sich, »jetzt werde ich die Bilder machen, die ich wirklich machen will. Und ich will sie herzeigen.«

Das Wasser wurde nicht warm. Nicht, was Verena unter warm verstand. »Du weißt, was das heißt«, sagte sie, gleichzeitig laut und heimlich. Sie dreht den lauwarmen Strahl ab, warf sich die Strickjacke über und griff die Klinke der Kellertür, um die steile Treppe hinunterzusteigen.

Sekundenlang stand sie starr auf der untersten Stufe. Viele Sekunden lang. Bis sie das Gleichgewicht nicht mehr halten konnte. Aber selbst da hielt sie die Augen offen und wagte nicht zu blinzeln. Sie brachte den letzten Schritt hinter sich, widerwillig, als wäre der Fußboden im Keller die Oberfläche eines Gewässers. Neben dem Warmwasserkessel, direkt vor dem Loch, lag ein Häufchen Walnüsse. Es waren ungefähr so viele, wie man mit zwei Händen tragen konnte. Sie waren sorgsam aufgeschichtet. Verena reckte mit angehaltenem Atem den Hals, um das Loch besser sehen zu können. Da war es, wie gestern, mit den Rändern, die in Wand und Boden zu verschwinden schienen. Aber sie fühlte diesmal nichts, was sie ängstigte. Als wäre dort jetzt niemand zu Hause.

»Lieferst mir ein paar Nüsse und machst dann auswärts Pause«, sagte Verena durch ihre Zähne. Sie merkte, wie sie sich bemühte, eine coole Stimme zu machen. Hart und ironisch. Aber es klang wie schlecht synchronisiert. Sie beschloss, ein Foto von den Nüssen zu machen, zur Dokumentation, für alle Fälle, für den Kammerjäger, aber die Sony war nicht in ihrer Tasche. »Wenn man sie braucht«, sagte sie. Immerhin schaffte sie es, die Wassertemperatur am Kessel höher zu drehen, ohne sich allzu unbehaglich zu fühlen.

Sie ließ die Nüsse liegen und ging wieder nach oben, ohne sich umzuschauen.

Im silbernen Nebel zu stehen, der sich im Wind verzog, war wunderbar. Über ihr tauchten blaue Felder auf und verschwanden wieder. Einzelne Streifen auf der Wiese fingen einen Sonnenstrahl auf und leuchteten wie frisches Kupfer, bevor sie wieder in bläulichen Schatten fielen. Verena atmete den Walnussduft der Wiese ein. Hinter der dunkleren Seite des Nebels war der Waldrand. »Was für ein Tier gräbt sich durch den Keller und bringt Nüsse ins Haus?«, fragte sie in den Nebel dort. Einzelne, hängende Zweige von Fichten wurden bereits sichtbar. »Ein Eichhörnchen«, antwortete sie sich. »Nüsse, das sind doch immer Eichhörnchen. Denk nach. Es ist ganz bestimmt kein Eichhörnchen. Aber was dann?«

Verena ging zurück ins Haus und dachte diesmal daran, die Türen und Fenster offenzulassen, damit das Radon abziehen konnte. Während die frische Herbstluft die verbrauchte Atmosphäre im Zimmer austauschte, in frischen, unregelmäßigen Stößen, setzte sie sich an den Computer, klappte ihn auf und klickte den Ordner *Bilder* und *Diashow* an. Ihre Hand fand eine noch nicht ganz trockene Walnuss und knetete sie, während die digitalen Echos der letzten Jahre auf dem Bildschirm in Zufallswiedergabe vor ihr verhallten.

Fotos machen, das war immer schon ihr Ding. Fotos und Musik. Sie hatte meistens eine Kamera parat oder wenigstens das Handy einsatzbereit. Dabei war sie keine Fotografin, die sich auf Familienfeiern hinter der Kamera versteckte, filmte, wie die Leute feiern, um nicht selbst mitfeiern zu müssen. Verena schoss aus der Hüfte, ohne durch den Sucher zu schauen. Sie fing die Bilder ein wie mit einem Schmetterlingsnetz. Sportlich und mitten im Geschehen. Auch wenn sie es in den letzten Jahren kaum noch wirklich tat, in Gedanken sah sie in jeder Situation das Bild, das sie hätte machen können. »Hätte. Lohnt sich nicht, Mädel. Aber das wird jetzt anders«, sagte Verena und spürte, wie ein Teil von ihr auch erleichtert war, dass Carola nicht mehr da war. Und ein anderer Teil fühlte sich schuldig, während ein dritter Teil ihr sagte, dass damit zu rechnen war, wir wissen ja, wie Trauerprozesse laufen.

Auf fast allen Bildern, die die Zufallswiedergabe auswählte, war Carola. Immer der Schwerpunkt des Bildes, auch wenn sie nicht in der Mitte war. Man sah auf jedem Bild eine konzentrierte Frau, die zu verstehen versucht, was sie sieht. Und bis jetzt war noch keines dabei, auf dem sie lachte.

Verena hatte ihre Walnuss warm geknetet und tastete nach einer neuen. Als sie nicht gleich eine fand, sah sie es plötzlich. Fast die Hälfte der Nüsse, die sie gestern auf dem Tisch ausgebreitet hatte, waren fort. Unwillkürlich stand sie auf und wich vom Tisch zurück. Es war unübersehbar. Ein großer Teil fehlte. Etwa so viel, wie man in zwei hohlen Händen tragen konnte.

Die Taschenlampe half nicht. Im Gegenteil. Jede kleine Bewegung ihrer Hand machte zusätzliche Schatten an die Wände, alles schien sich zu bewegen, die Wände wurden lebendiger als sie sein durften. Aber Verena sah, was nötig war. Die Nüsse lagen immer noch vor dem Loch. Von dem Loch schien ein Vibrieren auszugehen, fast ein Brummen. Aber das war die elektrische Heizung unter dem Wasserkessel, die immer noch damit beschäftigt war, das Badewasser an Verenas Ansprüche anzupassen.
Ihr wurde klar, dass sie sich in diesem Licht nicht trauen würde, dieses Loch näher zu untersuchen. Sie hatte die Minolta griffbereit, aber auch für ein Foto war es zu dunkel. Blitzlicht kam nicht in Frage. Dafür hatte sie zu viele Horrorfilme gesehen. Die anderthalb Sekunden, die man danach blind ist, waren ein zu breites Einfallstor für Panik. Ganz zu schweigen davon, was man hinterher auf dem Bild sehen würde. Man sieht hinterher ja nie genau das, was man zu fotografieren glaubte. Aber wenn man schon vorher Angst vor dem Bild hat.

»Sei nicht so ein Baby, Verena«, sagte sie. »Du bist irrational. Angst vor einem Bild. Reiß dich zusammen.« »Warum?«, antwortete sie sich. »Warum soll ich mich zusammenreißen? Ich mache das so, wie ich will. Muss ich mich vor irgendwem genieren? Sieht mich denn wer? Na also. Niemand sieht mich.« Sie ließ die Minolta auf der Treppe liegen. Morgen würde sie nach Waldkirchen in den Baumarkt fahren.

Die zweite Nacht lag sie wieder wach und lauschte. Sie hörte Geräusche, aber es waren die Geräusche, die ein kleines Haus aus Granit und Holz eben macht. Als es draußen hell wurde, schlief sie ein. Sie träumte. Carola mit einem Megafon, aber es kam kein Ton heraus. Sie musste Batterien für Carola holen, vom Kriechboden. Die Mausefallen. Sie hatte Angst, dass sie wieder eine zum Schnalzen brachte. Und da war ein Tier im Dachboden. Es kam ganz nah an sie heran. Die Zunge des Tiers. Carolas Zunge. Und sie schnalzte mit der Zunge in das Megafon. Und dann schlug die Zunge nach ihr wie eine Peitsche und Verena erwachte von dem Knall.

Als sie vom Baumarkt zurückkam, wartete der Mann vom anderen Ende des Feldwegs bereits vor ihrer Einfahrt. »Meine Einfahrt«, dachte Verena.

»Aha«, rief der Mann, als sie den Kofferraum öffnete und die länglichen Pakete, eins nach dem anderen, herauszog und an die Seite des Autos lehnte. Er kam näher und deutete mit dem Finger. «Das gibt Kratzer«, sagte er. »Im Lack.«

»Egal«, sagte Verena und versuchte, zwei der Pakete links und rechts auf ihre Schultern zu nehmen. »Sie sind wirklich genau, was wir hier brauchen«, sagte der Nachbar.

»So«, fragte Verena, während ihr eins der Pakete von der Schulter rutschte, »inwiefern denn?« »Meine Gäste«, antwortete er, »meine Feriengäste, die sind hier und dann sind sie wieder weg. Aber bei Ihnen – soll ich helfen?«

Verena schaute von der Einfahrt hinauf zum Haus. Hundert Meter nasse Wiese, sieben Pakete. Warum nicht.

»Fünfhundert Watt Baustrahler«, las der Nachbar auf dem Paket. Verena sagte nichts. Auf dem Weg nach oben redete er weiter. Was sie damit vorhaben wird? Und als Verena nicht antwortete, sagte er: »Renovieren wahrscheinlich. Ja, renovieren. Bin schon gespannt.«

Verena wollte sagen, Pakete hochtragen ist keine Eintrittskarte in mein Haus. Aber sie sagte stattdessen, »Keine Renovierung. Fotos. Da brauche ich Licht.«

»Richtig, richtig«, sagte der Mann, »sie ist ja eine Fotografin. Ich sag es ja, sie ist genau, was wir hier brauchen.«

Als alle Pakete oben waren, bedankte sich Verena und wartete darauf, dass der Mann sich verabschiedete. Aber er blieb stehen, ungerührt wie ein Einkaufswagen. Verena beschloss, genauso ungerührt zu bleiben und ließ ihren Blick über den Wiesenhang gleiten und hinunter ins Tal, wo sich der letzte Nebel im Flusstal sammelte, und über den Nebel in die Ferne, zu den hohen Gipfeln, an den Seiten schon weiß mit Raureif, der von jetzt an auch bis zum Abend nicht mehr tauen würde.

Hinter der Hecke sah sie die Nachbarin, die einen Moment lang so tun wollte, als habe sie nicht herübergeschaut, den Versuch aber gleich wieder aufgab. Verena winkte. Der Mann neben ihr winkte auch, deutete auf die Pakete und rief: »Fotos! Scheinwerfer zum Fotografieren!«

»So«, rief die Nachbarin zurück. »Also sie ist wirklich genau richtig. Lucki, komm, ich brauch dich einmal«, rief sie dann und Verena hatte den Eindruck, sie zwinkerte ihr über die hundert Meter hinweg zu. »Gleich«, rief der Mann, der Lucki hieß, zurück.

»Genickbruch«, sagte Lucki und deutete an der Seite des Hauses entlang auf den Boden. »Der ist gegen die Glasscheibe, im vollen Flug, zack, Ende.« Am Boden lag eine Kohlmeise, die Beine mit den winzigen Krallen ausgestreckt. Davon war sie also aufgewacht, erkannte Verena. Der Schnabel gegen das Glas war der Peitschenschlag. Oder die Wirbelsäule des Vogels. Der Riss in seinem Lebensfaden. Inzwischen hatte Lucki den Vogel mit der bloßen Hand aufgehoben. »Schmeißen wir ihn in den Wald«, sagte er. »Sonst kommen bloß noch Viecher, wenn da Kadaver herumliegen.«

»Was für Viecher?«, fragte Verena, »Ratten?«

»Ratzen?«, fragte Lucki ungläubig. »Naa, Ratzen nicht, woher denn.«

»Naja«, sagte Verena, »durch« – sie tat als überlegte sie – »durch Rohre. Kanalrohre.«

»In der Stadt vielleicht«, sagte Lucki. »Bei uns kommt nichts aus Rohren. Da geht nur was rein«, lachte er auf einmal und schien sich endlich auf den Weg zu machen. »Da geht nur was rein«, lachte er noch im Gehen und schleuderte den Vogel über den Zaun in den Wald. »Rein in die Natur«, lachte er. Der kleine Kadaver riss auf seiner Bahn Buchenblätter mit, die noch sekundenlang vor der Dunkelheit der Fichten in der Luft standen, als er schon im Moos lag.

Lucki hörte auf zu lachen, blieb stehen, zögerte und kam noch einmal die Auffahrt herauf. »Ich hab noch gar nicht gesagt, wie soll ich sagen, mein aufrichtiges Beileid. Ihre, also Ihre Freundin«, sagte er. »Frau«, sagte Verena. »Sie war meine Frau.« »Wie auch immer«, sagte Lucki. »Jedenfalls schon als Kind war die – wir haben miteinander gespielt«, sagte er und sah Verena eindringlich an. Sie spürte einen Herzschlag lang Empörung und Eifersucht aufsteigen, wie aus dem Boden. »Wir haben gespielt, was wir einmal sein werden. Und Carola wollte immer eine Forscherin sein. Eine Chefforscherin. Und so haben wir geforscht. Mit Ausrüstung und allem. Helm. Taschenlampe. So habe ich sie immer noch in Gedanken.« Lucki schüttelte den Kopf. »Sie wollte immer was ganz Besonderes sein.« Verena hatte sich in den letzten Monaten gegen Beileidsbekundungen gewappnet. Sie nahm sie mit Anstand und ungerührt entgegen, auch wenn es Mühe kostete. Sie richtete sich auf und antwortete so heiter, dass es ihr weh tat: »Sie war etwas ganz Besonderes, oder?« »Ja«, sagte Lucki, »aber sie war ja anspruchsvoll. Alles hätte nach ihrem Kopf gehen müssen. Das geht halt bei uns hier nicht.« Er schaute Verena an, als müsse sie ihm darauf irgendwie recht geben. Aber Verena sagte nichts. Es brauchte ihre ganze gewappnete Tapferkeit, so lange wie möglich nichts zu sagen und sich dann umzudrehen und im Haus zu verschwinden.

Als die vier Baustellenstrahler auf ihren Stativen standen und der Keller zweitausend Watt stark mit weißem Halogenlicht ausgeleuchtet war, dachte Verena, sie hätte ihn jetzt im Griff. »Ich werde nicht im Halbdunkel in dieses Loch stochern«, dachte sie. »Ich will keine Überraschungen. Es ist nur die Dunkelheit, wir haben alle Angst in der Dunkelheit und wenn es nur die Dunkelheit ist, bitte schön, hier ist Licht.

Das ist ein Projekt, ich habe es unter Kontrolle.« Bei jeder Bewegung mit den Gestellen und den Kabeln achtete sie darauf, das Häufchen Nüsse nicht zu berühren. Die kleine Pyramide stand unverändert vor dem Loch, keine Nuss fehlte, keine war dazugekommen.

Verena hatte sich einen starken, biegsamen Haselnussstecken gesucht und stand jetzt im Keller und schaute das Loch an. Den Stecken in einer Hand, eine Tasse Tee in der anderen. Im grellen Licht der Strahler wirkte der Dampf aus der Tasse wie Theaternebel, genauso ihr Atem, der in Wolken vor den Lampen auf und ab zog. Sie stellte die Tasse auf den braunen Couchtisch, griff den Stecken fest mit beiden Händen und ging auf das Loch zu. Es war drei Meter entfernt, aber Verena setzte einen Fuß immer nur halb vor den anderen, als würde sie sich einer Schlange nähern. »Stopp«, sagte sie zu sich, »noch einmal von vorne. Geh einfach hin, klopf auf den Rand, steck den Stock hinunter.«

Aber sie konnte sich nicht überwinden. Es war das Vibrieren, dieses seltsame Summen. Zwei Mal war das Thermostat im Wasserkessel angesprungen und wieder ausgegangen. Da summte noch etwas anderes. Waren es die Strahler? Verena legte den Stock beiseite. »Da gibt es nur einen Weg, es herauszufinden«, sagte sie in das grelle Baustellenlicht hinein, griff nach der Kabeltrommel und zog den Stecker. Es war schlagartig völlig dunkel, nachtschwarze Finsternis. Sie hatte vergessen, dass sie das gewöhnliche Kellerlicht ausgeschaltet hatte. Wozu sollten die vierzig Watt gut sein, wenn sie doch das fünfzigfache zur Verfügung hatte. Sie hielt noch den Stecker in der Hand und ertastete auch die Kabeltrommel, aber sie schaffte es nicht, ihn wieder in die Buchse zu stecken.

Es war so völlig grabesdunkel, dass ihr schwindlig wurde. Sie machte Geräusche beim Atmen, um nicht ganz in Panik zu geraten, aber jedes Geräusch machte ihr hier unten nur noch mehr Angst, also ließ sie das Zischen, um stattdessen zu keuchen, hörte mit dem Keuchen auf, um zu stöhnen, dann zu schnalzen, dann zu summen und sie war kurz davor zu schreien, als sie endlich den Stecker richtigherum an der Buchse hatte. Sie steckte ihn hinein. Es gab einen Knall, aber es wurde hell. Blitzschnell tasteten Verenas Augen nach dem Loch und den Nüssen. Alles unverändert. Der Knall klang in ihren Ohren nach. »Ein Schnalzen, der Schlag einer Peitsche«, dachte sie. »Ein Schnalzen mit der Kraft von fünfhundert Watt.« Einer der Strahler war beim Anschalten durchgebrannt. Im Keller summte es noch immer. »Und«, fragte sie, »waren es die Strahler? Du hast nicht einmal darauf geachtet«, flüsterte sie, mit deinem Zischen, Keuchen, Wimmern. »Aber noch einmal schalte ich die Strahler nicht aus. Bitte, es ist deine Stromrechnung, geht niemand sonst was an. Und was tust du gegen das Summen?«

Der kaputte Strahler räumte seinen Platz in der Mehrfachsteckdose für den alten Ghettoblaster. Sie legte ein paar CDs bereit, die sie oben gefunden hatte. Die Musik im Haus war wie die Möbel. Eigentlich schon vorbei. Eine seltsame Mischung aus achtziger Jahre-Punk-Rock und skandinavischem neunziger Jahre-Indie-Pop. Nichts, woran sich heute noch jemand erinnerte. Aber offenbar hatte keiner die Scheiben wegwerfen wollen. Sie lagen hier herum, schweigend, in einer Schublade unter dem Bücherregal begraben. »Nun«, sagte Verena, »ich werde sie zum Leben erwecken. Lazarus, komm heraus«, sagte sie laut und drückte *play*. Der Ghettoblaster gab fröhlichen Lärm von sich, verzerrtes Geschrammel und grölender Gesang. Verena lachte kurz auf über die Jugendlichkeit der Musik. »Ihr seid jetzt bestimmt alle ältere Herren mit Bierbauch«, rief sie den Lautsprechern zu. »Wenn ihr noch lebt.«

Mit der Musik im Raum fühlte sich Verena sicherer. Sie kniete auf den feuchten Kellerboden und betrachtete das Loch. »Also gut, die Nüsse sind offenbar von oben. Ich muss die Tür offengelassen haben. Kann passiert sein. Jetzt ist die Frage: Was kommt aus dem Loch und holt Nüsse aus dem Wohnzimmer. Und legt sie vor dem Loch ab, Verena. Das gibt doch keinen Sinn.« Sie betrachtete den Boden. Er war mit einer feuchten Staubschicht bedeckt, die stellenweise schimmlig aussah. Wo ihr Knie den Boden berührte, gab es sofort einen dunklen Abdruck in dieser Schicht. Vom Loch zu den Nüssen war der Boden unberührt. Und von den Nüssen zur Treppe war der ganze Boden voll von ihren eigenen Spuren. Wenn ein Tier da Abdrücke hinterlassen haben sollte, waren sie spätestens seit dem Aufbau der Strahler verwischt. Sinnlos, darüber nachzugrübeln. »Jetzt wenden wir uns dieser Öffnung zu«, sagte sie laut, »aber von der Musik übertönt.«

Als sie den Haselnussstecken nicht mehr finden konnte und sich dabei ertappte, wie sie zu dem Loch hinschaute, von der Seite, misstrauisch und verstohlen, musste Verena lachen. »Er muss von dem Couchtisch gefallen sein, als ich im Dunkeln hektisch geworden bin. Versteckt sich wahrscheinlich hinter einer Bodenleiste.« Jedenfalls musste sie hinauf und sich eine neue Gerte schneiden. Auf der Treppe, jetzt erst, fiel ihr die

Minolta ein. Sie war sicher, sie hier gelassen zu haben. Und jetzt keine Spur von ihr. »Okay«, sagte sie, »jetzt weiß ich nicht, was mir mehr Angst machen würde. Wenn ich sie oben finde, dann stimmt etwas mit meinem Gehirn nicht mehr. Wenn sie weg ist. Ja, was dann? Was stimmt dann nicht?«, fragte sie.

Als sie mit der Astschere den passenden Haselnusszweig abgeschnitten hatte und auf dem Weg ins Haus von Zweigen und Blättern befreite, hörte sie sich selbst, wie sie sich befragte. »Welche Bodenleiste, Vrenilein? Da sind keine Bodenleisten im Keller.« »Dann halt irgendein Winkel, irgendein Schatten.« »Aber du hast alles ausgeleuchtet da unten. Zweitausend Watt. Nur noch tausendfünfhundert, genau genommen. Und dazu die Minolta.« »Ja, aber die liegt vielleicht einfach nur irgendwo oben.«

Sie erstarrte. Auf der Schwelle ins Haus blieb sie stehen, als würde ihr aus dem Inneren ein eiskalter, stetiger Wind entgegenwehen. Es war Stille. Keine Musik mehr im Keller. Aus der Tür zur Kellertreppe schien das bleiche, grelle Licht der Strahler herauf. Aber kein Ton. Die Punks von vor dreißig Jahren machten Pause. Verena hatte das Gefühl, diese Jungs standen da unten mit Bierdosen in der Hand, schauten auf die Treppe und erwarteten sie. Sie fasste den Stock in ihrer Hand fester.

Die Scheibe hatte nur vier tracks gehabt. »Das passiert mir nicht noch einmal«, sagte Verena. Sie beschloss, auf Radio umzustellen. Radio war immer. Aber auf der Nordseite des Berges und dazu noch halb unter der Erde und mit einem uralten Ghettoblaster mit rostiger Antenne dauerte es eine

Zeit, bis Verena einen Sender gefunden hatte. Es gab nur einen einzigen, der klar hereinkam und nicht dauernd Text auf tschechisch brachte. Es war ein kleiner Lokalsender, der Werbung für regionale Betriebe, Verkehrshinweise und ansonsten ununterbrochen Nostalgiepop brachte. Das ganze Programm war wie die Musik in der Schublade. Von gestern, aber wir senden es weiter so. Weil es noch nicht verschlissen genug zum Wegwerfen ist. Oder weil es zu uns passt. Zu der verlebten Stimme des Moderators, zu den altmodischen Werbeclips, zu den Frisören und Installateuren, zu den verschrobenen Anrufen und den endlosen Meldungen über Reifenteile auf der Fahrbahn und Geisterfahrer. »Wir spielen die Musik dazu. Dem ganzen Sendegebiet«, dachte Verena, »der ganzen Region hat man ein Dachboden- und Abstellkammerleben gewährt. Es ist vorbei, aber wir tun euch nicht weg«, sagte sie laut. Dann steckte sie den Haselnusstecken in das Loch, als wäre es nichts.

In der dritten Nacht wachte sie auf und wusste, dass sie einen Fehler gemacht hatte. Die Schlager der Achtziger Jahre in völliger Finsternis um drei Uhr morgens durch den Fußboden heraufzuhören war beinahe so schlimm wie die Stille und das Summen. Als sie den Stock hinuntergeschoben hatte, war nichts passiert. Einfach nichts. Ein Stock im Boden. Sie hatte keinen Grund gefunden, das war alles. Aber als sie den Keller verlassen wollte, hatte sie es nicht über sich gebracht, das Licht und die Musik auszuschalten. Sie schloss nur die Tür zur Treppe ab.

Sie lag wach bis zum Morgen, lauschte durch den Fußboden auf die Oldies but Goldies aus dem Keller und konnte nicht aufhören, sich den Raum mit den drei verbliebenen Lampen auszumalen, wie er da hell und laut unter ihr lag. Hell, laut und leer.

Sie erwachte mittags mit Kopfschmerzen. Im Reisenecessaire fehlten die Schmerztabletten. In der Küche fehlten die Filtertüten, obwohl Verena schwören konnte, dass die Packung gestern noch neben der Kaffeemaschine gestanden war. Sie schaute im Biomüll. Da lagen drei gebrauchte. »Warum sollte ich die Filtertüten wegräumen?«, sagte sie. »Okay. Das ist die Trauer. Und das Schuldgefühl und so weiter. Ich verstehe schon. Den Teil verstehe ich. Aber warum läuft es so? Das verstehe ich nicht.«

Die Tür zur Treppe war versperrt, wie Verena sie gestern gelassen hatte. »Gut«, sagte sie, »nichts kommt aus dem Loch. Alles geht nur in dieses Loch. Meine Sachen verschwinden da. Aber wie? Bring ich sie selbst da hinunter?«

Die Kopfschmerzen ließen nicht nach. Im Gegenteil, sie wurden immer stärker, während draußen der Nebel ganz verschwunden war und die Sonne schmerzhaft hell auf die Wiese mit den Obstbäumen schien. Verena beschloss, nicht aus dem Haus zu gehen. Mit ihrem Kaffee, den sie sich wie einen Mokka in einer alten Porzellankanne ohne Deckel gebraut hatte, setzte sie sich an den Computer. Das Adapterkabel, das sie aus dem Baumarkt mitgebracht hatte, half nichts. So weit in die technologische Vergangenheit konnte der Computer kein Signal senden. »Carola«, sagte sie, »was tu ich hier ohne dich?« Fast automatisch klickte sie wieder Bilder und dann Diashow an. Auf dem Bildschirm erschien das kleine Rechteck, das Probleme bedeutete. *Wiedergabe nicht möglich*, stand darin. *Die Dateien werden gerade von einem anderen Benutzer bearbeitet.*

Alle Haare in Verenas Nacken standen schlagartig zu Berge. Sie rückte vom Tisch ab und drückte sich mit dem Rücken an die Wand. »Was für ein scheiß-anderer Benutzer?«, schrie sie den Bildschirm an. »Wer ist das, sag mir das! Wen hast du hereingelassen? Du hast doch nicht mal Netz hier!«

Das Licht im Garten tat den Augen weh, aber der Schmerz drang nicht bis in den Kopf. Dazu war Verena zu voll mit Adrenalin. Sie hatte Angst. Aber vor allem war sie wütend. Sie stapfte über die Wiese, die nicht nur steil, sondern auch voller Wühlmausgänge war, in die sie immer wieder einsank. Sie schaute nicht zum Häuschen zurück, sondern hielt den Blick bei den Pflanzen. Dann hob sie ihn in den malerischen Horizont. Sie sah die Gipfel des Nationalparks, den Großen Rachel, den Lusen, den Siebensteinkopf. Rechts davon, wusste sie, wo die näheren Hügel den Blick einschränkten, waren der Haidel und der Dreisessel, links, hinter dem Wald, könnte man von weiter oben bis zum Großen Arber sehen. Verena atmete tief durch.

Die Stimme der Nachbarin schreckte sie auf. »Allein deswegen schon möchte man doch nirgends anders sein, oder?«, fragte sie vom Gartentor herauf. »Wegen dem Blick. Wo hat man denn so eine Aussicht? Das ist doch einmalig.«

Verena hatte keine Lust, über die schöne Aussicht zu ratschen. Sie stapfte grimmig auf das Gartentor zu.

»Um nichts in der Welt woanders«, sagte die Nachbarin noch einmal. Und gerade als Verena vor ihr stand, sagte sie: »Die Carola!«

Verena blieb stehen, als wäre sie gegen ein unsichtbares Seil gelaufen. »Die Carola«, sagte die Nachbarin, »der ist das genauso gegangen. Sonst hätt sie das Haus doch verkauft. Aber sie ist immer wieder einmal da gewesen. Weil sie das geliebt hat, schon als Kind. Ich meine, sie hat sich das vielleicht so vorgestellt, dass sie später einmal für immer hierher zurückkommt. Wissen Sie, im Alter. Meinen Sie nicht?«

Verena war sprachlos. Aber sie hatte jetzt keine Zeit, sich auch noch darüber zu ärgern. Jetzt war sie erst einmal wegen des Computers wütend.

»Keine Ahnung«, antwortete sie, weil das Alter, das hat sie ja jetzt nicht erreicht, oder? Sondern ist vorher gestorben, führte sie ihre Ansprache im Kopf weiter, woanders gestorben und verbrannt und die Asche da begraben, sechshundert Kilometer weit weg und sie kommt nicht zurück, nie mehr. Aber laut sagte sie, »Ich möchte Sie was fragen. Kennt sich von den Nachbarn hier oben jemand mit Computern aus?«

»Mit Computern, nein«, sagte die Nachbarin. »Jedenfalls nicht besonders. Ist ja schon kaum Internet. Das geht halt nicht, hier bei uns auf der Nordseite. Drum sind wir ja bloß acht Häuser, obwohl wir die Aussicht haben. Haben Sie Probleme mit dem Computer?«

Verena sagte so etwas wie »Ja, mei«, was bei ihr immer noch peinlich klang.

»Also ich, ich hab ja nicht einmal einen. Für was denn. Am ehesten noch unten die, Sie wissen schon, mit dem roten Toyota. Die sind jung genug, dass sie so was vielleicht wissen, und Kinder haben sie auch.« Verena überschlug kurz die Entfernung. Zu weit für WLAN. »Aber vielleicht fahren Sie lieber nach Waldkirchen zu einem Fachmann. Weil die haben's nicht leicht da unten, ich weiß nicht, ob Sie es schon gehört haben.«

Verena hatte nichts gehört, wie denn auch. »Ja sie, die Frau. Krebs. Scheints kann man schon nichts mehr machen.«

Das täte ihr leid, sagte Verena. »Ja«, sagte die Nachbarin, »das glaubt man nicht, dass in so einem Idyll doch unter jedem Dach auch Leid und Tränen sind. So eine Aussicht«, sagte sie und schüttelte den Kopf, »und trotzdem so oft unglücklich.« Es wurde ein langes Gespräch, in dem Verena über jeden der Nachbarn etwas zu hören bekam. Dass zum Beispiel Lucki nicht verheiratet war, weil seine Schwestern es ihm verboten hatten, um das Erbe nicht teilen zu müssen. Er hatte es nie gewagt, sich gegen sie zu stellen und lebte jetzt einsam. In dem Haus zwischen dem roten Toyota und Lucki waren, wie die Nachbarin sagte, die Kinder weggekommen und man redete nicht darüber, wieso. »Sind in einem Heim aufgewachsen«, sagte die Nachbarin. Ihr eigener Mann wäre an der Staublunge gestorben, als einer der letzten Steinbrucharbeiter in der Gegend. »Wäre«, sagte sie. »Aber er hat sich vorher, naja. Mit einem Strick, im Wald. So was musst du auch erst einmal verkraften.« Verena erfuhr auch, dass Lucki, der einzige, dessen Haus nahe genug war, um mit irgendeiner Drahtlosverbindung in ihren Computer einzudringen, praktisch kaum lesen und schreiben konnte. Das war eigentlich alles, was sie wissen wollte, aber die Nachbarin wollte, wie es üblich war, das Gespräch als runde Sache beenden und sagte, mit einem Nicken Richtung Häuschen, noch einmal: »Die Carola!«

Verena unterdrückte den Impuls, sich umzudrehen, ob sie dastand. »Die Carola«, redete die Nachbarin weiter, »ist ja bloß weg wegen dem wissen's schon. Dass sie mit den Burschen nichts anfangen konnte. Brauch ich Ihnen ja nicht sagen. So was ist halt in unserer Gegend noch nicht. Bei uns muss man halt Zugeständnisse machen.«

Verena stellte sich extra gerade hin, mit ihren Beinen in der Wiese voller Wühlmausgänge. Sie wollte einen langen, stolzen Satz sagen. »Abgesehen davon«, wollte sie sagen, »dass es für eine begabte Lesbe hier weder Arbeit noch Sexpartner gibt, ist die Nordseite dieses Berges ja wohl auch nichts anderes als ein Häufchen kaputter Existenzen mit wunderschöner Aussicht. Carola dagegen war eine wunderschöne Existenz, deren Aussichten jetzt –«, und Verena sagte nichts, sondern kämpfte mit den Tränen, die ihr den Mund füllten, wünschte der Nachbarin einen schönen Abend und stapfte die Wiese hinauf zum Haus. »Deren Aussichten jetzt kaputt sind«, murmelte sie.

Nachts wachte sie auf, weil Regen an die Fensterscheiben prasselte und das Blechdach zum Vibrieren brachte. Windböen rempelten an das Haus, die Regenrinnen gluckten und plätscherten. Es rauschte draußen, als würden Bäche am Haus vorbeischäumen, den Berg herunter und um die Mauern herum. Verena hörte hinter dem Wind ein splitterndes Geräusch, das sich mehrfach wiederholte. Die Fenster hielten dicht, aber an einer Schlafzimmerdecke entstand ein nasser Fleck. Auf dem Flur klang das Geräusch der Bäche draußen nicht mehr. Stattdessen hörte Verena Gluckern, als säße sie in einem Boot, das auf einem ruhigen und tiefen See schaukelt. Sie riss die Kellertür auf. Das Wasser stand mehr als einen Meter hoch. Im Radio liefen Verkehrsmeldungen. Das grelle

Baustellenlicht funkelte an der Decke und im ganzen Raum. Die Mehrfachsteckdose lag auf der letzten noch sichtbaren Stufe. Das Wasser schwappte bereits alle paar Sekunden darüber. Verenas Blick fokussierte die Steckdose und das Kabel. Dann hinter sich den Sicherungskasten mit den altmodischen Keramikzylindern. »Was willst du«, sagte sie. »Kommst dir raffiniert vor, nicht wahr? Fasse ich an die nasse Steckdose oder drehe ich die Sicherung heraus, damit es wieder finster ist? Eine Zwickmühle. Aber ich spiele nicht Mühle.«

Sie lag die ganze Nacht wach im Bett und lauschte auf den Sturm. Zwei Kerzen brannten, eine im Wohnzimmer, eine neben dem Bett. Sie wartete darauf, dass das Wasser in der Steckdose die Sicherung von alleine auslöste. Mit einem Knall würde es finster werden. Der Sturm ließ nach, es wurde hell.

Am Morgen öffnete Verena alle Fenster und die Haustür. Der Garten sah zerzaust aus, aber es flossen keine Bäche durch das Grundstück. Auf den zweiten Blick sah sie, dass drei Fichten aus dem Wald auf die Wiese gestürzt waren. »Die Obstbäume«, dachte sie mit Bedauern. »Das haben sie nicht überlebt.« Aber der Keller war wichtiger.

Das Wasser war fort. Es hatte Spuren an der Wand hinterlassen, sie konnte sehen, dass es irgendwann in der Nacht noch höher gestiegen war. Der Boden war nass und spiegelte die Lichter auf den Stativen. Die Nüsse waren fort. Erst jetzt fiel ihr auf, dass die Musik aus war. Sie drückte den Knopf am Ghettoblaster und der Lokalsender legte wieder los. Aber das Wasser war an den Lautsprechern gewesen. Die Stimme kam wie von unter Wasser oder aus dem Inneren einer Kiste. Auf der B388 zwischen Ruderting und Neukirchen vorm

Wald Stau nach einem Unfall. Auf der A8 München. Auf der Staatstraße 2130. Am Grenzübergang Suben. Auf der Ortsdurchfahrt. Auf der Bundesstraße. Auf der Staatstraße. Endlich Musik, Gimme Gimme Gimme Your Love after Midnight, aber nur wie ein Echo, die ganzen vierzig Jahre als Schalldämpfer darüber. Lauter drehen änderte nicht viel. Die Oldies but Goldies blieben lebendig begraben, wie laut sie auch klagen mochten.

Dier erste Walnuss fand sie hinter dem Ghettoblaster. Dann sah sie eine hier, eine da auf dem Boden. Das Wasser hatte sie hochgehoben, verteilt und dann zurückgelassen. Verena schaute sich um.

Der Tisch fehlte. Der alte, braune Couchtisch aus den Siebzigern. Wie auch immer er hereingekommen sein mochte, er hatte es wieder hinausgeschafft.

Kurz darauf stocherte Verena mit dem Schürhaken in dem Loch. Wenn überhaupt etwas zu tasten war, dann kam es ihr vor, als führte das Loch nach Norden. Sie ließ das Eisen in der Öffnung stecken und ging nach draußen. Auf der Nordseite speisten die Regenrinnen ein Abflussrohr. Es gab eine Wartungsöffnung etwa zehn Meter vom Haus entfernt.

Die Papiere vom Erbschaftsgericht enthielten Zeichnungen. Verena fand die Abwasserleitungen. Es fühlte sich kurz gut an, die Pläne und die Wirklichkeit übereinstimmen zu sehen. Aber dann zuckte sie die Achseln. Was hilft das. Ein Tisch passt jedenfalls nicht durch.

Zurück auf der Wiese verfolgte sie den Weg des Rohrs vom Haus zur Wartungsöffnung und verlängerte die Strecke bis auf die Wiese. Sie ging gebückt und tastete mit dem Fuß im buckligen Gras, bis sie in die Nähe der umgestürzten Bäume kam. Dann hörte sie etwas. Etwas gluckerte unter dem Gras. Es gluckerte. Oder schluckte. Verena schob die langen Grasbüschel beiseite und fand ein Loch in der Wiese. Es war eine weitere Wartungsöffnung, mit Gras überwachsen. Von oben kam ein rotes Tonrohr, dann die tellergroße Öffnung und nach unten führte ein gleiches Rohr weiter. Es gluckte und schmatzte in dem Rohr. Und noch etwas hörte sie. Verena kniete sich auf den nassen Boden, fand einen Zweig und stocherte in die obere Öffnung. Das Geräusch ging unverändert weiter. Sie beugte sich tiefer zu den Rohren, legte ihren Kopf beinahe in die Mulde, um das Ohr an der Öffnung zu haben. »Redet da jemand?«, fragte sie sich. Sie meinte, Wörter zu hören, aber reden war nicht das richtige Wort, jemand schrie, empört und aufgeregt, atmete und fluchte. Verena glaubte ein Wort zu hören. »Drecksau«, schimpfte jemand unter der Wiese und Verena war gemeint, es konnte nicht anders sein. Sie schob den Kopf noch näher zwischen die Rohre. »Drecksau«, kam es heraus, »Drecksau!«

»Der arme Zwetschgenbaum, mei, oh mei«, kam die Stimme der Nachbarin. Verena sprang auf und spürte sofort die Nässe der Wiese in der Jeans an den Knien. »Guten Morgen«, sagte sie. »Den Baum«, fuhr die Nachbarin fort, »den hat der Carola ihre Oma noch gepflanzt. Das wenn sie jetzt sehen könnte, mei, oh mei.« »Ich hab es in der Nacht schon gehört«, sagte Verena, »aber da war es zu spät.« »Ja«, sagte die Nachbarin, »da hätten Sie aber eh nichts machen können.« »Nein«, sagte Verena. Warum habe ich das Gefühl, mich verteidigen zu müssen. Ist das nicht mein Grund hier drüben?

Hinter der Nachbarin tauchte Lucki auf. »Das ist halt die

Natur«, sagte er, »hier auf dem Berg.« Dann fügte er hinzu: »Die Naturgewalt«. Und, nach kurzer Überlegung: »Die Gewalt. Ich hab Ihnen was mitgebracht.« »Ja ich auch«, sagte die Nachbarin. Sie reichten ein Glas Honig und frischgebackene Krapfen herüber. »Danke«, sagte Verena. »Das ist halt, was wir zum Geben haben«, sagte die Nachbarin. »Danke«, sagte Verena noch einmal. »Morgen«, sagte Lucki und deutete auf die umgestürzten Fichten, »kommen wir mit den Maschinen und räumen alles weg.«

Als Verena sich wieder über die Öffnung kniete, war der Zweig verschwunden, mit dem sie ins Rohr gestochert hatte. Sie hörte kein Gluckern und niemand beschimpfte sie. Sie blickte nachdenklich auf das Wasser, das aus einem Rohr heraus- und dann in das andere Rohr hineinrann. Es dauerte ein paar Herzschläge, bis sie verstand, was sie sah. Das Wasser floss aus dem unteren Rohr in das obere. Das Wasser auf der Wiese floss bergauf.

Als sie am Abend aus dem Bad in die Küche kam, waren der Honig und die Krapfen fort. Sie lauschte an der Tür zur Treppe. Entweder täuschte sie sich oder der Lokalsender brachte seit mehr als einer Stunde ununterbrochen Verkehrsmeldungen.

In der Nacht piepte es und Verena wachte auf. Aus dem Keller drang immer noch der gedämpfte Klang einer endlosen Verkehrsmeldung. Sie hatte von Carola geträumt, die ihr irgend etwas erklärt hatte. Es war etwas Umständliches und Sinnloses wie irgendein Behördenvorgang. Verena fühlte sich noch im Wachen schuldig, weil sie es nicht geschafft hatte sich zu konzentrieren.

Was gepiept hatte, war der Drucker. Er blinkte von unter dem Tisch im Dunkeln. »Jetzt«, fragte Verena, »jetzt also doch?« Sie machte Licht.

Etwas lag im Ausgabeschacht. Die alte Maschine hatte etwas ausgespuckt. Aber das Papier war zerknittert. So, als wäre es gleich nach dem Druck fest zusammengeknüllt worden, aber dann wieder glattgestrichen. Es war ein Foto. Carola als Kind. Sie war in voller Montur. Das war ihr Höhlenforscherspiel, erkannte Verena. Schneehosen, regenfeste Jacke, aber vor allem ein weißer Helm mit Stirnlampe. Sie krabbelte aus einem Schatten heraus und die obere Hälfte des Bildes zeigte, dass es der braune Couchtisch war.

Sie knüllte das Bild wieder zusammen und ließ es auf den Boden fallen. Die Kugel aus Papier rollte zur Kellertür. Es war wie in einem dieser Spielzeuge, wo man eine Metallkugel durch ein Labyrinth bewegen musste. Nur dass das Zimmer das Spielzeug war und Verena darinstand. Nichts bewegte sich, aber ihr wurde schwindlig. Als sie sich am Tisch festhielt und wieder hinsah, war die Kugel verschwunden.

Ihr war so schwindlig, dass sie sich auf die Knie niederließ. Auf Händen und Knien kroch sie zur Kellertür. Sie konnte die Hand nicht bis zum Türgriff heben, alles drehte sich. Auf den Ellbogen rutschte sie zurück in Richtung Bett, die Stirn immer auf dem Boden. Aber sie glitt immer wieder zurück zur Kellertür, wie auf einer Rutsche. Sie krallte die Nägel ins Holz, schob mit den Knien, aber sie fand keinen Halt.

»Was willst du?«, schrie sie, aber sie hatte kaum Kraft. »Was willst du ...«

Aus dem Keller kamen nur die Verkehrsdurchsagen, unverändert dumpf, aber jetzt immer lauter. Sie waren so dumpf, dass keine einzelnen Wörter mehr auszumachen waren. Es war der Ton der Verkehrsdurchsagen, wie eine Litanei, distanziert, professionell freundlich, leicht ungeduldig, aber so dumpf, als hätte der Radiosprecher keinen Mund, nein – als wäre da gar kein Sprecher im Radio. Am Grenzübergang Wegscheid einundvierzig Jahre Wartezeit, hier sind Fußgänger auf der Fahrbahn, Ortskundige umfahren das Gebiet weiträumig achten Sie auf weitere Durchsagen.

Verenas Finger bluteten, ihr Gesicht war aufgeschürft. Sie gab auf und ließ sich zur Tür ziehen. »Was willst du?«, wimmerte sie. Und der Text ohne Sprecher, das ungeduldige Auf und Ab, schien es ihr zu erklären, ein umgestürzter LKW auf der Staatstraße, fahren Sie äußerst rechts, immer schneller, immer dringender, immer ungeduldiger, es kommt zu Behinderungen, zähflüssiger Verkehr, Fußgänger auf der Fahrbahn, und sie verstand es nicht, während sie die Treppe hinunterglitt, sie verstand es nicht, verstand es nicht und verstand es nicht.

CHLOR
(ERLEBNISBAD 1)

Die junge Familie überholt Marten ausgerechnet an der engsten Stelle bei den Schließfächern, wo sich alles drängt, wo alles stopft und zerrt und schiebt und schubst. Zwischen dicht gedrängten Schultern hindurchmüssen, das ist an der Kasse, mit den dampfenden Wintermänteln, schon unerträglich gewesen. Aber jetzt sind alle auch noch nackt.

Fast nackt. Alle hier tragen ja mindestens den Hintern mit nassem Stoff bedeckt. Wobei nass: »Das gilt«, denkt Marten, »für diejenigen Brüder und Schwestern unter uns, die geduscht haben.« Die hellblaue Badehose, die ihn gerade überholt hat, ist jedenfalls trocken. So wie sie ist, wird sie mitsamt ihrem ungewaschenen Inhalt ins Becken steigen, wahrscheinlich ins *Spaßbecken*, wo man darauf gefasst sein muss, dass man in der Suppe aus Chlor und Gänsehaut dann und wann in handwarme Zonen gerät, und es ist nicht immer ein Kind, in dessen Kielwasser das passiert. Marten schüttelt es.

Spaßbad. »Wo ist der Spaß?«, fragt Marten. Es ist ein Panoptikum, im Zentrum die Glaszelle mit dem Bademeisterbüro, darüber die Uhr. Zeit ist eine ernste Sache, am Ausgang wird mit der Stechkarte abgerechnet, dann ist der Spaß vorbei. Die Schwimmbaduhr im Bahnhofsdesign. Alle dreißig Minuten wechseln die Attraktionen, dann öffnen sich einige Düsen und andere schließen sich. Blubberliegen vorbei, Wasserfall Start, Massagedüsen aus, Wellenbad an. Die Weichen für den Spaß werden umgestellt und Abfahrt am Spaßbahnhof. Und jetzt ist es viertel nach. Weiter kann man vom Spaßwechsel nicht entfernt sein, in Vergangenheit und Zukunft. Viertel nach zwei ist die Gegenwart.

Okay, Rutschen, klar. Wenn Ines rutschen will nach ihren 45 Minuten Bahnenschwimmen, dann wird gerutscht. Rutschen ist lustig. Rutschen ist Spaß. Es ist ein Spaßbad, oder?

Die trockene Badehose trägt ein kleiner, sehniger Mann mit einer weißen Haut, die sich anfühlt wie ein Fahrradschlauch. Marten weiß das genau: Mehr als eine Sekunde lang hat sich die Haut des Mannes an seiner eigenen entlanggeschoben. Entlanggeschoben wie der Eisberg an der Titanic. Ohne zurückzuzucken und offensichtlich ohne Bewusstsein dafür und folglich ohne Rücksicht darauf, dass er, Marten, ja eine Person ist, etwas Lebendiges. Da ist doch die angemessene Reaktion: ein Zurückzucken. Die kultivierte Reaktion ist das Zurückzucken, das kultivierte Zurückzucken. Biochemisch schnell wie eine Auster. Wie eine sehr wohlerzogene Auster soll man sich benehmen. Martens Meinung.

Drüben, wo Marten herkommt, wo der Eintritt höher ist, ist es wärmer und dort gibt es Bademäntel, in verschiedenen Sandfarben. Zwei dicke Frotteeschichten zwischen den Körpern. Hier, wo es vergleichsweise kühl ist, ist man nackt. Das gibt doch keinen Sinn. Von Hygiene ganz zu schweigen. Man sollte Abstand zur Pflicht machen. Das oder Bademantelpflicht für alle. Auf der Autobahn gehts ja auch, wieso nicht im Schwimmbad: eine Armlänge Abstand, der Bademeister überwacht die Einhaltung. Gut für alle, findet Marten.

Findet der Mann in der trockenen Badehose jedenfalls nicht. Die Frisur: an den Seiten rasiert bis hinauf zu einem martialischen Streifen Pelz. Modell: wilde Männer im schottischen Hochland, ein bisschen Travis Bickle. Wahrscheinlich schaut er in den Spiegel und sieht einen Highland Clan Chief. Wahrscheinlich geht er auf Mittelaltermärkte. Wahrscheinlich ist er *Prepper.* Sergeant Prepper. Wahrscheinlich weiß er aus einer wirklich zuverlässigen Quelle, dass die Juden hinter all dem stecken. All dem, was auch immer.

Marten zur Seite schieben, das war keine Leistung. Wieselflink hat er das gemacht, Haut an Haut mit Marten, ihn leicht zur Seite geschoben und dabei seine Oberfläche an Marten entlang vorwärts gerieben, sich seitlich schmal gemacht und mit einer Reihe von Bewegungen: ducken, hopsen, stoppen, drehen und huschen, die Glastür erreicht. Beim ersten Kontakt mit dem Mann hat sich Marten wie eine indische Tempeltänzerin von der Hüfte aufwärts zur Seite verschoben, um der Berührung mit dem Oberarm zu entkommen, unter dessen gummiartiger Haut der Bizepsmuskel arbeitet wie ein Fisch im Schlamm. Die Frau folgt dem Hochlandkrieger im Windschatten, das Baby auf dem Arm. »Den Kopf halten«, schreit Marten sie an, in Gedanken natürlich nur, »bei Babys hält man den Kopf, du debile Prepperbraut.«

Sergeant Prepper, da muss Marten innerlich kichern. Der ist gut. Und jetzt muss Sergeant Prepper warten, auf seine nasse junge Frau mit dem Baby. Alle hat er überholt und jetzt muss er warten. »Wahrscheinlich», denkt Marten, »macht ihn das fertig. Mit dem tiefergelegten, sechzehn Jahre alten Audi an allen vorbei und dann an der roten Ampel mit den ganzen Toyotas und Renaults warten müssen. Das wird ihn frustrieren.« Marten denkt an seinen eigenen, demonstrativ bescheidenen Renault, der draußen im Halteverbot steht. Ging nicht anders.

Da: Er winkt ihr mit dem Kopf. Sieht nicht nett aus, wie er das macht, mit seiner gewaltbereiten Frisur. Nicht einmal beim Warten kann er sich still halten. Trommelt mit seinen Fingern auf den Türgriff und patscht mit seinen weißgeränderten Zehen in der Pfütze auf dem roten Fliesenboden. »Methjunkie«, denkt Marten, »alles klar.« Daher das mit dem Duschen. Die kriegen so was doch, die *methheads*: Wasserscheu, Paranoia, Dermatozoenwahn, alles Mögliche. »Super Wort übrigens», denkt Marten, »Dermatozoenwahn.« Dermaßen zonenwarm. Da bist du überzeugt, es bewegen sich kleine Tiere unter deiner Haut. Ameisen, Käfer, Würmer. Der Ekel macht dich dann wahnsinnig. Nein, halt, man ist ja schon wahnsinnig. Oh Gott, Würmer unter der Haut, Marten wäre lieber tot.

*

Ines. Ines mit ihrer Sonnenbrille, als wäre es der Strand von St. Tropez oder Nizza oder wo es halt am meisten cool ist, am meisten Eiswürfelklimpern im Glas, am meisten Cabrio mit Kopftuch, am meisten Audrey Hepburn. So, wie sie in Madrid vor den Gemälden gestanden hat mit ihren drei klugen Sätzen und ihren Wetterkartengesten für jedes einzelne – Garten der Lüste, Triumph des Todes. So was von Stil und dabei so körperlich und zwar körperlich auf eine total appetitliche Art. Goya und Bosch, hat sie gesagt, für mich

Goya und Bosch. Warum? Weil es da so schön greifbar wird. Marten weiß, dass das ganze Hallenbad ein anderes sein wird, sobald er mit Ines auf ihrem Handtuch sitzt, auf seine beiden Spiegelbilder in ihren riesigen schwarzen fünfziger-Jahre-Gottesanbeterinnen-Augen schaut und auf, was auch immer sie für einen Badeanzug anhat. Im Moment ist er quittengelb, die Farbe von Cabriolack, ihre Finger- und Fußnägel verchromt: Das ganze Hallenbad wird St. Tropez sein, in einer unangreifbaren Zeit, unangreifbar stilsicher und geistreich.

Alle waren beeindruckt, schon von der Art, wie sie Marten und seine Kollegen im Prado über eine imaginäre Sonnenbrille hinweg anschaute, während eine wirkliche Sonnenbrille hoch in ihrer Frisur steckte. Alle dachten: Kunsthistorikerin. Erst später an diesem Tag hat sie den Irrtum aufgeklärt: nicht Kunsthistorikerin, bloß Reisekauffrau.

Der Blick auf das Schwimmwasser. Gut, die Farbe: kristallenes Blau. Aber. Marten will nicht einmal daran denken, wie viele von den Menschen hier ohne zu duschen ins Chlorwasser steigen. Und darin ihre Hautschuppen absondern, den oxidierten Schweiß absondern, die intimen Haare, ihren bloß mit trockenem Papier verriebenen Dreck mit der ganzen Darmflora und die fetten Teenies den korrodierten Talg aus Pusteln und Pickeln und die Schulkinder kleine und, oh Gott, größere Schorfbrocken aus ihren alten und frischen Wunden und Schrunden absondern, halleluja. Ein Grund mehr, Schwimmbäder zu meiden. Oder jedenfalls den Bereich, in den man für drei Euro reinkommt. Wenn man nicht, wie Ines, unbedingt 50 Bahnen in dieser Chlorflüssigkeit ziehen will, gibt es nichts, was für solche Orte spricht. Warum da hinein?

Wobei es hier in der Schleusentür jetzt doch sehr kalt wird. Drüben, von wo Marten nur ungern aufgebrochen ist, aus der Wärme, der Ruhe, den Glockenspielklängen, den ätherischen Ölen, da haben die warmen Liegen lateinische Namen, altgriechische, hocharabische, da versammeln sich Jahrhunderte Kultur, und alles ist warm und niveauvoll, auf anschmiegsame Weise unbequem, man fühlt sich ernstgenommen. Hier aber schrumpeln die Finger.

Ines lacht über so etwas bloß. Kinder und Badewasser? Das sei doch menschlich. Drängelnde Prolls? Menschlich, Marten, brutal menschlich. Sie freut sich nach der Anstrengung darauf, sich der Gravitation zu überlassen. Geschwindigkeit, Action. Platsch! Ob denn ihm, Marten, so etwas nicht Spaß mache? Die Rutschen: Marten kennt aus anderen Thermen und Wasserlandschaften gewundene Röhren mit Namen aus den achtziger Jahren: *Joyride, Black hole.* Klar macht mir das Spaß! Klar.

Er sieht sich einen Augenblick als Teenager, sieht seinen Körper, ein schnittiger Torpedo, die haarsträubende Rinne hinuntersausen und in einer glitzernden Explosion aus Tropfen unten ankommen. Applaus! Bloß, dass da noch ein anderes Gefühl mitspielen will. Von irgendwoher jagen ihm die Namen *Joyride* und *Black hole* Angst ein. Aber ist er nicht wie alle anderen Kinder mit geradezu lächerlicher Ausdauer immer wieder diese Treppen und Leitern hinauf, um noch und noch einmal die Röhre hinunterzusausen? Es muss wohl so gewesen sein. Trotzdem klingt gerade weder *Joyride* noch *Black hole* nach Spaß in seinen Ohren.

»Leg deine Sachen weg«, sagt Ines.

Richtig, die Sachen. Also Brille und Schlüsselbund auf eines der Regalbretter der Handtuch- und Duschgelablage, von der zwar die Kinder fortwährend ihre Sachen herunternehmen, herunterreißen, ohne auf die zerbrechlichen Besitztümer anderer Leute zu achten, aber was solls.

»Wie heißen die Rutschen hier?«, fragt er Ines, bevor er, Brille und Schlüssel in der Hand, über den rutschigen Boden zur Ablage geht. Hier gibt es den *Fun abyss* und, tatsächlich, das *BLACK HOLE*!

Und kaum hat Marten das blaue Wasser im Becken gesehen, kommt der Hustenreiz zurück, das hartnäckige Tröpfchen im Hals, kaum weg zu räuspern. Er versucht es herauf zu husten, noch einmal, er angelt mit seinem Atem danach wie mit einem morschen Stöckchen nach dem Autoschlüssel im Gully.

Er spürt Blicke auf sich, bei aller Kurzsichtigkeit deutlich. Man will wissen, wer hier so hustet. Der Fünfzigjährige, der auf seinen Ellbogen vor Marten liegt, Bauch nach oben umsprudelt von Whirlpoolblasen, schaut unter seiner *Ich-wandere-demnächst-nach-Kanada-aus*-Frisur hervor und über seinen *Wir-hier-draußen-regeln-unsere-Angelegenheiten-auf-unsere-Weise*-Bart hinweg auf Martens Badehose, mit wasserblauen Augen und ohne zu blinzeln.

Eine plumpe und aufgeschwemmte Elfjährige lächelt ihn kokett an und dreht ihm auf ihrem Handtuch den großen Hintern zu, ohne Marten über die Schulter aus den Augen zu lassen. Eine gewaltige Speckfalte schiebt sich unter ihrem Hals zusammen. Da sind noch mehr Blicke, die Marten auf sich spürt. Er wendet sich um und aus dem Schwimmerbecken schauen wie Robben zwei Frauenköpfe zu ihm herauf, graue, mit aller Kraft über dem Wasser gehaltene Dauerwellen, mit unverkennbarem Missfallen, vorwurfsvoll. Ist was mit der Badehose?

Marten blickt trotzig zurück ins Panorama und hält den Blick während des Wegs zurück zu Ines, um zum Rutschen anzustehen. Ein General, der die Truppenreihe abschreitet. Er sieht ein Handtuch mit Südstaatenflagge. Eine Einkaufstasche in Schwarzrotgold. Ein Eisernes Kreuz, auf eine Frauenschulter tätowiert. Ein schlafender Bodybuilder mit weißblauem Rautenstirnband. Ein Andreas Gabalier-Fan-Shirt. Ein Aufkleber auf der Badetasche, der dazu auffordert, bairisch zu reden. Ein anderer Aufkleber, der dazu auffordert, überhaupt die Schnauze zu halten. Eine Wasserpistole in *Ich-weiß-nicht- wie-diese-ganzen-Profikillerfernsehbullenwaffen-heißen*-Optik: Glock? Walther? Und dicke Frauen mit diesen seltsamen Frisuren, ein Teil der Haare rasiert, ein Teil gefärbt, ein Teil geflochten und alles zusammen sieht trotzdem weder freundlich noch lustig aus, sondern bockig, billig und befremdlich. Und tätowiert gegen jede Vernunft. Als gebe es kein Morgen, kein Alter oder jedenfalls niemanden, der es sieht, und das hier: auf diesen beigen, von unten geheizten Präsentiertellern, praktisch nackt. Denken denn die Leute überhaupt nicht daran, dass sie eines Tages ein Verkehrsunfall zerhacken kann und sie dann mit den gut gelaunten Bildchen am Körper zwischen den Blechfetzen ihres Mazdas hängen müssten? Dass sie irgendwann ein faltiges Wrack sein werden, in den Armen eines Altenpflegers, dem sie dann die Blümchenornamente um die Schultern oder den neckischen Skorpion am Rand der Bikinizone entgegenrecken? Wo die meisten doch jetzt schon aussehen wie mit Resten gefüttert, halb vergiftet, halb gemästet.

Und aber dazwischen immer wieder schöne Frauen. Schöne und junge Frauen, um nicht zu sagen: Mädchen. Schlanke, schöne, durch den Chlordampf hindurch duftende Frauen – »Frauenkörper«, muss Marten einschränken, »bloß die Körper«. Sie liegen ja schweigend, bloß zum Anschauen, schlank wie Alleen und gewölbt wie Knospen und Marten bewundert sie, als würde er ein Gedicht in einer fremden Sprache hören, schön, aber nicht für ihn, ein stummes Gedicht.

Wahrscheinlich Studentinnen, die ja für gewöhnlich nichts um sich herum wahrnehmen.

Die ganzen anderen, die allzu Sonnengebräunten und Käsigen, die Aufgeschwemmten, die mager Verdorrten, die verdorbenen Frisuren und die kurzrasierten Militärschädel mit ihren Deutschlandtaschen und Bayerntüchern – Marten fragt sich, während er die Parade abnimmt, wie viele von denen wohl etwa *Reichsbürger* oder irgend so was in der Art sind. Wie viele von ihnen wachsen – ein, zwei Zentimeter, wo am Körper auch immer –, wenn sie dem Gerichtsvollzieher sagen, »ich erkenne die BRD GmbH nicht an«?

Ines ist schon ein wenig weiter vorn in der Schlange. »Was meinst du, wie viele lassen ihre Kinder nicht impfen?« »Keine Ahnung, Marten«, sagt Ines. Wie viele haben Sportwaffen in der Garage? Jagdwaffen, Langwaffen in einem Schrank mitten im Wohnzimmer? Weiß sie nicht. Marten verzichtet darauf, weiter zu fragen. Wenn er laut weiterredet, das weiß er, klingt er sogar in seinen eigenen Ohren biestig. Kleinlich. Aggressiv. Er wird tatsächlich immer aggressiver. Wer von denen glaubt, dass die Juden die Twin Towers gesprengt haben und dass uns die Presse belügt, dass uns alle belügen? Und kennt irgend einen russischen Onkel von einem Arbeitskollegen, der die *Wahrheit* weiß – und er weiß, das darf man nur flüstern – er weiß die Wahrheit dieser Onkel, weil er beim

KGB war, bevor er zu gefährlich für *die* wurde, zu gefährlich, weil er zu viel wusste, nämlich die *Wahrheit*, aber man darf ja nicht davon sprechen. Wie viele von all den nackten Körpern mit ihren darauf geschriebenen Kindernamen und keltischen Schriftzeichen und rostfreien Metallverzierungen im Nabel energetisieren ihr Trinkwasser mit Kieselsteinen aus dem Internet und wählen, auftrumpfend, rechte Parteien oder die FDP, nennen es ausgerechnet Denkzettel oder wählen gar nicht, weil ja, wie gesagt, russischer Onkel, alles nur Beschiss. Wir sind alle nur Personal und der Beweis ist, der *Beweis*: der Personalausweis heißt Personalausweis. Personal wie *Personal*, klar? Also Personal. Kann ja nur so heißen, wenn Personal. *Also* Personal. Beweis. *Diese Wichser!*

Die vielen Stimmen, Kindergeschrei, Gelächter, alles in der feuchten Glocke unter dem tropfenden Holzträgerdach miteinander vermischt und von der wackelnden blauen Wasseroberfläche des Schwimmerbeckens zurückgeworfen, dieser ganze BRUTAL MENSCHLICHE LÄRM verursacht Marten Übelkeit.

Oder ist es nicht der Lärm? Warum zittert sein Zwerchfell? Und zwar jetzt, wo er ohne Brille und Schlüssel dasteht, viel stärker als vorher.

Jetzt huschen flinke Kinder nass und nah zwischen ihm und Ines hindurch, um sich vorzudrängeln. Wo holen sich die Kinder die ganzen Wunden? Geht doch eh keines mehr auf die Straße oder in den Wald oder Radlfahren. Ines lacht. Er meine es ernst, makellos sollten die eigentlich heute sein, glatt und weich wie ein Negerkuss. Ines runzelt die Brauen. »Schaumkuss muss man sagen«, murmelt Marten sich zu. Oder Schokokuss? *Shoko Asahara*, klingt es durch Martens

Kopf, wie immer, wenn er irgendwas mit Schoko hört, seit dem Giftgasanschlag auf die U-Bahn in Tokyo. Seit 22 Jahren. Was Ines davon halte. »Hm«, sagt Ines. Und nach Shoko Asahara kommt *Schokohase* und *Sahara*. »Ach, komm.« Genauso, sagt Marten, sage er immer noch *Seveso* statt sowieso. Wie die erwachsenen Witzbolde seiner Kindheit. »Eine Sprache voller Giftgas«, sagt Ines.

»Dabei ist ja schon hier der Chlorgeruch atemlähmend. Aber stell dir vor, jetzt auch noch U-Bahngedränge. Und erst die Panik.« »Was für Panik?«, fragt Ines. »Ja, die Panik bei einem Giftgasanschlag«, sagt Marten. Aber er fragt sich jetzt, warum er selbst in diesem Moment Angst hat. Nämlich die Aufregung, die er in seinem Zwerchfell hat, das ist Angst. Je näher er der Rutsche kommt, desto mehr nimmt sie zu. Ohne Brille und mit der Badehose, ohne das Gewicht des Schlüssels kommt Marten sich nackt und leicht vor. Genauso nackt und leicht wird er gleich in diese Röhre steigen und sich der Gravitation überlassen.

Und jetzt er da vorn? Sergeant Prepper? Der geht zur Rutsche, als wäre es seine. Warum hat der nicht geduscht? Das wisse doch sie nicht, sagt Ines. Marten liefert eine Theorie: Womöglich sei das einer, der sich selbst buchstäblich für den Maßstab der Reinlichkeit halte, sodass Duschen für ihn nicht in Frage komme, so wenig wie Nachmessen für das Urmeter in Paris. Gerade solche Typen sind ja oft wahnsinnig von sich überzeugt. Oder ist es ihm vielleicht peinlich, sich in der gemeinsamen Dusche zu waschen, unter den Blicken von größeren und nicht zuletzt wohlhabenderen Männern? Wo hat er seine teigige Frau mit dem Säugling gelassen? Ach, da unten steht sie und redet mit einer noch weißeren, fetten

Frau, so laut, dass man es bis hier oben versteht, obwohl beide gleichzeitig reden: Der soll die Fresse halten, ach komm sagsch ihm halt, du hasch Periode g'het, ich bin doch nicht blöd, bitte bitte nur noch einmal die Scheißbettelei, ich hab's ihm schon tausendmal gesagt, jaja, klar.

Wahrscheinlich sind sie mit irgendeinem Sozialprogramm hereingekommen. Teilhabe und so weiter. Intellektuelle Zonenrandförderung. Dermaßenzonenrand. Gute Sache, faire Sache, solidarische Sache, »Jawoll«, denkt Marten, »soziale Gerechtigkeit«. Aber man muss dann halt solche Gestalten ertragen. Marten hat ein Wort, aber es kommt ihm gerade falsch vor: Prekariat? Da ist doch etwas niedlich drin. Ach ja: Pekari. Das Ding zwischen Zebra und Giraffe. Das passt ja ganz und gar nicht. Ganz abgesehen davon, ob man eigentlich Prekariat sagen darf, beziehungsweise überhaupt *denken* sollte. Prekari. Lustig.

Da sind ihm die Gruppen von dunkelhäutigen Männern bei den Whirlpools und im Solebecken viel lieber, weil sie dem unappetitlichen Gewurme und Gewusel von bleichen Leibern immerhin etwas internationales Flair verleihen. Da passt die Giraffe. Und das Zebra. Viel leichter zu integrieren als diese Bayerwaldnazis und dieser *czech-border-white-trash*. Viel leichter. Wenigstens vom ästhetischen Gesichtspunkt her.

Gott, muss das furchtbar sein. Dermatozoenwahn. Lieber tot als Wurmbewegungen unter der Haut.

*

Stufe um Stufe geht es hinauf. Schließlich sieht Marten die beiden Öffnungen des *Fun abyss* und des *Black hole*, die Namen in lustigen Buchstaben darüber. Wie das Ofenloch im Märchen stehen sie offen. Die Gäste des Spaßbads, Kinder und Erwachsene, stürzen sich einer nach dem anderen hinein. Ernst wie Skispringer, wie Rodler, sportlich bis zur Verbissenheit tun sie es. Neben beiden Röhreneingängen ein Schild: *Zügig rutschen – Nicht anhalten!* mit einem grotesken Piktogramm, das zeigt, was bei Nichtbeachtung passiert: Das eine Männchen sitzt in der Rutsche, das andere rutscht zügig mit verdrehten Piktogrammgliedmaßen in ihn hinein.

Kurz bevor man an der Reihe ist, hat man einen Blick von oben auf das ganze Bad. Marten nimmt ihn sich wie einen Ouzo beim Griechen. Wenn man schon einmal hier ist, kann man sich das auch noch geben. Es ist der Blick vom Riesenrad, den man sich in Gottes Namen und freudlos auch dann gönnt, wenn man Höhenangst hat.

Der Blick von oben: Männer mit Bärten sitzen im knietiefen Kinderbecken, ihren Nachwuchs zwischen den Füßen. Die Bärte sind gepflegt, ja sogar gestaltet: Hipsterbärte in allen Variationen, Bikerbärte, Retrobärte an Backen und Oberlippen, wilhelminische und Prinzregentluitpoldornamente. Der Nachwuchs, das sind kleine Menschen, die in grotesken Gummipolstern stecken, in aufblasbaren bunten Tieren, in Chimären, Ringen mit Echsenköpfen, Einhörnern, notfallorangen Schwimmflügeln, alles überhaupt in Farben, die mit der keimtötenden Verzweiflung des Chlorgeruchs fröhlich und safe sein wollen, beides. Hinten, am andern Rand des Panoramas, die älteren Leiber, die in Whirlpools gekocht werden und unter Massagedüsen zittern, der Klang einer Großküche.

Marten und Ines sind die Nächsten. »Links oder rechts?«, fragt sie. Marten schaut die beiden Röhren an. Die zwei Namen verschwimmen ihm zu einem: ...a..ss ...hole! Er ist gemeint. Sergeant Prepper ist schon weg. Das Gejohle, das von tief aus der Röhre heraufklingt, ist wohl das seine.

»Okay«, sagt Ines, »also ich den *Fun abyss.*«

Der Zeiger, der klappert eine Minute weiter und verschwindet hinter einem Kondenswassernebel, der die linke Hälfte des Zifferblatts ins Undeutliche taucht. Auf das Klappern des Uhrzeigers hin ändert sich der Klang im Bad. Die Großküche verschwindet. Der Wahnsinn wandert zu den Bärten und dem Gumminachwuchs unter den Rutschen. Die Wasserspielchen wechseln. Das Wasser spritzt aus Löchern im Boden, schießt in die Luft und prasselt zurück auf die Fliesen, es strömt aus Fischmäulern in der Wand, es kommt als lauwarmer, transparenter Film aus Rohren und bildet Wasserkuppeln, die im Kinderbecken stehen wie das völlige Missverständnis eines Regenschirms. Frauen auf den steinernen Bänken am Beckenrand verstopfen mit den Zehen die Düsen zwischen ihren Kindern und lassen kleine Explosionen frei. Einem bärtigen Mann schwappt das Wasser wellenweise in den kleinen Einfülltrichter aus Badehosenbund und Arschfalte.

»Okay«, sagt Marten, dann werde er sich in die andere Röhre schieben. In die Röhre schieben, denkt er, wie: den Braten. In die Röhre schieben wie: den Krebspatienten. Wie die Hexe.

Es graut ihm vor der Rutsche. Sie schaut ihn aus dem Loch des Einstiegs heraus an, als hätte sie alles gehört, was er gesagt hat. Als wäre sie der Eingang zu einem Club, wo Sergeant Prepper und seine Freunde Stammgäste sind. Marten stellt sich in die Startposition, die Füße im Strahl des Rutschwassers. Das Wasser ist kalt und es wird abwärts gehen, schnell womöglich, und ihm könnte schwindlig werden. »Woher kommt nur«, denkt Marten, »die Erinnerung daran, dass das etwas Lustiges ist? Woher kommt die Erinnerung an meinen Körper als Torpedo? Bloß aus dem Gerede, das ich ständig an Ines hinsprudele wie diese Rutschwasserdüse?« Über den Haltegriffen ist eine Ampel. Rot. Gottseidank. Ines ist in der Rutsche daneben, in einem Abgrund aus Spaß. »Ich dagegen«, denkt Marten, »in einem schwarzen Loch.« Immer noch fixiert er die Ampel. Es dauert viele Sekunden, bis sie auf Grün springt.

»Sei kein Baby«, denkt Marten. »Alle schaffen das. Sergeant Prepper schafft das, Ines schafft das, kleine Kinder haben das getan, gerade eben.« Mit einem hilflosen Gefühl von Resignation schwingt er sich an den Haltegriffen vorwärts, um, irgendwie möglichst sportlich, in die Tiefe zu gleiten. Aber als er auf der Rutsche landet, geht es nicht weiter. Er schiebt mit beiden Händen wie ein Rodler und steckt noch immer vor der ersten Kurve fest, als er merkt, dass es seine Badehose ist, die bremst. »Natürlich«, denkt er, »wie kann ich das vergessen haben.« Er legt sich zurück, biegt den Rücken durch und hebt den Hintern hoch, bis er nur noch auf der Haut seiner Schulterblätter und seiner Fersen rutscht. Und da geht es auf einmal schnell. Sehr schnell. Scheiße geht das schnell. *Scheeeiißeee!*

Das *Black hole* heißt so, weil nach der ersten Kurve kein Licht mehr in die Röhre dringt. Es ist pechschwarz und man sieht nicht, wohin die Fahrt geht. Das ist lustig. Man kann kreischen. Oder auf Tempo spielen und unten eine Zeitmessung ablesen. Marten hält den Atem an. Er wird nach links und dann nach rechts geworfen, ein Schlitten auf Kufen aus Haut und Fleisch. Er atmet stoßweise aus, schnappt und hält wieder die Luft an. Er erwägt zu bremsen, einfach den Hintern mit der Badehosenbremse auf den Boden senken. Aber andererseits bloß schnell raus aus dieser Dunkelheit. Mit einem Mal huschen phosphoreszierende Bildchen über ihn hinweg, Seepferdchen, Muscheln, ein rundlicher Pottwal. Marten weiß, dass die Bildchen ihn verhöhnen, wie die lustigen Buchstaben oben. Asshole! Und wieder ist es schwarz um ihn her, schneller und schneller ruckeln die Fugen zwischen den Segmenten der Rutsche unter seinen Schulterblättern hindurch. Flapp – flapp – flapp, wie Schläge, immer schneller, immer schmerzhafter. Asshole! ASSHOLE! Die Röhre hat ihn verschluckt, um ihm das zu sagen. Voraus ist es möglicherweise schon heller, glaubt Marten zu erkennen und in diesem Augenblick ändert sich das Gefälle des *Black hole*, es ändert sich drastisch und zum Extrem, die Rutsche stürzt geradezu ab, Marten meint, im freien Fall abwärtszurasen, aber vielleicht auch nicht. Er hat kein Gewicht mehr. Er wird immer leichter. Er spürt kaum noch die rhythmischen Schläge der Fugen. Dann spürt er sie gar nicht mehr. Die Schwerkraft ist weg. Kein Luftwiderstand. Keine Schläge.

Es muss doch schon lange vorbei sein, es muss doch schon lange vorbei sein, so lange kann die Rutsche doch nicht sein. Aber kein Anzeichen von Ende. Kein Anzeichen für irgendetwas. Marten wird schlecht. Er presst Augen und Lippen zusammen. Er hört sich wimmern. Von über seinen Schultern, von oben, von hinten, wie soll er es nennen, schwemmt mehr Wasser über ihn. Welle um Welle. Was heißt das? Ist schon der

Nächste gestartet? Der sein Rutschwasser vor sich her treibt, auf mich herunter? Ertrinke ich jetzt? WARUM GEHT DAS IMMER WEITER VERDAMMT?!

Ist das ein Schlaganfall? Marten hat tatsächlich irgendwo in seinem Bewusstsein, zwischen Panik, Schwindel und Übelkeit, noch Zeit und Kapazität enttäuscht zu sein – enttäuscht davon, dass das sein Tod sein soll: ein Schlaganfall in einer Schwimmbadrutsche. Denn ein Schlaganfall muss es sein, anders ist diese endlose Sekunde nicht zu erklären, noch diese grenzenlose Rutschenröhre. Um ihn herum nichts als bodenlose Dunkelheit, freier Fall. Martens Gewimmer wächst in seiner Angst so stark, dass es seinen Mund auseinanderzwingt. Der Schrei ist stärker als das Erbrechen. Er krümmt sich. Und in diesem Moment berührt die Badehose etwas.

Und bremst. Marten spürt die Wände oder genauer gesagt: die eine Wand der Röhre rings um sich herum. Mit der Breite seines Hinterns und unter Zuhilfenahme von Händen und Fersen bringt er sich zum Stillstand. Es ist immer noch stockdunkel, aber Marten fühlt das Plastik der Röhre wieder. Er sitzt an einer weniger steilen Stelle des *Black hole* und spreizt sich ein, um nicht wieder abzurutschen. Von hinten kommt, Schwall für Schwall, Wasser. Marten ächzt, aber seine eigene Stimme wird ihm als großes, hässliches Echo zurückgeworfen. Es ist wie im Inneren einer Plastikposaune.

Da sind noch andere Stimmen. Kinderstimmen, und sie kommen näher. Marten dreht seinen Kopf in die Richtung, aus der das Wasser kommt, aber die Stimmen scheinen von der entgegengesetzten Seite zu kommen.

»Hallo?«, fragt Marten. Es dröhnt wie mit dem Kopf in einem Eimer. Als Antwort stürmen die Kinderstimmen auf ihn los. Er spürt ihre Gummikörper, ihre chlorwassersträhnigen Köpfe. Es sind viele. Es kommt Marten vor, als wären sie in der Dunkelheit unglaublich klein. Kleine Affen, die über ihn hinwegklettern, Rhesusäffchen, Totenkopfäffchen. »Zügig rutschen«, denkt Marten, »nicht anhalten!« Jetzt merkt er, dass er genauso in der Röhre sitzt wie das Piktogramm auf dem Schild. Und da wird auch schon das Kichern der kleinen Affen zum Kreischen, ein enormer Schwall Wasser trifft Marten und reißt ihn aus seiner Halteposition, eingespreizt mit Fersen, Hintern, Ellbogen und Händen. Er kommt ins Rutschen. Und ist froh darüber, denn von oben kommt jemand gerutscht, ein schwerer Brocken. Dicker Mann. *Fat man.* In seiner Bugwelle spült er die Affen vor sich her. Marten löst seine Badehosenbremse und nimmt sofort Fahrt auf. »Keine Lust«, denkt er, »mir die Piktogrammbeine verdrehen zu lassen.«

Die Gravitation ergreift ihn hinter der Kurve, es geht steil nach unten, senkrecht, und sofort in ein wildes Kreiseln. Schließlich ein Schimmer, ein wenig Licht, Marten beginnt zu sehen, wie die Fugen der Röhrensegmente über ihm hinweg ziehen wie Lichter in einem Autobahntunnel. Die Röhre wird breiter, der Trichter der Posaune öffnet sich, Marten verliert wieder die Kontrolle, dreht sich, klatscht ins Zielbecken, wie ein Vogel gegen eine Fensterscheibe, kopfüber, blubbernd, prustend, rudernd, zappelnd. Und gerade, als er Boden unter den Füßen hat und beinahe Halt findet, purzeln die Affen aus dem Trichter, treffen ihn hart, treten, schürfen, reißen. Zuletzt *Fat man,* die Bombe. Marten sieht nichts, hat die Augen voll Wasser, das Chlor brennt. Aber er spürt Haut und eine große nachgiebige Masse darin, die ihn zurück ins Becken drückt, unter Wasser, mit dem Kopf auf den Boden, rauer Badeanzugstoff in seinem Gesicht, und ihn nicht wieder aufstehen lässt.

Marten zappelt. Er schreit mit geschlossenen Lippen. Schreit mit großen Luftblasen und kann nicht wieder einatmen. Er boxt und kickt und kann immer noch nicht wieder einatmen. Dann windet er sich unter dem Fleischberg hervor, endlich. Hat Wasser geschluckt, kriecht auf Händen und Knien, den Kopf hoch gestreckt, gerade so eben an der Luft, aber unfähig einzuatmen, bis er mit der Hand eine Stufe im Wasser ertastet, sich daran hält, um zu husten, Luft aus dem Magen zu lassen und zu spucken. Er öffnet sekundenweise die Augen, um sich zu orientieren, aber er hält das Brennen nur kurz aus. Der Druck des Aufpralls muss etwas in seinen Augen verschoben haben, denn er sieht alles verschwommen, verschleiert, trüb.

Es ist stickig. Die Stufe unter seinen Fingern ist schleimig. Das linke Auge liefert ein flimmerndes Bild, wenn er es halb öffnet und den Kopf zur Seite dreht. Das Wasser, in dem er kniet, sieht keineswegs kristallblau aus. Wie es scheint, ist es grünlich und trüb. Und eine dunkle Schliere treibt zwischen Martens Händen hindurch. Marten richtet sein eines Auge höher, nach links, dann nach rechts. Der Fleischberg, unter dem er sich gerade hervorgezwängt hat, ragt direkt vor ihm auf. Es ist die Frau, die noch vor wenigen Minuten mit der Frau von Sergeant Prepper geredet hat. Nur, dass sie jetzt unglaublich viel dicker ist. Und irgendetwas anderes stimmt nicht mit ihr. Marten blinzelt ein paar Mal krampfhaft. Das Brennen lässt bereits nach, aber die Optik ist immer noch angeschlagen. Oder ist das Wasser, in dem er kniet, tatsächlich so trüb? Das wäre ja ausgesprochen widerlich. Aber es würde zu dem schleimigen Gefühl unter seinen Fingern passen.

Dann stoppt er. Stoppt alles. Denken, Atmen, Tasten, Blinzeln. DAS SIND NICHT DEINE AUGEN, IDIOT, schreit es in ihm. DU KNIEST WIRKLICH IN DIESER BRÜHE! Er sieht klar. Die Oberfläche des Wassers mit Flecken übersät wie mit Inseln von Schimmel. Die Luft um ihn herum tatsächlich dunkel von Dunst. Ihm gegenüber sitzt die dicke Frau und zwischen ihren Beinen hervor, rinnt eine Schliere von Blut ins Wasser und ist gerade dabei, sich an Martens Bauch anzulegen.

Marten springt auf. Er schreit und weil er nicht weiß, wohin er zurückweichen soll, zappelt er und krümmt sich.

Das weckt etwas in der dicken Frau. Sie hebt den Kopf, der bisher fett und stumpfsinnig über ihrem Bauch gehangen ist. Sie schnüffelt in den Dunst. Dann hat sie Martens Position gefunden. Ihre Augen öffnen sich. Gelb wie die einer Schlange. »Nein», denkt Marten, »bitte nicht. Das ist so ein Traum, den ich hasse, ein Horrorfilmtraum, einer mit Dämonen. Bitte nicht so ein Traum! Bitte nicht.« Marten versucht aufzuwachen. Er ist überzeugt, dass er beinahe wach ist. Sein muss, weil er sich ja völlig bewusst ist, was passiert. Das alles bastelt sein Gehirn aus Angst und Fernsehen zusammen, denkt er, »aber ich *denke* das ja schon, also muss es bald vorbei sein. Bitte.«

Die fette Frau starrt ihn immer noch aus ihren gelben Augen an und blutet ins Wasser. Sie zieht ihre Muskeln zusammen, sammelt ihre Kraft. Sie knurrt.

»Halt!« Jemand ruft, ganz in der Nähe, aber unsichtbar hinter dem Dunst. »Nicht bewegen! Nicht weglaufen! Sie tötet dich mit einem einzigen Biss, wenn sie erst springt. Ruhig bleiben!«

Marten hält still, bewegt keinen Muskel, gehorsam, für den Fall, dass das kein Traum ist. Er will flüstern, fragen, was nach dem Ruhigbleiben kommt, aber in diesem Moment explodiert der Kopf der fetten Frau.

»Die war nicht besonders schlau. Gut für uns. Für dich vor allem.« Der Mann, der gesprochen hat, kommt aus dem Nebel zum Vorschein, eine lange, schwere Waffe über der Schulter. Es ist Sergeant Prepper.

»Jetzt raus mit dir aus der Brühe, die bringt dich um mit der Zeit. Bald gehts hier rund und dann müssen wir vorbereitet sein.«

Der Sergeant duckt sich und huscht voraus. Marten folgt ihm so schnell er kann. Ein Blick auf die dicke Frau: der Hals in Fetzen, nirgends eine Spur von ihrem Kopf. Marten beeilt sich, um den Sergeant nicht aus dem Blick zu verlieren. Nachdenken – dafür ist später Zeit.

*

Marten und der Sergeant kauern seit über einer Stunde in dem Versteck. Das Versteck: das Bademeisterbüro, außen Glaswürfel, innen ein Schützengraben. Schnell unter die Schreibtische gekauert und kein Geräusch machen. Der Sergeant hat drei, vier Mal den Kopf gestreckt, um durch ein Fenster zu schauen. Manchmal hat er Marten Zeichen gegeben, ebenfalls hinauszuschauen. Aber Marten hat sich nicht getraut. Nicht, so lange zu hören war, was er gehört hat. Später ist Marten hellwach. Inzwischen reckt er immer wieder selbst den Kopf, das unglaubliche Panorama anschauen, noch einmal und noch einmal und kann es immer wieder nicht glauben. Jedes Mal kommandiert der Sergeant ihn zurück in Deckung. Tun, was der Sergeant sagt, denkt Marten. Die gleiche trockene Badehose, die Marten so empört hat. Im Moment könnte der Sergeant sonst was anhaben, Marten würde tun, was er sagt. Er ist der Leitwolf.

Was Marten gehört hat: Geräusche, wie von vielen Menschen, draußen vor den Glasscheiben. Alles Geräusche, die Leute machen. Schritte, Schlurfen, Stolpern, Kratzen, Klappern, Platschen. Alles, was Leute von sich geben: Husten, Schmatzen, Rotzen, Grunzen, Gähnen, Niesen, Schluchzen, Quietschen. Aber niemand redet. Kein gesprochenes Wort. Das Schweigen von Leuten, die nicht leise sein wollen. Und näherkommen. Die Menschengeräusche werden mehr, werden dichter. Mehr Grunzen und Quietschen. Und noch etwas. Marten hält sich die Ohren zu. Aber er hört hinter seinen Handballen. Er weiß nicht, ob es sein eigenes Blut ist, das er fauchen hört. Oder ob das Fauchen draußen ist.

Erst als Ruhe ist, streckt Marten den Hals und schaut in die Halle. Hinter dem Glas ist gleichzeitig das Spaßbad und nicht das Spaßbad. Als wäre es explodiert und jemand, der sich nicht mehr gut daran erinnert, hätte es aus den Resten wieder aufgebaut. Und auch das schon vor einiger Zeit. Die Fliesen an Wand und Boden bröckeln und splittern. Die Holzbalken an der Decke sind moosig, es tropft. Rohre liegen frei und rosten. Die Fensterfronten nach draußen sind blind, wie Milchglas. In allen Becken ist anstelle von Wasser die schleimige, grüne Brühe, mit runden Inseln und Flecken von Schimmelpilzen bedeckt wie mit Seerosen. Die Oberfläche ist noch bewegt. Gerade eben sind sie noch da gewesen. Ob sie alle gelbe Augen haben, weiß Marten nicht, aber er stellt sie sich so vor. Nasse Spur auf den Fliesen die Treppe hinauf. Und dann Ines. Eindeutig Ines. Unverwechselbar ihre Haare, ihr quittengelber Badeanzug. Das ist unverwechselbar. Daran erkennt er sie, aus der Distanz. Der Badeanzug und die Haare.

Nachdem er sich übergeben hat, lautlos oder wenigstens so leise wie möglich, lässt der Sergeant ihn nicht mehr hinausschauen. Er winkt ihn mit der flachen Hand hinunter, sobald er den Hals strecken will. »Wie Winnetou«, denkt Marten. »Er führt mich, wie Winnetou einen unerfahrenen Siedler.« Marten gehorcht und schämt sich, dass er gehorcht. Aber was soll er tun? Er hat keine Ahnung, was hier vorgeht. Der Sergeant ist derjenige, der Bescheid weiß. Marten bleibt sitzen und schämt sich, dass er hier sitzt, während hinter dem Fenster Ines … Er will sich nicht vorstellen, was. Ines, und er schaut nicht einmal, wenigstens, hinaus. Er hebt den Kopf, aber der Sergeant wirft ihm einen strengen Blick zu. Apachenblick. Marten gehorcht und schämt sich. Dafür, gekotzt zu haben. Eine jämmerlich kleine Menge Erbrochenes, stinkend zwischen den Decken und Vorräten des Sergeant. Marten will kein unerfahrener Siedler sein. Unerfahrene Siedler sterben früh.

*

Marten weiß nicht mehr, wie lange er sich schon damit abgefunden hat, an die Seite des Sergeant zu gehören. Viele Wochen jedenfalls. Aus Angst. Und weil sonst kein Mensch da war. Als an diesem ersten Nachmittag die Geräusche aufgehört haben, da hat der Sergeant ruhig und ohne Vorwurf zugesehen, wie Marten mit Fetzen von einer Zellstoffrolle sein Erbrochenes aufgewischt hat. Auf den Knien, um nicht den Kopf über den Schreibtisch und damit den Fenstersims zu strecken. Aber der Sergeant selbst ist aufgestanden und hat hinausgeschaut. Sie bleiben jetzt in ihren Löchern, hat er gesagt. Sie geben eine Zeit lang Ruhe. Eine Zeit lang? Was heißt das? Mmm, eine ganze Weile, hat der Sergeant gesagt. Und das bedeutet? Ein paar Stunden? Eine Woche? Der Sergeant hat ihm eine kleine Plastikflasche mit Wasser gegeben und eine saubere Decke. Marten hat geschlafen, bis der Sergeant ihn weckte, weil sie zurückgekommen sind.

Sie kommen wieder und wieder zurück. Marten hat Angst, aber er hat sich daran gewöhnt. Er schwitzt Tag und Nacht, sein Herz klopft, sein Gesicht krampft. Das ist normal.

Aus dem Versteck gibt es eine kurze, steile Treppe in den Keller. Dort sind zwei Räume. Einer hat eine Tür, zu der der Sergeant einen besonderen Schlüssel an einem Brett im gläsernen Büro aufbewahrt. In dem anderen Raum hat der Sergeant einen riesigen Vorrat von Lebensmittelkonserven. Fertige Salate. Bohneneintopf in der Dose. Serbisches Reisfleisch in der Dose. Der Sergeant sagt, Marten solle bloß nicht auf das Haltbarkeitsdatum schauen. Aber so etwas weiß Marten. Abgelaufen heißt nicht verdorben. Nachhaltigkeit. Der Sergeant nickt anerkennend und Marten freut sich darüber. Die Dosen halten sowieso ewig. Aber die Plastikeimer mit den Salaten sind kritisch.

Natürlich hat Marten gefragt, was passiert ist. Welche Katastrophe er verpasst hat. Was er denn meine, hat der

Sergeant gefragt. Marten hat mit den Händen gerudert und ein weinerliches Gesicht in alle Richtungen geschüttelt. Was werde ich wohl meinen, hat das sagen sollen, und: Das hier ist ja wohl nicht, wofür ich oben Eintritt bezahlt habe. Aber seine große Geste mit dem weinerlichen Gesicht ist Marten im selben Moment vorgekommen wie aus einer anderen Welt. Aus dem Fernsehen.

Stattdessen hat er gefragt, ob man hinauskönne, aus dem Bad. Der Sergeant hat die Augen zugekniffen, als hätte er einen Anfall von Zahnschmerzen, wie wenn man auf Aluminium beißt. Marten hat nicht weiter gefragt. Er denkt, dass der Sergeant nicht darüber reden will. Vielleicht, weil es schrecklich war. Oder etwas ist mit seinem Kopf passiert. Vielleicht, überlegt Marten, denkt aber auch der Sergeant, dass umgekehrt er, Marten, das Gedächtnis verloren habe. Denn, wie könnte man sonst fragen müssen, was passiert sei. Wo doch offensichtlich etwas Unübersehbares passiert ist. Die Katastrophe. Marten hat überlegt. Der Supervulkan im Yellowstone-Park? Unfall im Teilchenbeschleuniger?

Der Sergeant hat Zutrauen zu Marten gefasst, als er das mit dem Haltbarkeitsdatum gewusst hat. Weichei, Opfer, Verlierer, unerfahrener Siedler, das ist vorbei. Sie reden miteinander. Aber es gibt keine Antworten für Marten. Er macht hin und wieder einen Versuch, indem er das Gedächtnis des Sergeants von der Seite her anbohrt. »Du bist ja auf alles vorbereitet«, sagt er zum Beispiel, als der Sergeant seine Taschenlampe an einem tragbaren Solarladegerät anschließt. »Man ist nie auf alles vorbereitet«, antwortet der Sergeant dann. »Auf was bist du denn nicht vorbereitet?«, fragt Marten. »Wenn ich das wüsste, würde ich mich drauf vorbereiten. Und dann wäre ich drauf vorbereitet.« »Und warst du schon einmal auf etwas nicht vorbereitet?« »Nein«, sagt der Sergeant. »Ich lebe noch, oder? Nicht vorbereitet, nicht am Leben. Vergisst du was, bist du tot, sofort, noch bevor du merkst, dass du etwas vergessen hast. Du merkst, dass du alles richtig gemacht hast, wenn du merkst, dass du noch lebst.« Der Sergeant spuckt auf den Boden. Eine Geste aus einer anderen Welt.

Mit den Wochen hat Marten gelernt, alleine zu den Vorräten in den Keller zu gehen. Vorher muss er dem Sergeant die dafür nötigen Vorsichtsmaßnahmen viele Male aufsagen. Die Treppe zu den Vorräten hat zwei offene Abzweigungen, es muss also sicher sein, dass die Wesen in ihren Löchern sind, wenn man sie benutzt. Den Schlüssel zu dem anderen Raum im Keller lässt der Sergeant nicht aus den Augen. Marten lernt die Routinen. Wann gegessen wird, was und wie viel. Wo gekackt wird (ein Dienstklo, aber es ist verstopft. In der Schüssel klemmt ein Eimer, der in einen senkrechten Lüftungsschacht in der Wand ausgeleert wird). Geschirrspülen und Wache halten. Alles sauber und griffbereit halten: Decken, Geschirr, Werkzeug, Akkus, Verbandszeug, Medikamente. Und schließlich Waffen und Munition. Marten lernt die verschiedenen langen und kurzen Gewehre anfassen, weiß, aus welchen und wie vielen Teilen sie bestehen, wie sie gereinigt werden wollen, wie man sie lädt und sichert. Marten übt das Schießen ohne Munition, der Sergeant will Lärm vermeiden und keine Patronen vergeuden.

Marten fragt, wo die Waffen herkommen. Eigentlich hofft er, dadurch etwas über die Art der Katastrophe zu erfahren. Und über *wie-es-draußen-ist,* außerhalb des Bades. Der Sergeant ist doch nicht hier drin geboren, samt Waffen, Akkus und Wasseraufbereitungstabletten. Das muss er ja alles irgendwo herhaben. Aber die Antwort sind immer zwei, drei Wörter, mit denen eine Geschichte anfängt: *ohne diese Pistole oder dieses Baby von einem Präzisionsgewehr,* und dabei klopft der Sergeant auf Lauf oder Griff der jeweiligen Waffe, *wäre ich schon dreimal dies oder das, oder das sind Werkzeuge, die man immer pflegen muss.* Manchmal, wenn es länger ruhig ist, denkt Marten, dass es die eine richtige Frage geben muss. Wie tief ist der Schacht, wo wir die Scheiße runterkippen? Wo führt er hin? Was ist, wenn er voll ist? Was ist, wenn die Salateimerchen und die Konservendosen alle sind? Wo holen wir neue her? Der Sergeant liegt dann entspannt auf dem Bademeistertisch, ein zusammengerolltes Saunatuch unter dem Kopf und die Füße hoch auf einem Computerbildschirm und sagt, einen Schritt nach dem anderen, mein Freund, ein Schritt nach dem anderen. Vielleicht will der Sergeant gar nicht wissen, was passiert ist. Aber wie kann er es nicht wissen wollen? Das denkt Marten, wenn es länger ruhig ist. Wenn sie kommen, hat er keine Zeit für diese Fragen.

Wenn sie kommen, hört man es vom anderen Ende des Gebäudes, aus verschiedenen Zugängen, Treppen, Gängen, teils hinter Glastüren, die den Klang so lange dämpfen, bis sie plötzlich aufgehen und der Schall hereinbricht. Ganz einfache, menschliche Geräusche. Atmen, leicht und schwer, ab und zu ein Ächzen oder Schmatzen. Wie Leute klingen, wenn sie zu hundert hereinkommen. Aber kein Wort. Vielleicht wie Leute klingen, wo sich Sprechen nicht gehört. Leute, die in eine Kirche kommen. Oder in eine Gedenkstätte. Marten hat dieses Bild vor Augen, wenn sie kommen: dutzende, hunderte Menschen, die sich in feierlicher Kleidung am Eingang eine

Kirche drängeln, schweigend, aber voller Töne, menschlicher Töne. Er und der Sergeant bleiben in ihrem Glasbüro liegen, bis es vorbei ist.

Sicher ist, dass sie Beute suchen. Manchmal bringen sie Beute von draußen her und zerreißen sie in einem der Becken. Anscheinend ohne etwas davon zu fressen. Marten weiß das, weil er die Teile dieser Beute dann findet, wenn er auf einen Streifzug geht. Denn Marten hat nach einiger Zeit gelernt, wie man außerhalb des Verstecks auf sich aufpasst. Er geht hinunter zu den Orten, die einmal das Spaßbecken, der Whirlpool, das Schwimmerbecken, der Strömungskanal gewesen sind. In der Grube voll grauer Brühe, die einmal das Solebecken gewesen ist, hat er bei einem solchen Streifzug, die Reste von Ines gefunden. Was von ihr übrig ist, sind inzwischen überraschend kleine Teile, die in einer Gruppe auf der Oberfläche schwimmen wie Quallen, von denen sich einige in einem quittengelben Badeanzug eingenistet haben. Der Anblick dreht Martens ganzen Körper um, wringt ihn wie nassen Stoff, verschraubt Ekel und Trauer ineinander. Das hier ist Ines, mit der pragmatischen Eleganz einer Wettervorhersage, vor dem Garten der Lüste wie vor dem Triumph des Todes, mit den hypnotischen Gesten einer Stewardess, die Notausgänge befinden sich hier, hier und hier, folgen Sie den Pfeilen auf dem Fußboden. Und dann ihr Blick unter der Sonnenbrille. Marten schaut nicht noch einmal zu den schwimmenden Resten.

Seit zwei Wochen macht ein Entschluss Marten mit jedem Tag unruhiger. Er hat eines der Wesen gesehen, von hinten, die Treppe hinauf, und es hatte Kleidung. Schief über den Rücken, und zwar Anzug und Krawatte. Und: Marten kann schwören, es ist sein Anzug. Genau so, wie er ihn im Schließfach gelassen hat, mit der Krawatte in der Brusttasche. Seitdem spürt Marten wieder den Anspruch, den ein Anzug an einen Mann stellt. Und wie jämmerlich er selbst diesem Anspruch genügt. Er hier, Versager in der Badehose, seit Wochen in nackter Angst. Ein klares Bild davon kehrt zurück, wo er eigentlich hingehört. Martens Entschluss: irgendwie dorthin zurückkehren.

*

An diesem Abend fragt er den Sergeant nach seiner Frau. Er erwartet keine andere Art von Antwort als sonst. Aber der Sergeant zieht hinter einer Steckdosenleiste ein Portemonnaie hervor. Es ist prall gefüllt mit Zetteln und als er es öffnet, sieht Marten auch einen Stapel Geldscheine. Zwanziger, Zehner. Das Geld treibt ihm die Tränen in die Augen. Der Sergeant greift mit zwei Fingern hinter seinen Führerschein. Ein Passfoto: genau die blasse, teigige Frau, die Marten in Erinnerung hat. »Und das Kind?«, fragt Marten. Die Finger des Sergeants schließen sich fester um das Foto. »Manchmal«, sagt er, »manchmal ist er dabei und macht mit.« »Macht was mit?«, fragt Marten. Der Sergeant zieht den Mund schmerzhaft auseinander, um seine Stimme in der Gewalt zu behalten, aber er schafft es nicht, es wird ein Winseln, als er sagt: »Sie spielen mit dem, was die Großen übriggelassen haben. Sie *spielen*. Es sind die Kleinen, was sollen sie sonst *tun*, sie *spielen*!« Marten sieht auf einmal, wie klein der Mann ist. Drahtig, beweglich, entschlossen. Aber so klein.

Am nächsten Tag zeigt der Sergeant ihm den anderen

Raum im Keller. Ein Blechschrank, eine große Stahltür gegenüber, mit einem langen Hebel, wie für ein Kühlhaus. Im Schrank Atemschutzmasken, wie sie Feuerwehrleute haben. Marten sieht den Sergeant mit der Gasmaske und denkt an Krieg. Der erste Weltkrieg oder die Liquidatoren von Tschernobyl. Es ist schwer, die Maske richtig aufzusetzen, immer wieder läuft das Sichtglas an oder ein Ventil stockt, wie beim Schnorcheln. Schließlich klappt es und der Sergeant öffnet die Stahltür. Licht springt an, wie in einem Kühlschrank. Sechs große, graue Gasflaschen, mit Stahlbändern an Wand und Boden befestigt. Anschlüsse mit Druckreglern und Nanometern. Rote Schläuche, an kupferne Rohre geklemmt, drei oder vier aus jeder Flasche. Die Rohre verschwinden teils in der Wand, teils in der Decke. Neben den Rohren eine graue Feuerschutztür. Etwas am Klang dieser Tür, am Schwingen der Luft in ihrer Nähe sagt Marten, dass diese Tür ins Freie führt. Er fragt den Sergeant und erschrickt vor seiner eigenen Stimme in der Gasmaske. »Verbarrikadiert«, sagt der Sergeant, von der anderen Seite. Und dann zeigt ihm der Sergeant, welche Ventile aufgedreht werden müssen. »Das ist die letzte Option«, sagt der Sergeant. »Nur im Notfall. Wie es danach weitergeht, keine Ahnung.«

»Ich gehe hinaus«, sagt Marten, »was muss ich wissen, wenn ich draußen bin?« »Weißt du mehr als ich«, sagt der Sergeant, »ich weiß einen Scheißdreck.«

»Da«, sagt der Sergeant, und gibt ihm aus dem Blechschrank ein verschließbares Tütchen aus durchsichtigem Plastik. Staubige Kristalle, wie der Rest in einer leeren Waffeltüte. Marten steckt das Tütchen in die Tasche seiner Badehose. »Das hilft dir raus«, sagt der Sergeant. »Ich komm zurück«, sagt Marten. »Vielleicht«, sagt der Sergeant. Marten spürt den Impuls, den Sergeant zu umarmen.

Als Marten losrennt, ist er erleichtert. Er hat das Gefühl, genau zur rechten Zeit aufzubrechen. Aber in Wahrheit ist es kein guter Augenblick. Sie kommen zurück. Die Geräusche nähern sich, schnell, am oberen Ende der Treppe, wie immer vollkommen menschlich, brutal menschlich, bloß ohne Sprache. Sie sind schneller und grausamer als sonst. Sie flattern heran wie böse Vögel. Marten wirft sich hinter eine Säule, von wo aus er den Glaswürfel sehen kann. Die Wesen kriechen dort bereits an die Glasscheiben heran. Der Sergeant winkt hinter dem Glas, deutet mit dem Finger nach rechts. Marten versteht: Sie ziehen zu den kleinen Becken. Das verschafft ihm Vorsprung. Wenn sie ihn bemerken, wäre er bereits fast an der Tür. Fast.

Der Sergeant zeigt ihm eines der größeren Gewehre: wenns nicht reicht, spring ich ein.

Mit Kinn und Stirn schickt er Marten los. Dann taucht er in sein Versteck.

Martens Herz, schon seit Wochen in zu hoher Drehzahl, schlägt noch einmal schneller. Er hat keinen Plan für diese Flucht. Bis zur Tür und nach draußen. Und dann?

Er springt auf und rennt. Hinter sich, links, hört er die fast, fast menschlichen Töne. Er sieht nicht hin. Er huscht über die feuchten Fliesen, bis er das große Becken hinter sich hat. Der Ausgang ist keine zwanzig Meter mehr weg. Aber der Boden ist hier schief, eine Rampe, barrierefrei, aber jetzt rutschig, glitschig, eine Barriere, eine Falle. Marten kommt nicht voran, rutscht, schlittert, stolpert, schlägt hin, klatscht mit den Handflächen auf den Boden.

Die Wesen atmen alle gleichzeitig aus. Martens Vision, eine Millisekunde: Ein Chor in der Kirche, die Sänger blättern alle gleichzeitig eine Seite im Gesangbuch um. Aber da steht kein Lied. Da steht ein Befehl. Der Chor macht sich auf. Alle gelben Augen auf Marten gerichtet. Marten will sich aufrappeln, aber er fällt noch einmal hin. Der Chor kommt näher.

Jetzt klappt die Scheibe des Bademeisterbüros auf. Der Sergeant feuert einmal, zweimal. Blutige Explosionen im Chor. Der Chor teilt sich. Die Hälfte ist hinter Marten her, die ersten haben schon das untere Ende der Rampe erreicht, als Marten sie gerade hinter sich lässt. Unten noch mehr Schüsse. Aber den letzten hört Marten nur noch gedämpft, er ist am Ausgang, hinter der gläsernen Schleuse. Unten, am anderen Ende des Bades, drängt der andere Teil des Chors ins Bademeisterbüro. Während Marten, drei Stufen auf einmal, die Treppe hinaufrennt, die Kasse, das Drehkreuz, das Tageslicht.

Jetzt wohin? Er springt über die Drehkreuze, bleibt mit dem Fuß hängen und schlägt ein weiteres Mal hart auf den Boden auf. Die linke Hand summt vor Schmerz, die Schulter blutet. Marten rennt zur Eingangstür. Er zögert einen Augenblick. Was ist dort draußen? Keine Wahl: Marten stößt die Tür auf und wartet, bis ihn die Außenluft trifft. Sie ist kühl und riecht nach nichts. Marten rennt hinaus. Der Vorplatz, eine Grünanlage, dann der Parkplatz. Marten stellt sich das tröstliche Bild des Renaults vor, das Gefühl seiner Reichweite und Geschwindigkeit, das Lenkrad in der Hand.

Er holt Luft, um loszurennen, als ihm einfällt: Der Renault ist ja nicht auf dem Parkplatz. Er steht an der Straße, im Halteverbot – wenn irgendetwas noch so ist, wie es sein soll. Er dreht sich zum Bad um. *Erlebnisbad*, steht in welligen blauen

Buchstaben über dem Eingang. Der Eingang hat sich lautlos hinter ihm geschlossen, er ist zu, wie ein verschwiegener Mund. Marten starrt einige Sekunden und rechnet mit einem plötzlichen Schrei aus diesem Mund. Aber die Tür bleibt zu. Dahinter nichts auch nur zu ahnen. Marten steht draußen und sieht sich um. Pflanzen: alle grün und gesund. Das Gras steht hoch, aber es ist Gras. Autos: Parken wie gewöhnlich ineffizient über die Markierungen hinweg, verschwenden, über den ganzen Parkplatz gesehen, gut und gern acht Plätze, soweit er das ohne Brille auf die Entfernung sagen kann. Wenn alle anständig einparken würden, müsste er nicht im Halteverbot stehen. Hier draußen scheint also alles wie immer. Marten hört den Wind. Vorsichtshalber rennt er den Weg bis zum Auto trotzdem geduckt und mit angehaltenem Atem.

Der Anblick des Autos von hinten ist noch wunderbarer als Marten gedacht hat. Die Heckklappe so praktisch und pragmatisch, die ganze Ausstrahlung so alltäglich, harmlos, friedlich.

Scheiße.

»Was habe ich mir bloß gedacht«, sagt Marten, noch bevor er am Renault ankommt. »Scheiße, Scheiße, Scheiße! Wieso keinen Augenblick an das Einfachste, Nötigste. Der Autoschlüssel! Wie soll ich denn ohne Autoschlüssel … Scheiße.«

Er fällt auf die Knie, lehnt den Kopf ans Heck seines Autos. Jetzt sieht er seine Verletzungen. Blut rinnt an der Seite von der Schulter hinunter. Die geschwollene Hand kann er nicht mehr schließen. Egal jetzt. Nachdenken. Wo ist der Autoschlüssel? Wo habe ich ihn gelassen? Im Ablagefach bei den Rutschen. Wenn alles so ist, wie es sein soll. Und wenn, wenn er da immer noch liegt. Marten erwägt die Kinovariante: das Auto aufbrechen, das Lenkradschloss knacken, den Motor mit irgendwelchen Drähten unter dem Lenkrad starten und mit quietschenden Reifen davon. Davon, wohin? Egal. Jedenfalls ist das kein Weg, schon wegen der Sache mit den Drähten. Also der Autoschlüssel.

Der schweigsame Mund des Haupteingangs ist immer noch zu. Marten beobachtet ihn aus einiger Entfernung, aber nichts. Die Tür ist zu. Zwei blaue Flügel einer schweren Tür, ein Hallenbadeingang, weiter nichts.

Als Marten hinter dem Kassendrehkreuz ist und die Treppe hinuntergeht, verlässt ihn die Kraft. Die Mischung aus Angst, Enttäuschung, Schmerzen und Verlorenheit überwältigt ihn. Seine Muskeln tragen ihn nicht mehr. Er horcht nach seinem Puls, den er in den letzten Wochen so oft in den Schläfen hämmern gehört hat. Da hinuntergehen? »Das«, denkt Marten, »werde ich nicht überleben.« Er setzt sich auf die Stufen.

Im Hinsetzen spürt er das Plastikpäckchen mit den Kristallbröseln in der Badehose. »Das hilft dir raus«, hat der Sergeant gesagt. Marten muss Lachen. Hilft mir raus. Aber hilft es mir auch rein? Er hört gar nicht mehr auf zu lachen. Es ist das Kichern der Erschöpfung. Es übernimmt die Kontrolle über das Zwerchfell und schüttelt es. Es ist überhaupt nicht von Schluchzen zu unterscheiden. Marten nimmt das Päckchen aus der Tasche, sein Arm kraftlos, mit Zeigefinger und Mittelfinger der geschwollenen Hand, es dauert. Als er das unappetitliche Gebrösel betrachtet, hört er auf zu lachen. »Also gut, Sergeant *Pepper*«, flüstert er. »Vielleicht hilft es mir ja rein *und* raus.« Er kauert sich über ein paar Stufen, bis sein Kopf die Position über einer sauberen Fläche hat. Mit der gesunden Hand schüttet er einen Teil der Brösel vor sich auf die Stufe. Wie alt gewordener Puderzucker sieht es aus.

Durch seinen Kopf huschen Bilder aus Gangsterfilmen und das Wort *Dermatozoenwahn*. »Darauf kommts jetzt auch nicht mehr an«, denkt Marten. Er zerreibt die pulvrigen Teile ein wenig und versucht, die größeren Brösel, wie Reste von Kandiszucker, mit dem flachen Daumennagel zu zerdrücken, aber das klappt nicht gut. Scheiß drauf. Er streicht alles grob zu zwei Linien und zieht sie mit zwei sehr unbequemen Kopfbewegungen in je ein Nasenloch. Er schnieft und zieht ein paar Mal hoch, wischt sich mit dem Handrücken über Nase und Wangen. »Jetzt bin ich mal gespannt.«

Noch während er das Päckchen mit dem Rest wieder einsteckt und sich aus der kauernden Lage aufrichtet, setzt die Wirkung ein. Einen Augenblick lang ist sie überwältigend. Und sie fühlt sich an wie – Marten überlegt und sucht nach etwas, was er erkennt – wie eine Art Aufregung. Ja, Aufregung, jedenfalls keine Erschöpfung, hier ist kein Platz mehr für Erschöpfung. So muss das Herz klopfen! Da lohnt es sich! »Was ist das für eine Aufregung?«, fragt Marten und steht auf. »Ist das Reisefieber? Geht es los? Fahren wir irgendwohin? Ha!« Aber Marten kann den Verdacht nicht loswerden, dass das Herzklopfen und der erstaunliche Drang, hin und her zu gehen, nichts anderes darstellen als Angst. Sie kommen vielleicht vom Speed oder was das ist, aber es läuft doch auf die Angst hinaus. Und während er schnauft und räuspert, auf der Treppenstufe hin und her geht, wird Marten wütend. Und sofort erkennt er, dass das seine Chance ist. Er greift nach dem Gefühl, wie nach einem Floß in der Strömung, und hält sich daran fest. Es wird ein überdimensionaler Zorn, größer als er selbst. Er schwitzt vor Wut, zittert vor Zorn. Dann ist es so weit: Marten besteigt das Floß, den Kahn des Hasses, und kniet sich in den Bug. Er wendet sich treppabwärts und sagt: »Ich werde es euch zeigen, jetzt zeige ich es euch«, er setzt sich in Bewegung und schreit: »ICH ZEIGE ES EUCH!« Und rennt, rennt mit einem Schrei, den er ebenso wenig noch spürt wie den Schmerz an Schulter, Knöchel, Hand, rennt in die Halle, rennt, springt, läuft mit hohen Knien und wie zum Fliegen ausgebreiteten Armen durch die knietiefen, hüfttiefen Becken voll verdorbener Flüssigkeiten, sieht sich selbst als Adler, nein, als Rettungsschwimmer über das Wasser schweben, sein Schrei ein Jubel. Er gelangt bis an die Ablage bei den Rutschen. Ungefähr weiß er, wo seine Brille und die Schlüssel liegen. Er fegt irrelevantes Zeug zu beiden Seiten mit riesigen Gesten weg, sieht seinen Schlüssel, steckt ihn in die Badehose, sieht seine Brille, setzt sie auf und schaut zum ersten Mal um sich. An der Säule ein Arm, ein Bein: eines von den Kleinen im Chor. Marten schleudert die Brille auf den Boden. Scheiß drauf! »SCHEEEIISS DRAAAUUF!!!«

Er nimmt den Umweg über den Bademeisterglaskasten. Der Sergeant tot. In der einen Hand das Gewehr, in der anderen den Schlüssel zum Chlorgasraum. Marten hat für ein anderes Gefühl weder Zeit noch Platz als seine bodenlose Wut. Er nimmt Schlüssel und Gewehr an sich, prüft die Munition und stürmt wieder Richtung Ausgang. Er beginnt im selben Moment zu schießen und zu laufen. Schreiend und rennend schießt er, bis er bei der Glastür ist. Er wendet sich um und schießt durch das Glas, das spektakulär zerbricht, geht rückwärts die Treppe hinauf, bis er den Punkt zum Rennen erkennt, dreht sich um und rennt, über die Kassendrehkreuze, zum Hauptausgang, die frische Luft lässt ihn noch einmal jubeln, aber in diesem Jubel ist auch schon der

Schmerz, der jetzt zurückkehrt, zuerst am Knöchel, dann an der Hand, schließlich der Schulter, und dazu kommt jetzt auch noch der Kopf und seine Bronchien. Trotzdem ist Marten immer noch obenauf. Ein Kichern schüttelt ihn. »Unglaublich«, sagt er, »unglaublich, so etwas ist eigentlich nicht zu schaffen, unmöglich, unmöglich, aber ich, ich, ICH!« Und so kommt er ein zweites Mal bei seinem Renault an.

Das Auto ist jetzt nicht so sehr beruhigend und normal, eher sieht Marten die Möglichkeiten einer unnötig starken Maschine darin. »Jawohl«, sagt er, »auch ein Renault ist ein Werkzeug des Todes.« Der Funkschlüssel wirkt nicht auf das Schloss, aber er kann den Stahlstreifen ja auch ins Schloss stecken und umdrehen wie in der guten alten Zeit. Und das funktioniert immer noch. Marten nimmt im Einsteigen den Strafzettel hinterm Scheibenwischer weg. Als er sitzt, riecht den wunderbaren Duft von warmem Plastik, verschwitzten Sitzen und Jahre altem Waschbenzin. Er klappt die Tür zu, erfasst die Umgebung vorne und in den Spiegel mit einem routinierten Blick, alles ruhig, und schnallt sich aus Gewohnheit an. Dann atmet er aus und fängt an zu weinen.

Marten muss sich fürs Weinen fast zehn Minuten Zeit nehmen. Als es aufhört, wird ihm klar, dass die Wirkung der Drogen jetzt schnell nachlässt. Egal. Jetzt kommt es darauf an, dass das Auto noch anspringt. Er steckt den Schlüssel ins Zündschloss. Setzt sich gerade hin, darauf gefasst, mit den Pedalen jonglieren zu müssen. Dreht den Schlüssel eine Drittelumdrehung: ein paar Lämpchen gehen an; dreht ihn weiter: das Lenkradschloss gibt frei. Dreht ihn bis zum Schluss: der Motor keucht ein paar Mal, ein paar Mal zu lang für Martens Geschmack, er will schon den Schlüssel loslassen, um es noch einmal zu probieren. Aber dann, ein Geschenk, ein kleines Wunder: die Maschine springt an und läuft ruhig und mit allen Signalen der Zuverlässigkeit unter der Blechhaube. Marten sagt: »Ja, ja so muss das sein. Ja! Es ist doch schließlich auch mal nötig, dass irgendetwas klappt, verdammte Scheiße. Das ist doch nicht zu viel verlangt. Da muss ich doch jetzt nicht auch noch dankbar sein.« Trotzdem tätschelt er dem Auto das Plastik über der Anzeigetafel, bevor er die Handbremse löst, den Rückwärtsgang einlegt und Gas gibt.

Der Wagen steigt ein paar Zentimeter auf, dann ein blechernes Geräusch und der Motor bleibt weg. Rote Lämpchen hinterm Lenkrad. Marten wird flau. »Bitte nicht«, sagt er. Ah, vielleicht die Handbremse. Aber er weiß doch, dass er sie gelöst hat. Die Startprozedur von vorne, sehr ordentlich der Reihe nach, wie bei der Fahrprüfung. Der Motor startet, Rückwärtsgang, Handbremse, Handbremse! Und dann Kupplung loslassen, etwas Gaspedal: der Wagen steigt auf, nichts bewegt sich. Marten drückt die Kupplung wieder durch. Dann ein weiterer Versuch: ein wenig Kupplung, viel Gas, wie bergauf diesmal. Er erwartet quietschenden Gummi, sportlichen Start, aber es geht gar nichts. Der Motor stirbt wieder ab. Noch einmal vorwärts: das gleiche Desaster. Marten steigt aus. Eigentlich unübersehbar. Die gelbe Wegfahrsperre, die Kralle um das linke Vorderrad und die auf den Kotflügel geklebte Warnung vor dem Versuch, sie zu entfernen.

*

Zwei riesige Kühlschränke und ein Berg von Holzpaletten,

damit ist die Außentür des Chlorgasraums verbarrikadiert. Marten kniet ein paar Minuten davor und atmet mühsam. Den Weg durch den Haupteingang traut er sich nicht noch einmal zu. Aber dieser Berg von Sperrmüll entmutigt ihn ebenso. Er kann kaum noch seinen bloßen Körper bewegen, geschweige denn zentnerweise Blech und Holz. Er zwingt sich, den Plastikbeutel noch einmal aus der Badehose zu ziehen, klopft sich auf der roten Blechfläche eines der Kühlschränke zwei krumme Linien aus Bröseln zurecht und zieht sie wie zuvor nacheinander durch beide Nasenlöcher. Er wartet nicht erst auf die Wirkung, sondern beginnt, Stück für Stück die Paletten abzuräumen. Er atmet im Rhythmus der Bewegungen und sagt sich sein Ziel vor, immer wieder: *Werkzeug holen, Kralle wegmachen, losfahren.* Er zerrt und rüttelt an dem rauen Holz, er knurrt und zischt vor Hass und Schmerzen. Irgendwann hört der Schmerz auf und Marten wird effizienter in seiner Arbeit. Dass ihm die Kühlschränke zu schwer sind, ignoriert er. Zentimeter für Zentimeter wuchtet und schiebt er, bis die Tür frei ist. Danach kriegt er kaum den Schlüssel aus der anderen Tasche der Badehose, eine Hand ohnehin geschwollen und unbrauchbar, die andere jetzt taub und zittrig vor Anstrengung. Aber er schafft es. Er arbeitet sich die Kellertreppe hinauf ins Bademeisterbüro. Als er unter dem Tisch über der Werkzeugkiste des Sergeant kniet und überlegt, was für Werkzeug er eigentlich brauchen würde, hört er sie. Sie kommen zurück. »Warum«, sagt Marten, »warum schon wieder?« Er reckt den Hals und erschrickt, dass da keine Glasscheibe mehr ist. Sie sind schrecklich nah. Und kommen gerade auf ihn zu, die gelben Augen gleichzeitig fokussiert und abwesend, wie die von Ameisen, von

Heuschrecken. Die Geräusche einer Gruppe, die nichts sagt, aber sonst kein Blatt vor den Mund nimmt, der wortlose Chor, Betriebsausflug der Stummen, die ihn zerlegen werden wie Krebse mit stummen Werkzeugen, sie werden ihn zerreißen mit schnellen, ruhigen Bewegungen. Marten rennt los. Keine Waffe, kein Werkzeug, nackt mit einer Badehose voll Angst. Er will rechts an ihnen vorbei und schneller sein, aber sie sind schon da, er dreht nach links, beschleunigt, bis er die Kleinen sieht, die auf ihn warten. Und schon ist er in die Enge getrieben. Kein Ausweg mehr als in das kleine Becken mit grüner Brühe, in das die Rutsche mündet.

Die schimmligen Inseln darauf sind dicker, der Geruch schnürt ihm das ganze Gesicht zu, die Luft hier ist feuchter und kaum zu atmen. Er stürzt sich hinein, durchquert das längliche Becken, rutscht immer wieder auf dem schleimigen Grund aus, fasst schließlich das Ende der Rutsche. Die Kleinen sind hinter ihm, also krabbelt er los, arbeitet sich mit rasenden Bewegungen, die kaum eine Wirkung haben, in der glatten Röhre aufwärts. Er spürt bereits die Hände der Kleinen auf seinen Füßen, dann wirft er sich mit einer noch verzweifelteren Bewegung in das Dunkel der Rutsche hinauf. *Black hole.* Er hört und spürt nicht einmal mehr sein Herzklopfen, seinen Atem. Er denkt, dass, wenn er *nichts* spürt, es ja immerhin auch bedeutet, dass er keine Hände auf sich spürt…

*

»… wenn du nicht rutschst, geh auf die Seite, Mann!« Marten ist immer noch in der Röhre, immer noch im *Black hole,* aber nur noch mit einem Fuß. Er ist gerade herausgekommen, nur ein Fuß ist noch ..... oder NEIN: Er steht mit dem Rücken zur Rutsche, wie um Arsch voran hineinzusteigen, einen Fuß nach hinten ausgestreckt, wie um die Wassertemperatur zu prüfen, wie eine Memme. »Auf die Seite, du hältst den Betrieb auf!« Was für einen Betrieb? Marten geht aber zur Seite. Der Mann, der geredet hat, springt, Beine voran, ins *Black hole.* Zwei Halbwüchsige hinterher, warten nicht auf die Ampel, dann eine dicke Jugendliche, zack zack, dass das Gerüst wackelt, der Betrieb läuft, Marten steht auf der Seite. Kristallklares Wasser, beißender Freizeitdunst. Keine Toten. Nur sein Herz klopft noch.

Er schaut hinunter ins Hallenbad. Das Panorama: Am Rücken liegende Leute mit geöffneten Beinen und aufgestelltem Knie, dass man in ihre verletzlichsten Ritzen und schamlosesten Entblößungen sehen muss. Auf dem Bauch liegen Schlafende, trotz der Wärme in ihrer Kleidung aus büßerhemdgroßen Shirts und Niketrainingshosen, einige liegen mit dem Gesicht zum Boden, der Nacken gestreckt, als wollten sie sich unter der pragmatischen Sonne der LED-Lampen an der Leimbinderdecke den Rücken bräunen. Oder wie in Erwartung eines Richtschwerts. Drei Kinder massieren auf einem Podest in der Nähe des Planschbeckens ihre runde Mutter an Schultern und beiden Waden gleichzeitig. Andere Kinder turnen an Stangen, hängen daran wie Affen. Ein junger Mann spielt Ertrinken in dem halbtiefen Becken, das sie das Erlebnisbecken nennen, wenn nicht sogar das Spaßbecken.

Auf der Handtuchkolonie beim Eingang zu den Rutschen kniet ein Kind auf seinem Vater und schneidet an dessen Hals mit einem riesigen gebogenen Messer aus Plastik, ein Plastikpiratenmesser mit juwelenbesetztem Griff. Auf dem Handtuch neben ihnen sieht Marten ein umgestürztes Backgammonbrett und Spielkarten, nicht verstreut, sondern liegengelassen von den Spielern gerade so, wie das Spiel aufgehört hat, in dem Augenblick, wo jemand verloren oder gewonnen hat.

Entsetzen ergreift Marten. Ein verzweifeltes Entsetzen, ganz ruhig. Ruhig, weil hoffnungslos. Er geht die tropfende Spindeltreppe der Rutsche hinunter. Gegen die Fahrtrichtung, vorbei an einer Kolonne von nassen Körpern auf dem Weg nach oben, zu den Löchern, in die sie sich stürzen wollen. »Entschuldigung«, sagt er, bestimmt zehn Mal, bevor er unten ist. Er versucht, niemanden zu berühren, nicht die Fahrradschlauchoberflächen zu streifen. Er tastet in der Badehosentasche nach dem Schlüssel. Er ist da.

»Hey«, sagt Ines. Der gelbe Badeanzug, straff an einem zusammenhängenden Körper. Es bricht ihm das Herz. »Probleme mit der Rutsche?«, fragt sie.

Marten schaut sich um. Weder von Sergeant Prepper noch von seiner Frau oder dem Kind oder der dicken Freundin eine Spur. Mein Gott, denkt Marten, es ist alles schon hier drin, in ihnen, in jedem Einzelnen. Nur als allerletztes Mittel, hat der Sergeant gesagt. Weil was danach kommt, keine Ahnung. »Ich muss mal kurz raus«, sagt Marten und lässt die wunderbare Gestalt, die elegante Heuschrecke mit dem zusätzlichen Augenpaar der Sonnenbrillengläser hoch im Haar über der Stirn stehen und ihr konsterniertes und aus dem Fernsehen abgepaustes Lächeln lächeln. Es ist alles schon in ihnen drin. Marten weiß, welche Ventile aufzudrehen sind.

Es sind wohl zwei oder drei Hundert, vielleicht mehr, vielleicht weniger, sie sind praktisch nackt, sie atmen tief und kräftig gegen die feuchte Luft an. Was danach kommt, keine Ahnung. Wenn man sie sich so anschaut: was fehlt ihnen denn? Ein Eins-a-Hallenbad, praktisch kein Eintritt, und ich möchte wetten, also bitte. Badeklamotten aus der neuesten Kollektion von C&A oder H&M, keine Ahnung, das ganze Tätowieren kriegst du auch nicht umsonst, Strasssteinchen unter die Augenbrauen gefädelt, die Männer wie die Frauen, und trotzdem. *Diese Wichser.* Dieser ganze brutal menschliche Anblick.

FETTABSCHEIDER

1.

Alle haben es gleich merkwürdig gefunden, dass Andi Weinmann an diesem Tag bei mir zuhause war. Man wollte es kaum glauben und als klar geworden war, dass es eben so gewesen sein musste, schüttelte man den Kopf. Aber was soll daran merkwürdig sein? Oder unglaubwürdig. Oder rätselhaft. Wir leben doch in einer Demokratie, oder nicht? Da herrscht doch Gleichheit. Das hier ist doch eine offene Gesellschaft, dachte ich. Oder liege ich da falsch? Na, also. Wir waren Kinder, wir waren in der gleichen Klasse, wir wohnten zehn Minuten voneinander entfernt.

Was noch? Zehn Minuten *zu Fuß*, muss man dazu sagen. Auf dem Stadtplan, der auf der Polizeiwache die halbe Wand bedeckte, war das eine Strecke, die ich mit den gespreizten Fingern einer Hand abgreifen konnte. Ich hatte ja Zeit, diesen Stadtplan zu studieren. Irgendwann hatte ich unsere Straße gefunden. Unten rechts war ein brauner Fleck, geformt wie das griechische Amphitheater im Asterixheft. Das war der alte Steinbruch. Und links davon, die erste lange, weiße Straße, das war unsere. Und links davon war ein Fleck mit kleinen Straßen und roten Punkten für die großen, schönen Häuser.

Da wohnte Andi Weinmann. Das Weinmann-Anwesen mit Garten und Garagen war fast halb so groß wie der Steinbruch. Es sah eher wie das Kolosseum aus. Beim Warten zwischen Polizisten und Feuerwehrleuten kam ich zu dem Vermessungsergebnis, dass ich, mit dem Daumen auf dem Weinmannkolosseum, den kleinen Finger bis zu mir nach Hause strecken konnte.

Zehn Minuten zu Fuß, wie gesagt. Und warum sollte das seltsam sein, dass Andi Weinmann mich besuchte? Gut, zwischen Daumen und kleinem Finger lagen ein paar soziale Gletscherspalten. Die lange Straße beim Steinbruch hieß *Am Steinbruch*. Wo unser Haus lag, war sie nicht einmal geteert. Sie war eine Piste für schwere Lastautos, aus Betongitterelementen. Im Krieg waren darauf Panzer zum Waldrand gerollt, wo sie im Schutz der Bäume unsichtbar sein sollten, wenigstens aus der Luft. Ganz nahe bei unserem Haus soll ein Panzer rückwärts durch den Wald gefahren und über die Abbruchkante in den Steinbruch gestürzt sein. Aber das kann stimmen oder nicht. Der Krieg war damals mehr als dreißig Jahre her. Und der Steinbruch war seitdem vollgelaufen. Was unter dem schwarzen Wasserspiegel lag, war unsichtbar. Und was Zeitzeugen betrifft: Von den Erwachsenen in meiner Familie kriegte man nie eine anständige Antwort.

In meiner Familie redeten wir nämlich nicht viel. Wenn man aus so einer Familie kommt, gibt es viele Dinge ohne Namen. Zum Beispiel: der Rundstab aus hellem Holz mit roter Gummiglocke an einem Ende. Wie nennt man das? Instrument für verstopfte Abflüsse? Manche sagen *Pömpel* dazu. Aber in meiner Familie hat das nie jemand gesagt. Das *Pumpding*, sagten meine Eltern. Der *Das Ding* sagte meine

Oma. An dem hellen Holzstiel der Aufkleber mit dem Weinmann-*W* und dem Preis. Eine Mark irgendwas. Geschenkt, praktisch.

Das war keine Familie von großer Redegabe, die meine. Wenn wir den Namen von etwas nicht kannten, sagten wir *Hä?* oder deuteten darauf oder wir sagten *Ding*. Keine Umstände mit der Grammatik, keine Fragesätze oder so etwas. *Bitte* sagten meine Leute nur, wenn Besuch da war. Und dann stand das *Bitte* so im Raum herum wie das gute Teeservice. Dieses sogenannte gute Teeservice stand in der Vitrine und wurde nur herausgeholt, wenn es nicht anders ging. Dann stand es im Raum herum und wir wussten nicht, was wir damit machen sollten. Wozu die silbernen Zangen gut waren und so weiter. So sagten wir auch *bitte:* ohne zu wissen, wozu es gut war.

Nicht, dass unser gutes Teeservice wirklich so gut gewesen wäre. Keine vornehme Marke, keine Tradition, nichts Edles. Die Tassen und der Rest gehörten halt zusammen. Wahrscheinlich hatten meine Großeltern es bei dem ganzen Gerümpel im Keller gefunden, wo auch die silbernen Kerzenleuchter und das meiste von Omas und Mamas Schmuck herstammten. Und Omas goldener Ring. Den nahm sie allerdings ernst. Was den Ring betraf, war meine Oma Gollum. Opa hatte ihn aus dem Kellergerümpel gezogen und ihr geschenkt. Anstatt eines Eherings, weil sie dafür damals kein Geld gehabt hatten. Ich kann mir nicht vorstellen, dass Oma danke gesagt hat.

Danke gab es überhaupt nicht, genauso wenig wie *bitte.* Genauso Stoffservietten: Wir hatten Stoffservietten. Aber wer sich bekleckerte, und nur wer sich bekleckerte, kriegte einen

Fetzen Küchenrolle. Warum nahmen wir nie die Stoffservietten? Wir haben uns daheim nicht einmal die Hände gewaschen. Nur, wenn sie dreckig waren. Und ich meine *dreckig*.

Andi und ich waren nicht richtig Freunde, das stimmt schon. Und ich weiß ja auch, dass das mit der Gleichheit bloß so etwas ist wie die Stoffservietten: Wir haben das, aber wir nehmen es nicht her. Wie meine Oma sagte, als ich zu Andis Geburtstag in das Haus mit Park und Garagen eingeladen war: Man fühlt sich doch gar nicht richtig wohl, in einer so ganz anderen Welt. Einer ganz anderen Nachbarschaft. Denn Andi – also seine Familie waren die Weinmanns. Die Weinmanns. Das lasse ich mal einsinken. Und falls jemand nicht von hier ist, die Weinmanns sind die mit dem W. Dem Weinmann-W. Das W auf den Lieferwagen. Das W auf dem Schild an jedem Ortseingang in unserer Gegend. Ich wette, in jedem Haushalt steht irgendwas von denen.

Vielleicht nicht in jedem Haus so viel wie bei uns damals, weil nämlich mein Opa mindestens einmal die Woche hinging. Laut meinem Vater Opas einziger verbliebener Halt im Leben, der Start ins Wochenende für alle Rentner, Hausfrauen und Heimwerker im Umkreis von 50 Kilometer: Die Weinmann-Sonderangebote jeden Freitag. Und das war Andis Familie.

Wäre schon komisch, wenn ich und so jemand Freunde gewesen wären. Obwohl. Zu seinem Geburtstag war ich zum Beispiel eingeladen. Naja. Es war praktisch die ganze Klasse zu seinem Geburtstag eingeladen. Die habens ja, sagten meine Eltern. Und ich solle bloß nicht auf die Idee kommen, dass sowas normal ist. Weil es nämlich *nicht* normal sei. Die ganze Klasse. Einen könne ich ja mal mit nach Hause bringen.

Wir wohnten in einem Haus, das früher einmal ein Wirtshaus gewesen war. Ich weiß den Namen nicht, weil wir nie darüber redeten. Wahrscheinlich hieß es so ähnlich wie *Eisenbahnerstube*. Oder *Zum Steinbruch*. An manchen Stellen im Haus merkte man das Wirtshaus noch. Zum Beispiel stand in unserem Vorhaus ein Zigarettenautomat. Und im Keller eine Zapfanlage für Kohlensäure und Bier. Und ein alter Fettabscheider. Das war ein Gerät, das größer war als ich. Es sah aus wie ein U-Boot, und war so von Spinnweben umschlossen, dass es praktisch mit den Kellerwänden zusammengewachsen war.

Ein nettes Wirtshaus scheint es nicht gewesen zu sein. Es hat wohl zugesperrt, als der Steinbruch geschlossen wurde. Unsere Fenster waren klein und an manchen Ecken roch es immer noch nach billigem Essen, so einem, das jemand von einer Warmhalteplatte in die Fritteuse schmeißt. Und das vor vielen Jahren. Manchmal sah ich diesen Koch aus der Vergangenheit in einer Nische stehen oder durch den Hausgang schlurfen. Der Schatten eines stumpfsinnigen Kerls mit Konditorhäubchen auf dem Kopf. In meiner Phantasie natürlich.

Bei Andi zu Hause war zwar nicht gerade Japan oder so etwas. Keine Papierwände und Matten auf dem Boden. Es gab schon Möbel und eine Küche und so. Aber es war alles so dermaßen anders, dass es ganz und gar exotisch auf mich wirkte. Bei uns: Ein Eimer mit Putzwasser hier, ein nasser Lappen dort und überall lehnten Besen oder Schrubber oder Teppichroller, so war das bei uns. Und es war trotzdem immer staubig. Wo es nicht fettig war, war es staubig. Bei Weinmanns war es ordentlich und wahrscheinlich viel sauberer als bei uns und dabei sah es aber nirgends so aus, als würde gerade geputzt. So, als wäre es da niemals auch nur überhaupt nötig, dass man putzt. So, als ob das Haus *von Haus aus* sauber wäre. Könnte ein Weinmann-Werbeslogan sein: »Von Haus aus sauber«. Wenn es nicht ohnehin einer ist.

In diesem Haus standen die Sachen an den richtigen Stellen. Es war ordentlich, ohne dass es aussah, als hätte jemand aufgeräumt. Alles stand und lag genau richtig weit weg von allem anderen. Ein Haus voller anständiger Sachen, die ihren Platz kannten. Hier und da auch einmal etwas Besonderes, aber nicht zu viel. Zum Beispiel die Korbweinflasche, die einen Kopf größer war als ich und die ich bei Andis Geburtstag die ganze Zeit anstarrte. Solche Sachen. Der Hals der Flasche war gedreht wie die Säulen im Petersdom. Statt Klobürsten und Eimer lehnten bei Weinmanns Tennisschläger hinter der Badezimmertür.

Das ist schon witzig, weil jedermann seine Klobürsten und Eimer bei Weinmanns gekauft hatte. Reiniger, Dünger, Werkzeug, Schneckenkorn, Lack. Klobürsten, Insektenspray und Grünbelagentferner. Wischfetzen für alle. Und daheim lehnten die Tennisschläger neben der Tür. Und die Schuhe strahlten weiß in so einer lässigen Reihe und sahen aus als würden sie nach Zahnpasta riechen statt nach Schweiß und Nagelpilz.

Meinem Vater brauchte ich mit den Tennisschlägern nicht zu kommen. »Vielleicht steckt auch einer im Klobürstenhalter«, sagte er. »Ach, die putzen doch nicht selber«, sagte meine Oma. »Da kommt doch sicher wer.«

Es war eine große Party. Jedes Mal, wenn ein neuer Gast kam, sagte Andi Weinmanns Mutter *hey toll*. Und sie meinte das Geschenk, das jeder Gast für Andi mitbrachte. Sie hatte das auch zu mir gesagt. Obwohl mein Geschenk, naja. Und sie fragten einen, was man trinken wollte, und schauten einen so an, als ob es sie wirklich interessierte. Und Andi half ein Glas und Eiswürfel holen und seine Mutter sagte *danke* zu ihm. Und er und sie machten alles wie die Leute in der Zigarettenreklame auf dem Segelboot. Die so strahlten bei allem, was sie machten. So als ob sie innen lächeln.

Die Zigaretten mit dem Segelboot hießen *Lord*, und das war das Reklamebild auf dem alten Zigarettenautomaten in unserem Vorhaus. Das gastronomische Relikt. Aber das Bild hing auch draußen überall als Plakat: Heller Sonnenschein über dem Meer, auf dem weißen Segelboot ein paar Leute, Zigaretten zwischen den eleganten Fingern oder im Mundwinkel. Und im Hintergrund, gar nicht weit weg, eine grüne Insel, vielleicht auch keine Insel, jedenfalls ein grüner Strand, der fast ganz in einem feinen weißen Dunst verschwand.

In Wirklichkeit sahen Andis Eltern nicht aus wie die Leute auf der *Lord* Reklame. Aber es war offensichtlich, dass sie sich so fühlten. Und damit kam dieses Strahlen in ihre Gesichter. Wenn sie lächelten, dann blitzte tatsächlich jedes Mal ein schneeweißer Funke auf ihren Zähnen auf, der in den Augen weh tat.

Andis Vater hatte Wasserschildkröten in einem Aquarium. Ich hörte auf, die Korbflasche anzustarren. Schließlich wollte ich keinen depperten Eindruck machen. Ich starrte jetzt die Wasserschildkröten an. Mein Opa hatte auch einmal solche Schildkröten gehalten. Vielleicht muss ich gar nicht mehr erwähnen, dass er sie bei Weinmann gekauft hatte, als unsere Filiale eine Tierabteilung bekam. Unsere Filiale, so redeten wir. Wenn wir redeten. Ein blitzsauberer Glaskasten, dieses Aquarium, das ich anstarrte. Nicht wie bei meinem Opa, wo immer grüne Schlieren auf dem Glas gewesen waren. Bis dann die Schildkröten tot waren. Erst schwamm eine mit dem Bauch nach oben, am nächsten Tag noch eine und am dritten Tag alle auf einmal. Opa spülte sie ins Klo.

Eigentlich drückte Opa die Reste von allem, was wegmusste, durch die Sieblöcher im Abfluss. Aber Größeres kam ins Klo. Wie die meisten Tiere. Tiere starben bei uns eher früher als später von alleine. Dann kam der Hund unter den Rasen, die Katze in die Mülltonne. Beides war verboten und meine Eltern sahen es nicht gern, wenn Opa etwas Verbotenes tat. Also griff Opa aufs Klo zurück. Die eine oder andere Maus, ein Nymphensittich, die Schildkröten.

»Na, hast du auch Haustiere daheim?«, fragte Andis Mutter mich.

Beide, Andi und seine Mutter, warteten segelbootfreundlich darauf, dass ich etwas sagte. Ich wusste, das würde nur sehr kurz so sein. Wenn ich nicht gleich antwortete, dann würden beide zur Tagesordnung übergehen. Segel setzen mit ihrem weißen Boot. Damit keine peinliche Pause entstand. Das wusste ich. Dass bei mir zu Hause kein Gefühl für peinliche Pausen war, einfach, weil nie jemand eine freundliche Frage stellte, das heißt nicht, dass ich nicht weiß, wie das bei anderen Leuten zugeht. Ich sehe ja, was andere Leute machen. Ich höre ja, was sie reden. Ich bin doch nicht psycho. Und im Fernsehen gibt es ja auch Leute mit Anstand, die man sich anschauen kann. Also wusste ich, dass ich schnell etwas sagen musste. Ob ich Haustiere hatte? Ich sagte ja.

»Einen Hasen«, sagte ich, »einen Hasen habe ich.«

Was hätte ich sagen sollen? Hund? Schlange? Wellensittich? Nicht einmal ein Meerschweinchen erlaubten meine Eltern noch, weil jedes Tier eine am Ende widerliche Angelegenheit war. Ich hörte Andi einatmen. Der Hase hatte ihn erwischt. Ich schaute in sein Innerstes. Dort war deutlich zu lesen, dass er ganz scharf auf einen Hasen war. Und dass er meinen Hasen sehen wollte.

Aber Andi war so wohlerzogen. Er brachte seine Mutter nicht in Verlegenheit durch irgendwelches Gequengel. Er war rücksichtsvoll zu uns allen. Was für ein Zartgefühl. Aber er wollte meinen Hasen sehen. Und ich würde ihn ihm zeigen. Ich würde ihm etwas zeigen, das ebenso etwas Weißes war wie seine Tennissocken und Segel und Zähne und Zigaretten, und es *lebte.*

Ich weiß noch, dass ich nach dieser Geburtstagsparty etwas machte, was ich immer machte, wenn ich mich wie auf dem Segelboot fühlen wollte: Ich nahm einen Bleistiftstummel aus meiner Hemdtasche und steckte ihn in den Mundwinkel. Dann nahm ich das silberne Feuerzeug und tat so, als würde ich mir eine Zigarette anzünden. Ein *Lord*-Zigarette. Das Feuerzeug hatte ich auf der Straße gefunden. Ich fühlte es gern in der Hosentasche und stellte mir dabei vor, wie ich *Lord* rauchte.

Ich wollte das auch: diese von Haus aus saubere Welt, dieses Zartgefühl, diese sauberen Aquariumscheiben. Mein abgekauter Bleistift gab mir das irgendwie. Einen eingebildeten Zigarettenzug lang hörte ich den Wind in den schneeweißen Segeln.

2.

Ich mochte das *Ding*. Den Pömpel. Er konnte zwar auch ziemlich eklig sein: Ein altes Haus hat enge Rohre und Oma pumpte mit dem *Ding* an allen möglichen dunklen Öffnungen herum, vom Ablauf am Badezimmerboden bis zur Kloschüssel. An was das *Ding* alles dran kam, das mag man sich nicht ausmalen. Aber wenn es trocken zwischen den ganzen Giftkanistern in der Ecke stand, war das *Ding* ein Spielzeug. Das Einzige, was ich fürchtete war, dass unter der roten Gummikuppel eine Spinne saß oder ein Tausendfüßler. Etwas, das in dem Moment, wo ich das *Ding* hochhob, erwachen würde. Mit spitzem Finger schob ich Universalreiniger, Insektenspray und das Mittel gegen Mehltau weg. Dann kippte ich das *Ding* zur Seite. Aber nie war etwas unter dieser Gummiglocke. Ich frage mich bis heute, wo all die Gliedertiere eigentlich waren. Irgendwo im Haus müssen sie gewesen sein. Wer wob sonst die Netze in den Ecken und zog die Fäden über die Wände?

Ich suchte mir mit dem *Ding* die glatten Flächen, wo ich die rote Gummiglocke dran festsaugen konnte. Sie furzte dabei und verzog sich zu einer Grimasse: ein Schmollmund, ein Kussmund, aber kreisrund, ohne Anfang und Ende. In den Wissenssendungen im Fernsehen sieht das Universum so aus. Nur aus Gittergrafik statt aus rotem Gummi. Das Universum als unendliche Grimasse. Und diese Endlosgrimasse, die aus Gummi, war dann nicht mehr von der Stelle zu bewegen. Solange man nur ganz gerade daran zog, war das *Ding* jetzt mit seiner Unterlage wie verschraubt, vernietet, verklebt. Wenn ich es oben in den Türstock presste, hielt das *Ding* problemlos mein Gewicht. Jedenfalls solange ich exakt gerade hing und nicht wackelte. So hing ich manche Minute meiner Kindheit in der Küchentür wie ein Räucherschinken, und wartete, dass irgendjemand sagte *hey toll.* Das tat aber nie jemand. Höchstens kam Opa in die Küche, rempelte mich an und brachte mich zum Pendeln. Das hielt das Vakuum in dem roten *Ding* nicht aus und dann schälte sich der Rand der endlosen Grimasse einfach vom Untergrund und fast ohne Geräusch war die Gummiglocke wieder aufgestülpt.

Fast ohne Geräusch, nicht *ganz* ohne Geräusch. Es war nämlich etwas zwischen der *Grimasse* und der normalen Gummiglocke. Ein Spalt zwischen den beiden Zuständen. Wie ein schmaler Abgrund, den man leicht mit einem Schritt überwindet. Aber eben doch ein Abgrund. Es klang daraus herauf wie ein schwacher Wind, der durch eine große Halle weht. Und ein bisschen wie ein Wort. Ein verächtliches, einsilbiges Wort, das ich nicht verstand. Und ich stürzte ab. Kein Abgrund. Nur die fünfzig Zentimeter bis zum Boden. Und Opa ging an mir vorbei und spuckte seine Mundspülung ins Küchenbecken.

Das war etwas, was ich Andi Weinmann nicht unbedingt vorführen wollte. Oder besser: *unbedingt nicht* vorführen wollte. Opa hatte eine ganze Menge Krankheiten in seinem letzten Jahr und eine davon war etwas mit dem Zahnfleisch. Er spülte andauernd mit einem roten Zeug, das nach etwas Scharfem roch, aber nicht Pfefferminz. Er ging durch die Wohnung und machte ein Geräusch innen in seinen Backen, wie eine Waschmaschine beim Pumpen. Es dauerte immer endlos lange, bis er es mit einem sportlichen Ruf, wie ein Hammerwerfer oder Kugelstoßer, schließlich ausspuckte. Minutenlang konnte er durch die Wohnung gehen und das rote

Zeug in seinem Mund herumschwenken. Oma verzog das Gesicht und sagte oft zu ihm: »Jetzt spuck schon aus. Spuck aus!« Je länger der Tag andauerte, desto mehr schimpfte sie. »Spuck aus, alter Depp, ich kann es nicht mehr hören!« Er sagte nichts dazu, weil er ja immer noch den Mund mit dem roten Zeug voll hatte. Aber sobald er es in die Spüle gespuckt hatte und den Wasserhahn zum Nachspülen aufdrehte, schimpfte er in das Rauschen hinein zurück auf Oma. Durch das Wasserhahnrauschen konnte ich nichts verstehen. Aber so, wie er ins andere Zimmer hinter sich schaute, zu Oma, und sich dabei bückte, weil er er den Kopf nicht mehr gut drehen konnte, dachte ich, er verflucht sie. Er hörte im selben Augenblick auf, wo er das Wasser wieder abdrehte. Mitten im Wort, kam es mir vor. Vielleicht kam der Text aus dem Wasserhahn.

Manche Nachbarn schüttelten den Kopf über Opa, weil er so viel Gift im Garten spritzte. Aber andere spritzten genau so viel und schworen drauf. Was Opa von ihnen unterschied, war, dass er beim Spritzen Gehörschutz trug. Nicht etwa eine Schutzbrille oder eine Atemmaske, wie es auf der Packung stand. Auf allen Packungen stand das, ob gegen den Löwenzahn oder die Schnecken oder die Raupen. Oder Viren, Pilze, Mäuse. Leuchtet ja auch ein, das Zeug ist schließlich kein Klosterfraumelissengeist. Aber Opa schreckte das nicht. Mit offenen Augen verrieselte und versprühte er seine Mittel. Wenn es sein musste auch gegen den Wind. Bloß den Gehörschutz hatte er immer auf. Klobige, blaue Kopfhörer, voll mit Opas Haarschuppen und seinen erdschwarzen Fingerabdrücken.

Oma verzog das Gesicht.

»Die Nachbarn lachen dich aus.«

Und Opa antwortete: »Die können mich alle am Arsch lecken«.

Oma plätscherte jeden Tag Stunden im Bad, das sie als Waschküche betrieb. Opas Wäsche vor allem. Dauernd weichte sie sie ein, in mehreren Stufen, von Eimer zu Eimer, die Socken, die Schlafanzüge, die Unterhosen.

»Die *brauchens*«, sagte sie. »Die brauchens *heiß und scharf*!«

Und mit angewidertem Gesicht rührte sie in den seifigen Wäschebündeln, die Socken von Luftpolstern aufgetrieben und glänzend von Omas Waschmitteln. Opas Wäsche kriegte das ganze Billigsortiment von Weinmann ab: Chlorbleichen, parfümierte Desinfektionsmittel und Weichspüler, alle in bunten Plastikflaschen, auf denen hinten Texte aus winzigen Buchstaben in fremden Sprachen klebten und vorne einfach das große W und *nirgends billiger*. Da stand Oma und schüttete trübes, dampfendes Waschwasser den Abfluss hinunter, während schon der nächste Eimer volllief.

Wenn die Socken, Unterhosen, Schlafanzüge, Taschentücher und Kopfkissenbezüge aus ihrem letzten Eimer kamen, wurden sie nur notdürftig ausgewrungen. Das Wasser, mit dem alles wieder ausgewaschen werden sollten, lief über Omas Unterarme in die kurzen Ärmel ihrer Bluse. Von dort lief es weiter, immer wenn sie den Unterarm hob, in die Achselhöhle und an Omas Seite hinunter, wo es in länglichen Flecken außen auf der Bluse wieder sichtbar wurde. Und dann kam der ganze graue Wäscheklumpen in die alte Wäscheschleuder.

So etwas wie diese Wäscheschleuder gibt es heute nicht mehr: beiger Lack und Chrom. Eigentlich gab es das schon damals nicht mehr. Es war ein Relikt: eine *Scharpf*-Schleuder, eine der letzten einer ausgestorbenen Art. Die *Scharpf*-Schleudern waren Wesen aus einer Übergangszeit in der technischen Evolution, die den letzten Schritt zur Waschmaschine verweigerten. Ihn vielleicht nicht kapierten, obwohl er zum Greifen nahe lag.

Man schloss den Deckel und trat das Pedal, das unten befestigt war, so dass es wie ein Musikinstrument wirkte. Eine Orgel oder eine Harfe. Manchmal durfte ich das Pedal treten. Es vibrierte, aber das Schleudern selbst begann völlig lautlos. Der Korb im Innern der Zentrifuge drehte sich schon rasend schnell, bevor überhaupt ein Geräusch kam. Aber irgendwann heulte das Gerät. Und die ganze Zeit spie es Waschwasser aus. Die *Scharpf* hatte einen Auslauf auf Höhe ihres unteren Drittels, dort, wo innen der Boden des Korbs war, und hoch genug, dass man einen Eimer drunter stellen konnte. Es tröpfelte schon bei den ersten lautlosen Umdrehungen, aber wenn das Heulen angefangen hatte, war es ein Schwall. Und obwohl die Wäsche gewaschen und mehrfach gespült war: Das Wasser war grau wie eine Straßenpfütze. Und dann trat Oma wieder das Pedal und die Zentrifuge wurde langsamer. Sie drehte sich wieder lautlos und man konnte den Deckel abnehmen und hineinschauen. Ein Wirbel mit Wänden aus Wäsche, im Zentrum der Boden aus Metall. Wenn ich jetzt mit dem Arm hineinfasste und mit dem Handrücken an die rotierende Wand aus Wäsche kam, dann riss die *Scharpf* ihn an sich und kreiselte meinen Arm so wild in ihrem Inneren herum, dass er sich anfühlte, wie wenn man an einen elektrischen Weidezaun gefasst hat. Natürlich hatte Oma das verboten. Ich tat es auch nur, wenn die Maschine schon fast stillstand. Ich glaubte es meiner Großmutter absolut, was sie von der Wäscheschleuder sagte. »Wenn man bei voller Geschwindigkeit da hineingreift«, sagte sie, »dann reißt sie dir den Arm ab!«

»Sie reißt dir den Arm ab«, sagte sie jedes Mal. Dann wies sie mit einem Kopfnicken zur Schleuder: »Und dann kannst schaun, was da unten rauslauft.«

Oma hatte schon seit Jahren auch eine richtige Waschmaschine. Aber für sie war kein Abwasseranschluss vorhanden. Mein Vater hatte zwar einmal am Abflussrohr des Waschbeckens herumgesägt, um einen Zugang für das Waschmaschinenwasser zu schaffen, aber er hatte sich dabei mit der Eisensäge in die Hand gesägt und eine Entzündung bekommen. Deshalb hatte Opa einen Installateur gerufen, der ein kreisrundes Loch in die Wand unter dem Waschbecken bohrte. Am Abflussrohr herumsägen, sagte der Installateur, sei unprofessionell. Aber hinter dem kreisrunden Loch war kein Rohr in der Wand, obwohl es genau da hätte sein müssen. Als er links und rechts davon bohren wollte, um nach dem Rohr zu suchen, schickte Opa ihn weg und stornierte den Auftrag. »Wenn man einmal so anfängt«, sagte er, »dann stößt man noch auf Sachen, die man gar nicht wissen will.«

»Ja«, sagte mein Vater, »das Drecksrohr will nicht angebohrt werden, so schauts aus.«

Wenn die Waschmaschine Wasser abpumpte, kam es also aus einem extra gebogenen Schlauchende, das man über den Rand der Badewanne hängen musste. Da hinein pumpte die Waschmaschine ihr graues oder milchig-weißes Waschwasser. Da die Waschmaschine, anders als die Wäscheschleuder, eine Pumpe hatte, kam es in kleinen Schüben. Der Schlauch auf dem Rand der Badewanne pulsierte mit den Stößen der Pumpe. Es platschte in die Wanne und floss auf den Abfluss zu wie etwas Tierisches und es verschwand in die fünf Löcher des Abflusssiebs in das Finstere, wie auf dem Weg irgendwohin.

Meistens. Oft war aber der Abfluss verstopft und Oma rief nach dem *Ding* und dann war ich es, der es holen musste, und dann zerrte sie mit großer Geste ihren Ring vom Finger und stülpte den roten Gummi über die Öffnung. Welche auch immer es gerade war, die man behandeln musste. Der endlose Kussmund knutschte das Rohr.

3.

Ein Hase: Ich habe mir was dabei gedacht. Kinder wie Andi kriegst du mit Hasen. In anderen Familien mögen sie Pitbulls oder Vogelspinnen, Schlangen oder Corgis: gefährlich oder teuer. Andi brauchte das nicht. Er konnte es sich leisten, etwas süß zu finden. *Er wollte den verdammten Hasen sehen!* Und außerdem wusste ich beim Hasen, wo ich einen hernehmen würde.

Die Vaclaviks. Rentner ohne Kinder, Häuschen mit Garten, noch in der Steinbruchstraße, kauften aber schon beim selben Bäcker wie die besseren Nachbarschaften. Sie: weiße Löckchen und hochdeutsch. Er: große Lippen und ein Akzent. Schlesien oder Sudetenland oder Ostpreußen. Opa sagte: Flüchtlinge.

Das bisschen Gras, das zu sehen war, war kurzgerupft. Der meiste Boden war von Hühnern blankgescharrt. Pflanztöpfe lagen zwischen Beeten.

»Aber ein Hase ist das nicht«, knurrte Vaclavik und reichte mir den Holzkäfig. Leihweise. Für die Schule. Hatte ich gesagt. »Das sind Karnickel sind das.«

Dann machte er eine Handbewegung, wegwerfend, aber gleichzeitig freundlich, über den ganzen Garten. Er gab ihn auf mit dieser Handbewegung oder ließ ihn frei, wie man einen Marienkäfer fliegen lässt: »Ja, ein bisschen unordentlich«.

Keine Handbewegung zu der mein Großvater imstande gewesen wäre. Opa nahm den Garten persönlich. Zwischen dem bisschen Rasen und den Rosenbeeten messerscharfe Linien. Die Frisur des Rhododendrons zwischen den Forsythien glich den blonden Köpfen auf Opas Jugendfotos, der Rasen rasiert wie ein Schnurrbart. Der ganze Garten ein Triumph des Willens. Dabei war Opa nicht etwa zackig. Das verhinderte schon seine ruinierte Gesundheit. Angespannt, ja. Verbissen, ja. Aber zum Zackigen fehlte ihm die Kraft. Er war ein Wrack im Unterhemd. Das war nicht der Anblick, den ich Andi Weinmann bieten wollte. Die ganzen leeren Fässer und Kanister, das Altöl in Plastikflaschen und das Fett in Eimerchen, das sollte er nicht sehen, und nichts von all dem, was meine Großeltern in der Garage und darum herum aufstapelten. Weder das, noch ein Wrack im Unterhemd.

Das Kaninchen bewegte sich in dem Käfig und ich musste ihn mit einem Knie ausbalancieren.

»Danke«, sagte ich und sah zu, dass ich heimkam, ohne gesehen zu werden. Und das gelang. Der Großvater hustete im Garten, die Großmutter stöhnte im Bad und die Mutter und der Vater waren noch nicht daheim. Darauf konnte ich mich verlassen: Vater in der Arbeit und Mutter beim Arzt.

4.

Was meine Mutter betrifft, weiß ich bis heute nicht, was ihr eigentlich die ganze Zeit gefehlt hat. Einmal ging es um ihre Nerven, dann um ihren Magen, dann um ihre Haut. Was aber jedes Mal kam, war das Speien. Meine Mutter übergab sich ständig, in allen Varianten. Manchmal war sie stundenlang blass und ging irgendwann schweigend ins Bad, von wo man sie dann speien hören konnte, ganz dezent, bloß wie ein Husten. Ein anderes Mal kam es unvermittelt. Während sie redete, mitten im Satz, vielleicht mit einem Buch in der Hand oder einer Schere, drehte sie sich mit dem Hals und dem Oberkörper nach rechts und kotzte einen Schwall ins Zimmer. Es kam so oder so. Es konnte ein dramatisches Ereignis sein, mit Würgen und Schreien, in eine Schüssel, vor aller Augen. Oder sie übergab sich müde, die Unterarme stundelang auf die Spüle gestützt, mit tiefem Glucksen, wobei sie das Erbrochene mit Wasser und den Fingerspitzen in den Abfluss schob. Danach fuhr sie zum Arzt. Oder zu dem Heilpraktiker, der ihr Blut abzapfte und dann wieder zurückspritzte.

Wenn ihr nicht schlecht war, war sie verstopft. Mit einer Wärmflasche um den Bauch gebunden ging sie vor dem Klo auf und ab. Zuletzt ließ sie sich jedes Mal von Großmutter helfen, die auf die Wirkung von Einläufen schwor. Es gab täglich Einläufe und beide Frauen redeten dauernd darüber.

Ich trug den Käfig in mein Zimmer und schaute durch die Sechsecke aus Draht hinein. Das Tier saß, in die Ecke geduckt, ganz ruhig da. Ich sah es atmen. Ich holte Wasser. Und Löwenzahnblätter. Die wenigen, die in Opas Garten zu finden waren. Makellos, kein einziger Raupenbiss, grün wie Waldmeisterbrause. Sollte ich das wirklich dem Kaninchen geben?

Alles, was aus Opas Garten kam, fasste mein Vater nur mit spitzen Fingern an. Was er davon essen sollte, spülte er mit derart viel Pulverbrause hinunter, dass er regelmäßig Durchfall bekam und nicht mehr beweisen konnte, dass es an Opas Spritzmitteln lag. Aber wenn Opa ihn nicht hörte, sagte er: »Gegen unseren Garten, da ist der Vietnamkrieg ein Wasserschutzgebiet.« »Iss lieber nicht so viel Salat«, sagte er immer.

Mit dem Handrücken streifte ich das Fell des Hasen.

Als das Abendessen vorbei war, saß mein Vater vor einem blau flackernden Fernseher im dunklen Wohnzimmer. Opa stand in der Küche, schwenkte seine rote Mundspülung in den Backen. Die Tür zum Badezimmer stand offen und ich sah meine Großmutter, wie sie meiner Mutter half, ein Klistier einzuführen. Wortlos schob sie die Tür mit dem Fuß zu, als sie mich vorbeigehen sah. Ein altes Haus hat enge Rohre. Aber als ich an diesem Abend vom Essen in mein Zimmer ging, war es mehr als sonst. Es summte bei den Sicherungen. Es heulte der Luftzug im Kamin, es kreischte in den Wasserleitungen und es gurgelte in den Heizungsrohren. Sie wollen nicht angebohrt werden, hatte mein Vater gesagt.

Ich hasste die Wand und die Idee, irgendwelche Rohre dahinter hätten etwas zu wollen. Es stand ihnen nicht zu, vor einer Eisensäge zurückzuzucken. Sie durften nicht vor einem Bohrer davonkriechen und sich winden, um nicht getroffen zu werden. Es war nicht richtig, dass die Erwachsenen so etwas sagten.

Ich hob den Hasen heraus. Da war ein bisschen Ekel vor dem schlaffen Gewicht, vor dem Schatten von rosaroter Haut unter dem Fell. Aber als ich ihn absetzte, auf mein Bett, da war ich fasziniert. Ich fand ihn großartig. Ich fand ihn großartig wegen seines Herzschlags und wegen seiner Wärme und ich fand ihn auch noch großartig, als er mein Leintuch nass machte.

5.

Und dann waren ich und Andi Weinmann auf dem Weg zu unserem Haus. Mein Plan war gewesen: Andi etwas zu trinken anbieten. So, als würde Gästen bei uns *immer* etwas zu trinken angeboten. Aber ich hatte ein komisches Gefühl. Ein schlechtes Gefühl.

Als das Haus in Sicht kam, war es eher so, als würde das Gebäude mir entgegenkommen als umgekehrt. Ich schämte mich bei dem Anblick. Es sah mehr denn je wie ein ehemaliges Wirtshaus aus. Eines, das noch vor den Augen seiner Gäste so weit heruntergekommen war, dass es aufgegeben wurde. Ich schickte Andi nach vorne zum Gartentor, während ich von hinten über den Müll ins Haus sprang, um von innen aufzumachen. Wollte ich Vorsorge treffen, falls meine Mutter sich gerade übergab? Oder die Tür zum Bad schließen, falls Oma gerade in Opas von Seifenlauge aufgeblähten Socken rührte? Die Klotür zu machen, damit Andi nicht den ächzenden Opa mitansehen musste? Ich rannte zum Besenschrank, griff nach dem *Ding*. Beim Hochheben machte es sein leises Geräusch: ein schwacher Wind, der durch eine große Halle weht, ein Wort weit weg. Ich kehrte zur Haustür zurück, rammte den Pömpel gegen den Türstock und rief Andi zu: »Wetten, du kriegst den nicht da runter, bis ich wieder da bin?«

Was wollte ich? Ich wollte nach oben, um sicherzugehen, dass der Hase noch da war. Weil ich daran zweifelte. Wie ein Zauberkünstler, der in seinen Hut schaut, bevor er das Kaninchen herauszieht. Weil er seinem eigenen Trick nicht vertraut. Vielleicht vertraute ich der ganzen Sache nicht, also der ganzen, gesamten Angelegenheit. Andi Weinmann bei mir daheim? Lächerlich. Was sollte das? Es würde schief gehen. Das war mir auf einmal klar. Aber vielleicht auch nicht. Wenn ich jetzt aufpasste und wenn der Hase da war.

Ich stürmte die Treppe hinauf in mein Zimmer. Die Tür zu. Der Schrank zu. Frische Wäsche gefaltet auf meinem Bett. Frisches Bettzeug. Im Schrank der Käfig. Viel kleiner als ich ihn mir den Vormittag über ausgemalt hatte. Und leer.

Als hätte ich es gewusst.

Unter dem Bett, hinter der Tür, unten im Schrank: kein Hase. Unter dem Schreibtisch, dem Fensterbrett, der Heizung auch nicht. Ich *hatte* es gewusst.

Aber was ich nicht wusste, war, was jetzt nacheinander geschehen würde. Und dass die entscheidenden Sachen schon passiert waren. Großmutters Stimme schallte durchs Haus: »Abfluss!« Ein Blick aus dem Fenster: Im Garten riss Großvater sich die Kopfhörer von den Ohren.

»Was is?«

»Abfluss!«

»Wo?«

»Waschküche!«

»Scheise…« Opa warf den Giftbehälter mitsamt der Spritze ins Gras. Die Flüssigkeit tropfte an den Anschlüssen heraus. *Scheise*: Wie Opa das sagte, war mir am peinlichsten. Dieses weiche s, das dem Ganzen überhaupt keinen Widerstand entgegensetzte. Scheise wie leise, wie Meise, wie Reise. Kraftlos. Scheise wie Durchfall.

»Sag dem Buben ich brauch das *Ding*!«

Das war mein Stichwort.

Als ich nach unten kam, hing Andi in der Haustür, mit beiden Händen am Griff des Pömpels. Er ließ los und trat zur Seite, als Großmutter mit großen Schritten auf ihn zukam. Im Gehen zog sie sich mit rudernden Ellbogen den Ehering vom Finger. Sie löste den Pömpel mit einer seitlichen Bewegung aus dem Türrahmen und marschierte zurück ins Bad, ohne den jungen Besucher eines Wortes zu würdigen. Andi rieb seine Finger in den Handflächen, als hätte er etwas Öliges angefasst.

Mein widerliches Zuhause in voller Blüte. Andi gab sich Mühe. Wie ein Tourist beim Bauerntheater. Aber eigentlich war er blass geworden. Ihm stand ins Gesicht geschrieben, dass er lieber doch nicht gekommen wäre. Ohne *Grüß Gott* und *Auf Wiedersehen* würde Andi aber nicht gehen. Wohlerzogenes Kind.

»Mein Ring!«

Oma wie eine Feuerwehrsirene:

»Komm halt her, du alter Depp! Der Ring is im Ausguss!«

Opa schrie zurück: »Und was soll ich da machen? Was schmeißt denn den Ring in ’n Ausguss, blöde Henn’!«

»Komm her und hol ihn raus!«

»Einen Scheißdreck werd ich«

Aber er war schon auf dem Weg ins Badezimmer.

Oma sagte durch die Zähne: »Du kommst auf der Stelle ins Bad und holst den Ring da raus.«

»Leck mich am Arsch.«

Opa schnaufte so schwer, dass er fast röchelte. Er starrte seine Frau an und hasste sie so sehr, dass ihm ein Speicheltropfen auf die Unterlippe rann. Aber er brachte kein Wort mehr heraus. Ohne das Rauschen des Wasserhahns war er außerstande, sie zu beschimpfen.

Wir drängten uns zu viert zwischen Haustür und Badezimmer, Oma, Opa, Andi und ich. In diesem Augenblick kam mein Vater nach Hause. Er brauchte eine gute Sekunde, um zu verarbeiten, dass Besuch da war.

»Alles senkrecht, Jungs?«, fragte er. Weder Andi noch ich hatten darauf eine Antwort.

»Werkzeug!«, rief Opa. Vater holte den Werkzeugkasten.

»Komm«, sagte ich zu Andi. Ich wollte, dass er wieder weg wäre. Hier stimmte einfach nichts. Was hatte ich mir bloß erwartet? Mir klangen die Ohren vor Anspannung. Ein hoher, elektrischer Ton, ein Schmerzreiz am Hörnerv, aus der Mitte meines Gehirns.

Und jetzt begann es, komisch zu riechen. Wie verdorbene Milch, aber auch wie ein Medikament. Andi Weinmanns ganze Höflichkeit reichte nicht mehr aus, ein angewidertes Gesicht zu unterdrücken. Der Geruch wurde stärker. Und er veränderte sich. Er *schillerte*, wenn man das von einem Geruch sagen kann. Jetzt konnte ich nicht entscheiden, ob es nach Benzin oder nach Schimmel roch.

»Wo kommt das her?«

Da brachen die drei Stimmen der Erwachsenen über uns herein, die sich in der Waschküche anschrieen. Opa kniete unter dem Waschbecken in einer Pfütze. Eine Welle von Gestank schlug mir entgegen und Großmutters Stimme:

»Aufschrauben hättest du sollen, nicht ausleeren!«

»Bah«, schrie mein Vater, »Das stinkt wie die Pest!«

»Ich weiß, dass es stinkt!« Opa hob seine Hände über den Kopf, als käme es jetzt noch darauf an, sie trocken zu halten, »Ich rieche das doch auch, du Hornochse!«

»Aber was kann denn da so stinken? Bei anderen Leuten stinkt es auch nicht so!«

»Was weißt du denn? Was weißt du, wie das bei andern Leuten stinkt? Es ist halt der Fettabscheider, der muss einfach mal raus da unten!«

Mein Vater, der auf der Wäscheschleuder saß, warf hinterher: »Du schüttest aber auch alles rein, Papa! Kein Wunder, dass das verstopft. Du spülst ja alles ins Klo, alles! «

»Jetzt bins ich, oder was?«, konterte Opa. »Wer ist denn dauernd über der Kloschüssel? Deine Hysterikerin mit ihrer dauernden Kotzerei! Und überhaupt, ich sage nur ein Wort: Monatsblutung!«

»Was soll das denn jetzt heißen?«, sagte Großmutter.

»Wer hat denn den Ring in die Spüle geschmissen?«

»*Gefallen*! Er ist mir hinein *gefallen*! Und der Ring wird ja wohl kaum so stinken!«

»Und wegen dem bisschen Ring wird es ja wohl auch nicht verstopft sein«, mischte sich Vater ein.

»Derart schnell«, sagte Oma. »Förmlich verschluckt hat ihn der Abfluss. «

»Er ist weg!«, sagte Opa.

»Wenn der Abfluss verstopft ist, kann er gar nicht weg sein«, gab Oma zurück. »Dreh noch mal mit der Spirale!«

»Dann komm her und halt mir die Taschenlampe«.

Opa hielt mir die Taschenlampe hin. Ich nahm sie und hockte mich neben ihn unter das Waschbecken. Ich konnte trotz des Gestanks aus dem offenen Abflussrohr Opas abgestandenes Hemd riechen. Ich sah, wie er noch einen verstohlenen Blick auf Andi Weinmann warf, als würde er die Hausmeisterprüfung vor ihm ablegen. Andi stand bloß da. Er hatte auf einen Hasen gewartet, jetzt stand er im Gestank und lernte die Konversation der Arbeiterklasse. Ich senkte ein Knie in die Pfütze und duckte mich unter die Spanplatte, die das Becken trug.

»Leucht hinauf«, befahl Opa.

Aber ich hatte die klaffende Öffnung des Abflussrohrs in der Wand gesehen. Diese Öffnung fesselte meine Aufmerksamkeit. Ich leuchtete in das Loch. Nichts zu sehen. Hinter der Dunkelheit in diesem Rohr war es still. Es war wie das lautlose Wort, das die Saugglocke des *Dings* formte, wenn sie sich von ihrem Untergrund trennte. Der Seufzer des Abgrunds.

»Hinauf sage ich!«, hustete Opa.

Oben, über meinem Kopf, redete Oma in den Ausguss. Ihre Stimme kam durch das Fallrohr zu mir herunter. »Jetzt sehen wir, ob das bloß Gift ist oder ob es uns den Schlund da frei räumt.«

»Mama, Vorsicht«, sagte mein Vater.

Ich hörte es klimpern und rieseln über mir. Das Schütteln eines großen Plastikbehälters. Ich wusste, Oma hielt das Rohrfreipulver über den Ausguss und schüttete es hinein. Es war eigentlich kein Pulver, eher kleine Kristalle, die jetzt das eiserne Rohr herunterpurzelten. Opa und ich schauten von unten auf das Waschbecken. Opa machte Augen, als käme sein Tod da heruntergerieselt. Es roch sofort scharf und widerlich. Ich zog mich am Fallrohr hoch, aber Opa schob meine Hand davon weg. Zu spät: Ein greller Schmerz schoss mir in die Hand. Ich schrie, als hätte mich das Rohr gebissen.

»Das wird heiß, mit dem Pulver, das weißt du doch!«, sagte mein Vater. »Und ob das heiß wird«, sagte Oma, »das brennt alles heraus!« Sie und Opa wechselten einen Blick. Er war fast ein Augenzwinkern. Und anerkennendes Nicken zu Andi. Der Sohn und Erbe des Mannes, von dem die ganzen Wundermittel kamen, Weinmann junior.

Ätzende Dämpfe kamen aus dem offenen Siphon. Opa und ich zwängten uns unter dem Becken hervor. Aus dem Loch in der Wand, in dem das Rohr stecken sollte, wehte ein kalter Strom aus Gestank. Es war dort immer noch leise.

Aber nicht mehr still.

»Da«, keuchte Opa, »sie wehren sich!« Er schob sich mit einem Ruck den Gehörschutz über die Ohren.

»Du bist so lächerlich«, sagte Oma und machte sich mit ihrer Pulverdose unter dem Waschbecken klein. »Da muss es hinunter«, sagte sie und schüttete den Rohrreiniger direkt in das Loch.

Da griff Opa nach meinem Handgelenk.

»Sie hat ja keine Ahnung, Bub. Sie muss das ja nicht aushalten. Sie hört es ja nicht, was in der Erde passiert.«

»Was passiert denn in der Erde?«, Andi Weinmanns Stimme zitterte.

6.

Alle Augen richteten sich auf ihn. Er schaute von der Tür aus ins Badezimmer, wie ein Kind, das in der Nacht aufgewacht ist und seine Eltern im Wohnzimmer bei etwas überrascht, was ihm für immer über sie die Augen öffnet.

»*Was passiert in der Erde?*«

Opa holte tief Luft, was in dem stinkenden Badezimmer nicht leicht war, und setzte zu einer gewichtigen Information an.

»Hör auf mit dem Kas«, sagte Oma, »die sperren dich noch weg.«

»Das ist mir egal! Wenn du das nicht hörst, schön für dich, vielleicht bist du zu *blöd*, du dumme Gans! Du dumme *Sau*!«

Der Ton war wieder da. Ein Kreischen inzwischen, ein Klang am Rande des Auseinanderbrechens. Ich hielt meine Ohren zu.

Er kam näher.

Ein noch stärkerer Schwall von Gestank blies aus dem Loch unter dem Waschtisch. Er war jetzt vermischt mit dem ätzenden Geruch des Rohrpulvers. Oma sog genießerisch die Luft durch ihre Zähne. »Wisst ihr wie das riecht? Das riecht einfach sauber! *Sauber* riecht das! Das *reinigt*!«

Andi Weinmann japste und zeigte auf Omas Topfpflanzen neben dem Badspiegel. Sie waren eingegangen. Alle Blätter hingen gelb und eingeschrumpft nach unten. Irgendwann in den letzten Minuten mussten sie verbrannt sein.

»Ah«, sagte Großvater, »es kommt.«

Ich starrte auf das Loch.

»Es ist im Fett«, sagte Oma.

»Es kommt aus dem Fett«, sagte Opa.

Was vorher ein Kreischen gewesen war, war jetzt ein Brummen. Das Kreischen war, ich habe keinen anderen Ausdruck dafür, umgekippt, umgestülpt. Wir hörten auf einmal seine Kehrseite. Der Ton war so tief, dass er in Klumpen und in Batzen heraufkam. Er machte Bilder vor meine Augen, von großen alten Maschinen, von einem Innenraum wie ein leerer Tank.

»Was kommt aus dem Fett?«, fragte Andi Weinmann.

»Mein Gott, was habt ihr alles da hineingeschüttet?«, jammerte mein Vater.

Oma ließ die Pulverdose fallen. Die Körner, die in der grauen Pfütze landeten, zischten und machten kleine weiße Schwaden, während sie mit dem Schmutzwasser eins wurden.

»Die Ratte«, sagte Opa.

»Was für eine Ratte?«, fragte mein Vater.

»Die Ratte von heute früh?«, fragte Oma.

»Ein riesiges weißes *Ding* diesmal«, keuchte Opa, »mit so großen Ohren.«

Der tiefe Ton schien sich herauszuzwängen, mit großer Kraft und Mühe heraufzuarbeiten. Und er war fast da.

Oma griff nach dem *Pömpel*, der vor ihr am Boden stand. Als sich der rote Gummi vom Boden löste, hörte ich durch den ganzen Lärm hindurch den Klang des Abgrunds, ein Wort gehaucht von einem endlosen Mund.

»Ist mir zwischen die Füße gerannt«. Opa protestierte gegen irgendeinen Vorwurf.

»Bin ich erschrocken«, keuchte Oma, »bin ich draufgetreten«

»Geschrieen hast du wie am Spieß«, sagte Opa, ohne sie anzusehen. Beide redeten wie zwei Priester, die zusammen die Messe zelebrieren.

»Geblutet hat es!«

Der tiefe Klang war jetzt hier, im Dunkel direkt hinter der Öffnung in der Wand.

»Aber du hast es umgebracht! Du!«

»Ja, hab ich! Dann hab ich das halt! Und? Das blutige Fellbündel, das blutige! Humpelt da blutig durch mein Haus! Da ist bei mir Ende ist da bei mir, *aus*! *Sowieso* hab ich es umgebracht! *Logisch* hab ich es umgebracht und Stück für Stück.«

»Und Fetzen für Fetzen.«

Opa und Oma deuteten beide mit ausgestreckten Armen, nacheinander auf das Klo, die Badtür, auf die Küchenspüle gegenüber. Mein Vater starrte auf seine Eltern und schüttelte den Kopf. Jetzt hielt auch er sich die Ohren zu.

»Aus dem Fett«, keuchte Oma.

In diesem Augenblick verstummte der fürchterliche Ton.

Für zwei Sekunden war es still. Der tropfende, stinkende Schatten der Abflussöffnung pulsierte. Er schwoll an. Dann klatschte von dort innen ein Auge gegen die Öffnung. Und das Auge schaute heraus.

Die Haare standen mir zu Berge. Das Auge im Abflussrohr steckte in einer blutigen Höhle aus Knochen. Es schielte und linste aus dem Rohr in die Waschküche, nach allen Seiten. Es drängte gegen die Öffnung. Alle schrien und wichen zurück. Das Auge dehnte das Rohr im Mauerwerk wie bei einer Geburt. Der Putz brach weg, Ziegel wurden sichtbar, auch sie wurden zur Seite gepresst.

Der ganze Schädel um das Auge kam zum Vorschein. Ein zweites Auge zwängte sich heraus. Der Kopf presste gegen die Öffnung, die jetzt Ränder aus gebrochenen Ziegeln hatte, aus Mörtelstaub und offenliegenden Stromdrähten. Er schob und schob. Die Wand kontrahierte von den Ecken her auf das Loch unter dem Waschbecken zu. Dabei brach alles ab, was an ihr befestigt war: Handtuchhalter, Shampooregal, und der Spiegelschrank. Erst krachte der auf der einen Seite herunter, seine Plastiktüren klappten auf, ich sah uns alle darin, in Miniatur, wie gemalt, schräg und zitternd dort hängen, dann riss der zweite Haken und wir alle zerbrachen in einzelne Stücke im Spiegel und klirrten zu Boden. Und die Wand dehnte ihr Loch und der Kopf presste von innen dagegen. Ich sah, was ich vorher wusste, dass ich sehen würde: einen Kaninchenkopf. Gehäutet und zertrümmert, ein Auge blutig: das war kein Kuscheltier mehr.

Das neugeborene Monster atmete noch nicht. Aber sein panisches Auge sah uns alle. Es stank. Es stank schlimmer als der Kanal. Mit einer letzten Anstrengung zog sich das ganze Stockwerk erst zusammen, um dann das Loch, den Spalt, alle Risse, alle Fugen, die Schlitze, hinter denen Kabel, Rohre, Schächte verliefen, alles mit aller Kraft auseinander zu pressen. Dann lag es pulsierend da. Es war riesig. Und es war nicht nur ein einzelnes Tier: es war ein Gemisch aus Fett, Müll, Gift und Kadavern. Ich sah einzelne Augen darin. Sie spähten in den Raum, erkundeten ihn von Winkel zu Winkel. Es zuckte mit seinen Rändern, wie ein Fohlen, das darum kämpft, aufzustehen.

Wir standen alle mit dem Rücken zur Wand, in den Resten des Badezimmers. Andi Weinmann stand in der Tür, genauso versteinert wie wir alle. Seine Augen flackerten immer wieder zu mir.

Großmutter hielt immer noch das *Ding* in der Hand. Jetzt streckte sie es gegen das Wesen. Ich schaute direkt unter den roten Gummi. Ich hatte schon oft darunter geschaut, vorsichtig, nach Spinnen oder Tausendfüßlern. Aber jetzt, wo Großmutter es hielt, am ausgestreckten Arm, sah es obszön aus. Eine klaffende, entzündete Öffnung. Ein Skandal, ein Angriff.

Und das Wesen, das gerade aus der Wand in unserem Haus geboren worden war, sah das ebenso. Es tat seinen ersten Atemzug. Und dann redete das Wesen.

7.

Es war klar, dass es redete, obwohl keine Sprache zu verstehen war. Viele Leute, die hinter einem Wasserfall redeten, so klang es. Und mein Großvater antwortete dem Wesen.

Das kann sich wahrscheinlich niemand vorstellen, wie abscheulich das war. Andi Weinmann hatte sich schon nicht vorstellen können, dass Leute so zusammen leben und kommunizieren wie wir. Aber Opas Antwort war das widerlichste und beschämendste was ich bis dahin erlebt hatte. Mein Vater hielt sich die Ohren zu und krümmte sich. Großmutter verzog das Gesicht. Denn Opa antwortete dem Wesen *in dessen eigener Sprache.* Er öffnete den Mund und die Wörter kamen wie hinter dem Rauschen von Wasser und wie das Schlucken von Schleim, mit den Gaumen und Zungen von mehr als einem Mann, Rasseln und Räuspern.

Und dem Fettkaninchen gefiel nicht, was er sagte. Es stampfte auf den Boden. Nur einmal. Wenn man Pudding aufkocht, so sah das aus: Es hob sich, dann fiel es. Ein druckvoller, wummernder Aufprall und der Boden brach auseinander. Ein Riss klaffte im Badezimmer. Es war wie in diesen Erdbebenfilmen: Oma und mein Vater auf der einen Seite, Opa und ich auf der anderen. Und Andi Weinmann in der Mitte, auf der Türschwelle. Der Riss öffnete sich weiter, schlängelte dabei auf Andi zu, der unfähig war, sich zu entscheiden, auf welche Seite er ausweichen sollte, und in der engen Tür auch keinen Spielraum hatte. Ich folgte dem ersten Impuls und griff über den Spalt hinweg nach dem *Ding* in Omas Hand, warf es Andi Weinmann zu und schrie: »Türstock!« Und gerade, als der Riss zwischen seinen Füßen hindurch raste,, fing Andi den Pömpel und stieß ihn an den Türstock über seinem Kopf. Der Kussmund saugte sich fest und Andi klammerte sich an den Knüppel genau in dem Moment, als der gesamte Fußboden unter ihm wegbrach. Die ganze Mitte des Badezimmers krachte in den Keller hinunter. Trübe Luft kam aus der Grube, die entstanden war.

Andi hing vom Balken der Badezimmertür wie ein spanischer Schinken. Er versuchte, mit den Beinen Halt zu finden, und strampelte in der Luft. Wir anderen kauerten auf den schmalen Simsen, die noch vom Fußboden übrig waren. Großmutter war rückwärts auf das Startpedal der *Scharpf* getreten. Die Maschine war leer und erreichte in wenigen Sekunden ihre äußerste Drehzahl. Sie sirrte erregt und wanderte vibrierend auf die Abbruchkante des Fußbodens zu.

Und das Wesen wütete. Es glitt mit einem seiner zähflüssigen Arme an Großvaters Kehle. Augenblicklich standen ihm Wasser und Fett bis zum Mund und rannen seine Brust hinunter, er schnappte nach Luft.

Oma hatte keine Augen für Opas Not, denn aus dem Loch, das tiefer schien als bloß der Keller, leuchtete ihr goldener

Ring herauf. Sie warf sich auf den Boden und streckte eine fuchtelnde Hand in die Tiefe. Aber ihr Arm hätte drei Meter länger sein können und hätte den Ring noch immer nicht erwischt. Er versank dort unten in einem halb flüssigen, halb staubigen Morast. Großmutter kroch über den Rand. Ziegelreste bröckelten unter ihr weg. Ihr Oberkörper hing nach unten, sie streckte die Arme nach dem Ring, aber sie kam noch immer nicht nahe genug. Dann brach ein weiterer Stein aus der Geschoßdecke, Oma stürzte nach unten und riss mit dem Fuß die *Scharpf* am Kabel mit sich hinunter. Sie kam mit einem Stöhnen unten auf, aber in einer krampfhaften Bewegung erwischte sie den Ring mit der Spitze ihres Zeigefingers. Die Wäscheschleuder war aufrecht nur eine Handbreit neben ihr gelandet und rotierte unvermindert auf höchster Drehzahl. Das Kabel der *Scharpf* war lang.

Das Fettmonster durchfuhr ein zorniger Schauer. Die vielen Augen auf seiner Oberfläche sprangen gleichzeitig in eine Richtung, dem Ring hinterher. Das Opfer im Griff seiner Tentakel war unwichtig geworden. Großvaters Rücken knackte. Seine Arme fielen herunter, sein Kopf sackte nach hinten. Das Wesen ließ den Körper fallen. In einer schnellen Bewegung glitt, kroch, krabbelte, stürzte es in die Tiefe. Es war offensichtlich, dass es diesen Ring zurückhaben wollte. Der Arm, den es ausstreckte, sah jetzt fester aus, wurmartig. Er fingerte über die Schleuder hinweg nach Oma. Das Wesen hatte wohl keine Ahnung, was für eine Maschine die sirrende Tonne war. Ohne Zögern griff es in die Zentrifuge. Wie eine Qualle, die böse Kinder auf eine Hafenmauer schleudern, riss der Arm des Monsters ab und klatschte hinter meinem Vater an die Badezimmerfliesen. Die vielen Augen des Fettkaninchens glotzen und rollten in alle Richtungen. Die *Scharpf* heulte kurz auf und sirrte dann weiter. Der verchromte Rand ihrer Öffnung leuchtete aus der Grube herauf. Ein ganz neues Pulsieren ging von der alten Maschine aus. Etwas wie Appetit schien zu erwachen.

Genau das war der Moment, als meine Mutter hereinkam. Wenige Zentimeter neben der Stelle, wo der Tentakel an die Wand geklatscht war, zwängte sie sich durch einen Spalt in der Wand und taumelte ins Badezimmer. Sie kam von ihrem Heilpraktiker und trug die Mullbinde am Arm, wo ihr Blut abgezapft und wieder eingefüllt worden war. Mutter schaute in den zerstörten Raum und den eingestürzten Fußboden. Sie schien sich nicht zu wundern, aber sie füllte sich mit Entsetzen, wie ein Gefäß. Dann übergab sie sich.

Dazu war sie wahrscheinlich ohnehin ins Bad gekommen. Sie taumelte rückwärts dabei, auf dem schmalen Sims, der noch vom Boden übrig war, kotzte immer weiter bis sie an der Badezimmertür war, wo der Boden eingebrochen war. Und wo Andi immer noch wie ein Schinken an der Saugglocke des *Dings* hing. Als Mutter bemerkte, dass ihr Hintern Andis Füße rempelte, und gleichzeitig, dass ihr letzter Schritt ins Leere ging, fuchtelte sie um sich und griff Andis Beine, wobei sie ihn schräg nach unten zog. Die Gummigrimasse im Türstock entspannte sich. Der Abgrund zwischen Tür und Gummi öffnete sich und meine Mutter und Andi fielen, vorbei an den geborstenen Fliesen, Ziegeln, Mörtelresten und zersplitterten Balken hinunter in die Dunkelheit des Kellers.

Mama landete auf dem Schuttberg neben Oma, aber Andi fiel, die Füße voran, in die chromblitzende Öffnung der *Scharpf*. Die Schleuder schüttelte ihn, während sie seine Beine zerrieb, sie förmlich raspelte. Dann rutschte er tiefer und tiefer in die Maschine, die immer wieder gierig aufheulte wie ein nervöser Porsche an der Ampel. Er schrie nicht. Eine Rübe in der Küchenmaschine, sank er schweigend in der *Scharpf.* Ich konnte nichts tun, als über die Abbruchkante hinunterschauen. Andi war bis auf den Kopf in der Schleuder verschwunden. Sein Gesicht steckte einige Augenblicke im verchromten Heiligenschein ihrer Öffnung und starrte zu mir herauf. Es sah aus wie das Gesicht der *Scharpf* selbst. Dann rutschte es ein winziges Stück tiefer und geriet in die Rotation. Andis Gesicht machte sechshundert Umdrehungen pro Minute, seine Nase ein Punkt in der Mitte einer Kreisfläche, Mund und Augen zwei Ringe, die immer noch zu mir heraufschauten, bis alles im Innern der Maschine verschwunden war. Jetzt, erst jetzt, kam meinem Vater und mir gleichzeitig die Idee, den Stecker zu ziehen.

Aber die *Scharpf* wurde nicht langsamer. Sie wollte sich nicht mehr nach Wechselspannung richten, und auch nicht mehr nach der Physik überhaupt oder irgendeiner groß- oder kleinbürgerlichen Moral. Sie ließ die 800 und die 1200 Umdrehungen hinter sich und heulte auf wie ein Flugzeugtriebwerk. Der Sog riss den beiden Frauen in der Grube alles vom Leib, was nicht festsaß: Schlüssel und Taschentücher aus den Kleidern, Haarklammern vom Kopf, Uhren vom Handgelenk, Schmuck von den Fingern.

Das Wesen aus Fett hatte alle seine Augen auf die vibrierende Maschine gerichtet. Auch in seinem Inneren begann sich etwas zu drehen. Das Monster, aus Gift und Fett verliebte sich in das Monster aus Chrom und Magnetspulen. Seine Wülste und Tentakel drehten sich jetzt ebenfalls schneller und schneller. Und mit einem Satz war es in der Wäscheschleuder. Beide zusammen machten drei, vier, sechstausend Umdrehungen, ein Wind kam aus der dunklen Grube, wie am Ausgang eines U-Bahn-Tunnels.

Batzen aus Fett und Haaren lösten sich vom Wirbel und klatschten an die Wände. Dann, als das Doppelwesen die Frequenz einer Sirene erreichte, ein Sprühregen von schleimigen Tropfen. Am Ende ein feiner Nebel aus Fett, dessen Zentrum vibrierte. Er stieg aus der Grube und hüllte mich ein. Ein *Dunst.*

Plötzlich erkannte ich ihn: Der Inseldunst! Die schlanke weiße Yacht auf dem Meer im Sonnenlicht, die weißen Menschen, so voll von Freude an sich selbst, und im Hintergrund links die grüne Insel im Dunst. Es war dieser Dunst, da war ich mir sicher. Die Lordreklame, in der die Welt der Weinmanns war. »Lord!« Ich schrie auf, schrie das Wort: »Lord!« Wir lassen den Dunst einfach hinter uns, in dessen grünem Herz ein Monster vibriert. Wir segeln! Mit einem schnipp am Feuerzeug! Ich steckte mir meine imaginäre Zigarette zwischen die Lippen, immer griffbereit, und fischte in meiner Hosentasche nach dem Zippo.

8.

Die Versicherung, die Feuerwehr, die Polizei, sie alle erklärten das nachher mit den Gasleitungen. Alt und undicht. Oder mit Öl, das jemand im Keller gelagert hat seit den Zeiten des alten Wirtshauses, und einem Funken, aus schlechten Stromkabeln und feuchten Wänden. Aber ich weiß es besser: Aerosolbombe.

Fett, in einem feinen Nebel, und ein Zünder im Zentrum der Wolke. Wie in *Outbreak*. Wer hätte gedacht, dass Morgan Freeman die Aerosolbombe befehlen würde. Schließlich war Morgan Freeman Gott. Aber das kam alles später.

Ich habe mich nicht mit meinem Vater abgesprochen. Sogar mir als Kind war klar, dass ich nicht etwa vor dem Versicherungsheini sagen konnte, ein hasenköpfiges Fohlen sei aus dem Fettabscheider geboren worden und habe das Haus mit Hilfe einer dreißig Jahre alten Wäscheschleuder zerstört. Das hätte ja nicht den geringsten Sinn ergeben, für niemanden, der es gehört hätte. Ich wurde aber auch so gut wie nichts gefragt. Ich war ein Kind.

Es gab eine gerichtliche Untersuchung, wegen der Explosion, wegen des Feuers und natürlich, weil Andi Weinmann spurlos verschwunden war. Opa lag oben, Teile von Oma hat man in den rauchenden Trümmern gefunden. Aber von Andi Weinmann überhaupt keine Spur. Kein Knochen, kein Kopf, kein Kleidungsstück.

Ich wurde dazu nur einmal befragt. Auch der Richter schien es merkwürdig zu finden, dass Andi bei mir war. Ob ich mir sicher sei. Weinmann sei ja immerhin und so weiter. »Aus einer ganz anderen Nachbarschaft«, sagte er. Ich hätte das kränkend finden können. Aber andererseits: Mehr und mehr fand ich es selbst schwer zu glauben. Das Wochenblatt schrieb auf der Titelseite *WEINMANN-ERBE (11 J., †) – WIRKLICH IN DER BRANDRUINE VERSCHOLLEN?* Und gefunden wurde er ja nicht bei uns. Erinnern ist ja eine wacklige Brücke nach Damals.

Papa hatte nach dem Ring gefragt. Aber so etwas war nicht gefunden worden. Was man fand, war ein Kaninchenschädel. Man brachte ihn mir, nach der gerichtlichen Untersuchung, als Mama im Pflegeheim war und Papa und ich eine neue Wohnung hatten und alles. Ein Mann vom Jugendamt brachte ihn. Auch das ergab überhaupt keinen Sinn. Ich bedankte mich. Ich überlegte eine Zeit lang, was ich damit machen sollte. Vielleicht den Vaclaviks bringen – *zurückbringen*, eigentlich. Aber was sollten die damit?

Am Ende zerklopfte ich ihn zu Staub und Stückchen. Es ging ganz leicht, weil er so verbrannt war. Dann spülte ich das Ganze in der Küche in den Abfluss.

MONDSCHEINSONATE

ERSTER TEIL: DIE DÄCHER

1.

In der Schustergasse, zwischen Nummer 41 und Nummer 42, stehen sich am frühen Vormittag und bei gewöhnlichem Straßenverkehr von hauptsächlich Radfahrern, Schülern und Touristen zwei Frauen gegenüber, die Schneeschaufeln eine gegen die andere drohend erhoben, im Begriff, einander die Aluminiumkanten ins Gesicht zu hacken. Die eine ist die achtundfünfzigjährige Gastwirtin Kathi Gerstl, die andere Frau übt keinen Beruf aus, da sie gesundheitlich dazu nicht in der Lage ist. Diese andere Frau heißt Gerlinde Barth und sie ist die Erbin eines Vermögens, das man bescheiden nennen könnte (aber nur, wenn man andere Vermögen, von denen man weiß, zum Maßstab nimmt), das ihr aber immerhin ein Leben ohne weitere Erwerbstätigkeit ermöglicht. Vier Jahre als Lehrerin waren ihr genug, oder genauer gesagt: waren ihr zu viel.

Wen trifft die Schaufel und wen die Schuld? Bevor davon die Rede sein soll, ein Blick auf den Schauplatz. Schustergasse: Trotz ihres Namens eine richtige, beidseits bebaute Straße in der früher zu Zeiten, als die Autos klein und wenige waren, der motorisierte Verkehr in zwei Richtungen floss. Heute haben Fußgänger und Radfahrer Vorrang, Ausnahmen gelten für die Fahrzeuge der Anwohner und den Lieferverkehr für Gastronomie, Kiosk, Handwerker und nicht zuletzt das Amtsgericht, dem täglich Beschuldigte und Häftlinge im grünen, inzwischen oft blauen Kastenwagen zur Haftprüfung oder zu Hauptverhandlungen geliefert, hier sagt man: vorgeführt werden müssen. Die Straße ist gepflastert, nicht geteert, sie liegt mitten im schönsten Teil der Stadt, einer A-Lage: alte, das heißt historische, Wohnhäuser. Dass der Autoverkehr trotzdem in den letzten Monaten zunimmt, das liegt an Google Maps. Google Maps nämlich weist neuerdings den Autofahrern hier, durch die Schustergasse, den Weg, um die undurchdringlichen Straßenverstopfungen herum. Es sind die breiten Aus- und Einfalls- und Umgehungsstraßen, die Bund, Land und Gemeinde gebaut und über die Jahre ausgebaut und zur Aufrechterhaltung des Verkehrsflusses mit immer mehr Fahrspuren erweitert haben. Sie sind es, die verstopft sind, und es ist der verwinkelte Kopfsteinpflasterirrgarten, zu dessen Entlastung sie gebaut worden sind, durch den jetzt mehr und mehr Verkehr rollt. Ein wachsender Teil der Fahrer folgt nicht mehr den gelben Schildern der Verkehrsbehörden, lehnt es ab, Schaf in einer Schafherde zu sein, und trifft, und zwar als eine immer größer werdende Gruppe, angesichts der verspielten und einleuchtenden blaugepunkteten Linie auf dem Google Maps-Bildschirm eine *individuelle* Entscheidung. Ich, so sagt sich diese einige tausend Lenkräder umfassende Fraktion des Autoverkehrs, ich, ich biege hier rechts ab, scheißegal, schlängle mich durch die Tempo-30 Straßen, die

Wohnverkehrszonen, mir doch wurscht. Das geht auf jeden Fall schneller als hier im Stop-and-go in den Krampfadern der Bundesstraße. Ich bin doch nicht blöd. Und man sieht was von der schönen Altstadt und dem Fluss.

Zwei Stunden am Morgen, zwei Stunden am späten Nachmittag lassen sie in der Schustergasse also die Fenster zu, in den drei, höchstens vier Stockwerken. Sie, das ist eine Mischung aus Alteingesessenen, die langsam immer weniger werden, Studierenden, die ihre immer noch günstige Miete schätzen, aber jeweils nicht lange bleiben. Dazu fertigsanierte-Dachgeschoss-Bewohner, die zwei Drittel ihres Einkommens an Investorenkonsortien zahlen können, weil das verbleibende Drittel Geld immer noch für ein standesgemäßes Leben mit Biolieferdienst und zwei E-Autos ausreicht. Und schließlich, not least, denn sie machen einen großen Teil des Charmes der Straße aus, ein paar versprengte Medienschaffende und Kulturpersonen vielerlei Geschlechts, die jeweils geschwind in die Atempausen der Besitzerwechsel hinein eingezogen sind, zwischen Hinausgestorbenen und Eigentümergemeinschaft. Wenn der muskulöse Arm der Gentrifizierung zum nächsten Wurf ausgeholt hat, konnten sich ein paar unter seine Achselhöhle und in eine unbeobachtete Tasche schmuggeln.

Zwei Frauen mit erhobenen Schneeschaufeln, im Begriff einander Gewalt anzutun. Eine von ihnen, und zwar Katharina Gerstl, die Wirtin, gehört zu den Alteingesessenen. Zumindest gewissermaßen, denn: Obwohl es ihr gehört, allein und schuldenfrei, wohnt sie erst seit zwei Jahren in dem Haus Nummer 41. Aber natürlich sagt niemand die Nummer, denn bei dem Haus handelt es sich um den *Mondschein. Gasthaus zum Mondschein*, steht über der Tür, seit 1851. Einhundertsiebzig Jahre, und doch nicht ein Bruchteil so alt wie die Straße selbst. Die Lokalhistoriker und Denkmalschützer können davon erzählen, wie das Waldstück, aus dem die Dachstühle und Geschoßbalken in der Schustergasse gebaut sind, nach dem großen Stadtbrand vor 350 Jahren abgeholzt und für den Wohnungsbau den Fluss herunter geflößt worden ist. Sie finden in den Häusern Dachpfetten und Deckenbalken verbaut, die noch fröhliche Fichten und Eichen waren, als die Stadt mit Waffenlieferungen an die Kriegsparteien im Dreißigjährigen Krieg Gewinn machte. Der Nachweis dieses hohen Alters erfordert modernste Labortechnik, denn das bloße Auge dringt nicht so tief in die Vergangenheit der alltäglichen Umgebung, so wenig wie unters Pflaster. Aber wenn so ein Nachweis einmal erbracht ist, dann weiß man, was man hat.

Tausend Jahre Schustergasse, dreihundertfünfzig Jahre Bauwerk, einhundertsiebzig Jahre Wirtshaus. Und die letzten zwei davon, Spitze des Eisbergs, historisch betrachtet, auf der gastronomischen Erdzeitalterspirale der letzte Zentimeter, ist Kathi Gerstl jetzt die Wirtin vom *Mondschein*, und wie alle Mondscheinwirte vor ihr lebt Kathi über dem Wirtshaus.

Zwei Jahre – und die Zeit davor erscheint ihr genauso weit weg zu sein wie der dreißigjährige Krieg. Mit dem Fadenmaß einer eigenen Erinnerung nicht mehr auslotbare Vergangenheit. Kostümfilmvergangenheit. Vom ganzen dreißigjährigen Krieg gibt es kein Foto und keine Tonaufnahme. Auch von Katharinas Leben gibt es keine Tonaufnahmen. Es war, so gesehen, niemand dabei, der heute noch genau wüsste, wie das geklungen hat, vor zwei Jahren und länger. Fotos hat sie. Aber sie würde sich eher in den Fuß beißen, als sie anzuschauen. Katharina Gerstl hat nämlich ein *gebrochenes* Herz. Das Gerstlsche Herz ist schon länger, und mehrfach, gebrochen. Aber immer wieder, morsch wie es ist, bricht es noch einmal nach. Diesmal ist es Gabriel, ihr neuer Kellner. »Egal«, sagt sie sich. »Es kommt immer wieder vor.« Ihr größeres Problem ist sowieso das marode Dach vom *Mondschein.* Drei Monate bevor sie mit erhobener Schneeschaufel auf der Straße stehen wird, um entweder eine Gewalttat zu begehen oder aber zu erleiden, steht Katharina Gerstl draußen auf diesem Dach. Auf ihrem Dach, das sie reparieren muss. Weil die Spengler unbezahlbar geworden sind und in ihrem Leben kein Mann zur Hand ist. An ihr zieht und zerrt der Herbstwind, und der Fuß nur eine Handbreit von der Dachkante entfernt. Auf ihrem schwindligen Arbeitsplatz muss sie abwechselnd hämmern, löten und Rostschutzfarbe versprühen. Warum sollte sie das nicht genauso gut können wie irgendein Mann, sagt sie sich. Aber sie sagt es trotzig, weil sie viel lieber hätte, dass ein Mann das macht. Schon, weil sie genug Arbeit unten im Wirtshaus hat. Irgendwann ist es zu dämmrig um weiterzuarbeiten. Zwei Stockwerke unter ihr belebt sich jetzt das Geschäft im *Mondschein* und sie muss Gabriel zur Hand gehen. Gabriel ist nett, aber nicht schnell. Am besten ist ein Kellner natürlich nett und schnell. Aber wenn er nicht beides ist, ist es wichtiger, dass er nett ist. Sie räumt ihr Werkzeug zusammen und wirft es durch die Ausstiegsluke in den Dachboden hinunter. Dann zwängt sie sich selbst hinterher. Die Blechreste zwischen den Rostlöchern halten den verzinkten Rahmen des Ausstiegs nur noch gerade so an seinem Platz. »Das nächste Mal geh ich lieber gleich durch ein Rostloch«,

denkt sie. »Ah«, denkt sie.
Katharina Gerstl legt sich nämlich immer etwas zum Sagen zurecht, bevor sie die Gaststube betritt. Einen Spruch für die Gäste. Sie ist eine lustige Wirtin. Eine Wirtin oder ein Wirt, jeder Wirt, muss ja eine erkennbare Person sein, damit die Gäste wissen, wohin sie zurückkommen und wer und was sie da erwartet. Was Kathi betrifft, so ist sie lustig und hat immer einen Spruch parat. Sie nimmt sich für dieses Mal vor »die Rostlöcher sind schon bald größer wie der Ausstieg«. Ja, das würde einen Lacher geben. »Das ist aber keine Kunst«, würde sie hinzufügen, »so eng wie der Scheiß- Ausstieg ist«. Und dabei würde sie sich auf die Hüften klopfen. Definitv ein Lacher wird das sein, das weiß sie schon. Oder auf die Arschbacken, überlegt sie. Was ist breiter?

Die Gäste lieben Katharina. Jedenfalls die Gäste, die sie auf diese Weise halt hat. Damit kann man eigentlich zufrieden sein. Und sie ist ja auch zufrieden. Die Liebe der Gäste. Andererseits: Der Kummer bleibt. Ihr Kummer, an dem Männer schuld sind. Zum Beispiel ihr erster Mann. In der Gaststube der Eisenbahner Kegelstube, nach Sperrstunde. Auf dem Stammtisch, über dem das Schild *Säuferstaffel* hing. Das Schild mit dem Glöckchen. SäuferStaffel mit zwei Runen-S. Das war nicht ihre Idee. Die wollten das so.

Danach hat sie sowieso das Wirtshaus gewechselt, zum *Ochsen,* und dann noch einmal und schließlich den *Mondschein* übernommen. Immer Traditionshäuer, darauf ist Katharina stolz.

Wie sie jetzt auf ihrem Dach steht, ein Bein schon in der Luke, denkt sie ungefähr: ach ja, die Eisenbahner, eine kurze glückliche Zeit, aber scheiß drauf. An dem Schild war ein Glöckchen und wenn dieses Glöckchen nicht gewesen wäre, hätte sie überhaupt nie davon erfahren, aber wieder und wieder ging das Glöckchen, während sie im Keller die leeren Kisten für den Gemüselieferanten bereitstellte. Sie schaute also nach, was es da zu läuten gab, und da lagen oder lehnten sie und rüttelten Tisch, Schild und Glöckchen in selbstvergessener Geilheit. Sie gaben keinen Laut von sich, der Hubert und die Frau, aber die Stuhlbeine kratzten auf dem Boden, die Lehnen klopften an die Tischkante und immer wieder ging das Glöckchen der Säuferstaffel. In diesem Anblick hatte sich Katharina Gerstl einen Herzschlag lang die Erbärmlichkeit ihres Lebens offenbart, eine Offenbarung von solcher Gewalt, dass unter diesem einen Herzschlag das ganze Herz zerbrach. Dass sie ein Leben führte, in dem ein so jämmerlicher Anblick möglich war, dafür schämte sie sich in Grund und Boden. Das war schlimmer als Huberts Treulosigkeit für sich genommen schon war.

Ein immer und immer wieder gebrochenes Herz. *Achy, breaky heart*, der Ohrwurm in ihrem Kopf. Kathi denkt an das Herz im Allgemeinen, während sie das Werkzeug von da und dort auf dem Dach zusammensucht. Wenn es Dinge gibt, die kein Herz haben, dann gehört zu diesen Dingen jedenfalls eine Brauerei, davon ist sie überzeugt. Der *Schwarze Ochse* zum Beispiel war, für sich genommen, ein Traum von einem Wirtshaus. Alle Möbel in klar lackiertem Holz, mit abwaschbaren Tischplatten, ein einfaches, solides Gewölbe, Ölbilder an der Wand, auf natürliche Art gedunkelt im Zigarrenrauch von dreißig Jahren, hinten ein granitgepflasterter Innenhof, die große Küche, ein verschwörerisches Hinterzimmer mit Jagdtrophäen und über allem ein schlanker, freundlicher

Saal für Hochzeiten und Leichenfeiern. Der *Ochse* hatte das Potential zur Goldgrube, zwei Kirchen und ein Friedhof nur wenige Gehminuten weg. Den hätten sie nicht weggeben dürfen. Nicht an eine Kette, nicht an ein *franchise* mit irgendwelchen Foodkonzepten, wo sie Hinterzimmer und Saal dazu nutzen, um Kartons darin zu lagern und Ersatzteile für die E-Bikes vom Lieferdienst. Fran-Scheiß.

Ein Taubenschwarm, irgendwo in der Nachbarschaft aufgeschreckt, zieht über die Schustergasse hinweg, über ihren Kopf mit sirrenden Flügelschlägen, die Formation schlägt ihren Weg in steiler Kurve zu einer Schleife in der Luft und lenkt Katharinas Blick hinüber auf die andere Straßenseite.

2.

Das Haus genau gegenüber vom *Mondschein* gehört Gerlinde Barth. Es trägt die Nummer 42, denn die Hausnummern in der Schustergasse verlaufen, wie es sich gehört: die geraden auf der einen Seite, die ungeraden auf der anderen. Nummer 42 hat, im Gegensatz zum *Mondschein*, ein Kupferdach. Es ist noch so neu und spiegelblank, dass es am Vormittag in der Sonne blendet. Mit einem Kupferdach ist man das ganze Jahr auf der sicheren Seite. Sturzregen im Sommer drücken kein Wasser die Mauern herunter. Der Sturm im Herbst reißt keine Schindeln von den Latten, kein löchriges Zinkblech lässt im März das Schmelzwasser ins Gebälk tropfen. Gerlinde Barths Dachstuhl ist *safe*. Der Weg dahin war hart genug. Eine wochenlange und ungeheuere Belastung für sie. Die morsche Stelle im Dachstuhl zu entdecken. Das Ausmaß zu begreifen. Einzusehen, dass das Dach auf einer Seite auf bloß mehr einer Art feuchtem Sägemehl ruhte. Mitanzusehen wie die Reste der dunklen, dreihundertfünfzig Jahre alten, also irgendwann zu Zeiten des Dreißigjährigen Kriegs mit Beilen zurechtgehauenen Stämme aus dem gezimmerten Verbund gesägt wurden und wie an ihre Stelle schließlich maschinengeschnittene, tödlich rechtwinklige Fichtenquader gesetzt wurden. Dreck im ganzen Haus. Geklopfe auf dem Dach. Motorsägenlärm und der Geruch von Kettenöl. Das dauernde Hin und Her von Fragen und Rückfragen, Anträgen und Bescheiden mit der unteren Denkmalschutzbehörde kam dazu. Die Behandlung der anderen Stockwerke mit Borsalzlösung, gegen weiteren Ungezieferbefall. Aber was hilft es, denkt sie. Eine viel schlimmere Belastung wäre ein Haus, das dich über kurz oder lang, und in der einen oder anderen Weise, unter sich begräbt. Gerlinde Barth soll jeglichen Stress vermeiden. Rat der Ärzte. Also versucht sie, wie sie es ausdrückt, Ruhe in das alte Haus zu bringen. Sie hat auch noch eine Dachrinnenheizung einbauen lassen, die gegebenenfalls verhindert, dass Eisbrocken entstehen, die den Abfluss verstopfen oder beim Schmelzen durch das drei Stockwerke hohe Rohr hinunterstürzen in den gemauerten Kanal. Wenn das passiert, würden dort die historischen Mauersteine aus dem mürben Mörtel brechen, der Kanal vielleicht stellenweise einstürzen, Wasser ins Erdreich fließen und die Fundamente der ganzen Straße unterspülen. Das alles passiert einem nicht mit einem Kupferdach und einer Dachrinnenheizung. Soweit die Spenglerei. Von oben, denkt Gerlinde Barth, droht ihrem Haus keine Gefahr mehr. Endlich Ruhe.

Es war nicht ohne weiteres abzusehen, dass sie das Haus

erben würde. Da gab es noch andere Verwandte. Und dann war es nicht gleich klar, ob sie das Erbe annehmen würde. In der Verfassung, in der sie vor einem Jahr war, sprach einiges dagegen, dass sie dem gewachsen sein würde. Sie war damals erst wenige Wochen zuvor zurückgekommen von einer Abwesenheit, die sie gerne eine Kur nennt, notfalls auch Reha. Das Wort *psychosomatisch* umgeht sie. Sie ist inzwischen sechsunddreißig Jahre alt und hat nach ihrem letzten Studium insgesamt vier Jahre gearbeitet. Diese vier Jahre verteilen sich auf die Zeit seit ihrem achtundzwanzigsten Lebensjahr. Eine schmale Frau mit der Empfindlichkeit von jemandem, der sein Zuhause schon lange für sich allein hat.

Auf ihr glänzendes Dach steigt Gerlinde Barth nicht hinaus. Sie hat Höhenangst. Nein, nicht gerade Höhenangst, das nicht, aber es ist ihr unbehaglich und das neue Dach ist noch rutschig vom frischen Sägemehl. Also verzichtet sie auf den Ausstieg. In den Dachboden hinauf geht sie allerdings täglich. Sie lässt den Blick über die frischen Arbeiten gleiten, und über die historische Seige, die ihr Haus in den Rang eines Einzeldenkmals befördert hat. Laborgutachten. Für den Laien einfach ein Stück Holz zwischen den anderen Balken. Aber in den Augen der Denkmalschützer ein ganz seltener Fund. Ein Jahr zuvor haben in diesem Dachboden noch Tauben und Fledermäuse genistet. Der Speicher war mit Kot und Gestank besudelt. Heute riecht es nach frisch geschnittener Fichte und der Staub, der ihre Nase immer noch angreift, ist durch die Aufnahme in die Denkmalsliste geadelt. Es ist jetzt Staub mit Geschichte. Geflügelte Eindringlinge finden jedenfalls keine verborgene Öffnung mehr. Das Dach ist dicht.

Zurück in ihrer Wohnung im dritten Stock, eine Tasse

Melissentee in der Hand, schaut Gerlinde aus dem Fenster. Auf dem Haus gegenüber sieht sie, wie die Wirtin vom *Mondschein* gerade in ihrer Dachluke verschwindet, Werkzeugkiste zuletzt, und die Luke hinter sich schließt. Gerlinde beschließt, dass jetzt, wo die Bauarbeiten an ihrem eigenen Dach abgeschlossen sind, die Zeit für einen Nachbarschaftsbesuch gekommen ist. Bis jetzt ist es ein Hin und Her von Nicken und Winken gewesen, wenn sie einander zufällig auf den entgegengesetzten Straßenseiten gesehen haben. Schluss damit.

Das Trottoir vor ihrer Haustür ist schmal, einen Fahrradweg gibt es nicht. Braucht es auch nicht, weil es ja eine Fahrrad- und Fußgängerstraße ist. Aber ohne eine Bordsteinkante, die ihr sagt, wo ihr Bereich endet und der Radlerbereich anfängt, die Gefahrenzone, verkehrsberuhigt in *name only* – ohne diesen abgezirkelten Nichtschwimmerbereich muss Gerlinde Barth selbst aufpassen, nicht von einem Radler umgenietet zu werden. Sie sind so schnell geworden, diese Radler. Der abendliche Berufsverkehr hat begonnen. Man hört sie um diese Tageszeit nicht kommen, obwohl sie auf dem Kopfsteinpflaster klappern. Aber es klappert und surrt von hinten und vorne, und immer wieder ist auch ein Auto dabei, um das die Radler dann halsbrecherisch herumkurven oder vor dem sie haarsträubend gerade noch bremsen. In manchen Autos kann Gerlinde die Fahrer sehen, mehr Frauen als Männer, wie konserviert in einem Bilderbuch der privaten Tätigkeiten. Manche sprechen konzentriert vor sich hin, manche klopfen einen Rhythmus aus ihrem Radio aufs Lenkrad, manche rauchen, einige imitieren ihr Auto und starren wie hypnotisiert vor sich hin. Ich kann nichts dafür, sagen sie damit, ich bin nur eine Maschine und rolle hier durch, ich weiß nichts von diesen Schildern, von denen alle reden. Andere haben den Kopf und einen Arm zur Rückbank ausgestreckt und Gerlinde vermutet, dass dort kleine Kinder sitzen. Aber für einen Blick auf die Rückbank rollt der Verkehr dann doch zu zügig und die Scheiben spiegeln, bei größeren Autos spiegeln die Scheiben ganz und gar. Wer darin sitzt, kann man nur vermuten, und mit welchem Gesicht, ob freundlich oder voller Verachtung. Und manche von diesen größeren Autos drücken von alleine Verachtung aus für alles draußen.

Im *Mondschein* sitzen Leute. Gerlinde fällt es schwer zu schätzen, wie viele. Sie verteilen sich auf drei Tische und zwei Männer an der Theke. Aber sie will nicht unhöflich sein, also kann sie sie nicht zählen. Gerlinde weiß, dass sie unheimlich langsam zählt. Es läuft keine Musik, aber von irgendwo zwischen den Spirituosen laufen Radionachrichten. Beinahe eine Kneipe, denkt Gerlinde. Nur durch die mit Kreide gemalte Speisekarte kann es sich als Wirtshaus ausweisen. Kürbissuppe mit Ingwer. Hähnchenroulade mit Spinatnocken. Tagliatelle mit Lachs in Wodkatomatensauce. Käsespätzle. Creme Bavaroise mit Waldbeeren.

Die Leute an der Theke und dem nächsten Tisch lachen. Gerlinde entdeckt in der Tür zur Küche die Wirtin, wie sie gerade an ihre Hüften klopft, und da lachen die Leute noch einmal. Die Wirtin nimmt das Lachen mit professioneller Selbstverständlichkeit hin. »Wie Torsten Sträter im Fernsehen«, denkt Gerlinde. Dann hat die Wirtin sie entdeckt, winkt ihr zu und ruft: »Na, fertig mit der Baustelle?«

Gerlinde setzt sich an einen freien Tisch. Dunkles Holz, ein Steinkrug mit Besteck, eine in Karton geheftete Getränkekarte. Gerlinde fliegt über die Tees und Limonaden, gibt sich aber einen Ruck und wählt eine Weißweinschorle. Die Wirtin ist wieder in der Küche verschwunden. Gerlinde wartet. Seit dem Rauchverbot sind zehn Jahre oder so vergangen, aber offenbar ist hier seitdem nicht gestrichen worden. An den Fensterrahmen blättert Farbe ab. Aber die Leute fühlen sich offenbar wohl. An dem einen Tisch, der gelacht hat, drei Männer und zwei Frauen mit Biergläsern. An der Theke und den anderen Tischen nur Männer. Junge und ältere. Sie sitzen allesamt, als wäre das ihr Wohnzimmer. Entspannt, aber auch territorial. Es ist nicht nur ihr Wohnzimmer, es ist vor allem *ihr* Wohnzimmer.

»Bringen«, hört sie auf einmal. Und schaut hoch. Was darf ich bringen, war wohl die Frage. Sie schaut noch höher, von wo der Satz gekommen ist. Es ist nicht die Wirtin, sondern ein Kellner mit Schürze. Ein Student, ganz klar. Groß gewachsen. Stützt seine Hände auf dem Tisch ab, während er auf ihre Antwort wartet. Kräftige Hände, lange Finger. Die Handgelenke verschwinden mit ihren dunklen, dezenten Haaren in den Ärmeln eines Hemds, in das Gerlinde sofort ihre Nase vergraben will. Dicker und weicher Stoff, ein warmes Karo, der Kragen offen und darüber die Verletzlichkeit von Kehle und Adamsapfel, nur Millimeterbruchteile Bartstoppeln, blaue Augen, der Mund in einer ganz leichten Anspannung, die Seite der Unterlippe zwischen den Zähnen, »schönen Zähnen«, denkt Gerlinde, aber der junge Mann wartet auf Antwort, »sag ihm was«, und sie will wieder Tee bestellen, aber sagt dann doch Weißweinschorle, und prompt muss sie räuspern, bevor sie es herausbringt.

3.

Nach dem Umziehen und dem demonstrativen Händewaschen (niemand soll reden, dass sie Taubenkacke vom Dach mit in die Küche bringt und der *Mondschein* eine Vogelgrippeepidemie auslöst), nach diesem Ritual öffentlicher Reinigung macht sich Katharina Gerstl mit ihrer Nachbarin von Nummer 42 bekannt und setzt sich zu ihr an den Tisch. Sie tut das mit einer halben Arschbacke, wie sie das nennt, um zu signalisieren, dass sie eigentlich viel zu tun hat, Gulasch für den nächsten Tag, und gleichzeitig, um gerade dadurch den Wert ihrer Zeit in den Augen des Gastes zu steigern. Dass sie sich Zeit nimmt, an gerade diesem Tisch zu verweilen, wird der Gast als ein Privileg betrachten. Die Liebe der Gäste, Katharina, die geborene Wirtin.

»Ja«, sagt sie und deutet mit dem Apfelsaft, den sie sich mitgebracht hat, zum Fenster hinaus und in die Höhe, »ja. Ein gutes Dach und dem Haus kann nichts mehr passieren.« Ob denn der fertige Dachstuhl danach mit Borsalzlösung eingesprüht worden sei, gegen die Käfer. »Dicht eingesprüht«, antwortet die Nachbarin. »Und obendrauf Kupfer?« »Ja«, nickt die Nachbarin. »Puh«, sagt Katharina, »nobel nobel.« »Ja, naja«, sagt die Nachbarin, aber fünfzig Jahre Garantie, hätten die Zimmerer gesagt, fünfzig Jahre, aber dass es ganz bestimmt hundert Jahre halten würde. Hundert. Und Katharina erzählt von ihrem Dach. Und von ihrem Dachstuhl. Rutscht schließlich mit dem ganzen Hintern auf den Stuhl.

Sie und die Nachbarin reden und reden. Es passt. »Ja, immer Wirtin,« sagt sie. »Wirtstochter und dann Wirtin« Freilich Abschluss, Restaurantfachfrau und Hotelfachfrau.

Und bei ihr, so beruflich? »Lehrerin«, sagt die Nachbarin. »Aha«, sagt Katharina. Die Nachbarin schaut weg, nachdem sie Lehrerin gesagt hat. Immer wieder kommen beide Frauen auf ihre Häuser zu sprechen, auf die Dächer insbesondere. Schließlich sagt Katharina, »Der Gabi packt das gerade alleine, komm mit.«

4.

Als die Chefin mit der Frau hinausgegangen ist, fragt Gabi an jedem Tisch, ob er noch etwas bringen kann. Als das erledigt ist, geht er in die Küche, rührt in dem einen oder anderen Topf und setzt sich dann auf einen Hocker. Nach vier Minuten wird er wieder nach den Gästen schauen, außer es kommen neue. Er könnte hinter der Theke sitzen, aber er will sich nicht wieder in das Gespräch der zwei Männer ziehen lassen. Nicht nur wegen ihrer Ansichten, sondern vor allem wegen der Sprache. Nach einem Jahr hat er sich an den Dialekt gewöhnt, das heißt an den Klang, der eine generelle Verstocktheit ausstrahlt. Aber immer wieder, zum Beispiel auf Partys, sagt jemand etwas, was Gabriel beim besten Willen nicht verstehen kann. Er hat erst gedacht, es liege an der lauten Musik oder dem vielen Bier. Aber inzwischen weiß er: die Leute hier versteht man auch nüchtern nicht ohne weiteres. Also, wenn sie nüchtern sind. Und die zwei Männer an der Theke haben drei Weißbier hinter sich und arbeiten am vierten. Gabi bleibt also in der Küche, die vier Minuten misst er mit Musik, Hörstöpsel im Ohr. Er hat eine App, die Songs nach Zeit auswählt. Als er hierhergezogen ist, um Staatswissenschaften zu studieren, hat er Mühe gehabt, Leute zu finden, die auf seiner Linie liegen und die es ernst meinen. *Interessiert an, besorgt über*, das sind ja immer viele. Aber wirklich engagiert? Die Grüne Jugend war jedenfalls nichts für ihn. Die Linke Hochschulgruppe erst recht nicht. Gabriel hat gedacht, es liegt an der Stadt. In dem Haus, in dem er wohnt, pinnt der Vermieter täglich Zettel an die Kunststoffplatte, an der schon seit 1977 die Hausordnung und die Müllabfuhrzeiten hängen. Dass daneben überhaupt Platz für Zettel ist, liegt nach Gabriels Vermutung daran, dass man jüngst die RAF-Fahndungsplakate abgenommen hat.

Keine Kartons in die Papiertonne
In den Wohnungen auf leises Schuhwerk achten!!!
An Putztagen warten, bis die Treppe trocken ist
Keine Regenschirme im Stiegenhaus
Geruchsbelästigung beim Kochen vermeiden

Trostlos, aber gibt Sicherheit. Gibt Deckung. Halt dich dran und es passiert dir nichts. Nicht den Kopf heben. Das Haus ist ein Schützengraben. Das kommt Gabriel um so mehr so vor, als auf seinem Weg zur Uni schon zweimal bei Straßenarbeiten Fliegerbomben aus dem Krieg gefunden worden sind. Es war jedes Mal an dem Ende der Schustergasse, wo das Pflaster aufhört und die asphaltierte Kreuzung mit Ampeln und Busspur anfing. Während der Zeit, in der jemand diese Bomben entschärfte, wurden alle Bewohner der einen Hälfte der Schustergasse evakuiert. Viele fuhren weg, einige verbrachten die Stunden im *Mondschein*, hier, am anderen Ende der Straße. Als am Abend alle wieder in ihre Wohnungen einzogen, gingen entlang der Straße die Küchenlichter und das Wohnzimmerflackern in den Fenstern an wie Meldungen, dass die jeweilige Stellung wieder bemannt und einsatzbereit ist. Links und rechts von Gabriels Haustür ebenfalls Zettel und in die Blumenkübel gesteckte Schilder.

Einfahrt Freihalten

Privatgrund

Das ist kein Hundeklo.

Darunter ein aus den Whatsapp-Emojis ausgeschnittener Kackhaufen. Die ersten Wochen hat Gabi jeden Moment mit einem älteren Herrn gerechnet, der dahinter hervorkommt und ihm aus der Spritzpistole Buttersäure in die Augen schießt. Die Leute töten dich ja schon an der Wertstofftonne mit Blicken, wegen *Nur Saubere Dosen Einwerfen.* Vielleicht findet man in so einer Stadt einfach keinen Aktivismus, hat Gabi gedacht, weil alle so damit beschäftigt sind, die Schützengrabenregeln zu befolgen oder sich gegen die Schützengrabenregeln zu wehren.

Aber dann war ein bundesweiter Aktionstag, und auf der Demo waren überraschend viele Leute. Auch die Grünen und die Linken, sogar die Gewerkschaften und die SPD, okay, aber eben eine große FridaysForFuture-Gruppe, mehr Schüler, aber auch Studenten. Mit ein paar davon trifft er sich seitdem regelmäßig. Es fühlt sich gut an, etwas zu tun. Man müsste mehr tun.

5.

Gerlinde Barth steht inzwischen auf dem Dachboden vom *Mondschein* und lässt sich von der Wirtin die Balken zeigen. Sie kämpft gegen den Impuls, dauernd Antworten anzubieten, wie es im Vergleich dazu bei ihr drüben aussieht, in Nummer 42. Ihre Balken sind älter, ihre Schalung enger, sie hat eine historisch bedeutsame Seige, und das Kupfer. Der Impuls ist umso stärker, als sie zugleich das Gefühl hat, dass dieser Dachstuhl, ja, das ganze Haus, solider, kompakter, brauchbarer, zuverlässiger, ja, generell besser ist als das ihre. Sie weiß, dass das Unsinn ist, und zwar sowohl in technischer Hinsicht – sogar ihre Mauern sind dicker als die vom *Mondschein* –, als auch psychologisch – wozu Vergleiche, wo doch ihr Haus wirklich das bessere ist. Trotzdem fühlt es sich so an, als wäre dieses hier überlegen. Auf dem Schulhof der Häuser wäre das hier die Anführerin und Nummer 42 dürfte bloß mitmachen.

Gerlinde zuckt und die Haare stellen sich ihr auf, als sie unmittelbar hinter sich ein Flattern hört. Sie duckt sich reflexartig und schaut sich um. »Taube«, sagt die Wirtin. »Mistviecher. Hat wieder eine hereingefunden. Eier gelegt wahrscheinlich.«

Gerlinde hebt den Kopf, um wissend zu nicken und stößt dabei an einen der Kehlbalken. Sie wischt sich hektisch den Staub aus den Haaren und denkt an Spinnen und kleine Käfer. Kathi Gerstl redet weiter: Die letzte Taube, die durch ein Loch im Dach hereingeflogen sei, habe nicht mehr hinausgefunden und das Viech sei hier im Dachboden verhungert. »Irgendwo verkrochen zwischen Schalungsbrettern, Balken und Gerümpel«, sagt sie. Tagelanger Fäulnisgestank im ganzen Dachgeschoß. Alles abgesucht, wobei sie sich nicht entscheiden habe können, ob sie ein Tuch vor die Nase halten sollte oder gerade nicht, weil sie doch hauptsächlich dem Geruch nach suchen musste. Sie hat das Tier nicht gefunden.

Als die Fäulnis in Verwesung übergegangen war, habe es aufgehört zu stinken, kein Grund mehr, nach dem Kadaver zu suchen. Er würde sich von alleine zersetzen. Man muss sich damit abfinden, dass eben irgendwo im Dachboden ein Vogelskelett herumliegt.

»Andere Leute haben Leichen im Keller, ich habe sie auf dem Dachboden«, sagt sie und lacht. Spruch für die Gäste, fügt sie hinzu, sie mache immer Sprüche, das lieben die Gäste.

Und sie greift nach dem verzinkten Stützteil der Dachluke und schiebt sie auf. Während sie das schwere, eisengefasste Drahtglas nach draußen schiebt, wackelt das gesamte Blech, in das es eingehängt ist, bis hinauf zum Dachfirst, donnert und knackt auf den Dachlatten, auf denen es von außen einfach aufzuliegen scheint. »Lieber Himmel, mein Dach ist wirklich besser«, denkt Gerlinde, »echt. Das gleicht ja mehr dem Deckel von einem Schuttcontainer als einem Dachausstieg.« Katharina Gerstl steigt mit der routinierten Bewegung eines Bergmanns durch die Luke hinaus, steckt den Kopf zurück herein und winkt Gerlinde. »Komm«, sagt sie, »wenigstens die Aussicht ist gut. Hast einen Blick auf dein Haus. Komm.«

Gerlinde macht ein paar Schritte auf die offene Luke zu, hinter der sich ein Abendhimmel ausbreitet. Nicht einmal durch den hundertmal bequemeren Ausstieg auf ihr eigenes Dach ist sie jemals hinaus, und das ist nagelneu und solide. Sie bückt sich und schaut hinaus. »Na?«, Kathis Gesicht erscheint im Rechteck, ganz nah, sie kann ihren Atem spüren. »Gleich«, sagt Gerlinde. Die Wirtin tritt zurück, ihre Jeansbeine suchen kurz den Stand auf der Schräge. Gerlinde steckt den Kopf und dann, mit Widerwillen, den Oberkörper durch die Öffnung. »Keine Höhenangst«, sagt sie sich, »ich fühle mich bloß unbehaglich.« Und das stimmt. Sie ist besorgt, sie könnte sich den Pulli ruinieren, entweder mit dem öligen Staub, der das Dachfenster überall bedeckt, oder an den Zacken, die aus den Blechkanten ragen, als hätten die Spengler das Viereck in Blech gepackt wie eine Semmel in Papier. Sie ist besorgt, dass ihr etwas in den Kragen krabbelt oder in die Haare flattert. Sie ist besorgt, sich, nachdem der Kopf unversehrt draußen ist, jetzt aber die Knie, die Füße, den Rücken zu stoßen. Und, ja, zugegeben, auch die Vorstellung, auf das schräge Blech hinauszutreten, unverzüglich ins Rutschen zu geraten, ohne am Schneefänger oder der Dachrinne Halt zu finden schreiend in die Tiefe zu stürzen, auch diese Vorstellung besorgt sie. Aber andererseits: der Blick auf den Abendhorizont. Ah, der Abendhimmel. Ein Privileg. Gerlinde verspürt Entzücken. Ein exquisites Gefühl von Raum. Katharina streckt ihr den Arm hin. Sie lächelt. Gerlinde lächelt zurück. »Moment«, sagt Gerlinde und steckt ihren Oberkörper zurück in den Dachboden. Ein Zupfen und ein trockenes Geräusch lassen sie wissen, dass ihr Pulli ruiniert ist.

Katharina entfernt sich draußen von der Luke, um Platz zu machen. Gerlinde kann ihre Schritte auf dem Blech hören. Es ist ein Donnern und Knirschen, aber ab und zu knackt das Dach auch wie ein Milchkarton unter dem Tritt. Wieder flattert es hinten im Dachboden. Dann noch einmal, ganz nah.

Die Taube sitzt auf dem schmalen Zangenbalken, keine zwei Meter von Gerlinde entfernt. Sie ruckt den Kopf hin und her. Gerlinde weiß, dass sie das macht, um zu sehen, was vor ihr liegt. Mit den Augen an den entgegengesetzten Seiten des Kopfs muss ein Vogel seinem Gehirn eine Reihe von Bildern anbieten, bis es ausrechnen kann, was anliegt. Und das ist sie, Gerlinde. »Na«, fragt sie den Vogel. »Hast du Eier in den Dachboden gelegt?«

»Nein«, sagt die Taube. »Wenn du da weg gehst, kann ich hinausfliegen.« »Von der Dachluke?«, fragt Gerlinde. »Ja«, sagt die Taube. Gerlinde tritt zur Seite und macht den Weg für die Taube frei. Die Taube dreht den Hals, um sie anzuschauen. »Immer noch sehr nah«, sagt sie. »Weiter kann ich nicht«, sagt Gerlinde. Sie will nicht in die Spinnweben geraten, die zwischen den Balken hinter ihr herunterhängen. Die Taube hüpft herunter auf den Bretterboden und macht ein paar Schritte auf die Dachluke zu. »Das ist mir zu nah«, sagt die Taube und trippelt auf den Brettern hin und her. Gerlinde nimmt das Geräusch der dünnen roten Saurierfüße auf dem Holz wahr und ekelt sich. »Du ekelst dich«, sagt die Taube. »Wenn ich vorbeigehe, wirst du dann nach mir treten?« »Nein«, sagt Gerlinde, »wie kommst du denn auf so etwas?« Die Taube antwortet sofort: »Du hast das ganze Dach versperrt.« »Wovon redest du?«, fragt Gerlinde. »Das andere Haus«, sagt die Taube und wendet Gerlinde die Rückseite zu. »Dein Haus.« Die Taube trippelt einen Kreis und landet wieder vor Gerlinde. »Alles dicht«, sagt sie, und ruckt mit dem Kopf. »Wohin mit den Eiern?«

Die Taube trippelt einen weiteren Kreis mit den kratzenden roten Füßen. Einen Halbkreis, denn sie zuckelt in den dunklen Teil des Dachbodens zurück. »Wir öffnen das Dach wieder«, sagt die Taube, ohne sich Gerlinde noch einmal zuzuwenden. Bevor Gerlinde fragen kann, antwortet die Taube, im Dachbodenschatten schon nicht mehr sichtbar: »Das geht so. Wir sterben hier oben, zwischen Brettern, hinter Mauern, unauffindbar. Unser Gestank geht über Dächer und Straßen. Unser Gestank ruft die Ratten. Die Ratten beißen die Wege wieder auf. Die Ratten graben und kratzen durch alles. Bretter und Mauern. Der Weg ist wieder offen. Wir kommen und legen neue Eier.«

6.

Als Katharina Gerstl zurück in die Gaststube kommt, sieht sie aus dem Augenwinkel, wie Gabi sich die Kopfhörer aus den Ohren zupft und aus der Küche stürmt. Ja, ja, denkt sie, passt schon, und lächelt. Sie kann diesem Gabi nichts übelnehmen. Die Arbeit scheint ja erledigt. Jeder im Raum hat was zu trinken. Ein neuer Tisch ist besetzt, Stammgäste, die in der Speisekarte blättern, die sie schon auswendig kennen. Zeit für den Spruch, den man von ihr erwartet. Aber es fällt ihr keiner ein. Das passiert nicht oft. Eigentlich haut sie die nur so raus.

Ihre Nachbarin kommt hinter ihr die Treppe herunter. Auf der ihre Kosten ginge schon was. Könnte man schon einen raushauen. Sie ist immer noch zittrig auf den Hufen, obwohl sie nicht einmal raus aufs Dach gestiegen ist. Aber Nachbarschaft ist was wert, und lieber lässt Kathi einen Witz aus, bevor sie jemand vor den Kopf stößt, mit dem sie gerade erst bekannt ist. »Schnaps?«, fragt sie. »Nein, nein, danke«, sagt die Nachbarin und wendet sich an Gabi, dass sie zahlen möchte. Jemand ruft nach einem Antipastiteller und Katharina geht in die Küche, bevor ihr einfällt, dass sie natürlich hätte sagen müssen, passt schon, geht aufs Haus, Frau Nachbarin. Aber als sie sich in der Küchentür umdreht, ist Gabi schon beim Geldrausgeben.

Die Nachbarin schaut ihm zu, aber nicht aufs Portemonnaie, wo Gabis lange Finger Scheine parat halten und in Münzen picken, sondern auf den Kopf. Oder eigentlich irgendwie auf den Hals. »So, so«, denkt Katharina, »gefällt er dir. Aber«, und dabei macht sie die Schubfächer mit den Antipastitellerzutaten auf, »der ist auch für dich zu jung, Nachbarin.«

7.

Gerlinde gibt Trinkgeld, aber es ist ihr plötzlich peinlich, sie vernuschelt sich und der junge Mann muss nachfragen, bis sie sich verständlich macht. Er wirft die Münze, die er bereits in der Hand hat, in den riesigen schwarzen Geldbeutel zurück und sagt danke. Und ob er ihr noch etwas mitgeben dürfe. »Wieso, was denn«, fragt Gerlinde. Der Kellner hält ihr einen Flyer hin. »Ah, ja, danke«, sagt sie. Jetzt komme es drauf an, sagt er, und es würde ihn freuen, wenn sie sich da sehen würden. Gerlinde schaut kurz auf den Zettel. Eine Demo. »Es würde mich auch freuen«, sagt sie mechanisch und verlässt das Lokal. Als sie draußen ist, die Straße leer, die Dämmerung weit fortgeschritten. »Wir«, murmelt sie zu sich selbst, während sie über die Straße geht. »Wenn wir uns da sehen würden«, murmelt sie. »Wir uns. Wir.«

8.

Katharina Gerstl hat nicht widerstehen können. Gabis iPhone lag auf der Durchreiche, die Kopfhörer baumelten am Kabel über den Rand. Sie hat sich, während die Nachbarin draußen ein Getue mit dem Bezahlen vollführt, verstohlen einen der Stöpsel ins Ohr gesteckt. Kurz ist sie erschrocken, wie laut es ist, aber jetzt hört sie Schlagzeug, blechern und simpel, und eine sperrige Melodie. ... *never want to go home – because I haven't got one anymore – take me out tonight.* Kathi kann nicht anders, als die Stimme des Sängers mit Gabriels Gesicht zu verbinden. *There's people and they are young and alive,* hört sie noch, als Gabi das Portemonnaie zurück in die Jeanstasche geschoben hat, *– it's not my home...* Sie zieht den Ohrstöpsel heraus und lässt ihn am Kabel baumeln. *...and I'm welcome no more.*

ZWEITER TEIL: DIE STRASSE

1.

Gerlinde Barth hat noch am selben Abend einen Blick in ihren eigenen Dachboden geworfen. Keine Spur, weder von Tauben noch von Ratten. Keine Geräusche von nagenden Zähnen und kratzenden Füßen. Es hat ihr aber keine Ruhe gelassen. Die Zeit ist vergangen, aber die Ruhe ist nicht eingekehrt.

Sie ist damals beim Erben gewarnt worden: mit einem

so alten Haus wird dir nicht langweilig. Da hast du immer deinen Spaß. Und so ist es tatsächlich. Jede Generation hat ihren Spaß gehabt. Als Gerlinde das Haus zum ersten Mal gesehen hat, waren die Spuren eines alten Brandes noch nicht beseitigt. Dann ein gewaltiger Wasserschaden: die große Überschwemmung 1954. Niemand hätte damals gedacht, dass der Fluss bis hierher kommen würde. Der Fluss hat es zwar nicht weit zur Schustergasse, aber das Gelände steigt an, mindestens acht Meter. Und der Fluss rinnt tief zwischen betonierten Böschungen, in seinem Bett nicht mehr als ein besserer Bach. Und doch hat er damals die Häuserreihen überflutet. Und zuletzt der verfaulte Dachboden. Das war jetzt ihr, Gerlindes eigener Gegner, ihre eigene apokalyptische Plage und Gerlinde hat gesiegt. Oder, wenn man Plagen nicht besiegen kann, dann wenigstens überstanden. Und jetzt lauscht sie auf die nächste. Lauscht und späht. Keine Ratten kommen. Nicht durch Schächte, nicht durch Rohre, nicht über Rinnen und nicht entlang der Kabel und Leitungen.

Aber das alte Haus lässt den Spaß nicht ausgehen. Weniger als ein halbes Jahr, nachdem das Dach fertig und bezahlt ist, zeigt sich vom Keller her ein Riss in der Wand. Wo der Putz abbröckelt, kann man sehen, dass er tief mitten durch die Gewölbeziegel geht. Wenn Gerlinde Barth die Treppen zu ihrer Wohnung im dritten Stock hinaufgeht, sieht sie den Riss mit der Zeit höher klettern. Unten im Keller zieht er sich über die Decke, im Treppenhaus spaziert er neben den Stufen her durch die Wand. Der Riss begleitet sie jeden Tag ein Stückchen weiter die Treppe hinauf und folgt ihr schließlich bis vor die Wohnungstür im dritten Stock. Dort wartet er jetzt seit Tagen vor der Türschwelle. Sie denkt jedes Mal, wenn sie die Haustür unten öffnet, dass oben, vor ihrer Wohnungstür, das Ende dieses Risses wartet. Es ist fast so schlimm wie in der Schule, kurz vor ihrer Kur, als sie Tag für Tag schon an der Pforte gewusst hat, dass all das Treppensteigen und Lächeln am Ende nur in ein Klassenzimmer voll bösartiger kleiner Dämonen führen würde. Nein, so schlimm ist es nicht. Schließlich ist das hier ihr Haus, das sind ihre Wände, ihre Steine, ihr Putz. Hier wird gemacht, was sie sagt. Sie geht langsam, Stufe für Stufe. Sie atmet mit Sorgfalt und horcht auf ihren Herzschlag. Aber der Riss, der neben ihr verläuft, schließt den eisernen Ring um ihre Brust Stufe um Stufe enger mit der Frage, wie viel weiter er da oben wohl inzwischen gewandert ist. Und dann betrachtet sie seine feinen Enden neben ihrer Tür. Haarfein hier oben, wie eine Spinnwebe auf dem Putz. Aber unten über der Kellertür kann man einen Finger hineinstecken. Im Gewölbe darunter ganze Ziegel herausziehen.

Der Weg hinüber in den *Mondschein* ist für Gerlinde inzwischen zur abendlichen Gewohnheit geworden. Sie setzt sich jeden Tag, immer am frühen Abend, eine Weile an ihren Tisch. Es ist Dezember geworden. Die Laternen in der Schustergasse tragen Adventsschmuck in der Größe von Autoreifen. Grüne Sterne, silberne Monde, goldene Kerzen. Aber es will keine Adventsstimmung aufkommen, weil es Ende November noch einmal warm geworden ist, richtig warm, die Bäume haben Knospen und in den städtischen Beeten ragen grüne Stacheln aus den Tulpenzwiebeln. Seitdem ist es nicht wieder abgekühlt und die Wirtin vom *Mondschein* stellt die Tafeln nicht hinaus, auf denen *Glühwein, heißer Apfelwein* oder *hausgem. Punsch* angepriesen werden.

Kathi ist noch nicht da, Gerlinde ist der erste Gast. Gabriel geht in der Gaststube herum, ein und aus, durch die Küchentür und die Hintertür und die Klotür und macht die Sachen, die gemacht werden müssen, wenn man ein Wirtshaus aufsperrt. Gerlinde sieht ihm zu, ohne zu registrieren, was er eigentlich gerade tut. Es gefällt ihr, ihn einfach in Bewegung zu sehen. Er scheint zu wissen, was zu tun ist. Vor ein paar Tagen hat Gabi ihr erzählt, dass er darüber nachdenkt, auf das Lehramt umzusatteln. Weil Lehrer dringend gebraucht werden, hat er gesagt, aber auch, weil er dann – wie hat er es ausgedrückt? – an einer gesellschaftlichen Position arbeitet, wo er Bewusstsein schaffen kann, ein Influencer an der Wurzel der Gesellschaft. Das sei eine wirklich sinnvolle Tätigkeit, hat er gesagt. Gerlinde hat dazu genickt, voller Respekt, und ihn ganz beiläufig wissen lassen, dass ja zum Beispiel sie, Gerlinde, ihrerseits überhaupt auch und ebenfalls Lehrerin sei. Aber es waren viele Gäste im *Mondschein* und es ist kein Gespräch zustande gekommen.

»Wie nennt man das«, fragt sie sich, »*waiter crush*? Ich habe doch keinen an der Waffel, dass ich mir hier weiß Gott was einbilde«, sagt sie sich. »Eher ein Lehrer-Schüler-Ding. So in etwa.« »Weinschorle wie immer?«, fragt Gabi. »Ja, bitte, Gabriel.« Zu ihren Medikamenten soll sie ja keine Alkohol, aber, sagt sie sich, Schorle zählt nicht.

Dann verkündet das Lachen an der Theke, dass die Wirtin den Laden betreten hat. Gerlinde ist ihr inzwischen auf Kathi-Distanz nahegekommen. Und Kathi lässt sich mit einem halbvollen Colaglas an Gerlindes Tisch nieder. »Du musst halt«, sagt Kathi, »mit dem Riss leben. Einstürzen wird das Haus schon nicht, es steckt ja zwischen zwei anderen fest.« »Ja«, sagt Gerlinde, aber sie habe eben geglaubt, nach dem

Dach wäre Ruhe. Das Dach sei ja auch unglaublich teuer gewesen. Diese eine große Reparatur, habe sie gedacht, und fertig. Dann bitte endlich Ruhe. Hundert Jahre Ruhe und ob Gabi ihr noch eine Weinschorle bringe. »Danke, Gabriel.«

Mit der Schorle bringt Gabi auch noch eine Unterschriftenliste. Kathi setzt ihre Lesebrille auf und überfliegt den Text. Das brauche er ihr nicht noch einmal unter die Nase halten, ruft sie Gabriel hinterher. Gerlinde nimmt das Papier. Die Gemeinde wird aufgefordert, sämtliche Dachflächen zur Solarstromerzeugung freizugeben. Denkmalschutz muss gelockert werden, alle Dachflächenbesitzer zur Errichtung von Photovoltaikanlagen verpflichtet. Viele Unterschriftenzeilen unter dem knappen Text, die Hälfte davon ausgefüllt. Gerlinde nimmt die unterschiedlichsten Handschriften wahr. Theatralische, ordentliche, zittrige. Solide Blockschrift, vereinfachte Ausgangsschrift und einmal auch die eckigen Linien von jemandem, der in der lateinischen Schrift nicht zuhause ist. Name, Vorname, Straße, Postleitzahl, Gemeinde. Und Unterschrift. Fast zwanzig Unterschriften: Manche die schlichte Wiedergabe von Namen und Vornamen, andere kryptische Schlingen, manche großspurige Autogramme, wie man sie unter historische Gesetze oder in den Zement neben den Handabdruck zeichnet. Er sei wohl nicht ganz sauber, sagt Kathi zu Gabriel. Was sie denn damit solle? Nicht einmal, wie es noch staatliche Förderung gegeben habe, hätte sie das Geld übriggehabt. Bevor ihr nicht jemand sagen könne, wie sie das bezahlen solle, möge man ihr mit einer Solarpflicht bloß vom Leib bleiben. Als habe sie einen Geldscheißer. Gerlinde blättert die Unterschriftenliste auf. Auf der Innenseite erläutert ein Professor die Möglichkeiten, das Potential, die

Kapazitäten brachliegender Dachflächen. »Und überhaupt«, sagt Gabriel, der ihr über die Schulter schaut, in der einen Hand ein Tablett voller duftender Biergläser, »Dächer waren einmal Orte der Artenvielfalt. Schwalben, Mauersegler, Eulen, Fledermäuse.« Gerlinde schüttelt sich unwillkürlich. Das könne jedes Dach wieder werden, sagt Gabriel, da gebe es Broschüren zum Herunterladen, wie man mit einfachen Maßnahmen … Er trägt das Tablett zu den Tischen. Als Kathi in die Küche muss, fragt Gerlinde leise und mit einem zittrigen Achselzucken, ob er, Gabriel, sich ihr Dach einmal anschauen könne, diesbezüglich, also bezüglich der einfachen Maßnahmen.

2.

Vier Tage später verlässt Gerlinde das Haus durch den Hintereingang und huscht ein paar Häuser weiter durch eine Gasse. Es ist ein Tag vor Weihnachten und immer noch so warm, dass aus den öffentlichen Beeten Wolken von Mücken und Fliegen aufsteigen. Man riecht die Mülltonnen hinter ihren eleganten Holzlattenkäfigen. Man riecht die Algen an den trockenen Flussufern, so warm ist es. Trotzdem trägt Gerlinde eine Kapuze und geht gebückt, wie ein Spion in einem Stummfilm. So ist sie als Referendarin durch die Straßen ihrer Einsatzorte gegangen, immer in der Furcht, dass sie ein Schüler erkennt, oder ein Elternteil. Oder ein Kollege. Schüler sind es heute nicht, wovor sie Angst hat. Um Kathi geht es, die soll sie auf keinen Fall sehen. Gabriel war gerade bei ihr. Es war sehr aufregend. Er wollte keinen Tee, er hat sich auch nicht die Schuhe ausgezogen, an denen Erde war, von einem Acker, hat er erzählt, ein solidarischer Acker, und etwas von Gerste, und er hat dicke Würste von Ackererde aus den tiefen Rillen seiner Stiefel auf ihrer Türschwelle hinterlassen. Er wollte gleich zum Dachboden und da waren sie dann, im Halbdunkel, und er hat geredet und geredet und sich den Kopf gestoßen, es war sehr rührend. Außer dem, was in seiner Broschüre steht, hat er auch nichts gewusst und sich in dem perfekten Dachboden ratlos umgesehen. Dann hat er sich entschuldigt, dass er gar nicht hilfreich gewesen sei. Und er wollte auch danach keinen Tee von Gerlinde, weil er, wie er sagte, noch ins Hallenbad wollte, in die Therme, zum Schwimmen, und hat seine Sporttasche geklopft, die er seitlich umgehängt hatte. Und weg war er.

Und Gerlinde, bevor sie noch verstehen konnte, was sie da eigentlich tut, kaum, dass die Haustür hinter Gabriel ins Schloss gefallen ist, packt einen Badeanzug und ein Handtuch in ihre Handtasche und huscht hinten aus dem Haus. Was will sie in der Therme? Sie kann ja Gabriel nicht über den Weg laufen und behaupten, das sei Zufall. Er hat ihr ja gesagt, wohin er geht. Ihn heimlich beobachten geht auch nicht, in dieser sehr hellen Innenumgebung einer Badeanstalt, wo in jeden Winkel ohne Bedenken ununterbrochen geleuchtet wird und alle dabei praktisch nackt sind, gewissermaßen, nackt bis auf dünnen Stoff, der nicht mehr Fläche einnimmt, als das Papier für eine Französischarbeit in der elften Klasse. Also zieht sich Gerlinde zurück auf ihr Recht, das Recht jedes Bürgers dieser Gemeinde oder überhaupt das Recht jeder Frau und jeden Mannes, die nämlich den Eintritt bezahlen können, das öffentliche Bad zu nutzen, wegen ihrer Gesundheit und

Erholung. Oder ohne jeden Grund. Sie kann in die Therme gehen, wann sie will.

Während Gerlinde sich in der feuchten und kalten Kabine umzieht und an den Säumen ihres Badeanzugs zieht und zerrt, sitzt Katharina auf dem Barhocker hinter der Theke im noch von Gästen leeren *Mondschein*. Sie hat ein paar Minuten früher aufgesperrt, um ein kleines Spiel zu spielen, eine Wette, zum Nervenkitzel. Sie findet, und das sagt sie sich auch jedes Mal deutlich, sie habe ein Recht darauf, schließlich lebt sie schon hübsch lange allein. Allein, wie deutlich sie das sagt, zeigt ihr selbst, dass sie ein schlechtes Gewissen dabei hat. Aber das ist Teil des Nervenkitzels. Was spielt sie für ein Spiel, welche Wette geht sie ein? Es ist ihre nachmittägliche Selbstbefriedigung, zu der sie, um der größeren Aufregung willen, zwar außerhalb der Öffnungszeit des *Mondscheins*, aber bereits bei offener Tür ansetzt. Das Ziel des Spiels: fertig werden, bevor jemand hereinkommt.

Katharina muss, was das Körperliche betrifft, nicht viel tun, um zu kommen. Kaum, dass überhaupt die Hände im Spiel sind, keine Verrenkungen, keine großen Bewegungen, nichts Lautes. Hinter der Theke würde gar nicht zu sehen sein, was vorgeht. So betrachtet: Selbst wenn jemand hereinkäme, es wäre kein Skandal. Aber weitermachen könnte sie dann natürlich nicht. Denn Konzentration ist schon erforderlich. Die Phantasie muss beieinander gehalten werden, weiß Katharina. Heute ist Konzentration ein Problem. Sie hat im Laufe ihres sexuellen Lebens eine Menagerie von imaginären Partnern versammelt. Ihr Exmann aus der Eisenbahnerstube ist einer davon, gelegentlich auch die Schlampe mit dem Glöckchen, Männer und ein paar wenige Frauen aus ihrer Schulzeit, attraktive Männer aus den letzten Jahren, die sie nicht gekriegt hat, und weniger attraktive, die sie gehabt hat. Und seit einiger Zeit hat sie Gabriel vor Augen. Sie stellt sich dann gar nicht vor, dass er irgend etwas tut. Sie ruft sich bloß vor Augen, wie die Sehnen an seinem Unterarm heraustreten, mit dem er ein Tablett trägt. Wie der Geldbeutel in seiner Gesäßtasche auf und ab hüpft. Wie die Schatten unter seinem Hals im Hemdkragen verschwinden. Wenn er kniet, um ein Fass anzuzapfen, wie nackt er dann in seiner Jeans aussieht. Und der Klang in seiner Kehle, wenn er etwas Schweres hebt oder gähnt und wie nah man ihm dann kommt. Solche Sachen will sie auch jetzt sehen, aber es drängen sich andere Bilder in den Vordergrund.

Sie ist in einem Pool, in einem Hotel, Fototapete, New York in Sepiafarben, der Pool in grünlichblauen Farben beleuchtet, mit einer breiten Einstiegstreppe, wie ein rituelles Bad, oder eine technische Maßnahme, Öl für einen komplizierten Motor. Die Wellen werfen Reflexe auf die Fototapete.

Das Bild will Katharina jetzt nicht. Sie versucht, wieder Gabriel zu sehen, Gesäßtasche, Hemd und so weiter. Aber schon ist sie wieder in dem Pool, halb schwindlig, und ihre Lust reißt sie gegen ihren Willen mit. Und wie immer ist dieses Tier im Pool, eine Schlange, aber auch ein Otter, das sie umkreist, umschlängelt, sie schließlich berührt und in sie eindringt. Katharina hält sich am Abtropfgitter des Schanktischs fest. Bevor sie sich erlaubt, ein wenig laut zu werden, wenn sie kommt, kontrolliert sie mit einem Blick die Tür.

Gerlinde geht unbehaglich und mit delikater Balance durch die nasse Halle. Alles ist nass, die Atemluft, die Wände und Fenster, aber vor allem der Boden. Nass und wahnsinnig rutschig. Von Gabriel noch keine Spur. Gerlinde arbeitet sich mit rudernden Armen über die gefliesten Rampen zum Schwimmerbecken. Hier herrscht stille Beschäftigung. In zwei mit rotweißen Ketten abgetrennten Bahnen Körper, die hintereinander wie Fische von Wand zu Wand gleiten, mit einer unwilligen Bewegung wenden und den gleichen Weg noch einmal zurücklegen, die Atemöffnungen selten einmal über Wasser, als geschehe das nur zufällig. In den übrigen, den breitensportlichen Bahnen des Schwimmerbeckens ernste junge Frauen in Badekappen und humorlosen Schwimmbrillen. Dazwischen Kinder, die zwar das Verbot übertreten, quer zur Bahn zu schwimmen, sich aber ansonsten in die Gesetze des Schwimmerbeckens einfügen: Kein Quatsch, kein Quatschen, wir sind nicht zum Spaß hier.

Das Atmen fällt Gerlinde schwer, in der Luftfeuchtigkeit fühlt sich die Lunge schimmlig an, gleich beim Einatmen, es kondensieren zähe Tröpfchen in den Bronchien, die kaum wegzuräuspern sind. Gerlinde versucht es, probiert einen luftreichen, aufwendigen Atemstoß, aber so wird das nichts und sie hustet mit einer Art Hustschrei drei-, viermal nach. Hu! Ha! Sie macht sich Sorgen, wie eine Kung Fu-Übung auszusehen, das heißt natürlich nicht wie die Übung, sondern wie *jemand*, der eine Kung Fu-Übung durchführt. Bruce Lee zertrümmert den Ziegelstein, dreimal hintereinander: Hu! Hu!! Ha!!! Das ist ihr Hustschrei. Peinlich, wie Kung-Fu zu klingen. Sie hätte nichts dagegen wie Uma Thurman in Kill Bill zu wirken, oder wie Scarlett Johansson. Aber so wirkt sie nicht, das weiß sie. Immer noch spürt sie das Tröpfchen in der Luftröhre, das danach schreit, abgehustet zu werden.

3.

Katharina Gerstl kneift die Augen zusammen, wie sie durch die Gaststube vom *Mondschein* schaut. Vor einer Stunde hat sie das Rauchen freigegeben. Sie tut das manchmal, kurz vor Sperrstunde, weil sie selbst eine Feierabendzigarette anzünden will. Die Rauchergäste freuen sich dann, weil sie nicht vor die Tür müssen. Und die Rauchergäste sind in der Überzahl. Heute hat sie die Parole schon mitten am Abend freigegeben, weil Fasching, und jetzt bereut sie es. Von dem Tisch, wo sie mit Gerlinde Barth seit sechs Uhr Wein trinkt, kann sie die Gäste am anderen Ende des Raums kaum noch sehen, so dicht stehen die Schwaden. »Wie früher«, sagt sie. »Mir brennen die Augen«, sagt Gerlinde. Katharina ist genervt. »Früher war das normal«, sagt sie. »Früher hat sich da keiner beschwert, das war einfach so«. Aber in Wahrheit bereut sie es bitter. Wenn die Gewerbeaufsicht das mitkriegt, wird das teuer, mindestens. Und ein Teil der Gäste ist tatsächlich gegangen. Aber jetzt ist es nun einmal so. Sie hatte einfach so unbändige Lust auf eine Zigarette gehabt und so überhaupt keine Lust darauf, nach draußen zu gehen. Keine Selbstbeherrschung. Die leichtsinnige Trinkerei. Das ist es, was sie eigentlich bereut, dass sie diesem Impuls nachgegeben hat, einem plötzlichen Appetit, und sich gleich, als Gerlinde hereingekommen ist, ein Glas Weißwein eingeschenkt hat. Die theatralische und ordnungswidrige Ankündigung, jetzt dürfe geraucht werden, war nicht die einzige weinselige Fehlentscheidung, die sie in den letzten zwei Stunden getroffen hat.

Es wäre zum Beispiel nicht nötig gewesen, Gerlinde die Geschichte mit dem Glöckchen aus der Eisenbahnerstube zu erzählen. Wenigstens nicht derart detailliert. Eine Wirtin darf nicht zu angeschlagen sein, sie darf nicht die Schlusslaterne umhängen haben in der Invalidenpolonaise. Man kriegt sonst schlechte Gäste. Es ist nicht die Küche, es ist nicht die Lage, es sind nicht die Preise und schon gar nicht die Einrichtung, so ist das nämlich. Es ist immer der Wirt. Über kurz oder lang kriegt der Wirt die Gäste, die er verdient. »Oh mein Gott«, sagt Katharina und zieht noch eine Zigarette aus der gelben Schachtel, um eine weitere Schicht aus Nebel und Feinstaub zwischen sich und ihre Gäste zu legen.

»Also der Riss in deinem Treppenhaus geht hoch bis zu deiner Wohnung«, sagt sie, um die Invalidenkarte an Gerlinde zu spielen. Gerlinde hustet und fächelt vor ihrem Gesicht herum. Als käme es jetzt noch drauf an. Immerhin nimmt sie die Karte auf. Ihr Riss, ja, aber nicht bis zur Wohnung gehe er, sondern in die Wohnung, in die Wohnung hinein. Es sei beängstigend.

»Ja, dann deutet alles darauf hin, dass sich die Fundamente senken. Wir heißen ja nicht umsonst das Bayerische Venedig.«

»Wir heißen doch nicht das Bayerische Venedig«, sagt einer der Gäste, der gerade an ihrem Tisch vorbei Richtung Klo unterwegs ist. »Keine Sau sagt Bayerisches Venedig.« Der Gast stützt sich mit beiden Händen auf den Tisch. Er hat Lust auf ein Gespräch, ein lustiges kleines Gespräch mit der Wirtin. Jeder Wirt die Gäste, die er verdient, denkt Katharina. »Du warst doch gerade unterwegs zum Bieseln.« Der Gast zieht ab.

Gerlinde gefällt es anscheinend gut, dass jetzt sie die mit dem Problem ist. Es passe eigentlich, sagt sie bitter, dass ihr Haus unter ihr bröckele, in dem Moment, wo sie ihm ein neues Dach gebaut hatte. Für ein Heidengeld. Eigentlich ihr letztes Geld. So behalte ihr Leben den gewissen Zauber, wenn auch einen bösen Zauber.

Wie sie das denn meine, fragt Katharina mechanisch, denn Gabriel ist an den Tisch gekommen, um zu fragen, ob er noch etwas bringen dürfe. Er ist sauer wegen der Raucherei. Und weil er alles alleine machen muss. Anstatt etwas zu sagen, tippt Katharina an ihr Weinglas. Gerlinde aber lässt sich nicht aus ihrem Gespräch bringen.

»Wie ich das meine?«, fragt sie. »Naja, wie bei dir: der Riss in meinem Haus, der Riss in meinem Herzen.« Ihr, Kathis Herz, sagt Gerlinde, sei doch gebrochen. Habe sie doch gesagt. Gebrochen sei es.

»Bestell lieber was«, sagt Katharina und senkt den Blick auf den Tisch, um nicht zu Gabriel zu schauen.

Die Nachbarin hebt den Kopf, aber nicht, um noch eine Weißweinschorle zu bestellen. Stattdessen verkündet sie Gabriel, sie habe diese Woche einen Termin beim Bauordnungsamt, wegen der Photovoltaik auf dem Dach.

»Photovoltaik«, fragt Katharina, »geht doch nicht in der Altstadt. Denkmalschutz, oder?«

Aber, sagt Gerlinde, die auf einmal munter ist, deren Augen nicht gerieben werden müssen, sondern glänzen, aber je mehr Leute danach fragten, und den Behörden so in etwa sagten, dann erklären Sie mir mal, wo wir klimafreundliche Energie produzieren wollen, so ungefähr – desto eher werde sich die Behörde bewegen.

»Exakt«, sagt Gabi, und lächelt. Ob Gerlinde noch eine Weißweinschorle wolle.

»Ja, bitte, Gabriel«, sagt Gerlinde.

»Ich dachte, dein letztes Geld und so weiter«, sagt Katharina. Was das denn solle, mit dem Bauordnungsamt. Sie, Gerlinde, könne doch gar keine solche Anlage bauen, selbst, wenn es erlaubt wäre. Oder sei es etwa gar nicht ihr letztes Geld. »Oder«, fragt sie rundheraus, »sagst du einmal so und einmal so, je nachdem? Was soll denn das?«

Gerlinde Barth reibt wieder in ihren Augen und gähnt, dass es ja nicht darauf ankomme, ob sie eine Photovoltaikanlage bauen könne oder nicht, der Gang zur Behörde allein sei ja schon hilfreich.

»Hilfreich?«, fragt Katharina.

»Für den Klimaschutz«, sagt Gerlinde.

»Ach«, sagt die Wirtin, und ob sie jetzt also Klimaaktivistin sei.

Als Gabi mit den Getränken kommt, hält Katharina den Atem an. Gerlinde hingegen redet weiter, ohne Zusammenhang sagt sie, sie seien halt Frauen mit gebrochenen Herzen.

Als Gabi weg ist, atmet Katharina wieder weiter, und das beginnt sie, indem sie über ihre Zähne haucht und gleichzeitig ihr Kiefergelenk lockert. Sie fängt Gerlindes Blick auf, die sofort fragt, was? Was denn sei?

»Gebrochene Herzen«, sagt Katharina.

»Der Riss in meinem Haus, der Riss in meinem Herz, oder nicht?«, sagt Gerlinde.

Katharina schlägt mit der flachen Hand auf den Tisch und schüttelt den Kopf. »Dann also die Löcher in meinem Dach, die Löcher in meinem Hirn«, sagt sie, »oder was? Du trennst da was Falsches auseinander, Nachbarin. Was ganz Verlogenes passiert da bei dir. Und dann bringt du was zusammen, das ist genauso verlogen. Da stimmt doch was ganz und gar nicht.«

4.

Wenn sie noch rechtzeitig zu diesem Termin beim Bauordnungsamt kommen will, muss sie in fünf Minuten los. Aber sie weiß auch, jetzt schon, dass sie sitzenbleiben wird.

Es gibt gute Gründe. Oder jedenfalls Gründe. Der Termin ist ja wirklich in der Sache sinnlos. Es darf kein Solardach in der Altstadt geben und selbst wenn, könnte sie keines bezahlen. Dann die andere Sache, Aktivismus, den Behörden auf die Nerven gehen. Aber man geht ja in Wirklichkeit nur einer Sachbearbeiterin auf die Nerven, die eh nichts entscheiden darf. Und wenn das Aktivismus ist, wie peinlich ist das dann? Photovoltaik ist ohnehin selbst auch wieder umweltschädlich, seltene Erden und so weiter. Und dann drittens kann Gerlinde ganz schlecht unter Menschen gehen, das verträgt sie nicht. Sie wird auch nicht in den *Mondschein* hinübergehen heute, zu viele Leute. Sie verträgt das nicht.

Jetzt ist die Zeit verstrichen, in der sie es noch geschafft hätte. Sie hätte ein paar Papiere vom Amt mitbringen können, zum Besprechen mit Gabriel, zum Argumente sammeln. Aber jetzt ist es zu spät.

Gerlinde schaut in ihrer Küche herum, um zu entscheiden, was sie sich jetzt zuführen solle. Den Wasserkocher anwerfen für ein Kännchen Tee? Einen Cappuccino aus der kleinen silbernen Maschine? Oder Espresso aus der Schraubkanne. Und wenn Tee, welchen? Den Nerventee aus der Apotheke? Den Beruhigungstee? Oder – im Regal mit den Kristallgläsern – Schwarztee, englischen, vielleicht mit Kandiszucker und Rum? Eine Sekunde später kann Gerlinde schwören, dass der Riss in der Wand genau in dem Moment, in dem sie hingeschaut hat, durch das Dübelloch gebrochen ist, wo das Regal mit den Kristallgläsern befestigt ist. Wie ein Blitz in der Nacht, nur staubig, beständig und dunkel. Gestern war er noch eine Wand weit entfernt. »Jetzt bist du also hier«, sagt Gerlinde.

»Ja, da bin ich«, sagt eine Stimme. Wo kommt sie her? Gerlinde sucht, Arbeitsfläche, Anrichte, Kräuterregal, nichts. Das Fensterbrett, draußen: nichts, weder Taube noch anderer Vogel am offenen Fenster. Sie schaut unter den Tisch.

Ach, da. Ja, da. Die Ratte scheint ausgewachsen, ihr Schwanz geht von einem zum nächsten Stuhlbein des anderen der zwei Küchenstühle. »Die Taube hat ja gesagt, wir kratzen uns durch Mauern. Wir beißen uns überall hinein. Und hier bin ich. Du wolltest dir etwas zu trinken machen.«

»Ja«, sagt Gerlinde, »Tee.«

»Nur zu«, sagt die Ratte.

Jetzt habe sie keinen Appetit mehr auf Tee, sagt Gerlinde.

Dann solle sie doch einen Schluck Rum trinken.

»Pur?«, fragt Gerlinde.

»Warum nicht«, sagt die Ratte.

Da gebe es schon Gründe.

»Ach«, sagt die Ratte, ob es vielleicht wegen ihrer Medikamente sei.

Gerlinde zuckt mit den Schultern. »Vielleicht«, sagt sie.

Warum, fragt die Ratte, sei Gerlinde jetzt nicht unterwegs. Sie habe doch etwas tun wollen. Warum sie es nicht tue, und auch nichts anderes tue, sondern stattdessen nichts?

Der Termin sei in der Sache, will Gerlinde erklären, aber die Ratte unterbricht sie, ob sie sagen wolle: sinnlos? Ja, sagt Gerlinde. Und als Aktivismus, ja, sagt die Ratte, schwach, peinlich, wolle Gerlinde ja wohl sagen. Wenn sie alles wisse, brauche sie ja nicht zu fragen, sagt Gerlinde und holt die Rumkaraffe vom Kristallregal. Das sei, sagt sie, warum sie es nicht vertrage, unter Leuten zu sein. »Na, ja«, sagt die Ratte. »Seit Herbst bist du fast jeden Tag im Wirtshaus. Vor ein paar Wochen warst du sogar im Hallenbad. Fast nackt!« »Im Badeanzug«, protestiert Gerlinde. »Man sieht alles«, sagt die Ratte.

»Also sag mir, warum du hier bist.«

»Ich muss dir sagen, dass du die Welt nicht retten wirst. Gib auf.«

»Du willst, dass ich die Welt aufgebe?«

»Nein, ich will, dass du die Welt aufgibst. Du gehörst nicht zu denen, die die Welt erben.« Gerlinde setzt die Karaffe ab und kichert. »Ich gehöre nicht zu den Welterben?« Die Ratte schnaubt und lässt ihre Nase zittern. Gerlinde gibt dem Drang nach, einen weiteren Witz zu reißen. Vielleicht sei sie ja, sagt sie, mühevoll das Kichern unterdrückend, vielleicht sei sie ja das immaterielle Welterbe. Sie prustet. Oder der immaterielle Welterbe?

»Meinetwegen«, sagt die Ratte. »Ich habe mich jedenfalls vorgestellt, du weißt Bescheid, ich bin jetzt da.« Und die Ratte verschwindet im Türspalt, überquert die Diele und zuckelt Richtung Gastherme.

Gerlinde entsperrt ihr Smartphone und öffnet die Four-Minutes-Songs-App, die Gabriel ihr gezeigt hat. Sie hat sich angewöhnt, sie als Orakel zu benutzen. Anstatt, wie Gabriel, eine Favoritenliste anzulegen, lässt Gerlinde die App Musik aus der gesamten Popgeschichte suchen. »Sag mir, wie es steht«, fragt sie und drückt auf *random play*.

There's a pale drooping maiden who foils her life away
With a worn out heart, whose better days are o'er.
Though her voice it would be merry, 'tis sighing all the day,
Oh, hard times, come again no more.

Erbleichende Gerlinde, denkt Gerlinde, ist, was man sähe, träte man in Gerlindes Küche, aber das passiert nicht. Sie steht auf und schließt das Fenster, um den Lärm der Frühlingsvögel auszusperren.

5.

Der eine Stammgast geht am weitesten und sagt, für ihn, also seiner Meinung nach, gehörten die alle aufgehängt, standrechtlich erschossen. Das ist den meisten dann doch zu drastisch. Der *Mondschein* riecht unangenehm nach den regennassen Jacken und Haaren der Gäste, nach der besonderen Verschwitztheit, die Ärger und schlechtes Wetter in Pullovern und Cordhosen erzeugt, und nach dem heimlichen nächtlichen Zigarettenrauch, der in den Wänden, Gardinen und Möbeln hängt. Jetzt ist es erst sechs Uhr und draußen ist es noch hell. Katharina überlegt, noch einmal gründlich zu lüften, aber draußen stehen die Autos Stoßstange an Stoßstange und fast alle haben den Motor laufen.

Katharina schlägt vor, die Gäste sollten sich doch erst einmal hinsetzen. Aber danach ist ihnen nicht zumute. Sie stehen um den Tresen und geben ein Bild ab, wie aus der Arbeiterbewegung der Kaiserzeit. Und sie regen sich auf. Das seien doch Spinner, das könne doch kein Mensch mehr nachvollziehen, das sei doch schlicht und einfach ein Rechtsbruch. Gabi steht hinter der Theke, in einen nassen und schmutzigen Maleroverall gehüllt, bis über den Kopf, nur ein ovaler Ausschnitt seines Gesichts schaut heraus, Punkt, Punkt, Komma, Strich und ein paar Barthaare. Wie ein Polarforscher zu Amundsens Zeit. Auch die Hände lässt der Overall unbedeckt. Gabi reibt vorsichtig daran herum, mit den Fingern der einen an der Handfläche der anderen. Die Handfläche ist rot. Als er drüben vorgeführt worden ist, im blauen Kastenwagen, zusammen mit zwei anderen, zwei Mädchen, in den gleichen Maleroveralls, hat er gelächelt. Sie haben ihn nicht einmal eine Stunde dabehalten. Schon hinter dem Polizeiauto, im Schritttempo, weil die Schustergasse so verstopft von Autos war, sind Leute her, zehn oder zwanzig. Ein paar davon Kathis Stammgäste. Vor dem Amtsgericht haben sie gewartet und als er herausgekommen ist, sind sie ihm hierher nach. »Wo sind eigentlich die Mädchen?«, fragt sich Katharina. Der Stammgast, der sich verbal am weitesten herausgewagt hatte, sagt es noch einmal, solche Leute gehörten weg von der Straße, sagt er, und er meine nicht bloß jetzt und heute und von der Fahrbahn, sondern weg, weg, weg.

Jetzt muss Katharina etwas sagen, findet sie. Politisch ist es ihr ja wurscht, was passiert ist. Und was das Sprücheklopfen angeht, da waren sie in der Eisenbahnerstube auf einem schlimmeren Gleis unterwegs. »Bellende Hunde«, dachte Katharina. Aber sie ist die Wirtin, und wenn sie ihre Autorität behalten will, ist das ihr Einsatz. Sie sagt also dem Stammgast, dass er so nicht mit ihrem Kellner reden dürfe. Ach ja, sagt der Stammgast, das dürfe er nicht? Aber er, der Kellner, dürfe Menschenleben gefährden, hunderte Menschen auf der Straße aufhalten? Tausende, schreit ein anderer Gast. Gefährlicher Eingriff in den Straßenverkehr, sagt jemand mit einer dringlichen und ernsten Stimme. Trotzdem könne er nicht so etwas sagen, sagt Katharina. Wenn er aber doch Recht hat, schreit jemand. »Recht ist mir wurscht«, ruft Katharina und hebt ihre Arme. »Schlimm genug, wenn du so was denkst, erschießen und so. Aber in meinem Wirtshaus sagt keiner einem andern so was ins Gesicht.« Wenn das so sei, sagt der Stammgast, wenn jetzt hier Klimaterroristen – ihm fällt nicht ein, wie er den Satz beenden kann – dann sei das für ihn nicht mehr das richtige Wirtshaus. »Für mich auch nicht«, sagt jemand von hinten. Sie müsse sich schon entscheiden, sagt die dringliche Stimme. »Entscheiden«, sagt Katharina, »einen Scheißdreck muss ich entscheiden. Wer jetzt was bestellen will, setzt sich hin, und wer mein Personal erschießen will, der kann das woanders machen.« Und dann fällt ihr noch der Kathi-Spruch des Abends ein: »Den Gabi erschieß ich schon selber, wenns so weit ist.«

Und fast alle verlassen den *Mondschein*. Es gibt ja draußen auch noch genug zu sehen. Polizeiautos, die sich gegenseitig blockieren, Motorradfahrer, die die Nerven verlieren und mit heulenden Maschinen über das Trottoir rasen, flache, wummernde Audis, aus denen deprimierter Deutschrap dröhnt. Der Stau ist eigentlich auf der Umgehungsstraße, hört man reden, aber die Schustergasse ist nun einmal die inoffizielle Ausweichroute.

Zwei Tische sind noch besetzt. Mit Gabi kann sie nichts anfangen, er zittert so stark, dass sie ihm kein Bierglas anvertrauen würde. Gerade hat er noch Reden geschwungen, der Lastwagenstoßstange eines Müllautos hat er die Stirn geboten und der Polizei. »Und jetzt schau ihn an.«

6.

Als die Chefin ihm sagt, er soll sich in die Küche setzen und erst einmal herunterkommen, löst sich eine Muskelanspannung in Gabriels Bauch, die er bis dahin gar nicht gespürt hat. Jetzt kommt sie ihm geradezu mythisch vor, wie eine Fessel an den Kaukasus oder eins der eisernen Bänder im Froschkönig. Er setzt sich auf den Stuhl neben der Spülmaschine und zieht reflexartig sein Handy heraus. Aber bevor er sich die Ohren verstöpselt hat, hält ihm die Chefin ein dreiviertelvolles Glas frisch gezapftes Bier hin. Es duftet und beschlägt, während er es ansieht. Als er nicht gleich zugreift, stupst die Chefin ihn damit an. Er nimmt es. »Danke«, sagt er. »Passt schon«, sagt die Chefin. »Auch für vorhin«, sagt er und es ist ihm peinlich. Nicht, dass er angefangen hat, zu zittern, ist ihm peinlich, immerhin war es gegenüber einem Pulk aufgeregter Männer, die ihn mit dem Tod bedroht haben. Sondern das, wie sich dieses zweite Danke anfühlt. Anders als das Danke fürs Bier. »Wo sind diese zwei Mädchen?«, fragt die Chefin. »Eine wird von den Eltern abgeholt, die ist minderjährig. Die andere hat Pfefferspray dabeigehabt. Die behalten sie.«

Kathi deutet auf das iPhone. Ob das die Frühstückseier-App sei. Frühstück? »Vier-Minuten-Songs«, sagt Kathi. Gabriel kann das natürlich einschätzen, er kann einordnen, dass sie irgendetwas sagt, irgendetwas Belangloses, damit die Situation verschwindet, aus der sie kommen. Und abgelöst wird, durch die Situation, in der sie jetzt sind. Aber so, wie sie gerade in der Küche beieinandersitzen, verursacht auch diese neue Situation ihm Unbehagen. »Das hat nichts mit vier Minuten zu tun«, sagt Gabriel, »ich kann jede beliebige

Dauer einstellen. Und andere Suchkriterien.« Sie wolle einen Vier-Minuten-Song, sagt die Chefin. Keine anderen Kriterien. »Okay«, sagt Gabriel.

Er kennt den Song nicht. Es fängt nicht spektakulär an. Matt und elektronisch. *It's a strange day,* sing eine Frauenstimme, *No sound in my head.*

»Ein Orakel«, sagt die Chefin. Das sei doch wie ein Orakel. Wie wenn man die Bibel irgendwo aufschlägt, wenn man wissen will, was man tun soll. *I forget who I am…* »Und was sagt dir das?«, fragt Gabriel *…when I'm with you.* Auf einmal ist die Chefin sehr nah. Gabriel fragt sich, wie alt sie ist. *There's no reason. There's no sense.* Die Musik verbreitert sich, breitet sich geradezu lächerlich aus, eine Landschaftsaufnahme, ein Städtepanorama in blutroter Dämmerung. Vielleicht ist es ironisch, aber es ist auf jeden Fall hypnotisch. Die Chefin hat die Hand in sein Hemd gekrallt. Es sitzen Gäste draußen. *I'm not supposed to feel. I forget who I am. I forget.* Gabriel küsst seine Chefin auf den Mund. Sie zieht am Hemd und öffnet den Mund weit. Die Musik übertreibt jetzt völlig. Das elektronische Städtepanorama geht in Flammen auf. *Fascist baby. My dog needs new ears. Make him live like me. Again and again.*

Die Wirtin vom *Mondschein* entfernt ihren Kopf ein Stück von Gabriels Gesicht und schluckt. Gabriel bekommt flüchtig den Eindruck, dass es der Kuss ist, den sie schluckt, als wäre der Kuss etwas, was sie aus seinem Gesicht gesaugt hat. Sie nimmt seine Hände wie Hundepfoten. »Das braucht Salbe«, sagt sie und fährt mit dem Daumen über die gereizte Haut der Handfläche. Sie gibt ihm ihren Wohnungsschlüssel und deutet nach oben. Sie sagt ihm, wo im Badezimmer die blaue Salbentube liegt.

Utopia, Utopia. Die Musik wirbelt. Noch dreißig Sekunden, bis der Song vorbei ist. Gabriel hält den Wohnungsschlüssel seiner Chefin in der gesunden Hand und versucht nachzudenken. »Was tun«, denkt er. »Was ist jetzt richtig?« Aber er merkt, dass er nicht darüber nachdenken kann, was richtig ist, sondern nur darüber, was die Wirtin von ihm erwartet. Es fühlt sich an, als hätte sie ihm das Leben gerettet. Und sie ist nicht auf der Seite dieser Faschisten in dieser beschissenen Faschistenstadt.

7.

Ende Juli kommt es zu einem Naturereignis. Schwärme von silbernen Eintagsfliegen erheben sich eines Abends aus dem Schlick der Flussufer und sammeln sich in flatternden Kugeln um die elektrischen Lichtquellen. Die Netze der fetten Spinnen unter den Straßenlaternen sind in kurzer Zeit schwer von ihnen, die Leuchtreklamen verdunkeln sich, Straßenschilder werden unlesbar. Um jede Lampe bildet sich eine schwirrende Kugel aus beleuchteten Flügeln, die Stadt scheint erfüllt von einem Rascheln, das von nirgends herkommt, oder vielmehr: dessen Zentrum an jedem Ort des Raums zugleich ist, ein universales Rascheln aus sich selbst heraus, eine akustische Fluoreszenz. Autofahrer halten den Scheibenwischer auf höchster Frequenz und pumpen wiederholt Flüssigkeit auf die Scheibe. Fußgänger ziehen sich die Jackenkrägen über den Kopf wie im Sturm und atmen durch den Stoff der T-Shirts, um die unberechenbare Widerlichkeit aus sich herauszuhalten.

Am nächsten Morgen sind alle Fliegen gestorben. Von der Völlerei erschöpfte Spinnen häuten sich verkatert in ihren Netzen in die nächste achtbeinige Gewichtsklasse. Und die Sommersonne wärmt eine Stadt, die unter Schneewehen von silbernem Chitin zu fiebern beginnt. Die Tageszeitung und das Lokalradio machen groß auf. Ein Experte, Hausmeister eines oder sogar mehrerer der kommunalen Gebäude, warnt eindringlich, das Zeug dürfe auf keinen Fall liegen bleiben. Die Haufen von toten Fliegen – wie Herbstlaub, nur schlimmer – würden Kanalabflüsse, Dachrinnen, Kellergitter verstopfen, und beim nächsten Regen sei die Kacke am Dampfen. Tatsächlich sind Fahrzeuge des Winterdiensts unterwegs, und das im Juli, vermerkt der Morgenmoderator mit dem Augenzwinkern in der Stimme, das Freunde von Lokalsendern schätzen, weil es kuriose Ereignisse auf beruhigende Weise unter die harmlosen einsortiert.

Gerlinde hört das, aber sie ist nicht beruhigt. Im Gegenteil ist ihr sofort klar, dass die toten Fliegen vom Dach müssen. So schnell wie möglich. Sie sieht die Leichenhaufen förmlich vor sich, wie sie auf dem leuchtenden Kupfer verrotten, und sie spürt beinahe ihr Gewicht auf dem Dach. Es lastet auf den Pfettenbalken, es drückt auf die Trockenbauwände der Küche. Es zwingt den verdammten Riss noch weiter auseinander. Ein Blick aus dem Fenster bestätigt sie in ihrer Sorge. Bis vor die Haustür und auf deren Schwelle türmen sich die makabren Hügel, wie Schnipsel aus Reispapier in einer Origamiwerkstatt. Der Origamimeister liegt, vom Harakiri blutig, in Gerlindes Fantasie auf einer Veranda, im Hintergrund der Fuji, oder dieses Bild von der großen Welle, oder Fukushima.

Gerlinde darf ja nicht Auto fahren, wegen ihres Zustands. Also bestellt sie ein Taxi zum Baumarkt. Werkzeug muss her. Aufs Dach wird sie nicht steigen, das kann sie nicht. Aber dafür hat sie auch einen Plan. Sie wird Gabi bitten, noch einmal auf ihr Dach zu steigen und es von toten Fliegen zu befreien.

Als sie mit dem Taxi vom Baumarkt zurückkehrt, im Kofferraum zwei Rollen Müllsäcke und zwei Paar Gummihandschuhe, Größe 7 und Größe 10, die Schneeschaufel muss sie auf dem Beifahrersitz festhalten, da rollt vor ihr eine Filmkulisse aus. Das ganze Schustergasse entlang sind Ladenbesitzerinnen, Hausmeister, Parterrebewohnerinnen und Straßenkehrer, sogar zwei Justizbeamte vor dem Amtsgericht damit beschäftigt, das Trottoir und die Hauseingänge zu fegen, zu bürsten, zu kehren und zu wischen. Es sieht weihnachtlich aus. Ein Dorf in Eintracht. Noch durch die Windschutzscheibe sieht sie Gabriel vor dem *Mondschein* sitzen, den Arm erhoben und auf einen Besenstiel gestützt. Und neben ihm sitzt Katharina, den Stiel der Schneeschaufel auf dem Schoß.

Sie sitzen auf der Betonbank, mit Blick auf die Straße, die Bushaltestelle und das Bäumchen neben dem Mülleimer, an dem man aus einem Spender die schwarzen Plastiksäckchen für den Hundedreck ziehen kann. Ein Idyll, wie sie dasitzen. Dazu kommt, sobald Gerlinde ausgestiegen ist, von allen Seiten das noch idyllischere Geräusch der kratzenden Schneeschaufeln. Vor dem *Mondschein* sind die toten Fliegen schon fortgeräumt.

Gerlinde tritt zu ihnen, die Gummihandschuhe in der einen Hand, die Schneeschaufel in der anderen, die Müllsäcke ragen aus der Manteltasche. »Gabriel«, sagt sie, »ich brauche Hilfe.«

Katharina steht auf. »Hilfe bei was?«, fragt sie. »Auf dem Dach«, sagt Gerlinde. »Das Dach«, sagt Gabriel, aber er sagt es zu Katharina. Und dann sagen beide miteinander »Das Dach, wir haben das Dach vergessen«, wie ein Duett, wie bei Don Giovanni, sie sagen es nicht, sie singen es. »Wir haben das Dach vergessen«, und dann sagt Katharina: »Danke, Gerlinde«, und will in den *Mondschein* gehen. »Komm, Gabi«, sagt sie.

Gerlinde stellt sich ihr in den Weg, die Schneeschaufel wie eine Lanze quer vor der Brust. »Was«, sagt Katharina. Gerlinde sagt nichts, aber sie sieht, dass Katharina ihrerseits die Schaufel wie einen Speer im Arm trägt. Gabriel lässt den Besen auf den Boden fallen, »Hallo, hallo«, sagt er. Gerlinde weiß jetzt schon, was alle sagen werden: ein sinnloser Akt der Gewalt, unmotiviert, unverständlich. Aber ihr scheint es das einzig Sinnvolle. Mit starren Augen, ohne Katharina wirklich anzusehen, hebt sie die Lanze, schwingt sie über den Kopf und schlägt auf Katharina ein. Und Katharina mit dem Speer dagegen, sie wehrt den Schlag ab, setzt sofort zum Gegenschlag an, die Schneeschaufeln prallen aufeinander, hoch über den Köpfen, und wieder, tief vor den Knien, ein drittes Mal, sie stehen auf der Straße, jede dreht sich einmal um die eigene Achse, mit weit ausgestreckten Schaufelstielen, sie treffen sich, einer jeden wird das Handgelenk verdreht im Aufprall der Schaufelkanten, es sprühen Funken.

Wild stehen sie sie sich gegenüber. Am Ende der Straße nähert sich die Straßenreinigung mit surrendem Motor und kreisenden Besen. Ein zweites Fahrzeug mit Bürste und Wassertank hinterher.

»Und jetzt«, ruft Gabriel, »was macht ihr jetzt?« Aber sie

sieht die Straße, außer vor einigen Hauseingängen und außer dem Eingang zum *Mondschein* und außer dem Eingang zum Amtsgericht, voll von Insektenflügeln, und sie kann riechen, was für ein Geruch von ihnen ausgeht, der schon historische Geruch von Staub, von historischem Staub, wie er aus den breiten Rissen in allen Häusern der Schustergasse rieselt, Rattenkot, Taubenmist, tote Fliegen, staubgewordene Flechten von den ausgetrockneten Ufern des lauernden Flusses.

Und auf steigen zwei Schaufeln, gleißende Aluminiumkanten in der Sonne.

DIE LAMIA

Das Schiff brummte vor der Ufermauer und wartete. Es sollte seit zwanzig Minuten unterwegs sein. Durch die Verzögerung waren jetzt Gäste, Presse, Musik, sogar die Mannschaft teils an Bord, teils wieder an Land. Chrissi hier, Chrissi da, ging es auf der Promenade. Der Abgeordnete Chrissi Florentino war ein paar Minuten lang mit einem Fuß auf dem Blech der Gangway und mit dem anderen auf der geteerten Uferpromenade gestanden und hatte ein Stahlseil betrachtet, das zwischen Land und Fluss an einer Klampe scheuerte. Dann hatte Karl ihm gesagt, er solle besser weiter abseits stehen, damit er nicht wie ein Hotelportier wirkte. Er war gerade noch konzentriert genug, um nach hier und nach dort zu nicken, zu lächeln, zu winken. Er schnippte mit dem Daumen an der Zigarette herum, während Karl dem Lokalblattfotografen zu verstehen gab, dass man keine Bilder vom Herrn Abgeordneten mit Zigarette sehen wollte.

Jetzt wartet das ganze Schiff, weil ich das gesagt habe, dachte Chrissi. Kurz bekam er weiche Knie. Aber dann war es schon auch geil: »Nix da, wir warten auf den Landrat.« Schleusenplan, Liegegebühr, das Menü im Kloster? »Das muss schon drin sein,« Hatte er gesagt. Und Karl hatte es allen zu verstehen gegeben. So jemanden wie Karl zu haben, dachte Chrissi, war ebenfalls schon auch geil. *Leider geil,* so klang es cool. Und sein Spielhirn sang ihm vor: Wenn ich etwas schleck am Fluss, gibt es einen Fleck am Schluss. Er zwang diesen Teil seines Hirns zum Schweigen. Was da geschleckt wird, ist aber noch offen, flüsterte sein Spielhirn. Chrissi ließ sich jetzt nicht so leicht ablenken. Was ist ein Schleusenplan?, fragte er sich inzwischen. Was haben die Mönche für ein Problem, um Gottes Willen? Und ob der alte Sack jetzt endlich mal kommt.

»Chrissi! Chrissi!«

Chrissi knipste sein Lächeln an und schaute, wer da rief. Drei junge Frauen im Dirndl. Sehr junge Frauen. Kurzer Augenkontakt mit Karl: geht in Ordnung. Selfie. Noch eins. Haarsprayduft mit viel Stärke, wie Puddingpulver. Autogramm? »Von mir? Ach, geh, ich bin doch kein Popstar. Na gut, bitte, aber dann krieg ich von euch ein Kreuz nächsten Monat.« Lachen, Fotos. Nix zum Schreiben? Die Frechste sagte, »Wenn wer an Stift hat, hier wär' Platz«, und zeigte mit zwei Händen ein Rechteck im Dekolletee an, wie ein Nummernschild. Das ging natürlich nicht, obwohl Chrissi wieder kurz seine Knie spürte. Und noch mehr Knie, als er ihr auf den Arm schrieb, die Haut dafür straff halten musste, hineingriff in diesen Puddingpulverduft, der sie umgab.

Vom Aussichtsdeck des Schiffs wurde gejohlt. In der flimmernden Abluft der unteren Decks, unter den Dieselwolken des brummenden Generators, zappelte eine Busladung junger Männer. Schärpen, Mützen, Anzüge: Sie gehörten zu einer der Studentenverbindungen, die heute auf der Gästeliste waren. Markomannia irgendwas oder Teutonia. Wie so was eben heißt. Chrissi winkte hinauf.

Das machte er hervorragend. Es war das, was er wirklich konnte. Eigentlich hatte Christian Florentino nämlich keine besonderen Fähigkeiten oder besondere Intelligenz. Nicht einmal echten Ehrgeiz, genau genommen. Aber er hatte das Talent, Erwartungen zu wecken. Oder vielmehr: Erwartungen zu spüren und sie dann nicht etwa zu erfüllen, sondern zu nähren. So kam es, dass überall Leute etwas von ihm erwarteten. Nicht die Art Erwartung, dass ihn jemand Hoffnungsträger genannt hätte, so viel war nicht drin. Aber man sah ihn an und dachte: Kommt da noch was? *Da kommt doch noch was!* Wie ein angezündeter Silvesterkracher, der mit rauchender Schnur auf dem Pflaster liegt. Ein Rostfleck am Auto. Etwas, was den Leuten zu empfehlen schien: Oha, den würde ich im Auge behalten.

Man behielt ihn also im Auge, bis er irgendwann das Ziel der Blicke aller war. Alle warteten darauf, dass es sich irgendwie mit ihm entwickelte. Und das hatte dann irgendwann seine Eigengravitation. Chrissi war in der Partei in den letzten zwei Jahren tatsächlich zu allem Möglichen gewählt worden, einfach weil er da war und alle ihn im Blick hatten wie einen Silvesterkracher, der noch losgehen konnte. Also war Direktkandidat die Position, die man genau richtig für ihn fand.

Er winkte hinauf und fand genau die richtige Mischung für die Markomannia oder was die waren auf dem Aussichtsdeck: Dynamisch wie der Kandidat, der er war, aber geformt und dezent, damit es im Anzug noch gut aussah, herzlich mit den Augen, so dass sich jeder gemeint fühlen konnte, dabei für das Gejohle gleichzeitig Distanz und Anerkennung signalisierend, Autorität und Augenzwinkern. Schließlich, mit einer fast nicht wahrnehmbaren Kopfbewegung zu den Dekolletees, eine Spur, bloß eine Spur zungenschnalzende Anzüglichkeit als Futter für das verhungerte männliche Selbstbewusstsein oben auf dem Aussichtsdeck.

Im Vorbeigleiten registrierte Chrissis Blick, dass am anderen Ende des Schiffs etwas an Bord huschte. Oder jemand? Noch bevor er entschieden hatte, ob es noch ein Dekolletee oder bloß ein Schatten war, stand schon das nächste Selfie an.

Lore stieg über die hintere, die schmale Gangway an Bord der Lamia. Sie hatte die halbe Stunde Verspätung genutzt, um noch rasch etwas für daheim einzukaufen. Das wurde nicht gern gesehen, aber die halbe Stunde Warterei hinter der Küche, ohne Bezahlung wohlgemerkt, die wollte sie sich nicht antun. Am liebsten hätte sie sich auch noch die Ansprachen geschenkt, die der Abgeordnete und der Landrat sich gerade gegenseitig über die Lautsprecher servierten. An der Uferpromenade Presse, Lokalfernsehen, ein ansehnliches Grüppchen, zwanzig, dreißig Leute vielleicht. Lore hatte keine Sympathie für ein Grüppchen, das für Florentino am Ufer winkt. Aber die Promenade war schmal, man konnte sowohl vorwärts ins Wasser fallen, zwischen Schiffswand und Kaimauer, als auch hinten auf die Fahrbahn geraten und vom Auto erfasst werden. Das Gedrängel machte Lore Sorgen, ob sie wollte oder nicht. So schnell konnte etwas passieren. Aber man hatte ihr Atemtechniken beigebracht, für den Fall, dass grundlose Sorgen sie quälten. Obwohl es, wie sie wusste, immer einen Grund gab, sich Sorgen zu machen.

»Lieber alter Freund und Mentor«, krächzte es jetzt launig aus den Lautsprechern. Und während sie sich die Schürze wieder umband, hörte Lore: »... zu spät kommt, den bestraft das Leben«, und darauf Gelächter und Applaus. Inzwischen herrschte auch Gedränge auf dem Aussichtsdeck, fast alle Gäste waren an Bord. Lore schob den elektronischen Bestellblock und das Geld in Position. Wenigstens waren die Schürzen lang und seriös.

»Es heißt ja, lieber Chrissi, je später der Abend, desto schöner die Gäste…«, und wieder Gelächter. Lore versuchte, nicht hinzuhören, aber die Lautsprecher waren überall auf dem Schiff verteilt. Ein schönes Schiff war die Lamia. Zwei lange, edle Decks, ein weitläufiges Aussichtsdeck, nur durch ein kleines Steuerhaus unterbrochen. Es gab keine breite, selbstbewusste Brücke auf der Lamia: Heutzutage sah man den Kapitän am besten gar nicht, ein Busfahrer mit Donaupatent. Mehr Platz für Spaß, war die Devise. Mehr Platz für Umsatz, dachte Lore.

Fertig! Das Team am Schanktisch schob das nächste Proseccotablett nach vorn, Lore griff mit beiden Händen danach und wechselte noch vor der Treppe auf die linke Hand allein. Oben umfing sie die übliche lauwarme Dieselwolke. Sie reichte Gläser an Gäste, die mit dem Blick bei den Politikern blieben und wie im Nebel nach dem Prosecco tappten. Florentino und der Landrat standen sich mit den Funkmikrofonen an Land gegenüber und schrien sich ins Gesicht, als wüssten sie nichts von den Lautsprechern.

»…nach den furchtbaren Ereignissen vor einigen Monaten…«

Bitte nicht, dachte Lore. Aber der Landrat sagte, ob Lore das hören wollte oder nicht: »…Opfer von unglücklichem Zusammentreffen, und lassen nicht zu, dass ihr Andenken … eine wohlfeile Stimmungsmache, aber wer genau hinschaut

… Ökoaktivismus … das sind dieselben Leute die gleichzeitig … aber damit kommen sie nicht weit!«

Lore formte, während sie von einem Gast zum anderen ging, ihren Mund zu einem *o* und atmete, wie man es ihr beigebracht hatte. »Es ist nur ein Gefühl«, sagte sie. Aber es war schon nur noch das Echo eines Gefühls. Während sie zur Kenntnis nahm, wie der Landrat bereits während der Empathie-Show ein »aber« anklingen ließ, waren ihre Lippen schon wieder schmal. Den Rest hielt sie aus:

»…attraktiv … Infrastruktur … Aufschwung, möglich gemacht … diesen Eindruck wieder ausgelöscht … ohne deine Unterstützung niemals … lieber Chrissi, die Anbindung des ganzen Landkreises niemals gebaut worden … niemals, ermöglicht … und zwar sauber stehen wir da … und zwar im Rekordtempo, mein Lieber, im Rekordtempo!«

Lore hatte den ganzen Sommer auf dem Schiff gearbeitet und schon sehr viel Text aus den Lautsprechern knattern gehört. Betriebsfeiern, Hochzeiten, Dreharbeiten, Schulausflüge, Konzerte, Kunstprojekte. Jeder Bereich des menschlichen Lebens produziert sein eigenes textliches Knattern. Man lügt ins Funkmikrofon, als wüsste man nichts vom Lautsprecher. Und egal auch, dachte Lore. Von März bis August hatte sie Zeit genug gehabt, sich das Weghören anzutrainieren. Hier rein und da raus. Aber heute war es schwer. Sie konnte sich gegen manche Sätze einfach nicht wehren.

Ob sie noch Wut empfinde, hatte man sie gefragt. Ob sie an Rache denke, ob sie Gewaltfantasien habe. »Nur die Bilder«, hatte sie gesagt, »die kommen, wann sie wollen.«

»Das Stichwort Rekordtempo möchte ich aufgreifen, Herr Florentino…« Lore registrierte, dass, während die Politiker unten ein paar Fragen zugelassen hatten, die hinteren Leinen losgemacht wurden und der dieselelektrische Antrieb lief. Fluchtbereit bei kritischen Fragen, dachte sie. Manche Gäste stellten bereits wieder leere Gläser auf Lores Tablett.

»Ist nicht erstens das hohe Tempo daran schuld, dass Ihre junge Karriere schon jetzt den einen oder anderen politischen Auffahrunfall ...«

»Ach, so ein Schmarrn«, geht der Landrat dazwischen.

»Dann anders – die tatsächlich gefahrenen Geschwindigkeiten in der neu gebauten Strecke...«

Lore hat nur noch leere Gläser auf dem Tablett. Sie bahnt sich den Weg zurück zur Treppe. Immer wieder dringt ein Wort aus dem Knattern zu ihr durch, sie kann nichts dagegen tun. Öfter als nötig, und lauter, sagt sie »Entschuldigung, Entschuldigung, darf ich mal durch, danke.« Aber es erreicht sie noch »...Freibrief für Raser.« »Ach was Freibrief, das ist doch Unsinn... Mit Vernunft gefahren verträgt die Strecke... Mobilität ohne jegliches, lassen Sie mich ausreden, ohne Risiko, das ist eine Illusion... als die erste Dampflok in Nürnberg, da haben die Leute gedacht, wissen Sie was die Leute da gedacht haben?«

Applaus. Das nächste Tablett. Die Lautsprecher rauschten bloß noch. Lore spürte, wie das Schiff sich in die Strömung drehte, hörte die Schrauben angehen, sah wie jenseits der Reling die Welt sich einmal herumdrehte. Das Schiff war in der Fahrrinne, es ging, wie immer zügig, hinaus aus der Stadt, flussabwärts.

»Bei dem Tempo explodiert ihnen der Kopf. Und jetzt sind Sie dran.«

Nachdem die Gangway eingezogen war, schob sich Chrissi durchs Gedränge nach oben, zum Winken. Der Landrat ging hinter ihm und Chrissi hörte, wie er die alten Witze machte. »Florentino, das ist unser Lamborghino. Haha.« Immer, wenn der Landrat ja sagen wollte, sagte er: »Sepp verständlich«. Das war witzig, weil der Landrat ja wirklich Joseph hieß. Aber diese Komik sah nur Chrissi allein, der Landrat meinte sicher, dass er das ganz ordentlich aussprach. »Werden Sie Chrissi Florentino weiter unterstützen?« – »Sepp verständlich.«

Chrissi schüttelte Hände und ließ sich von Karl weiterschieben. Warum habe ich den Franz gestrichen, dachte er. Wie konnte ich so blöd sein. Denn da stand eigentlich ein weiterer Vorname in seinem Ausweis, den er einmal blöd gefunden hatte. Wegen der zwei F. Aber heute dachte er, Franz Christian Florentino, hundertmal seriöser als das blöde Chrissi. Wie Franz Josef Strauß. Imposanter Name, Sepp verständlich. Chrissi kicherte innerlich.

Dass er beim Händeschütteln an alle möglichen Sachen denken konnte, das gab ihm ein Gefühl der Überlegenheit. In seinem Kopf ein abhörsicherer Raum. In dem alle möglichen Spielchen vor sich gingen. Dabei dachte ja eigentlich nicht er an etwas. Bloß sein Spielhirn spielte mit Wörtern herum. Verdrehte sie und so weiter. Höchstens Sex. Daran dachte schon er. Nicht einmal richtig Sex, bloß Sauereien über die Leute, denen er gegenüberstand. Im Moment ging ihm das Stahlseil durch den Kopf, das er draußen betrachtet hatte. Er hatte sich gefragt, wie lange es wohl über die Kaimauerkante scheuern müsse, hin und her, bis es durchgescheuert wäre. Bloß hatte sich Chrissis Gedankengang inzwischen verlagert und er spekulierte über Schleimhäute und wie viel Strecke sie beim Sex wohl zurücklegten, zusammengerechnet.

Zunächst aber, an der Treppe zum Aussichtsdeck, mussten ein paar Männer aus der Wirtschaft begrüßt werden. Starker Händedruck war hier gefragt, und Angeben.

»Err Ess Kuh drei«, hörte Chrissi sagen. Und einer, der eine stark geschminkte Frau an der Hand hielt, die eine halbe Schrittlänge hinter ihm stand, fragte zurück: »Gemischaufbereitung?«

Chrissi machte sofort die Kennermiene, die er für Autogespräche bereit hatte. Augenbrauen hoch, Lippen schürzen und nicken. Er hatte dieses Gesicht schon seit seiner Schulzeit jederzeit bereit und hatte es seitdem so oft aufgesetzt, dass er manchmal selbst glaubte, dass ihn das alles interessierte.

»Direkteinspritzung«, sagte der erste Wirtschaftsmann. Chrissi schaute der Geschminkten auf den Busen, dann auf den Hintern. Au ja, Direkteinspritzung, dachte er. Und während er nickte und die Lippen kräuselte, arbeitete er weiter an seiner Rechnung. Sagen wir zehn Zentimeter hin, zehn zurück, und das wie oft? Hundertfünfzigmal? Hundertmal? Also zehn Meter und das klassisch nach Luther zweimal in der Woche, zwanzig Meter, mal zweiundfünfzig Wochen, fünfhundertzwanzig Meter mal zwei, das sind...

»...bei 400 PS Maximalleitung Höchstgeschwindigkeit zwo achtzig, viereinhalb Sekunden bis zack.«

»Sauber«, sagte Chrissi, »Respekt.«

Es ist unglaublich, was so eine Schleimhaut leistet, dachte er. Man kommt von München bis Landshut auf so einer Schleimhaut. Wie eine Schnecke. Als er ein paar Stufen hoch auf der Treppe stand, schaute er sich um, wie viele Frauen eigentlich an Bord waren. Gut, da waren schon einige. Die üblichen Ehefrauen und Freundinnen, sowie die Hühner, die sich von der Studentenverbindung hatten einladen lassen. Nichts Interessantes. Immerhin hatten alle entweder was mit Glitzer oder was sehr Kurzes an. Erstaunlich, was so ein schwarzer Strumpf auch aus den krampfadrigen Schafsstelzen von der Frau Landrat noch macht. Aber mit der konnte man ja schlecht anbandeln. Die Geschminkte war auch besetzt, hing an der Hand ihres Herrn wie ein Dalmatiner. Mal das Servicepersonal abwarten, dachte Chrissi.

Lore hatte nicht vorgehabt, so lange auf der Lamia zu arbeiten. Ein paar Wochen höchstens. Eigentlich war es nur, um aus dem tiefsten Loch herauszukommen. Irgendwas machen, besser als nichts. Und dann jeden Tag die schöne Fahrt, vielleicht dass der Fluss heilsame Kräfte oder so etwas. Und die Fahrten hinunter zu den Mönchen. Sie hatte das Kloster schon lange geliebt, mit seiner faszinierenden Lage direkt vor dem Wasserkraftwerk. Der aufgestaute Fluss hatte die barocke Terrasse direkt ans Wasser gerückt, die heitere hohe Fassade spiegelte sich im Fluss, alles sehr schön dort. Lore hatte die Hoffnung gehabt, sie würde aus dem Loch kommen oder das würde ihr alles irgendwie Frieden geben. Jetzt hatte sie von den Gästen, die schon saßen, die Bestellungen aufgenommen, Kalb oder Zander oder Hirseauflauf. Danke. Um nicht angeredet zu werden ließ sie, auf dem Rückweg zur Theke, ihren Blick in die grauen Wellen vor dem Fenster tauchen. Heilsame Kräfte hatten sie bis jetzt nicht gezeigt. Kein Frieden. Ruhe ja, Frieden nein. Und das Loch war einfach mit an Bord gegangen. Lore behielt den Job, weil es egal war.

Am weiter entfernten Ufer, wo die Autos am Ortsschild vorbei rauschten, wo der zweispurige Ausbau anfing, da zitterten die Weidenbüsche und das staubige Gras einen Augenblick unter jedem Luftzug. Das Aufstöhnen von Motor und Getriebe, wenn die Wagen auf die erlaubten 14 Meter pro Sekunde Ortsgeschwindigkeit verzögerten, klang deutlich über das Wasser, lauter als Schiffsmotoren und Geplapper. Jedenfalls bis die drei Musiker ihre Anlage einschalteten und Jazz spielten. Gepflegten Jazz, dezenten Jazz. Den konservativen Hoteljazz, der so gepflegt und dezent war, dass sie immer ein bisschen zu laut aufdrehten. Die Gäste mussten schreien, wenn sie über den Tisch reden wollten.

»Warum aber jetzt dieses Grau so angesagt ist, das macht doch keinen Sinn, da ist man doch auf der Straße geradezu unsichtbar« – »Das ist aber doch gerade sexy, oder nicht?« – »BMW hat einen Wagen in Vantablack herausgebracht.« – »Vantablech?« – »Nein, nicht Blech, Black! Das schwärzeste Schwarz der Welt.« – Ach. »Nanotechnik.« – »Nanotechnik?« – »Vereinfacht gesagt, ein senkrecht angeordnetes Nanoröhren-Raster, aus Kohlenstoff, bis zu 99, 965 Prozent der einfallenden Strahlung wird in die Struktur hineingeleitet, absorbiert, du siehst nichts mehr, keine Ecken keine Kanten gar nichts. Was du damit überziehst, sieht aus wie ein Loch. Ein Auto in der Farbe, das fährt durch die Landschaft wie eine optische Täuschung. Und mit wenig Licht ist es unsichtbar. Ein unsichtbarer Torpedo mit 280, stell dir vor. Bumm! Und du weißt nicht einmal, was dich da erwischt hat!«

Lore schaffte es noch aufs Personalklo. Mit kaltem Wasser, halb in den Mund, halb ins Gesicht, das Würgen niederringen. Denn Speien bringt nichts. Genug gekotzt, nur Schmerzen und bitteren Geschmack. Und wegen der Gäste dann auch noch Pfefferminz.

Als das Schiff die Stadt hinter sich gelassen hatte, gab der Kapitän Gas. Das Vibrieren des Bodens änderte sich. Chrissi kam es so vor, als würde alles an Bord ein paar Gramm leichter werden. Karl hatte angeboten, ihm einen Teller vom Vorspeisenbüffet zu holen, aber Chrissi machte das lieber selbst. Sieht besser aus, sieht basisnah aus. Und er konnte ein wenig in den Wolken aus Haarsprayduft und Parfüm baden. Mit den Augen konnte er ja fast nichts machen, an einem Tag wie heute den Frauen in den Ausschnitt starren, peinlich. Aber er konnte hören: das Rascheln der teuren Kleider, das Räuspern in der einen oder anderen blonden Kehle und die aufreizend dämlichen Sätze, die sie alle von sich gaben. Der Nudelsalat sieht ganz schön ölig aus. Sagen Sie, kann ich die Nudeln auch pur haben? Chrissi konnte nicht anders als zu denken, klar kannst du die Nudel pur haben. Und während er sich Mozzarella auf den Teller lud, klimperte sein Gehirn: Zeig du mir deinen Pudel nur, dann geb ich dir die Nudel pur. Ach, scheiße, dachte er, hör auf damit. Wenn nur einer seiner Parteifreunde wüsste, was sein Gehirn dauernd machte, er wäre sofort politisch erledigt. Schüttelreime peinlich, kleinteilig, schöngeistig, abgehoben und unseriös.

Er schickte seinen Blick in die Runde, ob wenigstens in der Entfernung etwas Sehenswertes zu finden wäre. Aus der Entfernung ließ sich unauffälliger schauen. Der Tisch, wo die Frauen mit irgendwelchen Funktionen saßen. Okay, wenigstens einmal hinübergrüßen, lächeln, hallo hallo, arschlecken. Am vorderen Ende des Saals die Markomannia, Rücken gerade,

Tischmanieren, die farbigen Mützen ordentlich auf einem extra Stuhl. Keine Frauen. Ah, doch, jetzt setzte sich eine dazu. *Hey hey hey,* rief es in ihm, da ist ja einmal etwas richtig Heißes. Aber bevor Chrissi sich ein Bild davon machen konnte, schob sich die Geschminkte mit der Direkteinspritzung vor ihn hin. »Sie haben nicht zufällig meinen Mann gesehen?« Chrissis Gehirn bastelte noch an witzigen Bemerkungen der Preisklasse, falls Sie ihn nicht mehr finden, bin ich gerne bereit, für die ehelichen Pflichten einzuspringen. Er konnte es selbst kaum glauben, aber mit so etwas hatte er schon Erfolg gehabt. Aber wohlerzogen und karrierebewusst sagte er: »Leider nein, aber keine Sorge, weit kann er nicht sein, so ein Schiff ist ja überschaubar.« Sie verschwand im Gedränge und Chrissi setzte seinen Scan fort. Die Erscheinung bei den Studenten war nirgends mehr zu entdecken. Aber ein paar der Burschen waren nicht mehr da. Klar, drücken sich vor den Grußworten, würd' ich auch machen, lucky bastards, und mit dem heißesten Fahrgestell des Abends. Was gab es sonst? Der Tisch mit sonstigen Honoratioren am anderen Ende. Alt. Gegenüber den Politikertischen die Gäste, die aus irgendwelchen jeweils besonderen Gründen hier waren, Kunst, was Soziales oder irgendwas mit Umwelt. Da war nichts zu holen. Und die Servicemädchen? Die waren Abtörner. Bis auf eine.

Lore war schon lange aufgefallen, dass Männer anders auf sie reagieren. Anders als auf ihre Kolleginnen. Aber auch anders als bis vor einem halben Jahr. Es war, als würde sie ein Pheromon aussenden. Ein bitteres Pheromon. Die Männer waren elektrisiert, erregt, manche verängstigt, manche fingen an zu schwitzen. Was spürten die Hormonrezeptoren dieser

Männer? Offenbar kapierten sie es selbst nicht. Vielleicht meinten sie, Lebenskraft und Leidenschaft zu wittern. Aber alles, was sie ausströmen konnte, war Schmerz. Und vielleicht so etwas wie Hass.

Nach den Vorspeisen gab es Grußworte, während es draußen auf dem Fluss allmählich dunkel wurde. Beim Zuhören brauchten alle viel Alkohol. Lore widerstand dem Impuls, den einen oder anderen Aperitif selbst hinunterzuschütten, anstatt ihn zu servieren. Sie widerstand auch dem Impuls dazwischen zu schreien, als Florentino noch einmal redete. Das machte niemanden wieder lebendig. Und es gab genug zu tun. Wieder registrierte Lore, dass Männer sie nicht ansahen, wenn sie bestellten. Einander strahlten sie an, wenn sie ihre Witze machten, lachten sich ins Gesicht, die Augen so weit offen wie den Mund. Aber nach Lore riefen sie mit dem Blick auf die Tischplatte. Kontrollierten bloß aus den Augenwinkeln, ob sie hörte.

Lore blickte nicht zu Boden, wenn sie Männern Gläser brachte. Sie schaute sie an, mit dem gleichen professionellen Interesse, das sie einem Tablett entgegenbrachte oder einer Tischplatte, die sie abzuwischen hatte. Es war nicht so, dass sie Frauen anders anschaute, aber Frauen schauten manchmal zurück. Manche sahen Lore als Konkurrenz und gaben sich Mühe, sie von oben herab zu behandeln. Andere lächelten und legten den Kopf schief. Was suchten sie? Trost, Schutz, Rettung? Lore ging auf gar nichts davon ein. Wie sie es sah, war allen diesen Frauen eines gemeinsam, und das war Bitterkeit. Und diese Bitterkeit kam von den Männern. Bittere Ehefrauen oder bittere Singles, bittere Parteifreundinnen, bittere Zuhörer. Entsprechend waren sie alle hässlich.

Aber spätestens nach dem Dessert, das wusste Lore, würde das den Männern an Bord gleichgültig sein. Auf der winzigen Tanzfläche würden Hände unverhohlen über Hintern und unter Kleider grapschen, auf den Außendecks würde geknutscht werden. Ganz schnelle Nummern in den Klos und unter dem Rettungsboot. Heute würde das nicht anders sein. Außer vielleicht bei den Verbindungsstudenten, die ihr Vergnügen aus einem langwierigen Saufspiel zogen, bei dem es paradoxerweise irgendwie darum ging, nicht betrunken zu werden.

Eine Frau riss Lore aus den Gedanken. Sie sah wie ein Püppchen aus, perfektes, sehr kurzes Kostüm, Makeup offensichtlich vom Profi. Sie vermisse, sagte sie, ihren Mann, und, an wen sie sich den wenden könne. Sie machte ein verlorenes Gesicht, aber unter der professionellen Schminke sah es trotzdem unwirklich aus. Lore konnte nicht viel Empathie aufbringen und so redete sie auch. Dass er vielleicht auf dem Klo sei. Nein, da habe sie schon nachgesehen. Auf dem Männerklo? Ja. Wie lang denn schon? Eine halbe Stunde. »Naja«, sagte Lore. »Aber das ist ein Schiff«, sagte die Frau. »Ja«, sagte Lore. »Ich sage im Steuerhaus Bescheid.«

Inzwischen war die Hälfte der Gäste mit dem Dessert fertig. Chrissie spürte die Wirkung des Hintereinanders von Prosecco, Campari, Rotwein, Trockenbeerenauslese und Marillengeist, die das Protokoll und das Menü erfordert hatten. Mit wieder einem Glas in der Hand stand er zwischen Büffet und Treppe, wippte mit dem Knie zum Takt des Schlagzeugs, das jetzt Tanzmusik trommelte, und hörte zu. Zuhören, das wollen doch alle von den Politikern. »Er ist ja riesig«, sagte eine der Frauen mit Funktionen, von der Chrissi vor allem das Dekolletee zur Kenntnis nahm, das eine Fläche von bronzefarbenem Krepppapier zu sein schien. »Er ist ja riesig, ich krieg ihn kaum rein.« Ein kleiner Stromstoß durchzuckte Chrissi, aber es ging um ein Auto. »Ich fahr immer halb über den Rasen, aber ich fahr ihn ja nicht mit den Offroads, ganz zivil mit Straßenreifen.« Chrissis Hirn kombinierte augenblicklich: Die Spuren auf dem Rasenstreifen stammen klar von Straßenreifen. Hör auf damit, sagte er sich.

Von der anderen Seite hörte er:

»... glatt zweidimensional. Vor zwei Jahren ist in einem Museum in Portugal ein Mann in ein zwei Meter fünfzig tiefes Loch gefallen. Zweieinhalb Meter, das ist so, das kann ich gar nicht zeigen hier.« »Ach«, sagte jemand anders. »Wenn ich es Ihnen sage. Das Loch war von einem Künstler aus, ich glaube Indien, ich hab das vergessen. Der hat das da installiert und mit Vantablack beschichtet, und was soll ich Ihnen sagen, es schaut dadurch dann aus wie eine Fläche. Nanopolymer.« »Schau, schau.«

Zwei wirklich heiße junge Frauen, sehr junge Frauen, wow, sehr sehr junge Frauen, eine mit einem Fußkettchen, was Chrissi immer schon aufregend fand, streiften ihn mit einem Blick, je einem Blick, eine nach der anderen, und wandten in der gleichen Reihenfolge die Augen ab, ohne ihr Gespräch über ganz andere Dinge zu unterbrechen. Wo kamen die denn her, um Gottes Willen? Als Chrissi ihnen hinterherschauen wollte, die enge Tanzfläche inzwischen voller Leute, konnte er sie nicht mehr finden.

»Hey, hey, hey Chrissi«, raunte ihm jemand zu, »gratuliere zur Gästeliste, wo hast denn die her, Chrissi? Escortservice?« Es war einer der lokalen Parteigrößen mit einem bunten Cocktail in der Hand. Er zwinkerte mit einer ganzen Gesichtshälfte und griff mit der freien Hand in die Luft über seinem Hemd, um Brüste anzudeuten. »Die zwei da gerade?«, fragte Chrissi, »ja, ja.« »Nein, die Mädeln oben, die mit den Strümpfen, weiß ich nicht, wo sie her sind«, sagte der Mann mit dem Cocktail, »Vietnam, keine Ahnung.« »Ah«, sagte Chrissi dem Mann hinterher, obwohl er keine Ahnung hatte, wovon er redete. Es waren also doch Frauen an Bord, die den Namen verdienten. Strümpfe. Das musste er sich ansehen.

Es passte ihm überhaupt nicht, dass in diesem Moment Karl daherkam und ihm ins Ohr flüsterte, dass der Mann, der vermisst wurde, immer noch nicht aufgetaucht sei und dass man diskret die Wasserwachten und Feuerwehren flussaufwärts informieren werde. »So ein Depp«, sagte Chrissi. Vom Tisch der Studentenverbindung her grölten ein paar Stimmen Prost oder so etwas. Nur noch drei, vier Burschen hingen dort über ihren Biergläsern und schwankten im Sitzen. Einer verdrehte die Augen und schnaufte. Eine peinliche Darbietung, dachte Chrissi. »Und was machen wir?« »Wir warten bis zur Schleuse«, schlug Karl vor. »Weiterfahren und die Frau an Land bringen geht dann nicht, oder?« »Kommt drauf an«, sagte Karl. »Ja, schon klar«, sagte Chrissi. Er wusste bereits, dass er sowohl an Bord als auch vor der Presse die richtigen Worte finden würde. Und vor allem das richtige Gefühl, das richtige Gesicht, die richtige Mischung.

»Noch etwas«, sagte Karl direkt in Chrissis Ohr.

»Mein Gott, steck mir doch gleich die Zunge rein, sag doch einfach, was du zu sagen hast.«

Dass auch noch der Landrat vermisst wurde, sprach sich unter den Servicekräften auf der Lamia sekundenschnell herum. Lore kam die Leiter von der Steuerkabine herunter, dem Arbeitsplatz des Kapitäns. »Hast du schon gehört?«, fragte der senegalesische Küchenjunge. »Ja«, sagte Lore und ging an ihm vorbei. Die meisten Kollegen standen vor dem Büro des Restaurantleiters, einem Kämmerchen von der Größe einer Telefonzelle. »Weißt du schon?«, fragten alle. Lore schob sich durch und öffnete die Tür zum Personalklo. Sie schloss die Tür gleich wieder. Was das Pärchen dort versuchte, in einer der gymnastischen Positionen, die in der Enge möglich waren, war jetzt nicht ihre Sorge. Auf der Theke lag ein großes, schmales Messer, mit dem der Barkeeper Cocktailkirschen und Zitronen schnitt. Sie nahm es und steckte es in ihre Schürze. Sie wollte vorbereitet sein.

Sie suchte Florentino, weil schließlich er am ehesten zuständig war. Was ihr auffiel: Alle Frauen, alt oder jung, die nicht tanzten, knutschten oder betrunken waren, schauten krampfhaft auf die Tischplatten vor ihnen, teils in engen Zirkeln, eine Wagenburg aus Rücken in Blazern, Kostümen, Blusen und Boleros. Florentino und sein Sekretär waren an der offenen Ausstiegsluke, durch die der Wind hereinblies. Zappelig diskutierten sie mit einem der Journalisten. Als Florentinos Blick auf sie fiel, hielt er plötzlich still. Er schaute sie an und schaute nicht wieder weg. Lore schaute zurück. Es brauchte viele Sekunden und einen konzentrierten Atemzug. Dann griff eine Hand nach ihrem Arm. Die Geschminkte. Ob Lore schon im Steuerhaus gewesen sei? Lore nickte, ohne Florentino aus den Augen zu lassen. Die Hand krallte sich in Lores Arm. Was der Kapitän gesagt habe? »Nichts«, sagte

Lore. »Da ist kein Kapitän. Da ist überhaupt niemand im Steuerhaus.«

Chrissi konnte nicht anders. Obwohl seinem Wahlkampf eine Katastrophe drohte und obwohl Karl auf ihn einschrie, scannten seine Augen den Raum nach dem Fußkettchen von eben oder nach den Vietnamesinnen, die angeblich irgendwo herumspukten, oder nach der einen Kellnerin. Die so spröde war und irgendwie wild. Aber Karl schrie und machte die Tür hinaus zum Wasser auf und frische Luft kam herein und Karl hatte ja mit allem Recht. Es wäre einfacher gewesen, wenn der Landrat vor aller Augen ins Wasser gefallen wäre. Aber jetzt solle Chrissi sofort mit dem Kapitän und dann zu den Gästen sprechen. Bevor jemand das hinaustwitterte. Seine Prioritäten zeigen, empathisch sein und als Macher rüberkommen. Chrissi schob das Kinn nach vorn, was Karl beruhigte. Aber Chrissis Aufmerksamkeit war mit etwas ganz anderem beschäftigt. Es war der Kopf einer jungen Frau, der in diesem Augenblick unter die Tischplatte der Ehrengäste tauchte. Der Kopf konnte asiatisch sein, oder auch nicht. Chrissi hatte sofort das Gefühl, das gesehen und auch nicht gesehen zu haben. Er öffnete den Mund und hielt Karl fest. Er hatte ein Gefühl, als hätte er soeben eine optische Täuschung durchschaut. Wie die Bilder, in denen man irgendetwas anderes sehen soll, wenn man ein wenig schräg daraufschaut, und in denen Chrissi sonst nie etwas sah. Nie etwas sah – sieh etwas nah, reimte sein Spielhirn gegen seinen Willen. Er öffnete den Mund noch weiter und schaute in den Raum, dessen Mitte die Tanzfläche bildete. Ein billiger und stampfender Beat kam aus den Lautsprechern. Die gepflegten Jazzer hatten ihre Instrumente liegen lassen und machten Pause. Es tanzten alte Leute, Foxtrott mit steifen Knien. Die faltigen Männerhände weniger auf als im Hintern der Tanzpartnerin. Sein Blick fiel zwischen dem Mikrofon und dem Saxofonständer hindurch zu den Tischen der Markomannia, Stuhlbeine, Tischdeckenfransen, alles verdoppelt in den Spiegelelementen der Wandverkleidung. Und da, fast hätte er es übersehen, da war es wieder. Gleichzeitig zu sehen und nicht zu sehen: Dort hinten wurde gefickt. Gefickt vor aller Augen, wenn auch im hintersten und schattigsten Winkel. Aber sichtbar und unzweifelhaft, eine Frau auf einem der Männer, naja, Männer, aber jedenfalls kein Zweifel, was da vor sich ging. Daneben saß noch einer, das farbige Mützchen auf dem Kopf, und wackelte vor sich hin. Auf dem Klo, das hatte Chrissi schon erlebt. Nachts draußen auf dem Aussichtsdeck auch. Aber hier drinnen, vor aller Augen? Andererseits, vor wessen Augen?

Der einzige Tisch, der noch voll besetzt war, waren die Frauen mit Funktionen, die ihre Köpfe in der Mitte zusammensteckten, so eng, dass sich ihre Stirnen berührten.

Am Honoratiorentisch nur noch zwei Männer. Einer der beiden schaukelte ebenfalls vor sich hin wie ein Theaterstatist, der Autobus spielt. Als gäbe es nichts Besonderes zu sehen, winkte der andere mit seinem Glas. Die Kellnerin war da. Die eine, die Wilde. Chrissi sah sie an und sie sah Chrissi an. Sie griff nach einem Tablett auf dem Schanktisch und stellte dem Mann am Tisch irgendein Glas hin, ohne den Blick von Chrissi zu wenden. Der Mann nahm das Glas am Stiel ohne die Kellnerin anzuschauen und schielte weiter zu seinem Tischnachbarn hinüber. Die Wilde hielt den Blick bei

Chrissi. Es war aufregend, aber er wusste nicht, welche Art Aufregung das war.

In diesem Augenblick huschte ein Schatten hinter Karl vorbei, durch die Ausstiegsluke hinaus und hinauf aufs Aussichtsdeck.

Chrissi und Lore rannten fast gleichzeitig los, die Treppe hinauf.

Von oben, in der Dunkelheit dröhnte Lore das rhythmische Wummern des Schiffsantriebs entgegen. Noch auf der Treppe zum Aussichtsdeck fand sie verstörte Gäste, Männer und Frauen, orientierungslos. Florentino war nach achtern abgebogen. Lore atmete einmal tief, dann noch einmal, dann lief sie in die andere Richtung, nach vorne, zum Bug. Über dem Fluss war es stockfinster und auch an beiden Ufern kaum ein Licht. Es war unmöglich, zu sehen, wo das Schiff fuhr. Lore zog ihr Telefon aus der Tasche und leuchtete nach links und rechts zwischen die Tische.

Auf dem Boden, in den Stühlen, auf den Tischen, überall lagen Männer. Alte und junge, dürre und fette, manche völlig nackt, andere bloß mit den Hosen auf den Knien. Sie stöhnten, zuckten, wanden sich. Und da waren die Schatten. Lore fand sie in der Dunkelheit und im eisigen Licht des Telefons nicht sofort. Aber dann, nachdem sie sie einmal gesehen hatte, sah sie sie überall. Wie als Kind die Spinnen abends in der Gartenlaube. Es ist, als wären sie nicht da, bis man sie sieht, und dann sieht man sie überall. Spinnen auf dem Boden, Spinnen hinter dem Rücken, Spinnen von oben und unter dem Tisch. Über jedem Mann kniete eine der schattenhaften Frauen. Sie ritten auf Männern im Anzug, knieten zwischen den zuckenden Knien eines der Jünglinge, bewegten sich auf dem Aussichtsdeck wie große, dunkle Silberfischchen.

Am anderen Ende des Decks, achtern, sah Lore das Taschenlampenlicht von Florentinos Hand. Die großen Silberfischchen glitten durch die Nacht auf ihn zu.

»Willst du?« Die Stimme kam aus der Nacht, aber sie klang wie das Echo in einem Gewölbe. Lores Bewusstsein sah die Gestalt später als ihre Augen. Sie saß direkt zu ihren Füßen neben einem nackten Männerkörper, dessen Schwanz sie in der Hand hielt. Der Schwanz war prall und steif, die Bauchdecke flog auf und ab. Die Frau war schön. Ihre Augen fielen Lore auf, sie waren irgendwie kirgisisch, vielleicht tibetisch, aber Lore erkannte, dass es in Wahrheit überhaupt nicht die Augen eines Menschen waren. »Willst du?«, fragte die Gestalt noch einmal.

Lore verstand nicht. Sie schaute auf den nackten Mann. Er schien kurz davor zu sein, jeden Moment musste er kommen, mit dem Schwanz im Griff der unmenschlichen Hand. Da schaute das Wesen ihr in die Augen. Es bestand zum größten Teil aus Dunkelheit, aber ein Teil von ihm war tatsächlich eine Frau. Lore erwiderte den Blick. Bei allen Frauen hatte sie Bitterkeit gefunden. Aber nicht hier. Ihr Angebot war frei und aufrichtig. Von einer Bestie zur anderen.

»Du willst nicht?« Das Wesen war nicht enttäuscht. Was immer es eigentlich angeboten hatte, Lore hatte es nicht angenommen. Also tat es jetzt selbst, wozu es an Bord gekommen war.

Andere der insektenhaften Frauenwesen waren etwa gleichzeitig so weit. Lore sah überall auf dem Aussichtsdeck Männer, die sich stöhnend zum Höhepunkt zusammenzogen und im selben Augenblick zerrissen wurden, buchstäblich in

Stücke gerissen von den schlanken schattenhaften Händen an Armen, die jetzt wie die Werkzeuge von Krebsen arbeiteten. Mechanisch und mühelos teilten die Frauen die Körper in Fetzen, die sie über die Reling in die Finsternis des Flusses schleuderten. Lore fiel auf, wie viel mehr von den Schattenwesen hier waren als Männer. Die meisten, schloss sie daraus, hatten ihre Arbeit schon getan und glitten jetzt bald zurück in den Fluss. Denn woher sonst sollten sie stammen?

Lore hatte kein Mitleid und spürte weder Schrecken noch Angst. Einen Augenblick schwankte sie zwischen zwei Entschlüssen. Sie konnte in einem Liegestuhl darauf warten, dass das Schiff gegen die Schleusentore von Jochenstein krachte. Oder sie konnte jetzt ins Steuerhaus gehen und etwas dagegen tun.

Chrissi leuchtete mit dem Handy in die Dunkelheit und den Wind. Es schien neblig geworden zu sein, er konnte überhaupt nichts erkennen. Wieso war er heraufgekommen? Hier war nichts zu sehen. Das Schiff begann zu schwanken, als wäre es auf dem Meer. Und ohne zu wissen, warum, wurde Chrissi von einer überwältigenden sexuellen Erregung ergriffen, wie er sie nicht mehr gespürt hatte, seit er Ministrant gewesen war. Das musste mit ihr zu tun haben, der Wilden. Er erklärte sich für geil auf diese Kellnerin. Aber er ahnte, dass das nicht alles war. Trotzdem machte er sich auf nach vorne, wo sie war. Er musste ohnehin ins Steuerhaus, den Kapitän ins Bild setzen. Davon, dass diese Fahrt grausam schiefgegangen war. Einer musste es ihm sagen, fand Chrissi.

Als er das leere Steuerpult sah, kein Kapitän, kein Offizier, mit dem Radarbildschirm, auf dem am oberen Rand bereits das Stauwerk zu sehen war, das näher und näher kam, auf dem Bildschirm weiter und weiter nach unten rückte, da verstand Chrissi, dass die überwältigend starke Erregung nicht nur keine Geilheit war: Sie war Angst. Schon als Ministrant hatte er die beiden Gefühle nicht auseinanderhalten können. Er trat ins Steuerhaus, um irgendetwas zu tun. Es musste doch einen roten Knopf geben, Notabschaltung, emergency stop, es gab doch immer einen roten Knopf.

Eine samtene Hand hatte gleichzeitig seine Kehle und seinen Schwanz gepackt, bevor er dem Steuerpult auch nur nahekam. Er wehrte sich nicht. Whatever the cost, das hier war es wert. Warum die Fahrt jetzt abbrechen?, sagte sein Spielhirn, das wäre eine Art Verbrechen, und spielte immer noch: Fahrt abbrechen – Art Vabrechen. Nein, nicht aufhören, du musst bis zum Ende dabei sein. Dabei sein, da sei Bein. Er stand, rückwärts gegen das Steuerpult gestützt und sah mit einem Mal in der spiegelnden Dunkelheit des Fensters die Fassade des Zisterzienserklosters aufleuchten. Das Ufer war nah, Chrissi sah alles vorbeigleiten. Der Anleger mit seiner Terrasse, feierlich gedeckte Tische, das fromme Personal, sie blickten einer neben dem anderen irritiert dem Schiff hinterher.

Eine raue Hand griff nach dem Steuerhebel, der neben Chrissi aus dem Schaltpult ragte. Jemand schrie: »Anhalten! Wir müssen anhalten!« Karl, Karl, Retter in der Not. Aber jetzt noch nicht retten, lieber Karl, dachte Chrissi, jetzt noch nicht. Aber ihm war auch klar: Wenn das das Kloster war, dann waren die grellen Lichter, die jetzt hinter ihm aufschienen, das Stauwerk. Er wandte den Kopf und sah die geschlossenen Schleusentore schwarz im Licht der Natriumlampen. Das Schiff lief in voller Fahrt darauf zu. Chrissi versuchte, wieder klaren Kopf zu bekommen, um seine Lage zu verstehen. Hier schlugen endgültig die Wellen in seinen Kopf zusammen. Die Wirklichkeit und das, was sein Gehirn daraus machte, dazu noch ein saugender Strudel aus Gefühlen, das alles verhedderte sich zu einem Knäuel, und das war alles, was er von seiner Lage sagen konnte.

Karl hatte den Steuerhebel fest in der Hand. Dankbar gab Chrissi die Verantwortung ab. Karl würde irgendetwas tun. Irgendwas. Oder würde er nicht? Karl schrie, aber er schrie nicht mehr »Anhalten!«, er schrie anders, und Chrissi schaute hin und was er sah, erstickte alles, was er gerade noch empfunden, gedacht, gesehen hatte.

Was werde ich tun, wenn ich da bin und sie mich hindern, dachte Lore. Sie tastete nach dem Küchenmesser. Nein, sie würde den Schattenfrauen nicht in die Quere kommen wollen. Inzwischen war der Wind auf dem Fluss so stark geworden, dass Lore mit dem Arm vor dem Gesicht gegen ihn ankämpfen musste. Es waren nur zwanzig Meter bis zum Steuerhaus.

Ihr entgegen kamen zwei, nein drei Jungs von dieser Burschenschaft, Marco-Mania oder wie sie hieß. Sie bildeten, aneinandergestützt und bierschwankend, ein sechsbeiniges Wesen, das breit genug war, um ihr den Weg zu versperren. Aber das würden sie nicht tun, dachte Lore. Zu einem Raubtier hatte das armselige Mischwesen nicht das Zeug. Oder täuschte sie sich? Nein, das war nur ein Klumpen von Idioten. Aber das wussten die drei Gehirne dieses Wesens offenbar nicht. Sie fanden sich wunderbar. Lore erkannte: Sie wollten sie! Alle drei streckten die Hand nach ihr aus. Es war jämmerlich, ein Blick hätte genügen müssen, sie in die Schranken zu weisen. Aber sie schauten nicht nach ihrem Blick, bloß zwischen ihre Beine, auf ihre Brüste. Dieses Wesen hatte den ganzen Sex um sich herum gesehen und wollte jetzt auch seinen Teil. Lore schrie: »Weg da! Kusch!!« Es bewirkte nichts. Im Gegenteil, als sie geschrien hatte, sank das Wesen halb auf die Knie vor Geilheit. Lore zog das Küchenmesser. »Wer mich anfasst, kriegt das Messer«, schrie sie. Aber das Trio kroch weiter auf sie zu und einer der Arme war gleich an ihrem Bein und krabbelte den Schenkel hoch, während ein anderer Arm an ihren Fingern zog. Zwei weitere Hände waren dabei, eine der drei Hosen zu öffnen. Vielleicht waren die drei kein Raubtier, aber sie waren stark und ohne Verstand und in so einem Zustand ist auch ein Kamel gefährlich, schoss es Lore durch den Kopf, und ein Kamel ist auch kein Raubtier. Ohne weitere Warnung hob sie ihr Messer.

Chrissi wandte den Blick nicht von Karl. Nur im Augenwinkel kriegte er mit, dass die Kellnerin im Eingang zum Steuerhaus angekommen war. Sie stand hinter Karl und rief irgendetwas, dass er den Weg freimachen sollte. Aber wohin denn, um Gottes Willen, dachte Chrissi. Sein Grauen wurde noch verstärkt durch die Samtfinger, die weiter an ihm arbeiteten, sinnlos, wie die Herzmassage an einem Toten. Das Knäuel in Chrissis Kopf war stärker als die Samtfinger. Die Augen starr auf das gerichtet, was mit Karl passierte, wand Chrissi sich in Ekel vor den Händen auf seinem Körper. Wo ist der emergency stop? Nichts Rotes, außer dem großen Griff, der über dem Steuerpult herabhing. Er sah die Kellnerin an, ob vielleicht von ihr Rettung zu erwarten war. Aber sie schaute nur nach unten, auf Karl. Erst jetzt sah Chrissi, dass ihre Arme rot waren, wie in Blut gebadet. Sie schaute auf Karl, der immer noch schrie, zu ihren Füßen. In diesem Augenblick fragte sich Chrissi, ob er je die Energie aufbringen würde, diesen Griff zu ziehen. Erst, als die Kellnerin ihren Arm hob, fand er irgendwo einen losen Faden im Knäuel. Er packte den Griff. Mit der Entschlossenheit, die dem wohl ansteht, der sich für ein Regierungsamt bewirbt, zog er mit der ganzen Kraft seines Armes daran. Aber das war nicht der emergency stop.

Bruder Norbert stand, einen Kasten Holundersirup auf die Oberschenkel gestützt, einige Meter vom Ufer entfernt auf der Klosterterrasse. Als das Schiff am Anleger vorbeizog, war er stehengeblieben und hatte ihm nachgeschaut. Dabei machte er ein dummes Gesicht. Wenn man Jahre unter einem Schweigegebot lebt, gewöhnt sich der Mund so etwas an. Vor allem, wenn man beim Schweigen arbeitet. Ein Laienbruder wie Bruder Norbert hatte nicht so viel Gelegenheit, sich ernste Denkermienen anzugewöhnen. Ihm legte man keine theologischen Schriften vor, aber auch keine Jahresbilanzen. Bloß so etwas wie heute. Paletten mit Getränkekisten. Es kann also sein, dass ihm ein wenig die Kinnlade nach unten klappte, während er der Lamia nachschaute. Als sie dann aber in voller Fahrt und Festbeleuchtung unter Tanzmusik auf das geschlossene Schleusentor losging und dann im letzten Moment auch noch das Nebelhorn und die Paradehupe ertönen ließ und unter diesem dramatischen Klang tatsächlich gegen den meterdicken Stahl krachte, da sperrte der Laienbruder den Mund und die Augen völlig auf. Aber er schwieg, getreu seinem Versprechen, weiter, zunächst mit offenem, dann auch wieder mit fromm geschlossenem Mund. Er nahm den Kasten Hollersirup wieder hoch, der ihm unter die Knie gerutscht war und jetzt an seinen Schultern zog. Das Geschehene war zwar, wie er fand, durchaus ein Anlass, der einen Bruch des Schweigens erlaubt hätte. Hätte. Aber diejenigen Brüder und Patres, die wegen ihrer Arbeit im Service und in der Leitung ohnehin bereits vom Schweigen entbunden waren, gaben ja bereits genügend Wörter von sich und Mitteilungen und Alarm und Schreie. Da musste er nicht auch noch den Senf dazu geben, der ihm auf den Lippen gelegen hatte: Oh mein Gott leck mich am Arsch, war er drauf und dran gewesen zu schreien. Als sein Mund vollends wieder zu war, war Bruder Norbert zufrieden mit seinem Gehorsam, aber ihm war, seit er nicht geschrien hatte, nicht ganz wohl, wie jemandem, der in einem zu kleinen Bett lag.

Die Kraftwerksfeuerwehr war schnell mit einem Boot zur Stelle. An Land dann, auf der Klosterterrasse und im Ufergras daneben, eine Dorffeuerwehr und ein ländlicher Notarzt. Wärmedecken und Beruhigungsmittel. Später die Wasserwacht und die Strompolizei, um vergeblich nach den sechzehn Vermissten zu suchen. Und Presse natürlich. *Ein schwarzer Tag – die Donau trauert. Abgeordneter Christian »Chrissi« Florentino überlebt Schiffsunglück.* Und so weiter.

Menschliches Gewebe wurden einige Tage später aus dem Fluss gefischt, das gerichtsmedizinisch dem Sekretär des Abgeordneten Florentino zugeordnet werden konnte. Die Leichenteile wurden dahingehend interpretiert, dass der Sekretär in die Turbine des Kraftwerks geraten und dort gewissermaßen zerhackt worden sei. Als jemand den Einwand erhob, dass der Sekretär ja diesseits, also oberhalb des Stauwehrs und damit der Turbine gefunden worden sei, erklärte ein Ingenieur, es könnte nur so gewesen sein, dass das zerhackte Gewebe in einer Kehrströmung in das nach flussabwärts geöffnete Schleusenbecken gespült und bei der Einfahrt eines die Schleuse passierenden Schiffes mit dem verdrängten Wasser wieder gegen die Flussrichtung hinausgedrückt worden sei. Das wurde als plausibel angesehen.

Am Ortseingang, neben dem gelben Schild mit dem Namen der Stadt. Die gefühllosen Geschosse aus Blech rauschen vorbei. Unterhalb der Böschung rauscht der Fluss, viel leiser. Zwischen Fahrbahn und Wasser erstreckt sich ein gottverlassener Streifen staubiges Gras und Müll, angespült oder aus vorbeirasenden Fenstern geworfen. Ein Auto hält an, eine Frau steigt aus. Sie setzt einen Fuß auf die Oberfläche des Mondes, so sieht es aus. Sie macht Atemübungen. Formt ein *o* und verlängert die Ausatmung. Dann legt sie einen kleinen Strauß Blumen auf das staubige Gras. Zögert, nimmt das Sträußchen wieder hoch und legt es doch wieder ins Gras, als würde sie ein Haustier oder ein Kind hier aussetzen. Schließlich tritt sie den Strauß mit dem Fuß Richtung Ufer. Sie gibt der schwarzen Schrift auf dem gelben Blech des Ortsschilds einen Stoß mit den Fingerknöcheln. Dann holt sie aus und versetzt der Stadt einen Schlag mit der Faust. Das Schild schwingt nervös ein paar Mal auf seinem Stahlrohr hin und her, dann steht es wieder still. Die Hand der Frau ist aufgeschürft und blutet. Sie wird anschwellen und blau werden, aber das wird vorbeigehen. Auf dem Ortsschild bleibt der Abdruck ihrer Faust im Schmutz über den schwarzen Buchstaben. Dieser Abdruck wird bleiben, für immer, auch wenn niemand davon Notiz nehmen wird. Genauso wie die Reifenspuren, deren Anfang das letzte Erschrecken markiert, und deren Ende den Anfang von Lores Verzweiflung. Wie die Splitter im Boden, unter dem Gras, verteilt auf die Fläche einer Kinoleinwand. Wie die Fußspuren von Astronauten und die herumliegenden Reste der Spielzeugautos, die im ganzen Sonnensystem verstreut sind.

Der kleine Strauß rollt immer noch die Böschung hinunter, kippt noch einmal über seine größte Blüte und rutscht ins Wasser. Er schwimmt. Er schwimmt mehr als eine Minute, bis die Strömung ihn erfasst und zu den Strudeln hinausträgt. Mit einem Ruck verschwindet er in den Wellen.

UNTERWASSERKRAFTWERK

In der Gemeinde Salzweg, nördlich der Stadt Passau wird die Ilz zum »Stausee Oberilzmühle« aufgestaut. Umgeben von der Natur kann man sich hier erfrischen und die Seele baumeln lassen. Die großzügige Liegewiese lädt zum Verweilen ein, auch Umkleiden sind vorhanden. Vom Schwimmsteg aus lässt es sich an einer Leiter bequem ins Wasser steigen.

Tourismus-Broschüre: »Der Bayerische Wald – erfrischend natürlich«

1971 – DAS JAHR DER VIERTEN MONDLANDUNG

Seit Mittag peitschen Regen und Sturm die Adria. Im Traum ist dem alten Mann unbehaglich, das kann man von außen sehen. Die Kellnerin schaut ihn an und denkt sich, wie weit er gefahren ist, um ein paar Tage am Meer zu sein, und dann schläft er dauernd. Und zuckt und grunzt und windet sich.

Der alte Mann ist der Kassier des Gesangsvereins »Eisenbahner«. Oder der Schriftführer? Seit so vielen Jahren ist er in irgendeiner Funktion im Vorstand. Jetzt sitzt er umgeben von seinen Vereinskameraden in der Hotelbar und träumt, er sei, wo er lieber nicht wäre. Aber er denkt im Traum, dass er sich nicht so anstellen soll. Es sei, träumt er, eben der Platz, wo er eben sei, ganz einfach. Sein Platz. Und was da zu sehen ist, ist doch auch nur etwas irgendwo in der Welt. Auf das eben der Blick fällt wie auf alle möglichen, anderen Dinge. Mauer, Boden, Dinge in der Nacht. Ein Anblick wie andere Anblicke. Kein Grund zur Panik. Er muss lachen, verschluckt sich beim Schnarchen und wacht auf, indem er sofort losredet »Heil Hitler und herzlich willkommen bei der SS.«

Die anderen Gäste schauen pikiert, sagen aber nichts.

Es ist die Hotelbar im Majestic. Orangefarben gepolsterte Drehsessel aus beigem Plastik. Draußen am Strand hausen seit vorgestern Hippies. Herr Sammer, Tenor, Glasauge kann sich darüber nicht beruhigen. Das ist nicht mehr der Strand, den man gekannt habe, jetzt, wo die Gammler angekommen seien. Herr Rösner, Bariton, winkt mit dem schwarzen Griff des Gehstocks. Nicht mehr der Strand? Es sei überhaupt nicht mehr das Land, das man gekannt habe. Auch sei nicht einzusehen, wieso die jungen Männer nicht zum Friseur gingen. Friseur, da sei doch nichts dabei. Man könne doch auch rasiert und mit einem anständigen Haarschnitt anderer Meinung sein. Die Meinung sei ja nicht das Ärgernis, aber die Bärte. Ja, die Bärte, wirklich ärgerlich. Es nicken alle. Die elektrische Heizung macht mehr Geruch als Wärme, die Panoramascheiben sind angelaufen, an den Füßen zieht es von der Tür her.

Der Kassier ist wieder eingeschlafen. Er schläft mehr als er wach ist und sagt dauernd »Heil Hitler«. Man wird sich bald nach einem anderen Kassier umschauen müssen.

Ja, aber es sei doch erstaunlich. Eine Erfolgsgeschichte. Am Anfang nur das Pula, das Punta und das Luna. Mit dem gemeinsamen Speisesaal, wo früher der Kiosk war. Und dann haben sie das Stella Maris gebaut. Und dann die Taverne, wo früher das Minigolf war. Und vor zwei Jahren das Majestic. Das sei doch eine Leistung, meint Herr Rösner. Respekt. Und jetzt muss man sich das Getrommel und die Langzotterten ... »Das ist nicht mehr mein Portorož. Das ist nicht mehr mein Jugoslawien. Das ist nicht mehr mein Sommer. Da bleib ich daheim.«

»Nein«, schreit der Kassierer im Traum. »Nein!«

1944 – IHR WELLEN, KÖNNT IHR NICHTS ALS RÄDER TREIBEN?

Na, dann gute Nacht, Großdeutschland, leck mich am Arsch und so weiter. So was kann man nicht Jedem sagen. Er fährt fort dem Reichsarbeitsdienst-Kameraden von seiner Heimat vorzuschwärmen. Nirgends bessere Sommer. Nirgends nettere Mädchen. Der neue Staudamm. Wunderbar könne man in dem See, der oberhalb entstanden sei, schwimmen. Er erzählt, das Land darum herum sei wie verwunschen. Beschauliche Waldhänge, Felswände, Einsamkeit am murmelnden Flussufer und Abenddämmerungen auf sonnengeladenen Felsen. Im Waldschatten liegen, am Flussufer, am Badestrand, im glänzenden Gras zwischen den wiegenden Köpfen der Wiesenblumen, den Mädchen zuschauen, wie sie ins kalte, schwarze Wasser steigen mit Gänsehaut und Quietschen und wie sie wieder herauskommen mit straffer Haut im nassen Badeanzug, in Perlen von glitzernder Kälte gegen die Sommersonne. Ein Paradies und dazu Brotzeiten mit Radieschen in einem wunderbaren Wirtshaus nahebei, dem Goldenen Anker.

Vom Bahnhof bis zu seinem Elternhaus redet Florian beim Gehen. Er und der RAD-Kamerad melden sich kurz und schwitzend bei Florians Familie, holen zwei Fahrräder aus dem Schuppen und radeln die halbe Stunde unter der stechenden Sonne aus der engen Stadt hinaus. In der Freitagmittagshitze ist nicht mehr viel Betrieb in den Straßen. Man hört Zirpen. Sonst nichts. Ganz gelegentlich und weit weg ein Motor. Dann kommt das Flussufer. Ein kleiner Fluss: Man kann einen Stein ans andere Ufer werfen, nirgends tiefer als bis zum Gürtel. Waldschatten, Steilhang. Florian schwärmt wieder: Von dem Wirtshaus, das sie gleich erreichen werden, nach der nächsten Flussbiegung. Ein Wirtshaus wie in einem Schubertlied.

Aber dann, nach der nächsten Biegung. Florian Barthel, der ein Schubertlied erwartet hat, aber auf einmal Wachposten und Unrathaufen am gegenüberliegenden Ufer, Stacheldraht, Holzhütten und Militärfahrzeuge auf einer großen Fläche dahinter. Ganz im Hintergrund ein Haus. Neben und über allem ein gewaltiges Zelt aus Beton. Der Staudamm.

Ob es das Wirtshaus noch gebe, fragt Florian. Er und der RAD-Kamerad zittern. Weil sie nicht wissen warum, denken beide, es ist die Ehrfurcht vor dem Beton, vor der Größe des Ganzen. Sie reden nicht davon.

Natürlich gibt es das Wirtshaus noch.

Sie dürfen die Abkürzung durch das Lager nehmen, um

dorthin zu kommen. Die Wachen sind stolz, obwohl sie noch nicht die schwarze Uniform bekommen haben. Sie haben die Abzeichen in der Hosentasche, bloß noch nicht aufgenäht. Alle wischen sich andauernd den Schweiß von der Stirn.

Florian will eigentlich, dass sie erst schwimmen gehen und erst danach ins Wirtshaus. Aber die Genehmigung, durchs Lager zu gehen, fühlt sich an wie eine Verpflichtung und der RAD-Kamerad und er steuern das Wirtshaus an.

Beide schauen nicht links und nicht rechts, wie sie durch das Lager gehen. Auch nicht auf den Boden zu ihren Füßen. Sie laufen direkt auf das Wirtshaus zu, die Augen nach vorne wie Lokomotiven. Ein kleines, geducktes Haus, an dessen einem Eck direkt der Stacheldrahtzaun des Lagers beginnt. Wo einmal ein kleiner Biergarten gewesen ist, liegen jetzt Ölfässer und Holzpaletten mit Säcken und Bündeln. Es gibt keinen Schatten, die zwei Tische darauf sind leer. Rauch und Fettdunst dringen ins Freie. Die beiden Burschen werden eingeladen, hineinzukommen in die rauchige und fettige Gaststube. Die Einladung ist in einer Tonart ausgesprochen worden, der sie nicht widersprechen können. Wie wenn der Lehrer etwas sagt. Oder wenn der Pfarrer etwas sagt. Etwas, das man hört und bei dem man dann nicht mehr so tun kann, als hörte man es nicht. Etwas, das Anspruch an dich hat. Das haben sie schon als kleine Kinder gelernt: Diese unerbittliche Väterlichkeit, diese gut gelaunte Gnadenlosigkeit. Man stellt Bierkrüge vor sie hin.

Wenn Florian und der RAD-Kamerad die Krüge absetzen, rückt jedes Mal einen Moment das Fenster in den Blick. Bis das nächste Bier kommt, versuchen sie, etwas von draußen zu verstehen. Aber was hereindringt, ist dumpf und sie reden miteinander nicht davon. Draußen hämmern sie, sie schieben Paletten über den Kies, sie rufen Baustellenrufe. Florian erkennt die Sprachen nicht. Durch die fettigen Fensterscheiben und den Rauch werden keine Gesichter deutlich, nicht einmal jemandes Gewand oder Statur. Nur manchmal sind Gestalten zu erkennen, wenn sie ganz nah außen am Fenster vorbeigehen, ganz plötzlich so nah, dass Florian erschrickt und den Blick abwendet, zum Kameraden oder ins Bier. Mehr ist nicht zu sehen.

Später, Stunden später, aus dem Baden ist nichts geworden, es gab immer mehr Bier, später holt sie ein Offizier. In der letzten Abenddämmerung führt er sie eine aus Stahlrohren geschweißte Treppe hinauf auf die Dammkrone. Dort ragen noch die Eisenstangen der Armierung aus dem Stahlbeton, sie müssen vorsichtig gehen, um nicht im Fallen aufgespießt zu werden. Im Licht von Taschenlampen werden sie über den Damm und ans andere Ufer geführt. Rechts von ihnen die spiegelglatte Fläche des Stausees, links der Abgrund, aus dem sie heraufgestiegen sind. Da unten in der Tiefe jetzt das Wirtshaus in der wie im ganzen Reich befohlenen Verdunkelung. Am anderen Ufer weist man sie auf einen Pfad durchs Dickicht. Er geht steil bergauf, bis sie wieder an einem Abgrund stehen. Die Kegel der Taschenlampen zeigen ins Dunkel. Sie blicken in den Steinbruch hinunter. Das Licht erreicht kaum den Boden, schneidet einen Brunnenschacht aus der Nacht. Sie erkennen Menschen. Sie steigen hinunter.

»Heil Hitler und herzlich willkommen bei der SS.«

Der RAD-Kamerad schreckt beim Gehen hoch, als hätte er geträumt. Der Mann in der dunklen Uniform redet weiter, offenbar froh, Zuhörer zu haben. »Wir schlagen hier den Funken der Elektrizität aus dem Granitschädel dieses brunzdummen Landstrichs. Bauen ein Kraftwerk, damit der scheiß Staudamm zu was gut ist.«

Der Mann in der dunklen Uniform kommt ganz nah heran und klingt für einen Moment schelmisch: »Nicht bloß dazu, dass die Burschen im Sommer ein paar Ärsche im Badeanzug anglotzen können. Ein paar magere Dienstmädelärsche!« Und wieder militärisch: »Sondern Strom, Licht, Energie, Produktion, Industrie. Für den Sieg! Ihr wisst ja, Räder müssen rollen und so weiter.«

1954 – DIE HEIMKEHR DER ZEHNTAUSEND

Auf der abgewandten Seite fällt der Hügel steil hinunter in ein kleines Flusstal, das durch einen Staudamm abgesperrt ist. Dichter Wald an beiden Ufern. Die Dammkrone auf Höhe des Hügels. Unten summt ein kleines Kraftwerk. Eine lange, steile Eisentreppe führt dorthin. Zwischen hier und dem Flussufer erstreckt sich eine große, leere Fläche aus verdichtetem Schotter und Sand.

An den Rändern der Fläche überwuchern Brennnesseln und Brombeeren die rostenden Überbleibsel von Maschinen, deren Zweck nicht mehr auf den ersten Blick sichtbar ist. Der Klang von Insekten und Vögeln flimmert über Hügel, Schotterfläche, Dornengestrüpp und Ufer. Die zwei Buben lassen die Fahrräder am gegenüberliegenden, dem schattigen Ufer an den moosigen Erlen lehnen. Oben am Stausee spüren sie den Wind über der Wasserfläche. Ein Geruch von Waldboden, nassem Holz, Fisch und Freiheit. Es ist noch nicht ganz Mittag und so sind sie die einzigen am Ufer. Das Wirtshaus ist ein wenig entfernt, von Bäumen verdeckt und ohnehin noch geschlossen. Ein stilles Gebäude, stumm wie eine Ruine zwischen den Holunderbüschen und den jungen Bäumen. Erst am Abend wird der Männergesang dumpf durch die Wände dringen und herausplatzen, wann immer jemand die Tür aufmacht oder ein Fenster zum Lüften. Aber am Mittag gibt es keine Erwachsenen.

Als die Buben die Hemden ins Gras fallen lassen, brennt die Sonne auf den Schultern. Schweiß, wie Tautropfen auf Rhabarberblättern, glänzt auf ihren Rücken, perlt in winzigen Rinnsalen ab und hinter den Rand der kurzen Lederhosen. Beide haben es eilig in das kalte, schwarze Wasser zu steigen. Die Badehosen liegen schon im Gras. Aber keiner will als erster die Hosen herunterlassen.

»Gehen wir nackt?«, fragt der eine. Der andere lacht. »Traust dich nicht?«, fragt wieder der eine. »Du traust dich doch selber nicht.« »Wenn du meinst«, sagt der erste. Dann schauen beide nach verschiedenen Richtungen in die Ferne. Sie schauen sich nicht dabei zu und sehen einander doch genau, als sie die Lederhosen gleichzeitig ins Gras gleiten lassen. Auf der Fahrt haben die Ledersäume die Oberschenkel wundgescheuert. Beide Buben haben den gleichen roten Streifen über beide Beine.

Das Wasser ist eiskalt und schwarz. Sie steigen schweigend hinein und konzentrieren sich auf ihre Füße zwischen den

Steinen. Erst als sie die Schultern nassmachen, fangen sie an zu quietschen und zu plappern. Sie schwimmen aus dem Stand los, die Beinarbeit krampfhaft. Denn hinter den Steinen kommt Schlamm und keiner von beiden will den Schlamm an den Füßen spüren. Als sie weiter auf die glatte Wasserfläche hinausgeschwommen sind, atmen sie ruhiger und schwimmen entspannter. Denn hinter dem Schlamm kommt die Tiefe.

1958 – EXPEDITION INS UNBEKANNTE

Als er vom Keller in die Wohnung zurückkam, redete der Fernseher im leeren Zimmer vor sich hin. Er bekam augenblicklich Angst. Als dürfe das nicht sein, ein Apparat allein in einem Raum. Als würden die Worte aus dem Fernseher, weil sie niemand gehört hatte, verdorben im Zimmer hängen, auf der wütenden Suche nach einem Zuhörer. Die ganze Wohnung war ihm noch nicht ganz geheuer. Vielleicht, denkt er, war es ein Fehler, hierher zu kommen, anstatt nach Hause. Aber so viele Jahre Gefangenschaft haben es unmöglich gemacht, dorthin zurückzukehren. Hier war das Land, von dem Florian so geschwärmt hat, das verwunschene, das märchenhafte. Warum es nicht hier probieren. Jetzt war doch kein Krieg mehr, gute Nacht Großdeutschland, kein RAD und nix. Er konnte eine Tür hinter sich zumachen. Bloß dieser Apparat, der in dem Zimmer wütete, sobald er ihm den Rücken zudrehte, der war unheimlich. Als er in seinen bläulichen Schein trat, fesselte ihn aber doch, was er da sah. Hans Hass planschte im Roten Meer. Es ging um Kraken, wie sie lebten, liebten, die Farbe wechselten, ihre Tinte absonderten und auch wie sie vielleicht, aber niemand wusste, ob das wirklich so war, zu riesigen achtarmigen Monstern angewachsen, in der Dunkelheit von tausenden Metern Tiefe auf Leben und Tod mit Pottwalen rangen. Er drehte den Fernseher lauter und griff in die Erdnüsse. Er hob das Sektglas, schaute durch die aufsteigenden Perlen in das zuckende Licht des Fernsehers und sagte, ganz leise: »Prost«.

Moritz, der Junge mit dem Sonnenbrand an den Schultern, ein Stockwerk tiefer, war gern allein zu Hause, solange es hell war. Aber sobald es draußen dunkel wurde, warfen die Schatten und Geräusche in der Wohnung misstrauische Fragen auf. Moritz war sich dann nicht sicher, ob die Wohnung wirklich sein Freund war. Als seine Mutter nach dem Essen fortgegangen war, zur Arbeit, gegenüber, da nahm er im selben Moment, in dem die Tür hinter ihr ins Schloss fiel, das Knacken und Ticken wahr, das ihn mit einem Mal umgab. In zahllosen Hohlräumen hinter Ecken und unter dem Boden dehnte sich erwärmte Luft und altes Holz, die Gespenster des plötzlichen Schweigens, als hätte Moritz sie durch sein Lauschen geweckt, und sie streckten sich jetzt, bevor sie sich an ihr Werk machten. Was immer das auch für ein Werk war.

Moritz war, wenn es dunkel war, nicht so gerne allein zu Hause, gerade weil er das Gefühl hatte, eben nicht allein zu sein. In solchen Momenten gab Moritz seinem Drang nach, zur Wohnungstür zu huschen und durch einen schmalen Spalt, nach seiner Mutter Ausschau zu halten. Wenn er das tat, dann blieb er so lange auf der Türschwelle stehen, bis ihm die Füße wehtaten oder er aufs Klo musste. Danach huschte er manchmal auch einen Treppenabsatz tiefer, um von dort aus zu warten. Oder noch einen Absatz tiefer. Oder bis an die Haustür unten. Dort spähte er in die Nacht hinaus, bis hinüber zum Goldenen Anker. Der Goldene Anker hieß aber neuerdings Eisenbahnerstube.

»Dadurch komme ich auch nicht eher zurück», hatte sie gesagt, als er einmal fast bis an die Tür des Wirtshauses gekommen war. »Arbeit ist Arbeit. Ab ins Bett.«

Aber Moritz konnte nicht anders. An manchen Abenden musste er zur Tür und ins Treppenhaus lauschen. Und wenn er lange nichts hörte, den nächsten Schritt tun und an der Haustür nach seiner Mutter Ausschau halten. Warten, dass sie aus der Nacht getrippelt käme. Und er würde ihr das Stiegenlicht einschalten.

Jetzt drehte Moritz den Fernseherknopf und wartete, bis das Bild sich aufgebaut hatte.

Hans Hass war da, mit nacktem Oberkörper, und schob seine Tauchbrille in die Stirn. Er hielt einen Oktopus in der Hand, so groß wie ein Handball, der den drahtigen Oberarm des Meeresforschers mit einigen seiner Tentakeln umklammerte. Die Kamera zeigte den Tintenfisch ganz nah und Moritz konnte sehen, was für Augen er hatte. Es waren richtige Augen, die richtig schauen konnten, nicht wie bei einem Fisch. Nicht einmal wie bei einem Tier. Der Tintenfisch schaute wie Jemand. Er klammerte sich an die haarige Hand und schaute sich verzweifelt nach Rettung um. Moritz wollte protestieren, den Fernseher anschreien: »Lass ihn los, tu ihn wieder ins Wasser! Er will wieder ins Wasser!« Aber er schrie nicht. Natürlich war ihm klar, dass Hans Hass ihn nicht hören konnte. Aber der Hauptgrund, warum er nicht den Bildschirm anschrie, war, dass er Angst davor hatte, wie seine eigene Stimme von der leeren Wohnung zurückkommen würde. Auch stellte er sich vor, wie er allein in der Wohnung einen Fernseher anschrie. Er sah sich allein in der nächtlichen Wohnung den Fernseher anschreien, umgeben von der Nacht. Davor bekam er Angst: Dass der Junge in seiner Vorstellung plötzlich wie aus einem Spiegel zu ihm zurückschauen würde und ihm fremd wäre.

1991 – DESERT STORM

Der Wind, der miserablige. Wenn so ein Wind über die Landschaft geht, dann hält die Landschaft darunter still und hofft bloß, dass es bald vorüber ist. Der Mann stand am Straßenrand in der Kälte und wartete auf den Pannendienst. Die Amerikaner hatten gerade den Irak bombardiert. Nachdem die Iraker in Kuwait die Babys aus den Brutkästen gerissen haben. Was dann gar nicht so war. Was aber irgendwie doch seitdem in der Welt war. Wem kann man noch glauben, dachte der Mann. Er schaute zu Boden, wie meistens. Sein Nacken war krumm von Jahrzehnten des gesenkten Blicks.

Das Gras am Straßenrand war schmutzig. Wenn die Autos vorbeirauschten, zitterten die Halme. Dann stand das Gras sofort wieder still, wie eingefroren. Staub wie von der Ewigkeit. Ein gottverlassener Ort. Wenn Gott je dort gewesen wäre, um es zu verlassen. Der Mann konnte keine Straßen leiden. In seiner Jugend hatte er Straßen bauen geholfen und beim Appell den Spaten über die Schulter gelegt wie eine

Waffe. Nicht viel später war er Straßen entlang marschiert, zu Fuß, viele hundert Kilometer, immer westwärts, immer in die Abenddämmerung, in ein Abendland.

Es roch nach Wasser. Es war aber keines zu sehen. Vielleicht Fischweiher hinter den Hügeln oder einer dieser aufgestauten Mühlbäche, die hier überall in der Landschaft lauern. Die Lastwagen: Einer nach dem anderen brüllte vorbei, die Reifen jammerten. Die Leute, die in dieser Ortseinfahrt wohnten, links und rechts: nicht zu beneiden. Dachte der Mann. Die Rollläden waren jedenfalls überall zu und wo nicht, da war es dunkel hinter den Fensterscheiben. Alle Häuser erst in den letzten Jahren gebaut und schon wie eine Nachbarschaft im Niedergang. Ein Elend.

Wie er so auf das Gras starrte, hatte der Mann auf einmal das Gefühl, dass auch ihn jemand anstarrte. Ein Gefühl hinter den Ohren, die Haare im Nacken. Als er aufsah, schauten ihn diese Kinder an, von der anderen Straßenseite.

»Ich muss dir was zeigen«, hat das Mädchen gesagt. »Komm mit.«

In diesem Augenblick schien es ganz natürlich.

Es kam dem Mann vernünftig vor.

Er hatte nach langer Zeit das Gefühl zu helfen, bei etwas Wichtigem zu helfen.

Und dann kniete er am Rand dieses Steinbruchs, die Kinder in einem Kreis um ihn herum. Es war fast dunkel.

»Wenn ich es recht bedenke, ist nichts in mir vorgegangen«, sagte er später. »Nichts. Ich habe getan, was ich getan habe. Ich habe es einfach getan.«

Die Architektin schiebt mühsam die Tür auf. Noch bevor sie den Raum betreten hat, setzt das Gebimmel der rustikalen Glocken ein und meldet sie an. Drinnen ist alles aus Holz. Decke und Boden, Wandvertäfelungen, Tische, Bänke, Stühle, unerbittlich. Dicke Balken, helles Holz, Verzierungen. Kaum Licht.

Sie bleibt kurz im Türrahmen stehen und sagt, hier sei es aber gemütlich. Wie zur Antwort schlägt die Tür hinter ihr zu. Gemütlichkeit, wie sie das definiert: Der Grad an Unausweichlichkeit, den ein Raum erreicht. Wenn alles so sehr stimmt, dass man nie wieder etwas daran ändern darf. Dass man in Ewigkeit nichts mehr daran ändert.

Außer ihr ist nur ein einziger weiterer Gast in der Stube. Es ist ein junger Mann. Auf den zweiten Blick wird sichtbar, dass er betrunken ist.

Er wechselt unverständliche Sätze im Dialekt mit dem Wirt. Vor jedem Satz ein Seitenblick zu ihr herüber. Sie anreden, das traut er sich nicht. Das wagt nur der Wirt, als er ihr bringt, was sie bestellt hat. »G'schäftlich da?«

»Ihr habt's einen Steinbruch in der Gegend«, sagt sie.

«Was heißt in der Gegend«, redet der Betrunkene dazwischen. »Grad vor der Tür ist der.«

Er zündet sich eine Zigarette an. Dann stemmt er sich aus seinem Stuhl, kommt zu ihr herüber. Mit der Zigarette deutet er aus dem Fenster in die Dämmerung.

»Da drüben.«

Er bläst seinen eigenen Rauch aus, als wäre er eine Belästigung.

»Magst ihn sehen? Zeig ich ihn dir.«

Sie blinzelt nicht.

»Der ganze Hang da ist bloß mehr ein paar Meter dick. Dahinter ist der Abbau. Wenn du da droben stehst, schaust du auf der einen Seite hier herunter, und auf der anderen Seite dreißig Meter tief in die Grube.«

Sie versucht sich das vorzustellen.

Er sagt dann nichts mehr, sondern holt das Bierglas von seinem Tisch und geht zur Tür hinaus. Ein paar Sekunden darauf steckt er den Kopf von draußen zum Fenster herein und prostet ihr zu.

»Der Grund da.« Sie deutet auf den Schotterboden, der sich vor der Eisenbahnerstube erstreckt, bis zum Flussufer »Ist das bloß Parkplatz?«

»Da ist nichts«, sagt der junge Mann. »Zirkus. Übern Winter war einmal ein Zirkus da. Sonst nichts. Bloß G'schpenster.«

»Red' nicht so saublöd daher«, sagt der Wirt leise und stellt ein neues Bier hin.

Der junge Mann tritt vom Fenster weg in den Lichtschein des Wirtshausschilds, die Zigarette im Mundwinkel und öffnet seine Hose, um in die Nacht hinaus zu urinieren.

»Du bist eine Wildsau«, sagt der Wirt zum Fenster hinaus.

Der Sohn der Kellnerin war acht Jahre alt und er hat den Mann gesehen. Er hielt Ausschau, schon eine halbe Stunde. Moritz hatte immer wieder durch den Türspalt gespechtet, ins Stiegenhaus hinaus, und da war er: unrasiert, wie er mit einer Flasche Sekt aus dem Keller kommt. So hat der Junge ihn beschrieben. Und dass er mit der Wand geredet hat. Und dass er ihn, Moritz, dann gesehen und angeredet hat.

»Servus, Moritz.«

»Grüß Gott.«

»Und gute Nacht.«

»Gute Nacht.«

Und mit klopfendem Herzen die Tür zu.

> »Im Jahr 1939 erwarb die Stadt Passau die Oberilzmühle, um ein Wasserkraftwerk zur Ergänzung des bereits bestehenden Ilzkraftwerks in Hals zu bauen. Im Mai 1942 wurde das Projekt der »Arno-Fischer-Forschungsstätte« übergeben, die ein sogenanntes Unterwasserkraftwerk unter der Leitung von Arno Fischer errichten wollte. Am 19. Oktober 1942 wurde das KZ Passau I – Oberilzmühle als Außenlager des KZ Dachau gegründet und etwa einen Monat später als Außenlager des KZ Mauthausen weitergeführt. Die Baustelle und das Häftlingslager befanden sich ca. 5 km nördlich von Passau an der Ilz, die genaue Lokalisierung des Häftlingslagers ist heute nicht mehr möglich.«
>
> *Mauthausen Commitee Austria*

»DIE STATT FREISINGEN GEGEN MITTERNACHT«

»Non quam diu sed quam bene vivas refert«

Inschrift auf dem Denkmal neben dem Lehrerzimmer des Humanistischen Gymnasiums, Passau ca. 1950. Es erinnert an die 1939-1945 als Soldaten gefallenen Schüler.

Die deutsche Übersetzung lautet ungefähr:
»es zählt nicht, wie lange du lebst,
sondern wie gut«.

Berggasthof Gut Lichtenau, den 10. Oktober 2022

Lieber Julian,
jetzt, wo alles danach aussieht, dass dies das Ende der Welt ist, wie wir sie kennen, nur ein paar Worte.

Du wolltest hören, wie es mit Papa gelaufen ist. Also: gar nicht so schlimm. Er selber war sehr nett, für seine Verhältnisse. Hat mich vom Zug abgeholt, und zwar in seinem Sportwagen, wie heißt er noch mal, der Zweisitzer, der offene, du weißt schon. War peinlich, so durch die Stadt zu tuckern. Aber wir hatten uns ja vorgenommen, dass es ein friedliches

Wochenende wird, und ich habe mich daran gehalten. Papa deutete dauernd auf irgendwas, wie ein Fremdenführer. Er meinte, ich müsste das alles eigentlich kennen, aber ich habe nichts wiedererkannt. Außer, was man von Postkarten kennt.

Hast du Erinnerungen aus der Zeit? Echte, meine ich? Nichts Angelesenes aus der Firmengeschichte oder aus Urgroßmutters Briefwechsel aus dem Krieg. Irgendwelche echten Erinnerungen? Die Chance ist bei dir ja immerhin gegeben. Du behauptest ja auch, dich daran zu erinnern, wie ich geboren wurde. Ich erinnere mich an nichts.

Ich habe gelesen, dass die Amerikaner im Zweiten Weltkrieg das Viertel um den Donauhafen herum und um den Bahnhof völlig flachgebombt haben. Und Phosphorbomben, wie in Dresden. Fast dreißig Menschen verbrannt, teils Zwangsarbeiter, und verschüttet, da weiß aber niemand, wie viele. Heutzutage ist alles sehr malerisch hier, auch der Bahnhof.

Papa ist dreimal über den Fluss gefahren, ich kann nicht einmal sagen, ob es jedes Mal derselbe war. Ich glaube, bloß um mir zu zeigen, wie verdammt malerisch es hier ist. Und ist es ja auch. Superschöner Fluss. Ich habe gar nichts gesagt, aber gegoogelt habe ich: Aus dem kleineren der Flüsse, dem Naturparadies, wie Papa sagt, ist die Perlmuschel verschwunden, weil er überdüngt ist. Da kann man auch ab Juli nicht baden, wegen der Blaualgen. Und der große sieht nur noch aus wie ein Fluss, ist eigentlich industrielle Infrastruktur.

Wenn man auch in der Altstadt den Krieg nicht sieht, so auf jeden Fall an den Stadträndern die Jahrzehnte danach. Nach jedem großen Hochwasser sind die Uferböschungen begradigt und eingefasst worden. Jedes Mal noch höher. Häuserzeilen sind abgerissen worden und stattdessen eine

Verkehrsführung hingeklotzt, die man damals wohl großzügig nannte. Eine Entscheidung im Zorn, wie als Rache, bloß an sich selbst. Opa und Papa haben jedes Mal dafür gestimmt. Wegen dem Betrieb. Des Betriebes, ich sehe dich förmlich vor mir.

Der Betrieb sieht übrigens inzwischen aus wie ein U-Boot-Bunker, bloß mit Balkon und Geranien. Balkon und Geranien kenne ich ja vom Prospekt, aber da ist nicht ansatzweise zu erahnen, wie viel verschiedene Sorten Beton drum herum gegossen worden sind über die Jahre. Wie heißt noch dieses Haus von Hitler in Berchtesgaden? Berghain? Nein. Alpenfestung? Du bist doch der Historiker, der Ahnenforscher, du weißt doch solche Sachen. Berghof, oder? So wirkt das auf mich. Es hat ja, scheint es, in den Hochwassern auch Tote gegeben, tote Kinder, ein paar über die Jahre. Die Mütter und Väter wollten offenbar das Wasser, in dem sie ertrunken sind, dauerhaft aus der Stadt verbannen.

Die haushohen Betonwände, die Uferbegradigung, alles nutzlos. Alle Städte stromaufwärts sind im Lauf der Zeit auf den gleichen Gedanken gekommen. Alle haben die Ufer mit Dämmen und Mauern befestigt und damit den Sturmfluten des Frühlings jeden anderen Weg verstellt als den einen, flussabwärts an diese Ufer. Unsere Ufer, wie Papa sagt.

Also Papa war mein Fremdenführer und hat dauernd das Lenkrad losgelassen, mit seinen Automobilistenhandschuhen wie in einem Film mit Joachim Fuchsberger, Lederhandschuhe mit Löchern, und auf die malerischen Gebäude gezeigt, malerisch und historisch, und auf die goldenen Hänge, der goldene Herbst, hat er gesagt, schau, der goldene Herbst. Als wir zum dritten Mal über den Fluss sind und durch den

Felsen unter einer Burg hindurch, wie in Lummerland, da habe ich das iPad zugeklappt. Phantastische Vermehrung der Ratten, hatte ich gerade noch gefunden, eine Lokalzeitungsschlagzeile. Habe ich ihm natürlich nicht vorgelesen. Friedlich, war abgemacht.

Papa hat uns also in diesem Berggasthof auf dem Steinberg einquartiert. Am nächsten Tag wollte er auch noch einen Waldspaziergang machen. Waldspaziergang, er sagt das Wort, als wäre es etwas, was er extra für besondere Gelegenheiten aufgespart habe, ein Feiertags-Goodie. Morgen machen wir einen Waldspaziergang, wie: Morgen gibt es eine Feuerzangenbowle, morgen machen wir ein Käsefondue, morgen unterziehen wir uns den Mysterien. Zum Berggasthof über die Bundesstraße, zugige Angelegenheit im Cabrio. Und jämmerlich zersiedelte Gegend. Hinter jeder Kurve ein Gewerbegebiet und gegenüber die Einfamilienhaussiedlung. Dazwischen Mais. Ich weiß schon, warum ich nie scharf darauf war, Papa hier zu besuchen. So klein die Stadt ist, sie benimmt sich schon wie eine große. Wie eine alte. Wie eine dicke, alte, kranke Stadt auf der Intensivstation. Die umliegenden Dörfer weisen Baugebiete aus, um die Stadt herum. Wie Infusionsständer, aus denen jeden Morgen Tropfen für Tropfen die Autos in ihre geteerten Venen rinnen. Und aus den gleichen engen Schläuchen rinnt am Nachmittag die Drainage, die müden Beschäftigten, die beladenen Konsumenten, verbrauchte Verbraucher, alles rinnt wieder zurück in die sterilen Gefäße draußen auf dem Land. Wie bei der Dialyse.

So eine kleine Stadt, aber man kann ihr beim Verdauen des hübschen Umlands zuschauen, wie man im Fernsehen den fingerdünnen Schlangen zuschaut, wie sie Mäuse fressen, die viel dicker sind als sie selbst. Wie sie das Unterkiefer ausrenken und das Maul dehnen und wie durch die überspannte, durchsichtig gewordene Haut die Eingeweide sichtbar werden.

Am Nachmittag habe ich von hier oben, vom Berggasthof aus, die Alpen gesehen. Und hinter uns, in einer Reihe wie zornige Apachen, steht ein sehr hoher, alter Wald aus hauptsächlich Fichten. Papa redete und redete. Ganz in der Nähe das Revier von unserem Großonkel Dingsbums, sagte er, das Jagdrevier. Zerklüftete Gegend, Tobel, Höhlen, Bäche, alte Bäume. Der Hochwald, sagte Papa dauernd, der Hochwald, und ich solle es doch sehen, solle doch die Schönheit sehen. Als wollte er mir das alles verkaufen, den Wald und die Weidefläche und den ganzen Berggasthof im goldenen Herbst, samt Aussicht und inklusive der Alpen.

Dass der Wald krank aussieht, kein Wort von mir darüber.

Friedlich, war die Abmachung.

Man sieht den Dachsteingletscher, mit bloßem Auge.

Dass er in zehn Jahren weg sein wird, geschenkt.

Es gibt einen Biergarten hier, eine Art Terrasse, mit Panoramablick. Es war gestern, bei Sonnenschein, gerade warm genug. Ein gesegnetes Fleckchen Erde. Auch wenn die Kellnerin das nicht unterschreiben würde. Der Arsch der Welt, sagt sie. Während ich auf Papa warte, schaue ich ihr zu. Wenn sie nicht gerade Tabletts zu tragen hat, wischt sie auf ihrem Telefon herum. Ihr Kriterium für Arschderweltheit ist wohl das schlechte Netz.

Es gibt WLAN auf den Zimmern. Papa hat sich nicht einmal das Passwort aufgeschrieben, das sie uns an der Rezeption auf einem Zettelchen über die Theke geschoben haben. Das hat mich schon gewundert.

Nur, damit du es weißt. Er hat mich nur noch ein einziges Mal gefragt und ich habe ihm das gesagt, was ich dir jetzt auch mitteile: Nein, ich werde nicht in den Betrieb einsteigen, auch nicht und schon gar nicht als stiller Teilhaber. Mein Erbteil von Mama wird die Firma also nicht retten und zwar aus einem Grund: Ich habe das Geld nicht mehr. Ich habe nur so viel behalten, wie ich für ein paar Jahre zum Leben brauche. Der Rest gehört jetzt einer Organisation, die du kennst und von der du ebenso wenig hältst wie Papa. Ich habe es ihnen geschenkt. Ohne Bedingungen. Ich habe kurz auch über eine gemeinnützige Stiftung nachgedacht, aber es schien mir demokratischer, wenn ich nicht bestimme, wofür der ganze Zaster eingesetzt wird. Die Freund*innen werden es benutzen, wie sie es für richtig halten. Ja, Papa hat kurz genauso geschaut wie du jetzt (stelle ich mir vor). Aber echt überraschend kurz. Er war regelrecht gelöst, von da an.

Nach dem Essen – es war übrigens gut, Papa hat kaum die Nase gerümpft, dass ich den Fisch nicht angerührt habe (fast, aber nur fast hätte er wieder damit angefangen, Fisch sei doch quasi eh vegan) – also nach dem Essen haben wir ziemlich viel Wein getrunken. Da hat er noch einmal losgelegt. Zwischendrin hat er einmal mit seiner Neuen telefoniert, auf Spanisch, und dabei so ein süßliches Gesicht gemacht, dass ich fast gekotzt hätte.

Danach fragt er mich, ob ich das denn gar nicht als Verlust empfinde, so ungefähr hat er es ausgedrückt, dass wir so getrennt seien. Ob mir das nicht weh tue. Und ich so: Na ja, ich kenne es ja nicht anders. Und er darauf, ob es denn gar nichts gebe, wo wir uns treffen.

Und dann hat er angefangen, von seiner Kindheit zu erzählen. Etwas von einer Wassermelone in einem Einkaufsnetz aus Nylon, von dem Nylon hat er regelrecht geschwärmt. Ich kann ja so private Nostalgien nicht ab, nicht ums Verrecken. Wie kann er denn annehmen, dass mir das irgendwas sagt. Ohne den Privatscheiß wirft meine innere Suchmaschine bei Nylon halt andere Sachen aus: Verrottet ewig nicht, killt Vögel, verstopft Fischmägen, verpestet Ozeane. Er immer: die Melone meiner Kindheit, ich mehr: besser keine Nyloneinkaufsnetze benutzen. Das war so mein Beitrag zum Thema, aber ganz friedlich. Das hat ihm natürlich nicht gefallen. Aber ich hatte auch keine Lust, mir Geschichten von der Melone anzuhören. Nicht nach dem süßlichen Gesicht am Telefon. Ich war *friedlich*, bin aber wohl irgendwie herzlos rübergekommen, wenn du verstehst, was ich meine.

Er hat die Fassung bewahrt, das muss ich ihm lassen. Es spielt ja auch jetzt keine Rolle mehr, hat er gesagt. Und dass er bloß wünschte, ich hätte alles einmal so gesehen, wie es gesehen werden muss. Seiner Meinung nach. Oder, dass ich alles überhaupt einmal sehe. Und wie ich darauf sage, dass ich es doch sehe und gesehen habe, was er denn wolle, da auf einmal kommt ein ganzer Wasserfall von Vorwürfen. Leise, aber Vorwurf. Ich hätte es eben nicht gesehen, gar nichts hätte ich gesehen und ich solle doch nicht glauben, dass man so schnell fertig ist mit einer Sache. Ob ich überhaupt eine Vorstellung davon habe, was der Betrieb eigentlich all die Jahre geleistet habe. Sicher, sage ich, ist doch allgemein bekannt.

Natürlich wollte er wieder auf die tiefere Bedeutung unseres Unternehmens hinaus. Oder die tieferen Bedeutungen, im Plural. Aber auch den Gefallen wollte ich ihm nicht tun.

Handwerk, Region, Identität, bla bla. Seit ich denken kann war ja immer die Rede abwechselnd davon, dass wir durch Technologie die Zukunft gestalten oder dass wir das Werk von Generationen fortsetzen, Tradition bis ins Mittelalter, wie der Bäcker mit den Armen im Teig. Es kann also sein, dass ich ein wenig herzlos jaja gesagt habe. Jaja, wie: Du kannst mir nichts erzählen. Und er darauf gleich, ja, mir könne man natürlich nichts mehr erzählen, ich würde ja alles durchschauen, den Businessplan, die CO_2-Bilanz, die Texte von der Werbeagentur, ich wüsste ja alles, alles wüsste ich. Wirft er mir so hin. Alles durchschaut, den Produktionsablauf mit allen Zahlen, Rohstoffe, Arbeitsschutz, Emissionen. Es sei aber jedenfalls mehr als bloß ein Produktionsablauf. Er wollte es halt wieder als was Bedeutendes darstellen, etwas irgendwie Heiliges draus machen. Werbetext halt, Sinn stiften, Klassik, weißt eh. Jedes einzelne Mal, sagte er, wenn der Tieflader vom Hof fährt, ist es, als ob ein eigenes Kind hinauszieht in die Welt.

Als Scheidungskinder, die er dreizehn Jahre nicht gesehen hat, könnten wir beide das ja als ganz schön geschmacklosen Vergleich sehen, aber das habe ich ihm erspart. Er hat es jedenfalls nicht gemerkt und aufgezählt, wo seine Hochtechnologie-plus-Traditions-Kinder überall die Welt erfreuen, Magdeburg, Straßburg, Rom, Salt Lake City, Afrika – er meint Lomé, aber er stellt sich ja gern mal als Kolonialchauvinist dar, wenn er in Schwung ist.

Ich bin bei der Sache geblieben: Für mich ist es nun einmal ein Produktionslablauf, ein betriebswirtschaftlicher und ein technologischer Prozess, an dessen Ende das wohlbekannte Produkt steht. Das es jetzt bald nicht mehr geben wird. Beziehungsweise, das jetzt bald jemand anders produzieren wird. In China wahrscheinlich. Hab ich ihm auch so gesagt. Tut mir leid, dass ich dir den ergreifenden Teil versaue, habe ich gesagt, aber ist eben so.

Und da sagt unser Vater, einfach so sagt er: Letzten Endes geht es ja nicht um den Betrieb. Scheiß auf den Betrieb. Wörtlich hat er das gesagt. Er meine *das Alles*, sagt er und macht so seine Geste mit der Faust, du weißt schon. Sein Leben, seine Geschichte, das Historische bis hin zu den Generationen vor ihm (da war sie wieder, die Tradition), bis hin zur Landschaft. Da hat er feuchte Augen gekriegt. Diese Landschaft! Ein paar Mal hat er das geradezu ausgerufen, Weinglas in der Hand. Durch die Gaststube vom Berggasthof hat er gedeutet mit seinem Merlot, durch die Wand und in die Nacht hinaus. Diese Landschaft! Alles an seinem Leben sei mehr, als man einfach so beschreiben könne. Und er meinte natürlich, als ich einfach so beschreiben könne.

Es war schon ein starkes Stück. Erst der verletzende Vergleich mit den Kindern und dann diese Reihe von Beleidigungen und als Gipfel, das mit der Landschaft und der Geschichte. Als hätte er keine Ahnung, was ich eigentlich die letzten Jahre gemacht habe, was ich aus meinem Leben gemacht habe. Dann schaut er mich an und sagt, Landschaft, das sei doch eigentlich etwas, was ich verstehe. Als wäre ihm damit gerade noch ein weiterer Vorwurf eingefallen. Aber immerhin, er hat natürlich Recht. Aber wir meinen halt mit Verstehen verschiedene Sachen. Wenn ich von der Terrasse hier oben über die Hügel schaue, bis zu den Alpen und die Flusstäler zähle, die Siedlungen, die Waldstücke, und den dunstigen Himmel darüber, dann öffnen sich vor meinem inneren Auge kartographische Datensätze. Ich sehe die humangeographischen Zahlen. Ich sehe die Klimaprognosen. Ich sehe den Waldzustandsbericht. Die Ergebnisse der Kommunalwahlen. Flächenverbrauch. Biodiversität. Arbeitslosenzahlen. Ich sehe den ganzen Granit um mich herum und denke: Atommüllendlager.

Aber da war Papa schon ziemlich hinüber. Er hat mit seinem Zeigefinger gewackelt und mir immer wieder recht gegeben. Fucked up, hat er gesagt, es ist ja alles wirklich hübsch fucked up, da hätte ich schon recht. Aber ich solle doch bitte, bitte verstehen, dass er und die ganzen Generationen davor das nicht absichtlich gemacht haben. Wenigstens nicht jeder einzelne. Wenigstens nicht er. Ich habe ihm gesagt, dass ich das schon weiß. Aber er wollte unbedingt, dass ich verstehe, wie sich das angefühlt hat. Dass wir alles kaputt gemacht haben, so Papa wörtlich, das hat sich *nicht angefühlt* wie Teil eines verhängnisvollen Schicksals. Es hat sich angefühlt wie das Leben, das man halt so lebte. Dass wir alles kaputt gemacht haben, das hat sich angefühlt wie *normal.*

Ich wollte ja friedlich sein. Und er auch, das muss ich ihm lassen. Also habe ich vor dem Schlafengehen so ungefähr gesagt, dass er und seine Generation ja nicht für alles was können. Bei Granit denke ich zum Beispiel auch an Keller plus Radon gleich Krebsrate, und da kann ja keiner was dafür. Er fand das lustig, hat sich eine Minute lang nicht mehr eingekriegt. Vor meinem Zimmer hatte er noch einen Anfall von Rededrang, aber er konnte sich nicht mehr konzentrieren. Er wollte was von einer Porzellandose erzählen, seiner Lieblingsdose, ziemlich wirr, er war unglaublich emotional. Ich habe bloß Witze gemacht, kannst du dir ja vorstellen. War vielleicht nicht leicht für ihn. Aber nach all den Jahren kann er nicht erwarten, dass er bei mir Geborgenheit findet. Du bist der Ältere. Wenn du dich berufen oder verantwortlich fühlst, kannst du das ja mal übernehmen.

Beim Frühstück war er sehr formal. Er hat von seinem Testament geredet, als würde das Ende der Firma heißen, dass er jetzt stirbt, als Person. Ich hab ihm gesagt, dass ich davon nichts hören will. Oder glaubst du, er ist irgendwie krank? Also echt krank, wie Krebs? Jedenfalls: Er meinte, zu vererben sei jetzt ja nicht mehr viel und dass ich ohnehin nie Wert auf Geld und so weiter gelegt hätte. Wir verstehen halt auch unter *Wert legen* verschiedene Sachen. Er hat seine Pampelmuse gelöffelt oder Grapefruit, wie er es nennt, und ziemlich theatralisch gesagt: Durchgebracht! Ich habe ein Vermögen durchgebracht! Mit vollem Mund, ich konnte gar nicht hinschauen.

Wenn du was von ihm hörst, lass mal telefonieren, was du so für einen Eindruck hast. Nicht, dass er noch dement wird und wir haben ihn dann an der Backe. Er hat sich hingelegt und will mich nachher zum Bahnhof fahren. Ich komme mir herzlos vor, ihn den *Waldspaziergang* allein machen zu lassen, aber meine Koje auf dem Segelschiff ist heiß begehrt und ich will aufpassen, dass nicht schon im Hafen jemand an meinen Messgeräten herumpfuscht. So, das war mein Bericht, ausführlicher kannst du ihn dir nicht wünschen. Bis bald, Bruderherz, meine Empfehlung an das schöne Tübingen, es grüßt dein

Beni

Berggasthof Gut Lichtenau, 10. Oktober 2022

Mein lieber Julian,
der lang gehegte Wunsch ist eingetreten. Dein Bruder hat mich besucht. Damit gewinnst du unsere Wette. Was war nochmal der Einsatz? Egal. Andere Dinge sind nicht in dem gewünschten Maß eingetreten, beziehungsweise eben nicht eingetreten, darunter ein Waldspaziergang, aber egal. Er ist übrigens auch schon wieder weg, Benedikt meine ich. Er wird wahrscheinlich jetzt irgendwo nützlich sein, nützlich für die Gemeinschaft oder die Wissenschaft oder die ganze Welt, in der Hand die Schaufel oder das Klemmbrett, das heute ein iPad ist. So ist er wohl bereits wieder im Einsatz im Watt oder im Moor und unterweist entschlossene Jugendliche in den nötigen Diskursen und wofür es sich zu kämpfen lohnt. Sogar sein Bart, davon konnte ich mich überzeugen, ist der eines Propheten, das zauselige schwarze Gestrüpp an unzusammenhängenden Stellen seines Gesichts. Ein Rufer in der Wüste, mit seiner kargen Lebenseinstellung. Und natürlich hat er mit all dem Recht. Er hat mir erzählt, wohin er unterwegs ist, aber ich habe es vergessen.

Eure Mutter und ich haben ihn nicht nach Papst Ratzinger genannt, das war bloß so ein ewiger Witz zwischen uns. Als Ratzinger sich Benedikt genannt hat, war dein Bruder schon zwei Jahre alt. Der Papst davor hat ja auf seine seltsame Weise noch gelebt, bis du eingeschult wurdest. Dich, übrigens, haben wir durchaus nach einer Person der Glaubensgeschichte genannt, dem Kaiser Julian Apostata, der, wie du weißt, mitten in der allerspätesten Spätantike noch einmal die alten Götter in ihr Recht setzen wollte und sich gegen die christliche Kirche stellte. In meiner Branche war das gewissermaßen ein Akt der Rebellion. Ein antiklerikaler Affekt, wo man es sich mit dem Klerus nicht verderben darf. Dabei haben wir völlig übersehen, dass ja Kaiser Julians *move* der eigentlich reaktionäre war. Aber: romantisch. Ich stelle ihn mir vor wie König Ludwig II. von Bayern. Und du wirst mir sicher erzählen können, wie sehr und worin ich den alten Kaiser Julian dabei missverstehe. Du hast immer ein Auge auf die Überlieferung gehabt.

Das bringt mich zu deiner letzten E-Mail, in der du mir verschiedene Fragen stellst. Das zeigt mir, neben vielen anderen Dingen, welches Alter ich inzwischen erreicht habe: Das Alter, in dem einem die Kinder Fragen stellen, weil sichtbar wird, dass die Zeit näher rückt, wo die Antworten ausbleiben werden, auf die eine oder andere Weise. Ich will versuchen, so viele wie möglich zu beantworten. Wenn ich es recht verstehe, drehen sie sich um zwei verschiedene Bereiche: Einerseits die höchstprivate Geschichte unserer Familie, unser inneres Gerede, in das du von eurer Mutter nur sparsam einbezogen worden bist. Sie war nicht so für das Bewahren. Hier kann ich manches nachtragen oder ergänzen. Und andererseits fragst du nach der Geschichte unseres Betriebs. Das kommt spät. Und ich ahne, worauf du hinauswillst. Was Zeitzeugen betrifft: Ich habe auch einmal gefragt. Von den Erwachsenen in meiner Familie kriegte man zu diesen Themen nie eine anständige Antwort. Nichts Brauchbares, nichts, womit ich den Geschichtswettbewerb des Bundespräsidenten gewonnen hätte. Hätte ich, wie das manche aus meiner Klasse gemacht haben, meinen Leuten ein Mikrofon vor die Nase gehalten, von wegen: Wie war das in der Hitlerjugend?, oder: Opa, erzähl mal von der Ostfront, dann wäre das 90 Minuten Chromdioxidcassettenrauschen geworden. Vielleicht mal ein Husten. Oder Opa, wie er die Nase hochzieht.

Was heute die Straße zu den Werkstätten ist, war eine Piste für schwere Lastautos, aus Betongitterelementen. Im Krieg waren darauf Panzer zum Waldrand gerollt, wo sie im Schutz der Bäume unsichtbar sein sollten. Ganz nahe bei unserem Haus soll ein Panzer rückwärts durch den Wald gefahren und über die Abbruchkante in den Steinbruch gestürzt sein. Es war nämlich nicht viel Wald hinter dem Waldrand. Alles verfeuert. Zwei Reihen Fichten waren übrig und ein paar Büsche, dann ging es in die Grube. Ende April fünfundvierzig soll das gewesen sein, mit dem Panzer. Aber das kann stimmen oder nicht. Als die Großeltern mir das erzählt haben, war der Krieg dreißig Jahre her. Und der Steinbruch war seitdem vollgelaufen. Was unter dem schwarzen Wasserspiegel lag, unsichtbar. Das ganze Steinbruchgelände gehört ja nicht uns. Ich habe keine Ahnung, wie viel von dem Weiher inzwischen erforscht ist. Man taucht ja heutzutage überall hinunter, das kannst du also an anderer Stelle erfahren. Was die Umbauten zu meiner Zeit betrifft, nach denen du gefragt hast, kann ich dir bestätigen: Wo immer gebaggert wurde, stießen sie auf Fliegerbomben. Drei Meter unter dem Pflaster oder zwei Spaten tief in einem Blumenbeet. Ein Haufen Sprengstoff, den sie da auf uns abgeworfen haben. Das überrascht, für eine Firma, die im Wesentlichen Folklore betreibt. Kuckucksuhr, nur größer, hat unser Werksmeister bei den Touristenführungen immer gesagt. *Only bigger.*

Much bigger, oh ja.

Die Stadt ist gewachsen. Wir waren am Stadtrand, aber

der Stadtrand ist alle zwei, drei Jahre ein paar hundert Meter weiter hinausgewandert. Gewerbegebiete. Ein Lidl. Ein Deichmann. Ein Getränkemarkt. Vielleicht eine Shell-Tankstelle. Und in der Mitte ein Parkplatz, von unglaublichen Stahlpfosten herunter mit Natriumlampen beleuchtet. Da denkst du nicht mehr an den Waldrand. So ein Gewerbegebiet, sobald es einmal steht, ist unwiderlegbar. Wie die Pyramiden. Nicht mehr in Frage zu stellen.

Das Kriegerdenkmal mit dem lateinischen Spruch und den Lorbeerornamenten ist von uns, ja. Interessant, dass du danach fragst. Wahrscheinlich wegen des Skandals damals in den Achtzigern, wo in der Friedensbewegung mal jemand Latein konnte und prompt den besonderen Humor entdeckt hat. Vorher war das ein akzeptiertes Denkmal. In jedem Dorf stand so was. Jeden Tag war irgendein Einarmiger oder Glasäugiger zur Stelle, um Blumen dort abzulegen. Wir benutzten das ganze Arrangement samt Blumenkübeln, Granitobelisk und Eisenketten zum Versteckspielen. Den Spruch verstand ich erst auf dem Gymnasium. Übrigens war in meinem Gymnasium das gleiche Denkmal mit dem gleichen Spruch, neben dem Lehrerzimmer, mit einer in Bronze gegossenen Liste der Gefallenen. Bestimmt hat niemand von der Firma den Text ausgesucht. Schon weil keiner Latein konnte. Außer deinem Großonkel, aber der hatte in der Firma nichts zu sagen. Es gab Gerede, als er mit Pistole und Rosenkranz in seinem Jagdrevier verschwunden ist. Schuld und so weiter. Aber das ist Gerede. Zusammenhänge, feste, belastbare, gibt es keine. Gefunden haben sie ihn ja auch nie, er ist also bloß für tot erklärt, was, wie ich meine, ein Unterschied ist.

Und dann geht es dir um das Haus, natürlich, vordringlich, unbedingt, das ist das Relevanteste für dich. Da siehst du dieses und jenes drin, scheint mir. Verständlich. In gewissen historischen oder familiären Begeisterungen befragt man oft Gebäude. Was sie wohl schon alles gesehen haben. Diese alten Mauern und so weiter. Und man meint, sie hätten wohl schon mehr als ein Leben von Anfang bis Ende gesehen, kommen und gehen sehen und allem Kommen und Gehen standgehalten. Aber die Mauern bleiben bloß, weil sie keinen eigenen Willen haben. Sie scheinen zu wollen: stehen bleiben zu wollen. Zu beharren. Aber sie gehorchen bloß der Schwerkraft.

Dass Oma etwas mit einem berühmten Komponisten gehabt haben soll, reimst du dir zusammen. Was ich weiß, ist das: Im Sommer kam jahrelang und regelmäßig ein alter Herr mit Stock an unseren Zaun, um einen Blick in den Antiquitätenladen nebenan zu werfen und meiner Oma ein paar Komplimente zu ihren Blumenbeeten zu machen. Oma nannte ihn den Herrn Professor und es war niemand anderes als der berühmte Walzerkomponist Robert Stolz, der jeden Sommer ein Konzert in unserer kleinen Stadt gab. Er ließ sich immer im Antiquitätenladen einiges zeigen, eine geschnitzte Madonna, einen Stuhl, ein Granatarmband. Er kaufte aber nie etwas. Bis auf den Stock sah der Kapellmeister ganz unversehrt aus, außer, dass er eben sehr alt war. Das war, meinte meine Großmutter, weil er im Krieg nicht da war. Da war er sich zu fein, für den Krieg, hat sie gesagt.

Als ich klein war, waren natürlich alle Männer über fünfzig im Krieg gewesen. Alle, die nicht vorher schon irgendwie kaputt gewesen waren, waren also kaputt vom Krieg. Meine Großmutter hob mich jeden Morgen hoch aufs Fensterbrett und wir schauten hinunter. Ich schaute und sie sagte mir, was ich sah. Da kommt der Herr Leitner, sagte sie und ich schaute ihm zu, wie er sein Gewicht auf die zwei Krücken in den Achselhöhlen stemmte und die beiden steifen Beinprothesen gleichzeitig nach vorne wuchtete (aber nicht völlig gleichzeitig) und sofort wieder ganz aufrecht stand (schrecklich aufrecht), sobald er sicher war, dass seine Schuhe nicht zwischen den Pflastersteinen stecken geblieben waren.

Da kommt der Herr Schmierl, sagte meine Oma und ich schaute nach links, wo Herr Schmierl auf seinem Fahrrad heranrollte, das er wie ein Zirkusartist einhändig über das Kopfsteinpflaster lenkte. Drei volle Plastiktüten hingen über dem Stumpf des freien Arms, der praktisch ein großer, fleischiger Haken aus dem Oberarm und ein paar Zentimetern des Unterarms war.

Später ging auf zwei gesunden Beinen der Herr Ruckdeschl vorbei und grüßte Oma mit seiner Prothese, einer amtlichen Hand aus schwarzem Leder.

Der Herr Piper trug eine Augenklappe, außer am Sonntag, dann war ein Glasauge in der Höhle. Einmal fiel das Glasauge heraus, als Herr Piper mit Oma redete, und zersprang auf dem Waschbeton in tausend Scherben.

Aber das hast du mich alles nicht gefragt.

Bleibt deine indiskreteste Frage, die nach Freising. Wenn es dir wichtig ist, meinetwegen. Die Antwort ist: ja, kann sein, wahrscheinlich schon. Ich habe eine Porzellandose, die im ersten gemeinsamen Haushalt meiner Eltern war. Meine Eltern müssen die Dose gekauft haben, um sich an Freising zu erinnern. Die Fotos mit dem Händchenhalten sprechen dafür. Ich bin kein Jahr danach auf die Welt gekommen, also komme ich wohl, wenn man es auf eine bestimmte Weise betrachtet, aus dieser Zeit und dieser Welt. Ich habe die Dose übernommen, so ein klobiges Ding mit einem Holzdeckel, unter den ein Dichtungsgummi geklebt ist. Wenn du magst, kannst du sie haben. Eines Tages, meine ich. Mir hat die Dose viel bedeutet. Ich konnte sie behalten, weil schon ein paar Jahre nach Freising weder Papa noch Mama mehr Wert darauf gelegt hat.

Zum letzten: Ja, ich habe Benedikt gefragt, ob er mit seinem Kapital ins Unternehmen einsteigt, und nein, dich frage ich nicht. Den Betrieb auf eine Folklore zu reduzieren, die Produktion auf ein Event zu reduzieren, ein Ausflugsziel, ein Nachmittag für Kreuzfahrtpassagiere, wenn es regnet, wohlgemerkt, ein Museum, ja, nicht einmal: Es wäre ja bloß ein Raritätenkabinett und unsere Leute wären lebende Raritäten, ganz zu schweigen davon, wie viele man für so etwas überhaupt weiter beschäftigen könnte – das mach ich nicht mit. Auch, wenn ringsum Bäcker, Glasbläser, Braumeister, Schnapsbrenner, Steinhauer und ganze Bauernhöfe sich dahin zurückziehen. Ich nicht. Außerdem ist das Geschäftliche nichts für dich. Bei all deiner Hingabe, Julian. Es ist meine Entscheidung. Was Benedikts Antwort betrifft: Er denkt darüber nach, glaube ich. So habe ich ihn jedenfalls verstanden. Es eilt ja nicht. So oder so kommt es, wie es kommt. Du könntest übrigens Onkel Flemming an seinem Geburtstag anrufen, das wäre nett von dir. Wenn er bis dahin nicht an einem Schnitzel oder seinem eigenen Gewicht erstickt ist, man muss bei ihm ja jeden Augenblick damit rechnen.

Das muss für heute reichen, ich schließe, wie man früher sagte. Es muss einfach reichen, Julian, und ich hoffe, es wird.

Es ist noch ein oder zwei Stunden hell draußen, die nutze ich. Ich denke, heute ist der ideale Abend für einen Waldspaziergang, auch wenn ich ihn allein machen muss.

So verbleibe ich denn von Herzen dein
wohlmeinender Vater

Gmunden, am 17. 10. 2022

Lieber Julian,
lass mich dir als erstes noch einmal sagen, wie leid mir das alles tut – nur für den Fall, dass das in dem Durcheinander nicht deutlich geworden ist. Was Beni betrifft, so müsste er inzwischen Bescheid wissen. Ich habe noch einmal beim Büro von diesem Segelschiff nachgefragt. Die haben mir bestätigt, dass in solchen Fällen der Seefunk privat genutzt werden kann und dass unsere Nachrichten jedenfalls den Kapitän erreicht haben. Dass Beni auf See keine privaten E-mails liest, trau ich ihm zu, aber der Kapitän wird ihm ja wohl so eine Nachricht nicht verschweigen. Wir müssen also davon ausgehen, dass Beni sich entschieden hat, vorerst nicht zu antworten.

Ich denke in diesen Tagen an die vielen Skiurlaube, die wir miteinander hatten, als ihr beide noch klein wart, und die Sommer bei mir am See. Ihr habt mich immer Onkel Flemming genannt und jetzt fühle ich mich wieder wie ein Onkel zu euch. Ich hab mit eurem Vater sehr viel Zeit verbracht über die Jahrzehnte. Ihr wart natürlich mehr Kinder eurer Mutter, vor allem du. Aber es hat sich schon wie Familie angefühlt.

Trotzdem wundert es mich, dass er mir diese Verantwortung überträgt. Es war ja nur ein Zettel in diesem Hotelzimmer, aber es ist jetzt gerichtlich anerkannt – das nur zu deiner und eurer Information, weil um das tatsächliche Nachlassverwalten geht es ja noch lange nicht. Obwohl alles in die eine Richtung deutet: das Hotelzimmer im Berggasthof, zurückgelassenes Gepäck, Papiere und so weiter, außerdem die Andeutungen, die er im Gasthof gemacht hat, bevor er zu diesem Waldspaziergang aufgebrochen ist. Eine alte Bekannte, eine gemeinsame Freundin aus der ganz alten Zeit, hat mich gestern kontaktiert, ihr hat er wohl eine Art Abschiedsbrief geschrieben. Da kommt schon ein Bild zusammen. Du beschreibst ihn ja auch als deprimiert. Wie gesagt, das deutet schon alles in eine Richtung, das fügt sich zu einem Bild zusammen. Trotzdem kann er nicht so schnell für tot erklärt werden, solange sie ihn nicht finden. Es ist ein wirklich unübersichtliches Waldstück, wir waren ja da, aber bei was für einem Wetter. Jetzt ist übrigens wieder goldener Oktober. Die größere Suche, wie wir sie gesehen haben, mit Reihen von Leuten und mit Hunden, ist jetzt aber abgeschlossen. Wir haben also nichts, was wir von ihm bestatten können. Ich hoffe, dass ihr Jungs damit klarkommt. Aber ich denke schon, dass ihr das jetzt auch noch schafft. Viel habt ihr ja nie von ihm mitbekommen.

Was mich ärgert, ist die Art und Weise. Dieser blöde Rosenkranz, den er anscheinend extra gekauft hat. Und die Sache mit dem Wald. Es ist nämlich so, dass das eigentlich anders geplant war. Er hat mir ja ein Schweigeversprechen abgenommen, aber ich meine, darauf kommt es jetzt nicht mehr an. Von der Krankheit hat er euch, denke ich, erzählt (da geh ich jetzt einfach aus davon) und vielleicht auch von der Prognose. Ein Jahr. Sobald das klar war, hat er einen ganz regulären Suizid in der Schweiz verabredet. So eine assistierte Selbsttötung. Er hat sich beworben, die Voraussetzungen erfüllt, das Geld hatte er (weil das nämlich hübsch teuer ist) und ich habe das alles für ihn in die Wege geleitet, von der medizinischen Seite her. Seine argentinische Freundin wäre als Begleitung mitgefahren. Das wäre vielleicht sogar ein schöner Abschied geworden. Aber jetzt so etwas.

Es gab einen Sommer am See, da habt ihr zwei Jungs euch Geschichten erzählt, über Monster und so weiter. Und in diesem Sommer seid ihr nicht mehr ins Wasser, weißt du noch? Vorher kein Problem und im nächsten Jahr seid ihr auch wieder geschwommen. Aber einen Sommer lang war das Grauen in der Tiefe.

Euer Vater hat mir vor ein paar Monaten erzählt, dass ihm das Leben wie ein Puzzle vorkommt, das er rückwärts spielt. In dem Maß, sagte er, wie sich die Welt zusammengesetzt hat zu etwas Sinnvollem, geht es jetzt wieder auseinander. Die Eltern, die Lehrer, die großen Künstler: Eine nach der anderen sind gegangen und jetzt fangen die Freunde an zu sterben. Puzzleteil für Puzzleteil fehlt, bis ich das Bild nicht mehr sehe, sagte er. Dann sei es doch Zeit zu gehen. Er hat sich beschwert, dass jetzt auch Anthony Hopkins gestorben ist, und ich konnte ihn kaum davon überzeugen, dass das ja nicht stimmt, dass Anthony Hopkins noch lebt. Ja, hat er gesagt, meinetwegen, aber wie lang noch? Alles ein Puzzle rückwärts zur Sinnlosigkeit, hat er gesagt.

Ich missbillige die Art, wie er uns jetzt allein lässt. Das mit dem Sinn halte ich für Quatsch. Schmerz ist ein guter Grund, das war auch mit den Leuten in der Schweiz so ausgemacht.

Niemand soll Schmerz aushalten müssen. Aber irgendwas mit Puzzleteilen, was für ein Quatsch. Und dann das mit dem Wald. Ein bisschen Rücksicht wäre nett gewesen.

Aber das war ihm wahrscheinlich in dem Moment egal.

Er war ein Kind seiner Heimat. Die Leut da sind verliebt in schöne Kollapse. Stolz drauf. Stolz auf jede einzelne ihrer biblischen Plagen. Für solche Plagen muss man schon Ägypten sein, quasi, so was hat nicht jeder. Die Strohhütte oder die räudige Palme oder der schiefe Autobahnzubringer, so was geht in jeder x-beliebigen Flut zugrunde, irgendwelche Bungalows mit Swimmingpool verbrennen jeden Tag irgendwo auf der Welt. Aber sieben kupferbehelmte Kirchtürme aus dem Hochwasser ragen zu lassen, mit hundert bändelwerkverzierten Fassaden aufrecht in den Gletscherfluten, eine Pracht durchnässen zu lassen statt eines Elends, eine Kathedrale in Flammen stehen haben und nicht eine Turnhalle – das ist der Ehrgeiz dieser Leute. Nicht meine Worte, wie du dir denken kannst. Aber trifft halt auch auf ihn zu.

Es wird dauern, bis er für tot erklärt wird. Dann werd ich sein Testament vollstrecken, wie man so schön sagt. Spätestens da hören wir voneinander.

Abgesehen davon: Die Skisaison steht bevor. Es kann ja sein, dass es diesen Winter mal wieder schneit. Das Leben geht weiter.

Grüß bitte Beni von mir und du sei selber gegrüßt von eurem »Onkel«

Flemming

Im Bahnhofsrestaurant, 10. Oktober 2022

Liebe Karin,
du wirst es nicht glauben, aber das Bahnhofsrestaurant gibt es wirklich noch. Die Yorma-Filiale wird nebenan gerade gebaut, ich nehme an, sobald die fertig ist, ist hier Schluss. Aber bis dahin dürfte es noch eine oder zwei Wochen dauern, und so lange habe ich gar nicht mehr vor, hier zu sitzen. Gemusterte Polstersitze auf eckigen Bänken, Kaffee als Gedeck auf braunem Tablett, mit einem Spitzendeckchen darunter, das aber aus robustem Plastik besteht. Gegossen, nicht geklöppelt. Und die unauffällig verwahrlosten Stammkunden mit einem ewigen Bier und wechselnden Schnäpsen vor sich. Sie sehen aus wie damals. Weißt du noch, wie wir uns vorgenommen haben, so zu werden wie diese Leute? Das war unsere Variante von *no future*. Wir haben es beide nicht geschafft, oder? Es gibt zwei Spielautomaten hier und beide werden ausdauernd beackert von zwei anderen Stammkunden, die sie offenbar gegenüber in der Spielhalle nicht mehr reinlassen. Sicher weißt du noch, wie ich das erste Mal an so einem Automaten gespielt habe. Es war Flemmings Idee, aber ich hatte das Fünfmarkstück. Wir waren siebzehn, glaube ich. Und ich habe hundert Mark herausgeholt. Natürlich weißt du das noch, wer könnte diesen Abend vergessen? Ich weiß nicht, wie es bei dir ist, aber was mich betrifft, mich und reines Glücksgefühl, so ist das bestimmt der Höhepunkt meines Lebens. Bisher, muss ich sagen. Allerdings nehmen die Chancen ab, dass da noch etwas kommt, was das noch toppen könnte. Der Automat stand im SodaPur (was für ein alberner Name für eine Kneipe), und die Musik war, jeden-

falls in meiner Erinnerung, *You drive me Crazy.* Nicht Shakin' Stevens, sondern Fine Young Canibals. Und ich hatte diesen grünen Stein um den Hals, an einem blaugefärbten Lederband, links und rechts vom Stein eine Perle. Du hattest das gemacht, es war dein Geschenk und durfte damals noch ganz unschuldig Indianerschmuck genannt werden.

Keine Angst, Karin, das soll kein Nostalgiebrief werden. *Don't look back.* Dabei käme ich ja auch auf die Dauer nicht gut weg. Ich wollte bloß sicher gehen, dass du noch weißt, wer ich bin, und dass ich nichts vergessen habe. Die wilden Nächte nicht und den ganzen Spaß. Aber auch nicht das danach, als ich verrückt war und du zu mir gehalten hast. Und dann ging es trotzdem auseinander und irgendwie sind seitdem dreißig Jahre vergangen.

Ich habe dich gegoogelt, ein Wort das noch schlimmer ist, wenn man es schreibt, und sehe, dass du tatsächlich dein Geld und deine Anerkennung all die Jahre mit Bändern, Steinen, Perlen und so weiter verdient hast, bloß, dass es jetzt nicht mehr Indianerschmuck heißt. Respekt. Ich habe es nicht gewusst, es hat mich dreißig Jahre lang nicht interessiert.

Sorry.

Also schnell die Karten auf den Tisch. Ich werde sterben – also nicht in dem Sinn wie wir alle, sondern irgendwann im kommenden Jahr. Leukämie, im weitesten Sinne. Ich werde mich aber vorher aus dem Staub machen. In so einer Situation ist die Stimmung so, dass man es stark empfindet, wenn einem keiner zuhört bei den ungemein wichtigen Sachen, die man am Schluss noch zu sagen hat. Du wirst das ja wahrscheinlich eines Tages auch feststellen, möge dieser Tag noch fern sein und deine Nächte zahlreich bis dorthin.

Ich habe in mich hineingehorcht und mich gefragt, wem sagst du noch mal was? Und ob du es glaubst oder nicht, die mir eingefallen ist, bist du. Sonst ist alles gesagt, allen. In einer Stunde kommt der Zug mit meinem jüngeren Sohn, der von nichts weiß, dem ich auch kaum je Väterliches – ah, davon will ich gar nicht anfangen. Noch einen netten Tag mit ihm genießen, das ist alles, was ich will.

Den grünen Stein am Lederband habe ich nach dem Abitur in meine Heiligtümerdose gesteckt. Da sind Dinge drin, die Bedeutung aus Tagen haben, von denen teils kaum noch Umrisse erkennbar sind. Weil sie so lange her sind, Karin. Aber ja, ich sehe dich grinsen, schon auch wegen dem ganzen Gras und dem ganzen Cinzano.

Diese Dose. Sie spukt mir im Kopf herum. Seltsam, gerade jetzt. Als gäbe es nichts Wichtigeres. Es ist eine Porzellandose, ein dickwandiges, zylindrisches Gefäß mit einem Holzdeckel, auf der eine historische Stadtansicht zu sehen ist. Überschrift: *Die Statt Freisingen gegen Mitternacht.* Meine Eltern haben sie nicht mehr gewollt, als ich noch ganz klein war, und ich habe Münzen da hinein, Überraschungseierkram und wichtige Zettel. Ich hoffte anhaltend, dass meine Eltern sich nicht irgendwann daran erinnerten und sie zurückhaben wollten. Aber das passierte nicht. Heute sehe ich es eher als Beleg dafür, dass sie nichts mehr mit Freising zu tun haben wollten, dem Anfang ihrer Ehe. Mit meinem Anfang. Dass sie sich nicht haben scheiden lassen, liegt allein am Betrieb.

Die Statt Freisingen. Und das Panorama in superfeinen schwarzen Linien auf dem weißen Porzellan. Du weißt ja, wie diese Städtebilder aussehen. Matthäus Merian natürlich. Das Bild wickelt sich einmal um die Dose. Da ist ein ländliches

Pferdegespann auf dem Weg zum Tor. Männer spazieren auf dem Feld, vor der Stadtmauer. Ein Mann mit einem Korb auf dem Rücken. Einer schwingt eine Sense. Rechts ein Mann auf einem Pferd. Zwei andere Männer im Gespräch. Einzelne wichtige Orte, Gebäude, der Dom und so weiter, sind mit Nummern versehen. Bei Merian gibt es ja Erläuterungen zu den Nummern. Auf der Dose nicht, da schweben nur die Nummern über den Dächern. Oder sie liegen in der Wiese, lauern dem Gespann vor dem Tor auf. Wie kleine mathematische Flüche schweben sie in der Landschaft. So sieht das aus und du merkst schon, ich habe viel Zeit damit verbracht, mir die *Statt Freisingen* anzuschauen, und zwar *gegen Mitternacht.* Das mit der Mitternacht war schwer zu verdauen. Weil das Ganze gar nicht aussah, wie Mitternacht: mit dem schneeweißen Porzellanhimmel dahinter und den Schatten, die Häuser, Männer, Pferde warfen, und weil man überhaupt alles so deutlich sehen konnte. Andererseits hat mich die Schrift überzeugt: Da stand nun einmal *gegen Mitternacht* darüber. Also war es eben Mitternacht, beinahe, und da schwangen die Leute die Sense auf dem Feld, trugen ihre Körbe, führten ihre Pferde und Wagen dahin, hielten ihre Besprechungen ab, und das alles mitten, mitten in der tiefsten Nacht, der allertiefsten Mitternacht. Was für einsame Gestalten. Wo ziehen sie hin, so spät? Warum, überhaupt, sind sie nicht im Bett? In welchem Zustand ist die verdammte Statt Freisingen, unter ihren Nummern, dass da Leute unterwegs sind, und zwar, sage und schreibe, gegen Mitternacht?

Ich verrate dir etwas. Ich habe weit ins Erwachsenenalter hinein gebraucht, um zu kapieren was es mit dieser Mitternacht auf sich hat. Ewig gebraucht, mich von meinen Kindergedanken zu lösen. Dabei hätte ich doch, spätestens seit ich Stifter gelesen habe, wissen können, dass »Die Mitternachtsseite« halt die Nordseite ist, und mitternachtwärts »nach Norden« bedeutet. In Italien heißt der Süden ja auch schlicht mezzogiorno, Mittag. In dem Freising auf der Porzellandose ist es nicht etwa 23 Uhr 45 oder fünf vor zwölf, sondern es geht schlicht der Blick nach Norden hin. Bei Matthäus Merian gibt es auch eine Ansicht nach Süden.

Die meiste Zeit meines Lebens hat mich das Bild beunruhigt. Mir Sorgen gemacht, um Freising, um die Männer auf dem Feld, das offenstehende Tor. Was tun sie? Sind es Wächter? Die Nacht verlangt doch nach Wächtern? Was ist da los? Es macht mich noch heute nervös, obwohl ich ja weiß, dass diese helle Mitternacht nichts anderes ist als der Tag.

Wie das Lederband mit dem grünen Stein zwischen den Glasperlen aus dieser Dose verschwinden konnte, ist mir ein Rätsel. Vielleicht ist es während der Zeit passiert, als in der Dose auch immer mein Vorrat an Gras und schwarzem Afghanen untergebracht war. Jedenfalls ist es weg.

Es ist ja lustig, dass ich so lange gedacht habe, *Mitternacht* bezieht sich auf die Zeit, während es in Wahrheit eine Aussage über den Raum ist. Kompass, nicht Zifferblatt. Andererseits ist unsere zirkadiane und zyklische Zeit eh bloß eine Funktion des Raums. Am Ende gewinnt der Raum, nicht wahr?

So. In zehn Minuten kommt der Zug, da will ich am Bahnsteig sein. Keine Verspätung. Ausgerechnet da einmal pünktlich, wo ich gerne noch eine Viertelstunde hätte. Aber in meiner Situation sollte man mit Viertelstunden nicht kleinlich sein. Der Markt sagt zwar, dass bei Knappheit der Wert steigt. Aber was schert uns der Markt?

Habe ich irgend etwas Brauchbares gesagt? Maybe not. Ich freue mich auf die Autofahrt hinauf zum Lichtenauer. Erinnerst du dich an den Lichtenauer? Waldwanderung, Bier und Schnitzel, grandiose Aussicht? Gibt es immer noch.

Du kennst das ganz bestimmt: Wenn man mit dem Auto morgens Kurve um Kurve durch dichten grauen Nebel ins Gebirge hinauffährt, dann wird der Nebel irgendwann noch dichter, noch dunkler, fast wie die Einfahrt in ein Tunnel. In dem Moment weiß man, auch wenn gar nichts dafür spricht, auch wenn das ganz widersinnig ist, weiß man einfach, dass nur ein paar Kurven weiter oben ein ganz anderer Tag wartet. Dass man aus der Oberfläche des Nebelmeers ausbrechen wird, ein springender Delfin mit vier Rädern. Und wirklich färbt sich gleich darauf das Dunkelgrau, es wird blau, ein eisiges Blau, Gletscherblau, links und rechts von der Straße eine Welt wie in einer Schneekugel voll Menthol und auf einmal, tatsächlich, die Sonne, eine Waschanlage aus Licht donnert auf die Windschutzscheibe, man sieht auf einmal vor lauter Licht noch weniger als im Nebel. Aber das Gaspedal gedrückt und blind hinein in die leuchtende Welt. Es ist ein Gefühl von Anfang, Aufbruch, Losrennen, alles liegt vor mir. Drehen wir die Musik lauter. Die Lieder unserer Jugend, Karin, denn es ist gar kein Anfang, sondern die Erinnerung an Anfang, Erinnerung an Aufbruch, an Losrennen und das ist sogar noch besser. Hier, in diesem blind ins Licht rollenden 150 PS-Blech, umgeben von sechs Lautsprechern, der Arsch auf einer ledernen Sitzheizung, hier ist alles versammelt, Aufbruch, Erinnerung, Abschied, Geborgenheit.

Der Nebel lichtet sich und man reist in ein gleißendes

Licht: Sind das nicht die gängigen Nahtoderfahrungen? Beschreibt man nicht geläufigerweise so das Sterben? Vielleicht, die Todesstunde uns neuen Räumen froh entgegensenden und so weiter. Mit *she drives me crazy* am Morgen in der chromglänzenden Fliehkraft der Passstraße, wünsche ich mir das fast. Aber mein nüchternes Gehirn, jenseits der Drüsen, die sich so über die Sonne freuen, dass sie rauschig werden, mein Gehirn hat gelernt und weiß, dass keine neuen Räume kommen. Dass nichts kommt. Erst der Nebel. Dann aus.

Mach's gut, Karin.

Von: Chimesatmidnight.60@gmail.com
An: Flor.Jimenez@gmail.com.ar
Betreff: Endlich unterwegs!

Flor, meine Liebste,
es ist so weit, alle Leinen sind gekappt. Der Abschied fällt mir leicht. Flemming wird mir fehlen. Alle anderen sind entweder tot oder haben sich als Arschlöcher entpuppt. Meine Söhne sind mir fremd. Wahrscheinlich habe ich ihnen, indem ich sie seinerzeit ihrer Mutter ausgeliefert habe, die Kindheit und damit die Persönlichkeit versaut. Jetzt trägt der eine die Last der Welt auf seinen Schultern, der andere lebt im Bann einer Vergangenheit, die nicht einmal seine eigene ist. Beides ungesund, oder? Andererseits, Persönlichkeit ist überbewertet. Man lässt sie in dem Augenblick fallen, in dem einem die auffälligen Blutwerte mitgeteilt werden. Oder in dem Augenblick, wenn man jemandem wie dir begegnet.

Ich habe hoffentlich alles recht eindeutig hinterlassen und

man vermutet mich irgendwo in dem Waldstück, in dem sich schon mein Großonkel erschossen haben dürfte, mit seinem Jagdrevolver und dem Sterbekruzifix. Ich habe alles schön dargestellt. *El Cantar del mio Sui-Cid* sozusagen. Ich weiß, dass das nicht witzig ist. Aber hinter deinen katholischen Augenbrauen musst du auch lachen. Unter deinen katholischen Brüsten wackelt ein gottloser Hintern, Flor. Dieser Hintern hat mich bekehrt – die Bekehrseite. Ich nehme es nicht auf die leichte Schulter, dass ich meine Kinder und meine letzten Freunde mit einer grausamen Realität abspeise, die so sehr bloß die Kehrseite einer anderen Realität ist, unserer Realität, dass man mit Recht behaupten kann, es wäre eine Lüge. Nehm' ich nicht auf die leichte Schulter. Ich bin bloß fertig damit. Sie sind alle erwachsen. Das schlechte Gewissen habe ich hinter mir. Es rentiert sich nicht mehr. Morgen werde ich mit dir über den Ozean segeln und danach: Caipirinhas am Pool, Melonen zum Frühstück, ein klimatisiertes Schlafzimmer und eine Dose Viagra.

Wenn ich den Anfang meiner Erinnerung suche, lande ich bei einer dunkelgrünen, kugelförmigen Wassermelone, größer als mein Kopf, in einem Einkaufsnetz aus roten Nylonfäden, die mir in die Hände schneiden. Immer abwechselnd in die linke und in die rechte, so schwer ist die Melone. Vor dieser Erinnerung ist nichts und ich weiß auch nicht, wie dieser Tag weitergegangen ist. Es gibt keine Zeit in dieser Erinnerung.

Das ist nur eine schnelle E-Mail, ich sitze schon im Zug. Morgen um diese Zeit steige ich zu dir ins Boot und dann ist das Ende der Geschichte erreicht. Es wird süffisante Blicke geben, über die schönste Frau im Hafen und den Gringo mit dem Bauch, ihren *sugardaddy*. Es ist mir egal, weil ich nichts mehr ausbaden muss. Tatsächlich ist das hier ja mein Lebensabend. Das ist nur auf den ersten Blick eine deprimierende Metapher. Abgesehen von der Dunkelheit und dem nahen Ende, wenn das der Abend ist – dann ist die Bar eröffnet! Bringen wir also einen Ozean und ein Gebirge zwischen uns und dieses Land mit all seinem Granit, seinen gnadenlosen Fahrzeugen, seinen konzentrierten Katastrophen, seinem Ostwind, seinen hundsgemeinen Bewohnern, seinen immerzu läutenden Glocken und all den Toten zwei Handbreit unter dem Dreck seiner Gewerbegebiete. Ich weiß schon, in deiner Heimat ist es nicht besser, was die Toten betrifft und die Glocken und die Schlechtigkeit der Leute allgemein. Aber ich will mein Leben nicht im Dreck meiner eigenen Heimat beenden, in meinem Dreck, demselben Dreck. Ich will nicht Teil desselben Unrats werden. Ich beschmutze meine letzten Wochen lieber an deiner Schlechtigkeit, Flor, meine Treibhauspflanze, unter Palmen, nur, um nicht noch einen Tag länger derselbe zu bleiben.

Bis morgen, wie verabredet. Sieh zu, dass Dosenbier an Bord ist.

Dein ♥

GEIERANEKDOTE

Manche Orte scheinen irgendwie nirgendwo zu sein. Wir stellen sie uns vor und kriegen sie nicht richtig auf die Landkarte. Wo war nochmal Portofino, oder Mauritius? Vielleicht beschützen wir diese Orte. Fassen sie nicht mit den bloßen Fingern an, damit die traumhaften Blasen intakt bleiben, in denen sie wohnen. Oder: Wir sind es, die geschützt werden müssen.

Unser Schauplatz: ein gemauerter Behälter, darin sieben oder acht menschliche Körper in unterschiedlichen Haltungen, in einer stinkenden Flüssigkeit, aus der Dampfschwaden aufsteigen. Der Schauplatz ist aber keineswegs auf Grauen an- und ausgelegt. Es ist nicht der Behälter, in dem ein Massenmord in Säure aufgelöst wird, und nicht der Schauplatz eines eilig abgebrochenen Genozids irgendwo in einem dieser Länder, die auf gewisse Weise immer nirgendwo zu sein scheinen, Ruanda, Bosnien, Chiapas, Dharfour. Auch Auschwitz ist ja irgendwie nicht wirklich irgendwo. Aber *Bad Füssing*, das hat eine greifbare Geographie.

Es ist im Bäderdreieck, im schönen Rottal, und es würde sich verbieten, das Vernichtungslager im gleichen Atemzug zu nennen, wenn nicht wirklich KZ-Außenposten und Nebenlager in unmittelbarer Nachbarschaft zu den berühmten

Schwefelquellen liegen würden, Glieder einer Kette ostwärts zwischen Dachau und Mauthausen. Und so liegt der Gedanke nicht so verboten fern. Am Rand des Thermalbeckens, wenn die Dampfschwaden in den blauen Himmel steigen und vom Wind zerrissen werden, kann man darüber nachdenken, dass dieser kleine Ort seinen ganzen Ruhm und Reichtum dieser badewannenwarmen schwefeligen Suppe verdankt, und auch sein Stadtbild, eine Lagerlogistik aus rechtwinkligen Auffahrtsrampen für Kliniken, Arztpraxen und Hotels. Man zahlt Geld, viel Geld, um sich hineinzulegen wie in eine Marinade, miteinander, einer so krank wie der andere, am Herzen, an den Nerven, an der Schuppenflechte, Amputierte, Alte und einfach Leute mit Geld, zusammen in einem großen Topf, wie Gurken, eine die Haut der anderen berührend, am Ellbogen, an der Ferse. Stellen, an denen man in Thermalbecken eben gelegentlich aneinanderstößt, die rau und trocken sind und daher im warmen Wasser weiß und schwammig werden. Genug Details jetzt, darüber kann man nachdenken, während die Schatten der Dampfschwaden im Wind das Tageslicht flackern lassen.

Füssing jedenfalls lebt genau davon, ist stolz genau darauf, berühmt genau dafür. Kranke Körper in einer stinkenden Flüssigkeit. Aber so fängt man keine Anekdote an.

So fängt man eine Anekdote an: Für zwei Dinge war das Rottal um die Jahrtausendwende berühmt (Kenner und Einheimische würden sagen, dieser wunderbare und gesegnete Landstrich sei natürlich für viel mehr als für zwei Dinge berühmt und als Beispiel das Franz-Beckenbauer-Golfturnier ins Feld führen. Aber mir geht es hier um das Wesentliche, also noch einmal von vorne).

Für zwei Dinge war das Rottaler Bäderdreieck berühmt: seine heißen Quellen, und eine im weiten Umkreis konkurrenzlose, sogenannte Vogelwarte. Die letztere zog jahrzehntelang aus einem weiten Umkreis vor allem die Kinder an, während erstere, die Quellen, entsprechend mehr die Alten um sich sammelten.

In den Heilbädern Füssing, Birnbach und Griesbach sah man in zahlreichen Kurhotels und Kliniken die Gebrechlichen sitzen. Sah sie lehnen, hinken, rollen und vor allem liegen: die Angegriffenen, die Müden, Siechen und Versehrten; Hautkranke, Herzkranke, Rheumakranke, Krebskranke und Altersschwache.

Die Vogelwarte war auf den ersten Blick ein ganz anderer Ort – und doch sind sozusagen die beiden Pole wirtschaftlich miteinander verbunden. Während ein Gicht- und Prostatakranker Großvater wochenlang im Schwefeldampf sott, kam es vor, dass seine Familie ihn besuchte. Und dann, während die Tante und die Schwiegertochter bei einer Prinzregententorte im Kur-Café über das Erbe redeten, konnten die drei Kinder mit ihrem Vater zur Vogelwarte, die Eulen ansehen. Ein Falkner hielt den Vortrag und brachte die Raubvögel auf dem Handschuh mit. Den Uhu mit seinem lautlosen Flügelschlag ließ er über die Köpfe des Publikums fliegen, so nah, dass die äußersten Federn der Schwingen die Haarspitzen der Kinder berührten. Der Falke schwang sich auf die nächste Fichte und kam erst am Ende des Vortrags zurück. Und so weiter und so fort.

Die Hauptattraktion der Vogelwarte aber war ein Geier. Ein Lämmergeier mit einer ungeheuren Spannweite und der Aura der Savanne, circle of life, Exotik. Die Falknerinnen und Biologen rühmten ihn. Bis zum Böhmerwald flöge er manchmal, tagelang in der Luft, und immer wieder kehrte er hierher zurück, in die Rottaler Vogelwarte.

Die Fremdenverkehrsleute in den Rathäusern der Badeorte waren sehr zufrieden. Mit beiden Orten, der Vogelwarte und den Heilbädern.

Aber dann, eines Tages, entschließt sich der Geier, von seiner Vogelwarte aus einmal nicht den Böhmerwald, sondern einen der Badeorte anzusteuern, nämlich Füssing. Und als er das einmal getan hatte, tat er es immer wieder. Begeisterung, Blicke in den Himmel und Nackenschmerzen. Sensation, rief man. Zunächst. Denn was erst ein perfekter Coup zu sein schien, ein Kurzschluss der beiden Hotspots, Heilbaden und dabei seltene Raubvögel beobachten – das erwies sich bald als unhaltbare Zumutung für die Badegäste.

Was den Geier an den Liegewiesen so interessierte, dass er immer und immer wieder über ihnen seine Kreise zog, tiefer und tiefer sinkend, enger und enger, das wurde mit der Zeit allzu deutlich.

Die Stimmung unter den Gebrechlichen, eben noch hoffnungsvoll und vom Schwefeldampf entspannt, sank merklich. Wenn der Schatten der grauen Fittiche über sie hinweggeglitten war, schauten die meisten nur mit einem Auge schaudernd zum Himmel und begaben sich schnell nach drinnen, an die Bar, oder ins Bett. Wer liegen blieb, tat es mit einem changierenden Gefühl von existenzieller Bitterkeit und Lähmung, im Kopf einsilbige Echos von Gedanken aus der Zeit, als sie noch gesund gewesen waren. Circle of life, unausweichlich, wir werden alle sterben, heldenhafte Haltung, Sinn grundsätzlich fraglich.

Das Kurkonsortium wandte sich an das Fremdenverkehrsbüro, dieses wandte sich an die Vogelwarte, dann an den Bürgermeister, der an die Forstverwaltung. Der Geier wurde abgeschossen. Das größere Geld wird mit den Alten im Schwefel verdient, nicht mit den Kindern.

Übrigens waren es ohnehin nicht die Kinder, sondern es war immer nur die Faszination der Eltern gewesen. Die Kinder interessierten sich gar nicht so sehr für den Geier, überhaupt für Raubvögel nicht in dem Maß, wie man annahm. Und darüber hinaus galt sogar auch die Faszination der Eltern nicht wirklich dem Geier, sondern ihrer eigenen Vorstellung davon, dass sie ihren Kindern ein Naturschauspiel bieten würden, das diese bestimmt nie vergessen sollten – sie schauten, statt auf den Geier, immer nur auf die Augen ihrer Kinder, von denen sie erwarteten, dass sie staunend und leuchtend und so weiter aussahen. Wenn sie doch einmal auf den Geier schauten und selbst zu staunen versuchten, dann sozusagen, um ein gutes Beispiel zu geben, als Vorbild, schau her: So staunt man. Die Kinder, unter den Fittichen und gierigen Augen ihrer Eltern oder Tanten, hatten das kulturstiftende und persönlichkeitsbildende Erlebnis, nicht einmal beim Sichfreuen den Anforderungen zu entsprechen.

Das Staunen aller Beteiligten über den Geier blieb mit einem gewissen Aufwand verbunden, es war mehr oder weniger Arbeit. Das Unbehagen der Kurgäste unter dem Schatten des Lämmergeiers mit seinen drei Metern Spannweite dagegen war völlig ungekünstelt, ein authentisches Gefühl, wie und weil ja auch der Geier echtes Interesse, um nicht zu sagen, echten Appetit an den Tag legte. Das echte Unbehagen angesichts des Todes wog schwerer als das unechte Staunen angesichts des Naturschauspiels, und das bedeutete das Ende des Geiers.

Das Sonnenlicht scheint unter den Schwefeldampfschwaden zu flackern. Es flackert, als hätte der Tag einen Wackelkontakt und könnte jederzeit in Nacht umschlagen.

PAN TROGLODYTES

Jetzt höre ich sie meinen Namen rufen. Wie lange haben sie gebraucht, um zu merken, dass ich weg bin? Ich weiß es nicht. Nicht, dass ich gekränkt wäre. Am liebsten würde ich hierbleiben, unter der beigen Leinwand. Die Mittagssonne ist gedämpft, sie prallt außen am Zelt ab. Es wird zwar warm jetzt, hier drin, aber ganz langsam. Ein Luxuszelt haben sie sich mitgebracht, keine Faser Kunststoff, alles Natur, Leinwand, Hanfstricke, die kleinen Teile aus gebürstetem Stahl oder so. Nichts, was man im Outdoordiscounter kriegt. Laurenz konsumiert vorbildlich. Und nimmt sich die zwei Stunden, die man braucht, um so ein Zelt aufzustellen. Wo auch immer das noch geht, außer in meinem Garten.

Draußen hüpfen die Kinder vorbei. Ihre Schatten auf der Leinwand wie in einem Film, einem indonesischen Schattentheater. Oder wie bei *Herr der Ringe*, dem von Ralph Bakshi. Als Schatten wirken die Kinder viel bedeutsamer. Draußen sind sie enttäuschend. Laut und dumm. Kleine Orks. Sie werden doch hoffentlich nicht hereinkommen. Nein, sie verschwinden. Die Schatten gleiten von der Zeltwand und die Stimmen entfernen sich Richtung Wald.

Man ruft mich wieder. Ich werde so müde. Das war es wahrscheinlich, worauf der ungarische Psychiater hinauswollte, mit seinem autogenen Training. *Main linkär Orm wird gonz schwär. Mein Körper wird gonz schwär.* Es war fürchterlich. *Schwär und worm.* Ich musste aufstehen und gehen, mitten in der Gruppentherapie. Ich war siebzehn, ich wollte da nicht sein. Man hatte mich da hingeschickt. Es hat mich nervös gemacht, dass mir jemand mit so einer Hypnosestimme sagte, dass ich ruhig werde. Und was angeblich mit meinem Arm passiert, meinem Körper, meinem Herz. Aber das hier muss es sein. Genau das muss er gemeint haben. Mitten am Nachmittag fallen mir die Augen zu. Und mein Arm wird ganz schwer. Und die Stimmen draußen sind ganz weit weg. Die Kinder, Laurenz, Carla, Georg – ganz weit weg irgendwo da draußen.

»Dann denk doch wenigstens an das Kind.« Das höre ich ganz nah, obwohl es nicht für mich bestimmt ist. Ich bin das Kind. »Scheiß auf das Kind«, sagt mein Vater. Die Sätze sind alle sehr nah, aber sie donnern und rumpeln und poltern und rutschen über mich hinweg wie auf einer Eisdecke, unter der ich im Wasser treibe. Meine Eltern spielen Eisstockschießen über mir. Es stimmt komplett, was man so sagt, dass Erfrieren ein schöner Tod ist, dass einem da ganz warm wird. Die Stimmen der Eltern weiter und weiter weg. Ich schaue auf die Acrylwolldecke, unter der ich liege, das Innere einer Höhle, in der es schnell zu warm wird und hasse die Symbole auf dem Waschzettel, bis sie mir vor den Augen verschwimmen und gleichgültig werden. Wenn ich sie später anschaue, werde ich sie lieben: ein durchgestrichener Wasserbottich, eine Spirale, Zahlen, Prozentzeichen, schwarz auf einem glänzenden glatten Stoff, mit braunem Faden an den Rand der Kunststoffwolle genäht. Jetzt hasse ich sie, ich schwitze. Aber ich werde müde und das ist angenehm und das Geschrei draußen, außerhalb der Höhle, bekommt etwas Vertrautes. Wie gleichmäßiger Straßenlärm, wie Vogelschreie, wie Gezwitscher.

Der Schatten von Georg erscheint an der Zeltleinwand, riesig, ein Balrog, und wird abrupt kleiner, bis seine Hand den Stoff berührt. Die Fingerkuppen machen fünf Dellen, die zu mir hereinragen. Ich denke daran, mitten durchzustechen und die Hand zu mir hereinzuziehen. Sie würde nicht hindurchpassen und ans Zelt genäht bleiben. Blut würde am Leinen herunterrinnen. Nur eine Sekunde denke ich an sowas. »Kommst du auch wieder raus aus deiner Höhle?«, fragt Georg. »Ich komm raus, Georg«, sage ich. Ich weiß, wie man so etwas so sagt, dass es nett und witzig ist. Ich muss noch Spuren verwischen, meinen Körper wieder auf akzeptables Format bringen, das Hemd in die Hose stecken, die Brille wieder auf. Dann knote ich den Eingang auf. »Mach mal Platz.« Die Sonne ist weiß und blendet mich, ich kann überhaupt nichts sehen. Im Vorbeigehen rücke ich das Fallrohr in der Regentonne gerade und klopfe den Deckel fest. Georg redet, es geht um Wein und Eis und Grillkohle. Ich zeige ihm, wo alles ist: im Keller. Carla redet mit Roberta und fragt mich, als ich vorbeigehe, nach etwas, was mit unseren Kindern zu tun hat. Ich sage etwas Nettes und Witziges. Dann setze ich mich an den Tisch, unter das Sonnensegel. Laurenz trägt die Grillkohle an mir vorbei und zwinkert mir zu. Vorbildliche Grillkohle natürlich, Laurenz vernichtet weder Tropenholz noch polnische Feuchtgebiete. Alle sind zufrieden, dass ich aus meiner Höhle heraus bin. Hier sitze ich, mitten unter ihnen. Man stellt Teller vor mich hin, Gläser auf den Tisch, wer den Salat bringt, klopft mir auf die Schulter. Es passt wieder. Aber ich bin überhaupt nicht aus der Höhle heraus. Ich bin noch drin. Ich bin hier drinnen.

Als Kind passe ich vollständig unter die Acryldecke. Ich und zwei Kuscheltiere. Es ist ein Murmeltier und ein Krokodil. Als ich größer werde, muss das Murmeltier draußen bleiben. Mit sieben oder acht lasse ich auch das Krokodil zurück. Der Kopf meiner Großmutter passt jedenfalls nicht zu mir herein. Es ist ohnehin zu wenig Luft und ich rieche ihren Mund. Alte Frau ist der Geruch. Sie steckt den Kopf herein und sagt: »Komm. Komm wir gehen Eis essen.«

Es war die ganze Zeit ein Kommen und Gehen bei meinen Eltern. Leute, die wichtige Neuigkeiten loswerden mussten und noch an der Haustür zu reden anfingen. Leute, die auf dem Sofa weinten. Männer und Frauen mit blauen und goldenen Zigarettenschachteln, die das ganze Haus mit Rauch anfüllten und entweder auf meine Mutter oder meinen Vater einredeten. Manche kamen immer wieder, ich erkannte sie daran, wie sie sich anzogen. Einer immer im Anzug, ein anderer immer in Militärpullovern, solche mit stoffverstärkten Schultern in blau oder olivgrün. Eine Frau immer in einem Maleroverall. Und Oma, die ganz unberechenbar manchmal da war und manchmal nicht. Sie brachte mir bei, wann es Zeit war, in Deckung zu gehen. Ich habe es von ihr gelernt.

Es muss das erste Mal gewesen sein, dass ich etwas an mir entdeckt hatte, was ich Mama zeigen wollte. Oder Papa. Etwas, das sie interessieren würde, weil es so absonderlich war. Und etwas, das so absonderlich war, dass ich es erklärt haben wollte. Ich trug die Acryldecke über die Schultern wie eine Theatergestalt, hielt sie mit den Daumen und zeigte mit allen anderen Fingern auf mein Gesicht. So schlurfte ich durch den Flur auf das Wohnzimmer zu. Der Rauch der blauen Zigaretten strömte durch die erleuchtete Tür. Erwachsenenstimmen redeten und schrien durcheinander. Ich rief auch etwas. »Schaut her«, oder so etwas. Aber Oma kam aus der Dunkelheit, aus der Küche wahrscheinlich, nahm mich an den Schultern und drehte mich um, zurück in die Dunkelheit. »Schsch«, sagte sie mit dem Finger auf den Lippen. Sie fuhr mit dem Daumen über meine Stirn. »Das will niemand wissen«, sagte sie. »Ich weiß es«, sagte sie und ich erzähle es nicht weiter. Wir erzählen es niemandem. Von ihr habe ich auch gelernt, mich wieder in das akzeptable Format zu bringen, bevor ich unter Leute ging.

Omas Kopf unter der Decke, viel später, als ich schon nur noch alleine hineinpasste, wollte ich harpunieren. Direkt in ein Auge und den zuckenden Kopf in ein Netz packen. Meine Höhle war inzwischen unter Wasser, Jaques-Yves Cousteau, schwebend in einer druckvollen Stille. Der Druck kommt von einem Ozean voller Leben, das nicht mit mir spricht. Von oberhalb der Wasseroberfläche, wo die grellen Tageslichtstrahlen funkeln, dringen Geräusche zu mir in die Tiefe. Auf äußerste Distanz, maximal gedämpft, unverständlich und dumpf. Schreien, ich weiß nicht, klopfen, es ist zu dumpf.

Omas Kopf in einem Netz an Bord der Calypso bringen, zum Zerschneiden. Oder doch meinen eigenen Kopf zerschneiden. »Was redest du da?«, fragt Carla. »Nichts«, sage ich. Georg kommt klar mit dem Grill. Roberta geht Richtung Wald, um die Kinder zu rufen. Ich könnte sitzen bleiben. Aber es wäre nett von mir, wenn ich Georg ein Bier bringe. Zum Löschen der Grillflammen, wenn das Fett aus dem Fleisch in die Glut tropft. Ich gehe in die Küche und hole zwei Bier aus dem Kühlschrank. Der Öffner hängt an einer Schnur an der Kühlschranktür aus gebürstetem Edelstahl und während ich die Flaschen aufmache, sehe ich so etwas wie ein Spiegelbild in dem matten Metall. Meine Gestalt, im Großen und Ganzen, in den groben Umrissen, ja, gut, erkennt man schon. Aber der Kopf. Ob das Augen sind oder Brillenränder oder der Schatten von leeren Höhlen, das kann man nicht sagen. Ich bleibe vor dem Kühlschrank stehen und schaue in mein verschleiertes Spiegelbild. Ich erforsche es. In so einem Bild – wie viel Wahrheit könnte ich zulassen, ohne dass man es sieht, frage ich mich. Wie deutlich kann ich es zeigen, kann ich es herauslassen, bis es in diesem gebürsteten Stahl sichtbar wird. Ich riskiere ein wenig. Nichts ist zu sehen. Ein wenig mehr. Schwer zu sagen. Jemand nähert sich der Küche und ich bringe mich wieder in die akzeptable Form.

Es ist Georg mit der Frau, die er neuerdings immer dabeihat. Blonde Locken wie aus einer alten Fernsehserie. Ich vergesse immer, wie sie heißt. Er nimmt das Bier entgegen, als sei nichts, und es ist ja auch nichts. Sie schaut mich an, als wäre etwas, als sehe sie etwas, als hätte sie etwas an mir bemerkt oder an dem Raum, in dem ich mich aufhalte, ein Echo meiner Selbstbetrachtung im polierten Edelstahl des Kühlschranks. Als würde sie einen Geruch wahrnehmen, den sie dann aber im letzten Moment doch lieber nicht anspricht. Wie es im

Flur riecht, wenn gerade jemand am Klo gewesen ist. Oder in der Küche, fünf Minuten nach dem Mülleimerleeren. Aber Georg nimmt nichts wahr. Oder doch, ich weiß nicht. Wir kennen uns schon so lange.

Georg und ich in einem Zelt in Irland, wir sind siebzehn. Der einzige Mensch, mit dem ich ein Zelt geteilt habe. Auch an diesem Zelt ist alles echte Leinwand, aber blau und imprägniert, kein Lifestyleprodukt, sondern ein Überbleibsel, ein Relikt, älter als wir beide, nur Georg kann es aufbauen, am Rand eines Felds, in der Nacht. Es regnet. Georg liegt neben mir, wir beide in Schlafsäcken, ins Zelt geschichtet wie Larven. Georg schnarcht. Dann kommt Wind. Ich klettere am Schnarchen in ein Schwimmbecken aus Wind hinunter. Ich träume. Ich träume von großen Dichtern der Vergangenheit und Tieren, im Traum bin ich voller Verachtung für die Dichter und die Tiere und drohe in der Verachtung zu ertrinken und ich erwache spuckend, leidenschaftlich spucke ich aus, dem schlafenden Georg ins Gesicht. Georg erwacht. Es ist vollkommen dunkel. Sein Kopf und mein Kopf unglaublich nah. Es kostet mich Anstrengung, meine Stimme klingen zu lassen wie immer, oder jedenfalls, als sei nichts irgendwie Bemerkenswertes geschehen. Ich entschuldige mich. Georg brummt und dreht sich um. Ich schwitze im Kokon meines Schlafsacks und lausche in die Dunkelheit, die gleichermaßen im Inneren wie außerhalb des Zelts herrscht. Ich brauche beinahe eine Stunde, bis ich mir eine vorzeigbare Atmung aufgezwungen habe. Dann bekomme ich den Rest meines Körpers unter Kontrolle. Ich bin im Zelt, im Schlafsack, in meinem Körper, ich bin hier. Ich bin hier drin.

Wenn im Haus Ruhe war, einige Jahre später, konnte ich auftauchen aus meiner Höhle, hervorkriechen aus ihr und die Zimmer besichtigen wie verlassene historische Stätten, Ausgrabungen, Tatorte. Darin umhergehen mit vorsichtigen Füßen, wie umwickelt mit Plastikgaloschen, um entweder mich oder den Fundort nicht kontaminieren. Ruhe im Haus war nur, wenn niemand da war, die Künstler ausgeflogen zu ihrer Kunst. Ich hatte schon gelernt, mit den Absonderlichkeiten umzugehen, die ich an mir beobachtete. Hier, im leeren Haus, im leeren Wohnzimmer, stumm wie nach einer Katastrophe, für einen Nachmittag verlassen als wäre es für immer, konnte ich den Veränderungen freien Lauf lassen. Um sie zu beobachten, sie einschätzen zu können. Ich war fasziniert, aber auch verwirrt. Die Ähnlichkeit mit einem Ausschlag, an der linken Wange, am Kinn, dann auch über den Augen. Es juckte zuerst immer ein bisschen. Eine Rötung, eine feine helle Schicht von Hautschuppen wie Staub. Es kam und ging. Und dann, eines nachts, hob sich die Haut an meiner Stirn und um meinen Mund. Ich erwachte und konnte meinen Daumen unter die abstehende, abgehobene Haut schieben. Sie war hart und mein erster Gedanke war Apfelstrudel: die oberste Schicht Strudelteig, braun und knusprig, fest und zäh wie der Deckel einer Tupperdose. Ich konnte diesen Deckel von meinem Gesicht abziehen, genau wie ich es mit dem Strudel machen würde. Es roch allerdings nicht nach Zimt und Rosinen. Es roch wie unter den Heftpflastern an den aufgeschlagenen Knien. Aber sonst glich mein Gesicht dem gebackenen Strudel. Auch darin, dass unter der Kruste der Teig geschmeidig und glänzend war. Die feuchte, blasse Schicht trocknete schnell aus und wurde so hart wie die abgezogene. Sie hob sich an den Rändern, und ich konnte wieder mit dem Daumen darunter fahren und wieder eine neue, feuchte Schicht spüren. Mein Gesicht blättert auf wie ein großer Pilz, fällt ab und wächst nach.

»Das will niemand wissen«, Worte der Großmutter. »Ich kann es verbergen.« »Gut«, sagt die Großmutter. »Guter Junge.« Ich kann ein Gefühl hinter meinen Augen hervorrufen, durch das ein Vakuum in meinem Schädel entsteht. Alles außen an meinem Kopf wird hineingesaugt. Die Außenhaut erscheint glatt. Nichts dringt hinaus, wie bei einem *biohazard* Labor im Unterdruck. Vorsichtig gestatte ich Bartwuchs. Jedes Barthaar spüre ich die Außenhaut durchstoßen. Jedes einzelne lasse ich hinaus wie an einem Zügel, wie an einem Kletterseil hinunter.

Nach der Reise mit Georg habe ich immer ein Zelt für mich allein gehabt. Natürlich kann ein so großes Zelt wie das von Laurenz da draußen, aus beigem Leinen und rund wie ein Tipi, nicht für einen allein sein. Aber wie wunderbar wäre das. Ein riesiger Kegel aus sanftem Licht über mir, der Raum für mich allein, die Wände steil wie die Lichtstrahlen in meiner Unterwasserhöhle. Platz. Bloß, dass es die Schatten durchlässt, spricht gegen das Leinen. Ein ständiges Fuchteln von Orks und Dämonen an der Zeltwand. Das blickdichte Zelt in dem gummigen Blau von Turnmatten hat das Draußen strenger abgeschirmt. So streng, dass eine Kuh, die am Zelteingang graste, nicht bloß kein Schattenbild im Zelt abgab, sie war auch nicht zu hören. Die lange, raue Zunge kam durch den Reißverschluss, kaum dass Georg ihn weit genug offen hatte. Wir schrien. Und lachten dann. Aber das Schreien war wie immer eindrucksvoller und wirkte länger nach. Ich will noch einmal hinaus und in Laurenz' Tipi verschwinden, bloß für einen Atemzug. Oder ist es eine Jurte? Was für ein edles Zelt. Ich frage mich, welche Partei Laurenz wählt.

Draußen in der Sonne sind aber die Kinder und ihre Mütter schon dabei, das Tipi in Beschlag zu nehmen. Sie werfen die zusammengerollten Schlafsäcke durch die Öffnung hinein. Mona wirft den ihren und hält dabei ein Ende fest, so dass er sich zugleich ins Zelt hinein entrollt. Eine neonfarbene Chamäleonszunge. Kein Verschwinden dort mehr für mich. Ich gehe ein paar Schritte in Richtung Wald. Mein Garten hat eine Tür in den Wald. Von dort kommt auch das ganze gelbe Springkraut, das zusammen mit Giersch und Brennnesseln und Himbeerdornen den Garten unterwandern will. Ich streife die Schuhe ab und gehe dort hin. »Solange er noch da ist«, wie Carla immer sagt, wenn sie da hinaus geht.

Das blaue Zelt, in dem ich Georg angespuckt habe, ist kurz darauf verschimmelt. Wir haben es in einer Hinterhofmülltonne in Cork zurückgelassen und den Rest der Reise in Jugendherbergen übernachtet. Ich hatte danach ein Ein-Mann-Zelt, das ich praktisch auf den Boden spucken konnte. Keine Stangen, keine Knoten, keine Aufstellanleitung.

Ich beneidete immer die Baumbesetzer. Wie im Zoo die Gibbons bestaunten alle sie, hoch im Geäst, wie sie dort klettern. Freie Affen, nicht wie die am Boden, die depressiv auf den gelben Fliesen sitzen. Die Baumbesetzer wurden angeschaut, von ihnen wurden Bilder gemacht, einfach nur, weil sie dort oben waren. In den roten Kletteranzügen, die Gurte um

Schultern und Oberschenkel, klirrend vor Karabinerhaken. Da war es schon ein Ereignis, wenn einer von ihnen auch nur aufstand, um sich einen Schluck aus der Thermosflasche zu holen. Wir am Boden wurden nur gesehen, wenn man etwas mit uns machte. Uns mit Wasserwerfern traktierte. Uns die Zelte zerriss. Die Einsatzkräfte über unsere Körper hinwegstiefeln ließ. Unten war man Opfer, auf dem Rückzug vor der anrückenden Phalanx aus Helmen, Schilden, Knüppeln. Wie bewundernswert sogar im Affenhaus die Kletterer oben in den Baumgestellen. Ihre Hände finden mit so sicheren Griffen Halt, und sind den unseren, den Menschenhänden, so gleich, dass man beim Schauen träumt, man könnte selbst so greifen, hätte auch den übermenschlich starken Arm, wäre auch der souveräne Affe dort oben. Und nicht der traurige Affe auf den Fliesen.

Eines Nachts als Kind hörte ich noch mehr Geräusche aus dem Wohnzimmer als sonst. Ich schwitzte unter meiner Acryldecke und war müde, aber ich konnte meine Unterwasserhöhle nicht zusammenhalten, sie bröckelte, und die Brocken aus Korallen und Steinen sanken langsam nach allen Seiten in die Tiefe. Hoch über mir lag eine Yacht, ein schwarzer Schatten in der Oberfläche voll Mondlicht. Vom Boden dieser Yacht kamen die Wohnzimmergeräusche. Eine Ankerkette ragte von dort in die Tiefe. Sie war mit fedrigen Algen bewachsen und verschwand neben mir in der Dunkelheit. Die Yachtgeräusche wurden lauter. Es waren Stimmen, aber auch Musik. Ich bekam keine Luft mehr unter der Decke, meine Haare klebten an meiner Stirn und an meinem Hinterkopf. Ich wollte die Höhle zusammenhalten, aber es war unmöglich.

Ich musste den Kopf hinausstecken, um zu atmen. Die Luft gab mir Kraft, aber sie war auch kalt und widerlich wie das Tiefseewasser. Und sie war angefüllt mit den Yachtgeräuschen. Meine kindliche Verbitterung war zwiespältig. Ich war eine einsame und abstoßende Kreatur am dunklen Meeresboden, sie waren Yachtbewohner im Mondlicht und ich beneidete sie brennend, ausgeschlossen von ihrer Musik und ihren Stimmen. Aber ich war auch Herr einer Höhle. Mein Habitat, mein Reservat, mein Biotop, mein Schutzgebiet und sie trampelten mit ihrem Lärm darauf herum und taten mir weh. Als ich in dieser Nacht die Veränderung spürte – ich kannte sie schon und ich wusste schon, wie ich sie mit ein wenig Willenskraft zurückhalten konnte – als ich sie in dieser Nacht spürte, wurde mir klar, dass noch etwas anderes damit verbunden war.

Im Wald bin ich inzwischen nach ein paar Schritten auf den Kadaver des jungen Marders gestoßen, der vor ein paar Tagen in unserer Regentonne ertrunken ist. Trotz des Deckels, trotz des geschlossenen Fallrohrs. Allem zum Trotz ist er durch die Regenrinne in die schmale Öffnung gekrochen und mit dem Wasser die Röhre hinunter in das fest verschlossene Fass. Zwei Kurven hat das Fallrohr. Wie ein Kind in einer Rutsche. Vielleicht ist er nicht gekrochen. Vielleicht gespült worden. Ich habe den tropfenden, rattenartigen Körper mit einem Stock herausgefischt, an den Waldrand getragen und in die Büsche geschleudert. Mich wundert, wie kurz mein Wurf war. Ein paar Schritte vom Zaun, kaum überhaupt im Wald. Und mich wundert, wie unversehrt der Marder noch ist. Er liegt mit dem weißen Bauch nach oben. Mit einem Stock stoße ich nach ihm. Er wirkt wie ausgestopft.

Es ist eh nicht viel übrig vom Wald. Drei Minuten gehe ich bis zum Kahlschlag, wo Sturmschäden und Käferholz abgeräumt worden sind. Man sieht über den ganzen Bayerischen Wald bis zu den Gipfeln von Rachel und Lusen und Siebensteinkopf und beim richtigen Wetter links davon, weit dahinter, die Linie des Großen Arber. Von hier bis zu den beiden großen Bergen ein ansteigendes Hügelland. Rachel und Lusen und zwischen ihnen der Höhenzug, als wäre ein mit Wald besticktes Bettzeug zum Trocknen aufgehängt.

Dass ich mich weiter vom Haus entfernt habe, als ich wollte, höre ich an den Stimmen, die jetzt wieder meinen Namen rufen. Ich will nicht zurück. Ich suche mit den Augen im Hügelland die große Wiese irgendwo zwischen hier und den Bergen, wo das Protestcamp gewesen ist. Aber es kann irgendwo gewesen sein, ein Hügel wie der andere, nicht einmal an den Kirchtürmen kann ich sie auseinanderhalten. Saldenburg, wo sie den Atommüll vergraben wollen, ist jedenfalls ein wenig weiter westlich. Ich versuche mir zu sagen, es ist wunderschön, schau, ein wunderschöner Anblick. Aber natürlich ist das Wissen um das Endlagerprogramm stärker und ich sehe vor allem den gemiedenen Landstrich, der all das hier werden wird. Und auch die Erinnerung an das Camp wirkt stärker als die Schönheit. Irgendwo da ist es gewesen. Und ich frage mich, habe mich schon damals in meinem Einzelzelt gefragt, ob es das wert ist, sich so auszusetzen. Vielleicht ist eine Entvölkerung ja ganz gut. Für die Natur und so weiter. Auf Jahrtausende gerechnet, vielleicht sogar die Anwesenheit von ein paar Radionukleiden ganz positiv. Wer sagt, dass es immer so sein muss, wie jetzt? Ist es denn jetzt so besonders gut? Für wen tun wir das? Meine Platzwunde am Hinterkopf kam damals jedenfalls von einem Stein aus dem Camp. Von hinten, aus den, sozusagen, eigenen Reihen. Wobei. Eigene Reihen. Als dann die Polizei kam und alles zertrampelte und zerschnitt und zerstieß, mit dem Ende des Schlagstocks auf mich hinstieß, war ich mit Bluten beschäftigt und in einem Zustand äußerster Reizbarkeit.

Das soll keine Rechtfertigung sein. Sie wäre auch nicht nötig, niemand hat das mitgekriegt. Alles war voll von Tränengas, es fühlte sich an, als würde es regnen, alles schrie, die Helmvisiere der Polizisten waren beschlagen und die meisten anderen waren maskiert. Niemand hatte Aufmerksamkeit für den Affen am Boden, einen von hunderten Affen. Dabei wollte ich, dass man mich sieht. Dass man mich diesmal dabei sieht. Ich war vielleicht nicht auf dem Baum, ich war nicht von klirrenden Karabinerhaken behangen. Aber ich kann das hier.

»Ich komme ja schon.« Die hundert Schritte heraus aus dem Wald folgen nicht den gleichen Pfaden wie die in den Wald hinein. Die Tritte verschwinden unter Springkraut, Heidelbeeren und Tannenschößlingen. Und ich trete barfuß auf den toten Marder. Er mag aussehen wie ausgestopft, aber er fühlt sich an, als wäre er verflucht. Wie ich zurückschrecke, schubse ich ihn auf die Seite, und wo er gelegen ist, werden die Käfer sichtbar. Schabenhaft, zahlreich, mit rotgemusterten Rücken oder länglich mit Zangen an beiden Enden, winzige weiße Maden in Kolonien wie Städte auf einer Straßenkarte 1:500 000, und Ameisen. Es werden bis übermorgen nur Haare und Knochen bleiben.

»Wer braucht mich, wer ruft mich«, sage ich, als ich auf das Haus zugehe. Ich kann eine Melodie in meine Stimme legen, die Munterkeit und Zuversicht herstellt. Eine Beethovenmelodie, wie im Violinkonzert oder in der Waldsteinsonate. Ich mache das auch wie Beethoven: Ich weiß, wie ich es klingen lassen muss, auch wenn ich selbst dafür taub bin.

Wer mich braucht, ist Carla, in der Küche, sagt Georg, es geht um mein Krautsalatrezept. Aber als ich hinkomme, ist die Küche voller Leute, fast alle haben sich da versammelt, ich höre sie bloß lachen und weiß, dass ich da überhaupt nicht mehr hineinkomme, geschweige denn über mein Salatrezept reden werde.

In der Nacht unter der Acryldecke, als mich die Yachtgeräusche wachhielten, war keine Großmutter da, um mir zu sagen, dass das niemand sehen wollte. Vielleicht hatte ich es immer schon überhaupt nur deshalb verbergen können, weil wenigstens sie es ja gesehen hatte. Irgendjemand musste es ja sehen, schon, damit ich wusste, dass es wirklich war. Dann kann man auch damit leben, dass niemand sonst es sieht. Aber in dieser Nacht wusste ich schon, dass es wirklich war und dass es zu mir gehörte. Was es sonst noch war, das ahnte ich, je lauter das Lachen wurde, je deutlicher, im Wohnzimmer, der Yacht an der Oberfläche. Das pilzige Aufblühen meines Gesichts war mit einer rücksichtslosen Kraft verbunden, die mich vor Aufregung zittern ließ. Es hielt mich nicht im Bett. Ich lag ohnehin schon außen auf meiner Bettdecke, die Acryldecke ließ ich auf den Boden gleiten. Ich trat an die Tür meines Kinderzimmers und öffnete sie einen Spalt. Das Licht, das hereinströmte, war fremd und schwer. Es schien nichts zu tun zu haben mit dem Licht, wie es sonst in der Wohnung herrschte. Ich setzte einen Fuß in den Flur, in dieses Licht wie in ein unbekanntes Gewässer, einen Teich. Dann schob ich den Kopf durch den Türspalt und schaute. Der Flur war leer, hinter dem halbdurchsichtigen Glas der Wohnzimmertür schemenhafte Gestalten, die Bewegungen zerklüftet durch die Struktur im Türglas. Sie zersplitterte das Bild in Lichtreflexe, die ein einzelnes Auge, eine Hand, eine Zigarette plötzlich scharf und deutlich hervortreten ließen, ein isoliertes Bild, ein Ausschnitt, Ausriss, Fetzen. Ich ging darauf zu. Ich ging langsam. Ich würde die Tür öffnen, dazu war ich entschlossen. Ich war darauf gefasst, wie sie reagieren würden. Ich würde die Klinke drücken, ihre Gesichter würden sich zur Tür wenden, viele einzelne Augen in den Glaskanten der Tür, kurz würde die Tür ein vieläugiges Wesen werden, angefüllt mit anderen Wesen in seinem Inneren. Aber nur kurz, denn dann würde ich die Tür öffnen und den Anblick auf mich freigeben. Und Entsetzen würde sie ergreifen. Auf dieses Entsetzen war ich gefasst, wie auch auf den Moment, wo die Tür vieläugig werden würde. Aber ich würde es tun, ich war fest entschlossen. Und auf eine finstere Weise freute ich mich darauf. Sie sollten mich sehen. Und sie würden mich sehen, auf eine Weise, die mir selbst noch nicht klar war, die ich nicht mehr würde kontrollieren können, die grausam sein würde. Das alles ahnte ich, aber ich war bereit, den Preis zu zahlen.

Aber dazu kam es nicht. Jemand kam aus dem Bad, der Mann mit den Militärpullovern, blau diesmal. Ich drückte mich in den Türrahmen der Küche, um nicht gesehen zu werden. Das war dumm, denn auf dem Rückweg ins Wohnzimmer würde er ja an mir vorbeigehen müssen. Aber der Mann ging gar nicht zurück. Er kam aus dem Bad, musste aufstoßen, atmete aus und überquerte dann den Flur auf dem kürzesten Weg zur Tür gegenüber. Der Tür zu meinem Schlafzimmer. Er ging hinein.

Der Mann ging in mein Zimmer und schloss die Tür hinter sich. Ich hielt den Atem an. Ich zählte, bevor ich wieder Luft holte. Ich zählte, wie man die Entfernung eines Blitzschlags abschätzt, indem man die Zeit bis zum Donner abzählt. Es dauerte lange. Ich schaute in den leeren Flur, lauschte, hielt die Ohren hellwach, wie um den Donner aus dem anderen Lärm, den vielen störenden Geräuschen herauszuhören, wenn er käme. Aber es waren nicht meine Ohren, die mir die Nähe der Gefahr verrieten. Ich sah ihn durch die Wände hindurch, in meinem stockfinsteren Zimmer. Er tastete herum, die blauen Arme mit den aufgenähten Ellbogen ausgestreckt. Fand mein Bett. Stolperte fast über die Acryldecke, trat dann mit seinen schmalen schwarzen Schuhen darauf. Fasste den Bettpfosten mit beiden Händen. Kniete auf den Boden. Seine graue Stoffhose rutschte über seine Socken, weiße Haut mit ganz wenigen Haaren kam zum Vorschein. Er fuhr mit der Hand unter meine Bettdecke. Hielt inne, wischte dann im ganzen Bett herum und erkannte, dass es leer war. Dass ich hinter zwei Wänden, aber sonst zum Greifen nahe im Türrahmen der Küche stand, wusste er nicht. Und er wusste nicht, dass ich ihn sehen konnte. Dass ich ihn sah, weil ich mich verändert hatte und noch weiter veränderte. Ich hörte seinen Atem und ich sah, was seine Hände machten. Sie grapschten nach einem Wäschestück, ein Stück von meiner Wäsche, eine Socke, eine Unterhose, die zwischen Bettkante und Matratze steckte. Dann schnaufte er. Einen feuchten Atemzug, rasselnd von den Lippen bis hinunter in die Bronchien. Dann kam er heraus, meine Wäsche in den Taschen.

Ich stand nicht mehr im Türrahmen. Ich stand mitten auf dem Flur, die flimmernde Struktur der Wohnzimmertür hinter mir, das winkelige Glas leuchtete wie Wellen im Hafen.

Er kam heraus und wollte zurück zu den anderen Yachtleuten, meine Wäsche in der Hosentasche, den Geruch meiner Unterwasserhöhle an den Händen. Niemand würde etwas davon wissen. Ich konnte seine Gedanken riechen. Und ich roch den Schnaps in seinem Atem über die ganze Distanz des Flurs. Und erst jetzt sah er mich.

Er brauchte ein oder zwei Herzschläge, bis er verstand. Und dann stieg das Grauen in ihm herauf, stieg in ihm auf wie aus dem Magen, wenn man sich unwiderruflich erbrechen muss. Seine Augen wurden starr. Sie hafteten an meinem Anblick und blieben auch noch auf mich gerichtet, als er anfing, den Kopf von mir wegzudrehen. Sie rollten in ihren Höhlen wie zwei Kreiselkompasse bei panischen Manövern. Ich war sein Nordpol des Entsetzens. Sein Mund war aufgerissen, aber er blieb völlig stumm. Nur sein Gesicht schrie so deutlich, dass ich wie in einem Spiegel mich selbst darin sehen konnte, oder immerhin erahnen, was aus mir geworden war. Es war nicht nur das Außen, das mir die Großmutter wegbeschwichtigen wollte. Nicht nur die Apfelstrudelstruktur, der sich abschälende Pilz in meinem Gesicht, mit den Affenhaaren, die um die Körperhöhlen an mir herunterhingen, der Wundgeruch, die warzenhaften Versteifungen meiner Haut, wie die einer Seegurke. Es war etwas in mir, in meinem Inneren, was sich gleichzeitig umstülpte und etwas Neues zum Vorschein brachte. Es war die Kraft, die all diese Veränderungen bewirkte.

Hinter mir, auf der anderen Seite der Glasscheibe, lachten sie kurz und laut auf. Ich sah und roch den Mann am anderen

Ende des Flurs und fühlte, was er sah. Er sah mich dastehen, ein Kind, reglos, das ihn anschaute, unverwandt, aber ohne Gnade, wie die Rachegottheit einer fremden Mythologie. Und in der fahlen Silhouette vor dem funkelnden Wohnzimmerglas öffnete sich in dem Kind ein Abgrund. Ich verstand die Natur dieser Kraft, die in mir war. Es war eine brutale und vollkommen nüchterne Zerstörungskraft.

Ich lag schon lange wieder in meinem Bett, als sie ihn fanden. Ich hatte mich sofort wieder hingelegt und noch minutenlang gezittert von der ausgestandenen Anspannung. Aber dann war der Schweiß getrocknet, ich hatte den Staub vom Leintuch gewischt, der von der Veränderung übriggeblieben war, und die Reste davon vom Kopfkissen gepustet. Ich hatte die Augen geschlossen und fühlte mich friedlich in meiner Höhle. Die Yachtleute interessierten mich nicht mehr. Aber es gefiel mir, ihnen zuzuhören, wie sie hin und her liefen, wie lange sie brauchten, bis ihr Yachtlärm sich veränderte, wie lange sie überhaupt für alles brauchten. Ein Krankenwagen kam, blaues Licht pulsierte an meiner Zimmerdecke, vor meiner Tür hörte ich Poltern und kurze, ernste Sätze, die mir sehr wohl taten. Noch bevor der Arzt wieder ging, war ich eingeschlafen. Niemand hatte auch nur einen Gedanken an mich verschwendet.

Ich hatte nichts tun müssen. Es gab kein Zögern, weil ich es bloß zulassen musste. Es kam aus mir heraus, aber so, als ob es nur durch mich hindurch ging, von irgendwoher, einem höheren Ort, oder einem tieferen. Aber dieser Ort war natürlich auch in mir. Schwer zu beschreiben. Die Kraft im Nacken eines Hais. Aber wenn die ganze Welt dieser Hai ist.

Ich frage mich, ob jemandem aufgefallen ist, dass er Kinderunterwäsche in den Taschen hatte. Jedenfalls ist niemand darauf gekommen, dass es meine Unterwäsche war. Und so oder so, es scheint niemand Anstoß daran genommen zu haben.

Ich kann nicht einmal in die Küche hineinsehen, sie ist abgeriegelt, gesichert wie von Einsatzkräften. Ich sehe bloß die Rückseiten der drei Männer, die in der Tür stehen. Kurzen Hosen, die oben den Speck zusammenhalten und unten Knie und Waden herausrinnen lassen wie versiegende Rinnsale, dazu Mützen und Shirts, jeder anders, aber so, dass man Mützen, Hosen, Shirts und Waden auch in jeder beliebigen anderen Kombination akzeptieren könnte, wie die Kinderspiele mit den Karten. Von drinnen Gelächter und Geklapper, und Affengeräusche. Es ist ein Lachen, jemand erzählt etwas Witziges, oder sind es zwei, die witzig sind? Ich sehe nicht durch die dicht geschlossenen Reihen, aber ich sehe Schatten an der Decke der Küche. Die Schatten flackern. Wie es scheint, jongliert jemand, womöglich mit Essen. Dann lacht die ganze Küche und der Impuls überträgt sich auf die speckigen Rückseiten. Eine Phalanx der Idiotie. Die drei Männer in der Tür recken ihre Hintern heraus, als sie sich zum Lachen nach vorne beugen. Ich wende mich ab. Das Klo ist besetzt, also gehe ich ins Bad und schließe mich ein.

Aber was heißt schon einschließen. Ich greife nach dem Hebel der Mischbatterie. Das Rauschen des Wasserhahns zieht nur einen Schleier zwischen mich und draußen. Erst die Badewanne, und auch nur, als ich den Wannenfüller auf Brausekopf umstelle, schließt und dichtet die Wände der Höhle. Ich stelle das Wasser auf heiß. Hier bin ich blickdicht versteckt und hinter dem Vorhang des Rauschens unsichtbar sogar für mich selbst. Der Dampf kondensiert, der Spiegel beschlägt, wenn ich hineinschaue: bloß eine schattenhafte Gestalt.

Die Verwandlung ist nicht lautlos, aber fast unhörbar. Es knirscht, wenn die Poren sich öffnen, es gibt ein mikroskopisches Schmatzen, bevor das Sekret zur Kruste gerinnt. Ich meine, ein wolliges Schaben und Kratzen zu ahnen, wenn die dunklen Affensträhnen unter meiner Kleidung quellen, in meinen Hosenbeinen abwärts schieben. Und meine Stimme löst sich wegen der Schmerzen bei einem oder einem anderen Atemzug, löst sich vom Zusperren der Glottis zu kleinen, keuchenden Seufzern. Und der Geruch wie aufgeschlagene Knie unter dem Heftpflaster breitet sich aus. Aber alles habe ich mit einer Decke aus Störgeräuschen, aus Rauschen und duftendem Schaum getarnt. Und dann muss ich es nur geschehen lassen. Ich erwische einen Blick auf mich im Spiegel, hinter der Dampfschicht mein Schemen ein Abgrund. Als ein Tropfen durch mein Spiegelbild rinnt, ist es, als zöge jemand ein kurzes, dickes Schlachtermesser durch mich. Ich spüre, wie ein Schrei von mir ausgeht, von jeder meiner Fasern. Er ist unhörbar, ereignet sich auf einer Frequenz, die gleichzeitig zu tief und zu hoch für das Ohr ist, Infra und Ultra zugleich. Aber er ist riesig, er ragt am Horizont auf wie eine Wolke aus Alarm und Lärm, und wenn mir jetzt jemand gegenüberstehen würde, dann würde sein Gehirn auf der gleichen Frequenz zurückschreien, bis es in seinem eigenen Blut ertränke. Wie es dem Polizisten passiert ist. Und sie haben geschrieben, diese Pfeifen, dreißig verletzte Beamte und dass der eine Tote nichts mit den Protesten zu tun hatte, Schlaganfall, unerkannte Vorerkrankung. Die Idioten. Die Anwesenheit eines leibhaftigen Drachen haben sie völlig übersehen.

Es hämmert an die Badezimmertür. Wenn ich im Badezimmer eingesperrt war, früher, alle Hähne offen, Schaum und Duft, dann hörte ich nichts von draußen. Das war, was ich wollte. Kein Kreischen, kein Schreien, keine Beleidigungen, kein Klirren, auch keine Schritte. Wenn es an die Tür klopfte, war es Großmutter, und ich hatte sie nie kommen hören. Wenn ich ihr den Schlüssel umdrehte, machte sie ganz langsam die Tür auf, nur einen Zentimeter, dann noch einen. Sie ließ mich immer, nackt und mit Schaumflocken bedeckt, ein paar Atemzüge lang im Ungewissen, ob sie es wirklich war. Ein paar ihrer Atemzüge, die sie in immer anderen Verstellungen durch den Türspalt schickte. Manchmal machte sie Darth Vader nach oder die Zombies aus dem Computerspiel. Aber dann schob sie ihre Finger durch den Spalt und schloss die Hand um das Türblatt neben der Klinke und ich sah, dass sie es war, der malvenfarbene Lack auf ihren Nägeln, die zarte Seidenbluse bis zum Handgelenk, und darunter schaute ein Millimeter des dichten, schwarzen Haars heraus. Dann sah ich das Glimmen ihrer Augen im Spiegel.

Es hämmert noch einmal an die Tür. Es ist Georg, ich soll herauskommen. Die Tür ist keine vier Zentimeter dick, sie ist nicht einmal aus massivem Holz, ihr Inneres ist eine Füllung aus gefalteter Pappe. »Hey«, sagt Georg und unsere Köpfe sind näher beieinander, als sie es ohne die Pappe dazwischen jemals wären. »Hey«, sagt er, »hey alter Eigenbrötler, Zeit zum Rauskommen.« Der Grill sei heiß. Er sagt, die

Würstchen müssen drauf. Das müsse der Hausherr machen. Tradition sei das.

Ich atme. Drehe das Wasser ab und öffne das Fenster. Die Kruste muss vom Gesicht. Sie ist weich vom Dampf. Die Kleidung muss über die Haare, das Tier sitzt wieder am Boden. Mein Schweiß riecht noch nach Heftpflaster. Ich suche ein Deo und nehme dann das von Carla. Blumig und zitronig. »Hey komm«, sagt Georg und hämmert mit der Faust an die Tür. Dann die Stimme von Laurenz: »Raus mit dir aus deiner Höhle.« Ich frage mich, ob ich an die Glasscheibe der Schimpansen hämmern würde und dem depressiven Affen zurufen, hey, und er solle sich doch erheben von seinen beschissenen gelben Fliesen und herauskommen. »Raus mit dir, Schimpanse.«

Der Spiegel ist wieder klar, ich sehe die staubigen Hautschuppen im Gesicht. Ich drehe den Schlüssel um. Manche Scheiben im Zoo sind von innen verspiegelt, wie bei den Polizeiverhören im Fernsehen. »Hey, komm raus«, würde der Affe dann hören und wenn er schauen würde, wer ihn da ruft, würde er nur sein eigenes Spiegelbild sehen. Er würde seine eigenen todtraurigen Augen sehen und darin würde es hämmern, immer munter hämmern, und von hinter den unbewegten Lippen käme: »Raus mit dir! Hey!«

»Raus aus der Höhle«, lacht Laurenz wieder.

Er weiß es nicht, niemand weiß es: Ich bin noch nie, niemals, noch nie aus meiner Höhle heraus.

GARTEN DER LÜSTE (ERLEBNISBAD 2)

»Das verweichlicht mir mein Immunsystem.« Ines ist an ihm vorbeigegangen und hat ein strenges Gesicht über die Schulter geworfen. Sie trägt den gelben Badeanzug, der den mittleren Teil von ihr in ein kompaktes Päckchen verwandelt, ein Etui, an dem Arme und Beine bloß befestigt zu sein scheinen und über dem ihr blonder Pferdeschwanzkopf halb reitet und halb angewachsen ist, wie der Oberkörper eines Kentauren. Sie hat sonst nie einen Pferdeschwanz, denkt Marten. Die Schwimmbadnässe lässt die Haare zwischen ihren Schulterblättern kleben und viel dunkler wirken. Der Badeanzug ist aus diesem dehnbaren Material, von dem Marten immer den Namen vergisst, und die Oberfläche hat eine Struktur aus winzigen luftgefüllten Waben oder eher spindelförmigen Bläschen, die überall sehr kleine Schatten werfen und damit die Bewegung der Muskeln im Körper darunter betonen. Ein gelbes, kompaktes Päckchen, darin ein muskulöser Rumpf in ständiger Bewegung, die Stränge seitlich zur Wirbelsäule hin, die abwechselnd zupackenden Muskeln der Pobacken, die kleine Reaktion unter den Rippen beim Atmen, insgesamt ein Naturschauspiel, findet Marten, wie wenn man sich paarende Schlangen beobachtet, und das in dieser appetitlichen

Verpackung. Dieses letztere Eigenschaftswort wird er Ines allerdings nicht hören lassen.

»*Black hole*. Bei der anderen stehen immer oben die Flüchtlinge und das kann ich nicht leiden.«

»Was kannst du nicht leiden? Flüchtlinge?«

»Die stehen extra da oben, weil da keiner von den Bademeistern hinsieht, und fassen dich an.«

»Mich?«

»Ja, witzig, witzig. Frauen! Frauen fassen die an.«

»Hat dich da schon mal einer angefasst?«

»Die stehen da wo man losrutscht, am Start, zu dritt, zu viert, keine Ahnung, und machen es so eng, dass man sich da vorbeidrücken muss, so wie so du weißt schon, so *frotteurs*.«

Frotteurs. Etui. Marten spürt einen erotischen Geschmack im Mund, ein heimlicher Schluck Galliano, die Erinnerung an den kristallisierten Zucker an der hohen Flasche.

»Das ist dir schon passiert?«

»Komm, schneller, die paar Stufen und du schnaufst schon?«

»Von wegen.«

»Dann hopp.«

»Und echt jetzt: Ist dir das schon passiert?«

»Ist auch kein Wunder, weil in Afghanistan oder so da gibt's das nicht. So Frauen wie hier. Im Badeanzug.«

»Ich weiß gar nicht, ob es in Afghanistan überhaupt Erlebnisbäder mit Wasserrutschen gibt.«

»Erster! Auf Zeit und um die Wette okay?«

»Da sind keine Flüchtlinge beim Power Slide.«

Ines ist schon ein wenig weiter vorn in der Schlange. »Was meinst du, wie viele lassen ihre Kinder nicht impfen?«, fragt

Marten. »Keine Ahnung«, sagt Ines. »Wie viele haben Sportwaffen in der Garage? Jagdwaffen, *Langwaffen* in einem schlanken Schrank mitten im Wohnzimmer?« Weiß sie nicht.

Von oben das Spaßbad als Wimmelbild: nackte Körper, von Breughel oder Bosch arrangiert. Tätowierte, Alte, Magere, Fette. Alle bedeuten etwas, denkt Marten, wenn man sie von oben anschaut. Und die vielen Brunnen oder Massagedüsen, wenn man sie alle zugleich hört, klingt es fast, wie wenn es etwas bedeutete.

Es graut ihm vor der Rutsche. Sie schaut ihn aus dem Loch des Einstiegs heraus an, als hätte sie alles gehört, was er gesagt hat. Marten stellt sich in die Startposition, die Füße im Strahl des Rutschwassers. Das Wasser ist kalt und es wird abwärts gehen, schnell womöglich, und ihm könnte schwindlig werden. »Woher kommt nur«, denkt Marten, »die Erinnerung daran, dass das etwas Lustiges ist. Woher kommt die Erinnerung an meinen Körper als Torpedo? Bloß aus dem Gerede, das ich ständig an Ines hin sprudele wie diese Rutschwasserdüse? Über den Haltegriffen ist eine Ampel. Rot. Gottseidank.« Ines ist in der Rutsche daneben, in einem Abgrund aus Spaß. »Ich dagegen«, denkt Marten, »in einem schwarzen Loch.« Immer noch fixiert er die Ampel. Es dauert viele Sekunden, bis sie auf Grün springt.

»Sei kein Baby«, denkt Marten. Alle schaffen das. Die Prepperfamilie schafft das, Ines schafft das, kleine Kinder haben das getan, gerade eben. Als er auf der Rutsche landet, geht es nicht. Er schiebt mit beiden Händen wie ein Rodler und steckt noch immer vor der ersten Kurve fest, als er merkt, dass es seine Badehose ist, die bremst. »Natürlich«, denkt er, »wie kann ich das vergessen haben.« Er legt sich zurück, biegt den Rücken durch und hebt den Hintern hoch, bis er nur noch auf der Haut seiner Schulterblätter und seiner Fersen rutscht. Und da geht es auf einmal schnell, sehr schnell, und ihm entfährt ein Schrei. Er hasst diesen Schrei, es passiert ihm immer, wenn etwas passiert, mit dem er nicht gerechnet hat. Er kann den Schrei nicht anders nennen als mädchenhaft. Er kann nichts dagegen tun, er kommt aus ihm heraus wie ein Furz beim Bücken. Es ist ein Klarinettenton, dritte Oktave, am Ende noch einmal höher, ein Kreischen, ein Quietschen, als er in die Kompression der Schlusskurve geschleudert wird. Mit gegrätschten Beinen voraus und die Arme gekreuzt, wie eine Stoffpuppe, so spuckt ihn das Rohr des *Black hole* ins Wasser des Zielbeckens. Als er den Kopf aus dem Wasser bekommt und seine zappelnden Gliedmaßen den Boden gefunden haben, steht ihm Ines gegenüber wie eine Sportgöttin.

Marten ist sofort klar, dass sie sein mädchenhaftes Quietschen in der Rutsche gehört hat. Ihm voraus ist es nach hier unten gedrungen, verstärkt durch das riesige Alphorn des *Black hole* und die schaukelnde Wasserfläche an seinem unteren Ende. Durch den Wasserfilm über den Augen sieht er, durch Ines' Beine hindurch, den tätowierten Familienvater am Kinderplanschbecken stehen und seine teigige Frau anschreien.

»Antibiotika«, sagt Marten.

»Was?«, fragt Ines.

»Das sind Antibiotika, die das machen, nicht Impfen.«

»Wovon redest du?«

»Das Immunsystem verweichlichen, das macht dir doch so große Sorgen.«

»Das macht mir keine großen Sorgen.«

»Jedenfalls, wenn du schon Impfgegnerin bist, dann mit den richtigen Argumenten.«

»Wenn du jetzt noch länger hier sitzen bleibst, rutscht dir gleich eins von den Kindergartenkindern hinten drauf.«

»Die Ampel ist noch lange rot.«

»Kein Mensch hält sich an die Ampel.«

»Also abgesehen davon, dass es keine vernünftigen Argumente gegen das Impfen gibt. Immunverweichlichung solltest du jedenfalls für die Antibiotika aufheben.«

»Du hast dich an die Ampel gehalten?«

»Da gibt es nichts zu lachen.«

»Ich bin überhaupt nicht gegen Antibiotika.«

»Wo hast du den Krampf mit dem Impfen überhaupt her? Irgendein Verschwörungstheoretiker unter deinen *facebook*-Freunden?«

»Verschwörungstheoretiker! Wie das gleich wieder klingt.«

»Wie klingt's denn? Linksgrünversifft?«

»Du sitzt immer noch mitten in der Einflugschneise.«

»Weißt du, woran ich gerade gedacht habe?«

»Wann gerade? Beim Rutschen?«

»An Madrid.«

»Stehst du jetzt wieder auf, oder was?«

»An den Prado.«

»Garten der Lüste oder Triumph des Todes?«

»Triumph der Lüste vielleicht.«

»Du denkst beim Rutschen an den Prado?«

»Den Prado und die Nacht danach.«

Eine halbe Stunde später sind sie nach zwei verschiedenen Seiten aus einer Umkleidekabine geschlüpft und stehen, nachdem Marten von der falschen Seite her eine unverdächtige Nachbarkabine betreten hat, jetzt wieder zusammen auf der richtigen Seite. Sie in ihrem Badeanzug, er in der nassen Badehose, schnell wieder auf unverfängliches Maß geschrumpft.

»Und?«

»Zu deinem Bruder? In sein Haus? Nein.«

»Er wird meistens gar nicht da sein.«

»Das ist nicht wegen deinem Bruder.«

»Nur eine Woche.«

»Nein, Marten.«

»Sag mir zwanzig gute Gründe.«

»Weil mir das ganz schön wichtig vorkommt. Zusammen in das Haus von eurer Oma und so weiter. Und das ist mir zu wichtig. Ich will nicht Teil von deinem Leben werden. Nicht in dem Sinn jedenfalls.«

»Aber so meine ich das doch gar nicht. Ich will weder klammern noch klemmen oder kleben oder wie immer man da sagt. Ganz cool. Zwei coole Typen in St. Tropez oder so.«

»Ich habe keine Angst, dass du klammerst, Marten. Ich weiß bloß, dass du dir da was vormachst. Was, was nicht stimmt.«

»Was?«

»Ich habe keine Ahnung, was. Aber es hat jedenfalls nichts mit mir zu tun, was du dir da einbildest.«

»Ich bilde mir gar nichts ein.«

»Jedenfalls kennst du mich kein bisschen. Du kennst mich beleidigend wenig.«

»Wegen der Antibiotika-Sache oder was? Bist du jetzt beleidigt wegen dem einen Satz?«

»Marten, findest du mich schön?«

»Wahnsinnig schön.«

»Woher weißt du das?«

»Das sehe ich doch. Das sehe ich seit fast zwei Monaten.«

Ines nickt. Dann schaut sie ihn an, als hätte sie ihn nicht gerade eben schon angeschaut. Schaut ihn noch einmal an. Legt ihren Kopf schief.

»Dann schau dir das mal an.«

Sie dreht sich nach rechts von ihm weg und schaut ihn über die Schulter hinweg an. Marten schaut zurück.

»Was?«

»Da,« sagt Ines und deutet mit den Augen ihre Schulter hinunter.

Tatsächlich. Marten ist so verblüfft, dass er einen Augenblick lang wütend wird. Was soll das, da war vorher nichts, könnte er schwören. Es ist wie ein Zaubertrick. Das nächste Gefühl ist schwieriger zu fassen: unbehaglich, vielleicht. Ja. Denn da ist eine lange, rote Narbe von Ines' Schulter abwärts entlang der Rückseite ihres Oberarms. Eine Brandnarbe. Alle Spuren des Feuers, alle Zeichen ausgestandener Schmerzen: verfärbte Narbenhaut, rote Streifen, aufgeworfene, warzenartige Stellen und eine lange Linie, wo bleiches, dünn und schwächlich aussehendes Reparaturgewebe auf die noch gesunde Sommersprossenhaut trifft. Eine Landkarte vom Schmerzkontinent auf Ines' Oberfläche tätowiert.

Jedenfalls nickt Marten. Was bleibt ihm übrig? Es ist ja nicht zu leugnen, dass er sich da etwas vorgemacht hat. Wenn er das nicht gesehen hat, was hat er dann überhaupt gesehen?, fragt er sich. Der Minutenzeiger der Schwimmbaduhr klackt einen Strich weiter. Ines hat ihre Anziehsachen aus dem Schließfach geholt und ist hinter der lachsfarbenen Wand zum Umziehen. Marten steht auf der anderen Seite und hört sie, wie sie leicht ächzt, als sie sich bückt, hört Reißverschlüsse, das Ratschen einer Bürste im Haar, Absätze von Winterstiefeln auf den feuchten Fliesen. Er hört sie fragen, ob er noch da sei.

»Mhm«, brummt er.

Was er vor seinen gedanklichen Augen sieht, passt ins Panorama, augmented reality, Badelandschaft mit Brandnarbe, Triumph des Spaßbads. »Habe ich das wirklich nicht gesehen?«, fragt sich Marten. Er versucht, sich die nächste Viertelstunde vorzustellen. Ines wird schon draußen, auf dem Parkplatz, auf ihn warten, in ihrer Lammfelljacke. Sie wird sich fragen, wo er bleibt. Sie wird vermuten, dass er sich schämt. Vielleicht wird sie dann, wenn er da draußen zu ihr tritt, so etwas sagen wie, mach dir keine Sorgen. Oder: Ist schon gut. Andererseits, wie kann man so etwas übersehen haben? Ist es denn immer dunkel gewesen, wenn er Ines gesehen hat? War es immer dunkel, wenn sie nackt waren? Es war doch auch manchmal Tag? »Und ich«, denkt Marten, »werde dann sagen, wie leid es mir trotzdem tut, was für ein unaufmerksamer Beobachter ich bin und so weiter.« Das müsste es doch sein, was sie hören will. »Das bieg ich«, denkt Marten, »wieder hin«, als er durch die Kondenswasserperlen der Glastür tritt.

In der großen fröhlichen Glocke aus Geplapper, Geschrei, Feuchtigkeit und Freizeitarchitektur breitet sich Martens 360 Grad Panorama aus: Ohne ihn jetzt, den Betrachter, so wie ein Bild hängen bleibt, an der Wand im Prado, wenn das Museum geschlossen ist und keiner es mehr anschaut. Der

Garten der Lüste ist es nicht, so viel steht fest. Und in der Luft hängen Martens innere Bilder, unsichtbar, hinter der ersten Oberfläche, noch nicht angeklickte Belohnungen. Die kleine heilige Familie mit dem tätowierten Joseph, der teigigen Maria und dem frischen Christkind schläft inzwischen auf den geheizten Stufen, eng aneinandergeschmiegt. Und ein übersehenes Bündel Gedanken rauscht aus allen Hähnen, in Variationen:

Was ist?

Was passiert?

Was ist passiert?

Was ist passiert, Ines?

SALDENBURG

»Stellen Sie sich vor, ein Altsteinzeitmensch hätte uns eine Botschaft zukommen lassen. Wir wären nicht in der Lage, die richtig zu deuten.«

Marcos Buser,
Geologe und Sozialwissenschaftler,
zur Sicherheit atomarer Endlager

»Die Kommunikationsforscherin Françoise Bastide setzt auf Tiere, die für Detektorzwecke gezüchtet werden. Etwa eine 'Strahlenkatze', die auf radioaktive Strahlung mit einer Verfärbung der Haut reagiert. Thomas Sebeok schließlich, Professor für Semiotik an der Universität von Indiana, plädiert dafür, dass eine 'Atompriesterschaft' die Aufgabe übernimmt, Verluste bei der Tradierung von Informationen zu verhindern. In den Endlagersicherheitsanforderungen der Bundesregierung heißt es, zum dauerhaften Schutz von Mensch und Umwelt vor der Strahlung des Atommülls sei eine 'Sicherheitsbewertung, die einen Zeitraum von einer Million Jahren umfasst' vorzunehmen.«

Tobias Münchmeyer, Frankfurter
Allgemeine Zeitung, 26.11.2011

Sie hat es ihnen versprochen. Sie würde sie alle drei von hier fortbringen, hat sie den Kleinen gesagt. Die Zwillinge, die Kleinsten, haben sie angeschaut, wie sie ihre Mamu immer angeschaut haben. Der Junge mit seinen wässrigen Augen und seinem Grinsen. Das Mädchen ganz ernst, als würde sie irgendwas wissen. »Ja, du bringst uns dahin. Dahin, wo der Mann gesagt hat.« Nur Mima, der schon acht Jahre alt ist, hat gesagt: »Das kannst du nicht versprechen, es gibt kein solches Land. Und sogar wenn. Was hilft das, sie lassen uns nicht aus dem Kreis, du redest *blutig*.«

»Red nicht so mit mir«, hat sie ihm gesagt. »Ich bin die Älteste, niemand blutet hier und niemand redet vom Blut, ist das klar, Mima?« »Bist du jetzt die Mamu?«, haben die Zwillinge gefragt. »Und du bringst uns dahin, wo der Mann gesagt hat, ja? Ja?«

»Ja«, hat sie ihnen gesagt. »Euch alle«.

Aber jetzt sitzen sie zu dritt in der Nacht. Sie, die Älteste, mit Mima und der Kleinsten. Der andere, ihr Zwilling mit dem pfeifenden Atem, ist vor drei Nächten gestorben. Früher hat die Mamu ihn nachts immer umgedreht und geklopft. Vielleicht hätte man ihn umdrehen müssen und klopfen, denkt die Älteste. Vielleicht hätte ich das tun sollen. Einmal ist sie nachts aufgewacht und hat gesehen, wie die Kleinste ihren Zwillingsbruder geklopft und ihm den Schleim vom Mund gewischt hat. Als er wieder geatmet hat, hat sie sich wieder schlafen gelegt. Jetzt sitzt nur noch sie da, eine Zwillingsschwester allein, die Hälfte von etwas.

Die Kleinste, sie hätte einen Namen verdient. Aber dann hätten sie dem Jungen auch einen Namen geben müssen. Und vielleicht, obwohl klar war, dass er nicht lange machen würde, hätte auch er einen Namen verdient. Aber wir können nicht alle Namen haben.

»Erzähl von dem Land«, sagt Mima.

»Ach, auf einmal. Ich denke, das gibt es gar nicht«.

»*Blut*«, flucht Mima. Vielleicht wird er weinen. Und dann wieder ihr die Schuld geben. Weil er weiß, dass er damit durchkommt. Weil er weiß, dass er etwas Besonderes ist mit seinem Rücken. Weil er den Wund hat. Weil er nicht nur mit dem Mund spricht. So einer nämlich ist Mima.

»Also das Land«, sagt sie. Aber was soll sie sagen, was sie nicht schon hundertmal gehört haben. Sie schaut in die Nacht, wo gegen das Mondlicht die vertraute Linie der beiden Berge einen schwarzen, buckligen Horizont bildet. Links der höhere mit zwei Gipfeln, zwischen denen eine Felswand aufgehängt ist wie ein Tuch zum Trocknen. Rechts der flachere, bei Tag ein steinerner Kegel, der in der Sonne glitzert, jetzt ein schwarzer Winkel, wie das Knie eines schlafenden Kindes unter einer Decke.

Wenn wir wenigstens eine Decke hätten, denkt die Älteste. »Es wird uns gut gehen«, sagt sie. »In diesem Land wird es uns gut gehen. Und deshalb müssen wir jetzt schlafen, weil wir morgen ganz früh weitergehen wollen.«

Sie erwacht, als etwas unter ihre Kleidung krabbelt. Im Traum ist es eine Ratte. Bei Licht ist es die Hand eines Mannes. Die Älteste zappelt, halb noch aus Ekel vor der Ratte, aber der Mann hat ein Messer an ihrem Hals und sie hält sofort still. Wolfmänner, denkt sie und ihr Herz bleibt fast stehen, aber dann atmet sie auf. Hinter seiner Schulter sieht sie weitere Leute. Ganz einfach Leute. Seine ganze Familie. Sie schauen gierig zu, was er ihnen bringen wird. Die Älteste ist alarmiert, aber ohne Angst. Ein wirklich böser Mann hätte sie einfach im Schlaf geschlagen. Oder erstochen. Mit so einem wie dem kann man umgehen. Nur der Vormann einer Wandersippe.

»Nichts«, ruft er den anderen zu und nimmt seine Hand aus ihrer Kleidung. Beim Aufstehen stützt er sich auf einen kurzen, dicken Knüppel, der über und über mit Mustern geschnitzt ist. Ein Totem, erkennt die Älteste. Als er sich daran macht, die Kleinste zu durchsuchen, wacht sie nicht einmal auf, so müde.

Die Älteste legt den Arm um Mima, rüttelt ihn wach und legt ihm den Finger auf den Mund. Mima versteht mit einem Blick. Er und die Älteste haben gelernt, wenn nötig nur durch Gedanken miteinander zu reden. Sie können sich darauf verlassen, dass das, was jeder von ihnen denkt, für den anderen sichtbar wird, so dass sie beide einander lesen können wie eine Schrift.

Jetzt richtet sie sich auf. »Schau«, sagt sie laut und fest zu dem Vormann. »*Schaut alle.*« Sie beherrscht den feierlichen Ton so gut, dass alle aufhorchen. Sie hat ein schlechtes Gewissen dabei, obwohl sie weiß, dass es Unsinn ist. Sie steht zugleich mit Mima auf, wie von einer gemeinsamen Schnur gezogen, und zieht ihm das Hemd herunter. Sie dreht ihn um. Im selben Moment kann sie hören, wie allen der Atem stockt. Ein alter Mann in der Gruppe seufzt. »*Schau*«, sagt sie, »*schau und horch. Der Heilige redet, aber nicht nur mit dem Mund*«, ruft sie den Spruch, den sie gelernt hat. »*So horch, aber nicht nur mit den Ohren.*« Sie schaut den Vormann an, der die Hände von der Kleinen genommen hat, und nimmt die Angst zur Kenntnis, mit der er auf Mima starrt.

Sie wird nie vergessen, wie sie zum ersten Mal einen Menschen mit dem Wund gesehen hat. Der Mensch kam aus der Nacht in den Schein ihres Feuers. Die Männer sprangen auf, aber der Fremde griff an seinen Kopf und wickelte seinen Hals aus dem Tuch. Männer und Frauen hielten die Luft an, gerade so, wie die Leute jetzt in der Morgendämmerung. Die Erwachsenen halten die Kleinen fest und drehen ihnen die Köpfe weg, bedecken ihnen die Augen mit der Umarmung. Besser so, dachte die Älteste. Ihr damals hat niemand die Augen zugehalten.

Der Vormann ist jetzt auf den Knien. Sein Blick ist schon gefesselt, er kann das Gesicht nicht mehr von Mima abwenden. Nur seine Augen drehen sich zur Ältesten. Wie einen ein Schaf anschaut, das man zum Bluten sticht. Aber sie hilft ihm nicht. Sie schaut fest und hart in die Gruppe, die gerade noch auf die Beute gewartet hat, gierig oder einfach hungrig. Dann hebt sie das Totem auf, das auf den Boden gefallen ist, und steckt es ein.

Später machen sie Rast in der Mittagssonne. Das schlechte Gewissen ist verflogen, nur Mima ist noch vorwurfsvoll. Was die Leute bei sich gehabt haben, war erbärmlich wenig. Aber für drei Kinder ist es mehr als sie tragen können. Mima ist ausgehungert, die Kleine nimmt nur süßes Essen.

Die Älteste ist trotzdem nicht zufrieden. Sie denkt darüber nach, dass diese Leute jetzt reden. Was reden sie, mit wem reden sie? Sie werden mit jedem reden, den sie treffen. Es sind keine Wolfmänner gewesen, aber es hätten ebenso gut welche sein können. Und wenn diese Leute Wolfmänner treffen und ihnen von uns erzählen. Sie schaudert. Und dann denkt sie: Hör auf, Wolfmänner zu sagen. Das hat ihnen der Mann damals gesagt: »Nenn sie nicht so. Sie nennen sich selber so, damit die Leute Angst vor ihnen haben. Sie nennen sich Stolze Söhne oder Blutmänner, jede Gruppe anders. Manche nennen sich Hunde des Rings. Aber alle zusammen sagen sie Wolfmänner. Sie wollen, dass wir sie so nennen. Aber es sind keine Wölfe. Es sind nicht einmal Männer. Es sind nur unerzogene Dummköpfe, die sich hässliche Kleider anziehen und das Gesicht anmalen. Sie sind bloß das Werkzeug der Bodenherren.« »Dann sind sie also nicht gefährlich, die Wolfmänner?«, hat die Mamu den Mann gefragt. »Wenn sie bloß Dummköpfe sind?« »Oh, doch«, hat der Mann gesagt. »Oh, doch, sie sind gefährlich.«

»Sie werden sich wundern, wo wir hingehen«, sagt sie. Aber Mima und die Kleine heben die Köpfe nicht vom Essen. »Solche mit dem Wund bleiben immer nahe bei den Eingängen«, redet sie weiter. »Da haben sie ihren Reichtum her. Sie werden fragen, warum wir weggehen von den Eingängen. Warum einwärts in den Kreis, geradewegs auf die Meide zu.«

»Was ist die Meide?«, fragt die Kleinste. »Das ist ein heiliger Ort«, sagt Mima. Die Älteste schnaubt verächtlich: »Dort geht man nicht hin.« »Aber wir gehen?«, fragt die Kleinste. »Es ist der kürzeste Weg«, sagt die Älteste. »Sie haben gesehen, dass wir arm sind. Solche mit dem Wund haben immer genug, sie brauchen nicht von einem Platz zum andern ziehen. Das werden sie jedem erzählen, den sie treffen.«

Als Mima sieht, wie sie mit dem Totem spielt, sagt er: »Seine Augen haben geblutet, bevor er umgefallen ist.« »Ich weiß«, sagt die Älteste. »So ist es doch immer.« Das Totem ist schwer und sein unteres Ende ist von scharfkantigem Metall wie verkrustet.

»Der kürzeste Weg in das Land«, sagt die Kleinste.

Jetzt ist es Mima, der verächtlich schnaubt.

»Schluss jetzt mit essen«, sagt die Älteste. »Wir gehen weiter.«

Später haben sie die Sonne im Rücken und ihre gedehnten Schatten gehen ihnen voraus. Das Gehen ist mühsam. Hier ist kein Weg mehr und in den Gräben, die sie entlangwandern, ist das Gras hoch. Sie stolpern über Dornen und Krüppelbäume. Außerdem sieht man die gefährlichen Zacken nicht, die aus dem Boden ragen. Rostige Ränder von eisernen Kübeln, scharf wie Sägen oder das lose Ende aus einem Eisengeflecht. Man kann sich das Auge ausstechen daran. Eine Zeit lang begleitet sie eine Katze. Eine von den hässlichen, mit ganz wenig Haaren, so dass man ihre faltige, bleiche Haut sehen kann. Dann haben sie wieder die beiden Berge vor sich. Sie sehen jetzt größer aus, aber sie sind noch nicht viel näher gerückt. Der felsige Rücken sieht jetzt nicht mehr aus wie ein Tuch, das zwischen beide Berge gespannt ist. Jetzt sind die Gipfel Türme links und rechts von einer Mauer. Die Älteste spürt, wie sie verzagt, wenn sie dort hinaufschaut. So weit und so hoch. Also schaut sie auf die Schultern der beiden Kleineren, die vor ihr hergehen. Sie werden die Mitte des Kreises erreichen, wenn es schon dunkel ist. Das ist gut, weil der Mann gesagt hat, dass sie das so machen würden. »Die Meide heißt nicht umsonst die Meide«, hat er gesagt. »Wir gehen nicht hin, wir gehen daran vorbei. Wir sehen nicht hin. Wir wollen niemandem begegnen, der sich dort aufhält. Deshalb gehen wir dort im Dunkeln vorbei.«

Mamu war noch am Leben, als er das gesagt hat. Und der Plan war noch, dass sie alle gemeinsam gehen.

Die Älteste erinnert sich an die Abende am leuchtenden Ofen, heiße Gesichter und kalte Hintern in der Herbstluft. Die Zwillinge halb eingeschlafen aneinander gelehnt, Mima zwischen seiner Mamu und dem Mann, sie selbst, die Älteste, daneben, aber wie immer mit ein wenig Abstand. »Wir gehen zum Zentrum, bis wir zu einem See kommen. Hier gabelt sich der Weg. Linksherum kommen wir nahe an den Ring, rechtsherum liegt nach Osten die Meide. Wenn wir daran vorbei sind, ist es nicht mehr weit.« Mamus Augen leuchteten mehr als nur das Ofenfeuer zurück, während sie dem Mann zuhörte. »Warum gehen wir nicht am Ring entlang?«, fragte sie. »Erstens ist es länger«, sagte der Mann. »Warum den Bogen gehen und nicht die Sehne? Und zweitens sind am Ring die Eingänge. Dort lassen sie uns nicht hinaus. Und Mima hat den Wund. Du weißt, was die Bauern im Ring mit ihm machen würden«. »Ja«, sagte Mamu. »Ich könnte reich werden mit dir, Mima«, sagte Mamu und lachte. Dann drückte sie ihn fest an sich. »Aber das werden wir nicht machen«, sagte sie. »Das werde ich niemals zulassen.« »Wenn wir im Dunkeln gehen, wie finden wir den Weg?«, wollte die Älteste wissen. »Ich und deine Mamu finden den Weg. Ihr Kinder könnt beim Gehen träumen.«

Erst jetzt, wo es kühler wird, nimmt sie die Umgebung wieder wahr. Die langen Schatten sind fort und die Berge sind keine Mauer mehr, sondern liegen stumpf und grau wie ein riesiger toter Hase. Die Dämmerung ist da. Ich darf nicht beim Gehen träumen, denkt die Älteste. Ich hätte aufpassen müssen. Denn ein paar Schritte hinter ihnen, rechts neben dem Graben, folgen ihnen Schritte im Gebüsch. Und es ist nicht die Katze.

Sie zwingt sich, einfach weiterzugehen, während sie blitzschnell nachdenkt, was sie tun sollen. »Wer folgt uns in diese *blutige* Richtung?«, fragt sie und sagt sich gleichzeitig, nicht fluchen, niemand blutet hier. Die Leute sind uns gefolgt, wollen wiederhaben, was wir ihnen weggenommen haben. Vielleicht. Wenn sie das tun, obwohl sie von Mima und dem Wund wissen, dann sind sie verzweifelt. Verzweifelt genug, uns trotzdem anzugreifen. Dann hilft uns nichts mehr. Wenn es einfach ein Räuber ist, dann wird Mima ihm den Wund öffnen, und fertig. Auch wenn es schon das zweite Mal an einem Tag ist, denkt sie. Er muss.

»Was ist?«, fragt die Kleinste. »Einfach weitergehen«, sagt die Älteste. »Da ist doch jemand«, sagt die Kleinste. »Einfach weitergehen«, sagt die Älteste. »Ich höre es auch«, sagt Mima. »Ja«, sagt die Älteste, »einfach weitergehen.« Sie spürt, wie sich die Haare zwischen ihren Schulterblättern sträuben. Sie spürt ein Ziehen in den Ohrmuscheln. Sie dreht den Kopf beim Gehen ganz vorsichtig. Aus den Augenwinkeln sieht sie die Bewegung. Jemand kämpft sich aus dem Gebüsch und auf die Böschung. Jetzt Kampf oder Flucht. Sie dreht sich um und macht den Blick wild. Gleichzeitig weicht sie zurück, die Arme über die Kinder hinter ihr ausgebreitet.

Die Person im Gebüsch schnauft und keucht. Eine in Tuchstreifen eingewickelte Gestalt wird sichtbar.

»Kinder«, keucht die Gestalt, »Kinderlein. Ich wollte euch nicht erschrecken.«

»Ist das ein Mönch?«, fragt die Kleinste.

»Ja«, sagt Mima. »Das ist ein Wandermönch«.

Mamu hat den Mönchen nie vertraut. Das war schwer für die Kinder. Alle Menschen behandeln die Mönche mit Ehrerbietung. Geben ihnen zu essen, pflegen ihre Füße, befolgen ihren Rat, bücken sich tief und reden sie mit »Großvater« an. Und nur die Mönche dürfen die heiligen Wörter in dem heiligen Ton sagen. Aber Mamu ist ihnen aus dem Weg gegangen. Und die Älteste hat einmal Leute etwas Schlimmes reden hören. Dass die Mönche die Augen von Kindern essen. Aber das waren schlechte Leute. Sie wollten ihr vielleicht nur Angst machen. Bestimmt wollten sie ihr nur Angst machen, denn was für ein Unsinn war das, die Augen von Kindern essen.

Der Mann, als er noch bei ihnen war, redete anders von den Mönchen. »Die Leute«, sagte er, »halten den Wund für heilig. Aber sie haben auch Angst vor denen mit dem Wund. Ein Mönch *redet* vom Wund, er *erklärt* den Wund, er malt sich den Wund auf seine Mönchswickel, hierhin und dorthin – aber er *hat* nicht den Wund. Man muss ihn nicht fürchten. Also erweisen die Leute hier im Kreis die Ehre lieber den Mönchen. So halten sie die Tradition und bleiben trotzdem in ihrer Sicherheit. Gut für die Mönche. Und die Mönche wissen das.«

»Und manche sind auch böse«, sagte Mamu.

»Guten Abend, Großvater«, sagt Mima.

Die Älteste zieht die Augen zu. *Großvater,* nichts als Blut, denkt sie. Sie spürt das Schuldgefühl vom vergangenen Morgen wieder und schüttelt unwillig den Kopf über sich selbst deswegen. Aber sie denkt auch, dass es richtig von Mima war, dem Mönch die Ehre zu erweisen. Man kann nie wissen und sicher ist sicher. Der Mönch kommt näher. Er hat einen Stock, auf den er sich stützt. Die Älteste kann den Schweiß in seinen Stoffstreifen riechen. Männerschweiß.

»Aber manche sind nicht böse, oder, Mamu?«, hat der kleine Mima gefragt. »Sie gehen doch für uns zur Meide?« Die Älteste hat noch immer Mamus Gesicht vor Augen, die Lippen amüsiert verzogen, ihre Augen funkeln zu dem Mann und seine Augen funkeln zurück und dann lächelt Mamu richtig und sagt ganz gedehnt: »Ja – das sagen sie. Aber ob das stimmt …« Und der Mann sagt ganz ernst: »Es stimmt und es stimmt nicht. Sie gehen vielleicht in die Nähe, aber sie gehen nicht hin. Wer dort hin geht, der kommt nicht zurück. Aber es stimmt schon, Mima, manche sind nicht böse. Manche sind dumm.« Mima machte ein fragendes Gesicht. »Ja, sie sind dumm und gehen wieder und wieder nahe an die Meide, weil sie immer heiliger werden wollen. Und die das tun, leben nicht lange.« Oh, wie die Mamu da gelacht hat. »Böse oder dumm«, hat sie gesagt. »Aber sie werden mir meinen Mima nicht wegnehmen«, und drückte ihn ganz fest an sich. Und die Älteste erinnert sich, wie sie gerade hat sagen wollen, was sie noch über die Mönche gehört hat. Aber es war so schön, wie Mamu gelacht hat, und da hat sie sich auf die Lippen gebissen und ihre Worte im Mund behalten.

»Was machen denn drei kleine Ziegen hier?«, fragt der Mönch, als er bei ihnen steht. »Und auf diesem Weg?« Er zeigt mit seinem Stock auf sie und in die Gegend, während er redet. »Ihr seid falsch gegangen, glaube ich«. Die Älteste will ihn fest und gerade anschauen, aber gegen ihren Willen fliegen ihre Augen ganz kurz zu den Bergen hinauf, bevor sie den Blick wieder auf den Mönch richtet. Wie ein Echo schaut der Mönch in dieselbe Richtung und dann wieder in ihre Augen. Er ist ungefähr so alt wie der Mann jetzt wäre, aber er ist blass und fleckig wie alle Kreisleute. Aus ein paar Stellen neben seinem Mund und über seinen Ohren blutet er. Aber die Älteste denkt, er hat sich selbst verletzt, aus lauter Frömmigkeit.

»Nein«, sagt sie, »wir sind richtig gegangen. Wir gehören zu einer Gruppe«.

»Ah, gut«, sagt der Mönch. »Dann brauche ich mir ja keine Sorgen zu machen.« Er nickt Mima zu und ganz kurz der Kleinsten.

»Nein«, sagt die Älteste.

»Wo ist denn eure Gruppe?«, sagt der Mönch und unterbricht sich sofort selbst. »Ach, nein, ums Blut, das geht mich ja gar nichts an. Das gehört sich auch nicht, dass ich euch so ausfrage. Aber ich wandere schon Tage und Tage, bloß mit mir selbst als Gesellschaft, da vergisst man, was sich gehört. Aber wir haben dasselbe Stück Weg, und es wird irgendwann finster. Ihr habt nichts dagegen, wenn ich mich anschließe?« Wieder schaut er Mima und die Kleinste an, dieses Mal länger.

Die Älteste atmet lange ein, durch den Mund, weil sie den Geruch des Mönchs nicht leiden kann: Ich habe ihm unsere Richtung ohnehin verraten, denkt sie. Und die Gesellschaft eines Mönchs ablehnen wäre auffällig. »Wir gehen fast bis zu den Bergen«, sagt sie. »Und wir haben es gut, dass du bei uns bist. Für ein Stück Weg«, fügt sie hinzu.

»Wir sind dir dankbar, Großvater«, sagt Mima und macht sich im Stehen klein, wie die alten Leute es bei Mönchen machen.

Als sie später in der zunehmenden Dunkelheit gehen, kommt es der Ältesten vor, als sei es vielleicht wirklich nicht schlecht, den Mönch dabei zu haben. Er macht Witze für die Kleinste, die mit ihm vorausgeht, und der Ältesten fällt auf, wie lange das Mädchen nicht gelacht hat und wie ähnlich sie dabei der Mamu ist. Außerdem kann der Mönch Feuer machen. Das ist etwas, was sie in der ganzen Zeit seit Mamus Tod noch immer nicht beherrscht.

Trotzdem will sie Mima etwas zuflüstern. Was sie über die Mönche gehört hat. Aber die Wörter, die sie damals im Mund behalten hat, waren ohnehin schon schlechte Wörter. Jetzt, so lange im Mund, sind sie noch widerlicher. Sie kann sie nicht schlucken und auch nicht ausspeien. Also flüstert sie Mima zu: »Halt es geheim, zeig dich ihm nicht. Denk dran, böse oder dumm.«

Aber Mima läuft nach vorne, um auch mit dem Mönch vorauszugehen. Jetzt hat der Mönch ein Kind an jeder Seite und wirkt sehr zufrieden. »Großvater«, sagt Mima und bückt sich mit dem Kopf, als würde von dem Mönch ein Wasserstrahl der Weisheit sprudeln, in den man nur kurz den Kopf tauchen muss. Die Älteste hasst es, wenn Mima so fromm ist. Aber Mima liebt die Tradition. Er sieht sie ja bei allen Leuten. Und außerdem hat er den Wund. Noch dazu auf dem Rücken, wo er überall Ehrfurcht machen würde. Dass wir ihm verboten haben, ihn offen zu zeigen, erträgt er wahrscheinlich schwer, denkt sie.

»Großvater, du bist ein heiliger Mann.«

»Nein«, sagt der Mönch, »ich bin nur ein Diener. Ein Diener, ein Bote, ein Pilger.«

»Was ist ein Pilger?«, fragt die Kleinste.

»Ein Pilger wandert an heilige Orte, meine kleine Ziege. Er findet Kraft und Schrecken und bringt sie denen, die nicht wandern.«

»Großvater«, sagt Mima und taucht wieder brav den Kopf unter den Blick des Mönchs, »du gehst zur Meide, nicht wahr?«

»Ja, Kind, das tue ich. Ich bin ein Meidepilger.«

Mima bleibt stehen und lässt die Älteste aufschließen. »Er ist ein Meidepilger«, flüstert er aufgeregt. »Ein Meidepilger.«

Daher die blutigen Flecken, denkt die Älteste. Er wird nicht lange leben.

»Gut«, antwortet sie Mima.

»Was meinst du?«

»Er ist nicht böse. Wenn er zur Meide geht, ist er dumm.«

»Aber du führst uns doch auch zur Meide«, zischt Mima.

»Daran vorbei«, sagt die Älteste leise. »Nur daran vorbei.«

Als die Dämmerung so weit ist, dass man nur noch die helleren Stellen am Boden erkennen kann, wo es sandig ist, und die dunkleren, wo Ameisenhügel oder Krüppelbäume aufragen, erreichen sie den See.

»Ah«, sagt der Mönch und streckt sich. »Die Träne im Kreis.«

»Die Träne?«, fragt Mima.

»So heißt dieser See«, sagt der Meidepilger. »Er liegt neben der Mitte des Kreises. Wenn der Kreis ein Gesicht ist und die Meide sein Auge – dann ist das Wasser neben dem Auge die Träne im Kreis.«

»Ein Gesicht hat zwei Augen«, sagt die Älteste.

»Es gibt viele Gesichter«, herrscht der Mönch sie an. »Manche haben nur ein Auge und sehen doch alles. Anderen wird mehr als nur ein drittes Auge geöffnet.« Der Mönch legt zwei Finger auf eine der blutenden Stellen an der Stirn und zieht sie auseinander. Im Blut glänzt dasselbe letzte Abendlicht, das auch auf der gekräuselten Oberfläche des Sees spielt.

Die Älteste sagt nicht, was sie denkt. Das ist nur ein Kratzer, denkt sie. Haut und Blut und Eiter. Du solltest die Finger da herauslassen. Es sieht nicht entfernt aus wie der Wund.

Der Mönch nimmt die Finger aus seiner offenen Stelle und redet wieder ruhig. »Wir gehören zum Kreis. Also ist der Kreis wie wir. Also sind wir wie der Kreis. Ein Auge, zwei Augen. Wer kann das erklären? Glaubst du, du kannst das?«

Die Älteste sagt nichts.

»Ich auch nicht«, sagt der Mönch. »Aber hier gabelt sich der Weg und es ist dunkel. Machen wir ein Feuer und ruhen uns aus. Morgen gehen wir verschiedene Wege.«

Die Älteste spürt Mimas strafenden Blick in der Dunkelheit. Während der Mönch Feuer macht, sitzen sie am Boden, aneinander gelehnt. »Erzähl uns von dem Land«, sagt die Kleinste. »Jetzt nicht«, sagt die Älteste.

Sie ist sicher, dass der Mönch jetzt ganz genau zuhört, obwohl er den Kopf nicht von der Glut gehoben hat. Sie würde ihm am liebsten sagen, dass sie nichts davon glaubt. Darüber, dass wir zum Kreis gehören. Sie glaubt, was der Mann gesagt hat. »Die Mönche und die Leute aus dem Ring wollen, dass ihr das glaubt«, hat er gesagt. »Dass ihr zum Kreis gehört und dass das gut ist. Ihr sollt sogar noch froh darüber sein, weil es heiliger Boden ist. Die Leute *draußen*, von hinter dem Ring, kommen von weit her wegen dieser Heiligkeit, sagen sie, und ihr dürft hier wohnen, so gut habt ihr es. Aber wollen die Leute draußen vielleicht hierbleiben? Nein«, hat der Mann gesagt. »Sie gehen wieder, sobald sie die Tradition erfüllt haben. Und warum?«

Der Mönch hat inzwischen ein kleines Feuer zustande gebracht. Sie rücken alle näher und wärmen sich die Füße und Hände. Irgendwann ist auch die hässliche Katze wieder bei ihnen und sitzt ein wenig abseits. Ihr bleicher Körper wirft das Licht des Feuers zurück. Mima packt aus dem Beutel der Ältesten aus, was noch von dem Essen übrig ist, das sie den Leuten am Morgen abgenommen haben. Sie lässt ihn. Nur, als er alles, bis auf die kleinste Rübe, dem Mönch hinlegt, verzieht sie das Gesicht. Aber sie sagt nichts. Noch sind sie im Kreis und sie wird sich nicht mit einem Mönch anlegen. »Großvater«, sagt Mima, »willst du uns zu essen geben?« Du, uns, geben, denkt die Älteste. Sie wirft der Katze ein paar Brocken zu.

»Weil sie das Leben hier sehen und sagen, was für ein blutiges Elend, deswegen gehen sie wieder weg, sobald es nur geht. Mehr als die Hälfte von dem, was ihr esst, kauft ihr von den Bauern im Ring«, hat der Mann gesagt. »Jede Handvoll Boden, auf dem hier im Kreis etwas wächst, habt ihr genauso von den Leuten im Ring gekauft. Deswegen nennt ihr sie Bodenherren. Ihr haltet euch für mehr wert als die Bodenherren, weil ihr hier auf dem Heiligen Gebiet wohnt und viel härter seid als sie und nicht so weich und verwöhnt. Aber in Wirklichkeit seid ihr für sie nicht viel mehr als die Tiere in ihrem Stall.

Die Leute *draußen*, hinter dem Ring, die nennen sie nicht Herren, die nennen sie bloß die Kuppler.«

Die Mamu hat mit den Zähnen gezischt, dass der Mann still sein soll, aber es waren schon zu viele Zuhörer um sie herum. »Was weißt du denn von draußen?«, haben sie dem Mann zugerufen.

»Von welchem Land soll deine Schwester denn erzählen?«, fragt der Mönch die Kleinste und lächelt. »Was für ein Land kann sie denn gesehen haben? Das Land der Träume?« Bevor die Älteste etwas sagen kann, antwortet das Mädchen: »Das Land, von dem der Mann erzählt hat.«

Die Älteste fängt einen bockigen Blick von Mima auf. »Das Land, wo wir hingehen«, sagt die Kleine. Der Mönch schaut die Älteste an. Sie weiß nicht, was der Blick bedeutet. Eine Frage, eine kalte Drohung oder Kameradschaft. Das können sie, die Mönche, denkt sie.

»Was ich von *draußen* weiß«, hat der Mann gesagt, »das weiß ich alles, weil ich selber von draußen komme. Ich bin draußen geboren.« Das hat der Mamu gefallen, dass er von draußen war, groß und schön. Die Zuhörer haben gerufen: »Wenn es dir im Kreis nicht gefällt, dann geh doch wieder zurück. Was machst du denn überhaupt hier, wenn du dir zu fein bist für den heiligen Boden?« Das war für Mamu das Schönste, dass er da sie angeschaut hat. Weil es wegen ihr war, dass er noch da war.

Das Feuer wärmt ihr Füße und Gesicht. Sie sieht den flackernden Schein auf dem gekräuselten Wasser flimmern. Die Augen werden ihr schwer. Sie sieht den Mann vor sich, wie er noch draußen gelebt hat. Wie sie ihn sich immer vorgestellt hat, aus dem, was er erzählt hat. »Keiner meiner Brüder, keiner meiner Freunde, niemand draußen glaubt an den ganzen Zauber«, hat er erzählt. »Es ist bloß ein Brauch. Nichts ist immer schon so, wie es ist«, hat er gesagt. »Wie lange gibt es den Kreis, und wie lange den Ring?« »Schon immer«, haben die Zuhörer gesagt. »Und doch«, hat er gesagt, »und doch muss es die Priester vorher gegeben haben, die ihn geschlossen haben. Und warum ist der Ring geschlossen?« Da haben die Zuhörer nichts gesagt, um nichts zu beschwören und zu bereden. Aber er hat es gesagt: »Wegen derer mit dem Wund. Also waren die mit dem Wund doch vor den Priestern da. Und vor allem anderen, vor dem Ring, vor dem Wund, vor den Priestern, was war da?« »Die Meide«, hat eine, eine ganz mutige, aus den Zuhörern gesagt. Und er darauf: »Also denkt, wie lange es her sein muss, dass die Meide entstanden ist. Viel länger her, als irgendjemand zurückdenken kann. Vor Urzeiten ist sie entstanden. Alles andere ist danach gekommen.« Und der Mann hat sanft auf ihre Füße geklopft und Mimas Kopf gestreichelt, bevor er weitergeredet hat.

»Ich bin in den Ring gekommen, weil meine Familie mich geschickt hat. Geh in den Ring haben sie gesagt, zu den Kupplern, ein Kind holen. Wir wollten ein neues Haus bauen. Da gehört es sich. Es gehört dazu. Wie das fette Essen, wie der Rauch, die bunten Farben. Und im Ring haben sie mir Kinder gezeigt. Aber ein Kuppler hat gesagt, wenn du magst, nehme ich dich mit in den Kreis.«

Als sie aufwacht, sind ihre Augenlider vom Schlaf fest verklebt. Hinter den Lidern sieht sie den Feuerschein flackern und hört den Meidepilger reden. »Die Leute fragen mich das oft, Kinder«, sagt er. »Aber ihr müsst das nicht wissen.«

»Doch«, sagt die Älteste hinter der Haut ihrer Lider heraus. Sie versucht, den gefangenen Blick zu befreien, ohne es die anderen merken zu lassen. »Doch, wir müssen das wissen. Weil wir da auch hingehen. Oder wenigstens daran vorbei.« Sie hört keine Antwort. Weil sie das Gesicht des Mönchs sehen will, reibt sie ihre Augen mit den kalten Fingern frei. Die kalte Luft zieht schmerzhaft auf den Pupillen.

»Wir werden an den Rand eines tiefen, dreieckigen Tals kommen«, sagt der Meidepilger. »Da führt der Weg ein Stück abwärts. Rechts seht ihr, wenn der Mond herauskommt, die Steinerne Hecke. Das sind uralte Felsen, die gegeneinander lehnen wie Brombeerdornen. Da ist es schwer zu gehen, Eisenkanten stecken im Boden, und es gibt böse Tiere.« »Was für Tiere?«, fragt Mima. »Wildschweine. Schlangen. Manche von ihnen sind nicht von dieser Welt.« Der Mönch schüttelt den Kopf.

»Und dann verschwindet die Steinerne Hecke im Boden. Da seht ihr das Tal hinunter bis zu den Gruben. Es sind zwei Gruben.« Der Mönch hebt den Kopf. »Zwei Gruben«, wiederholt er in einem frommen Singsang. »Wie lange bis dahin?«, fragt die Älteste. »Anderthalb Stunden bis zum Rand des Tals, zwei weitere, bis ihr daran vorbei seid«, sagt der Mönch, wieder mit seinem normalen Ton. »Dann gehen wir also«, sagt die Älteste.

Vier Stunden später fällt sie flach auf dem kalten Boden in einen ohnmächtigen Schlaf, noch bevor der Meidepilger ein neues Feuer zustande gebracht hat. Später schreckt sie auf und bleibt lange in einem Bereich zwischen Traum und Denken. Der Weg, der hinter ihnen liegt, lässt sie nicht los. Es war lange kein Mond und so sind sie dem Mönch hinterhergegangen. Sie sieht sich als Letzte gehen, hinter der Kleinen, davor Mima fast unsichtbar im Dunkeln, davor der Mönch, viel größer und gut zu erkennen in seinen Wickeln und Binden. Die Katze war wieder da, ging einen kleinen Steinwurf entfernt neben ihnen her. »Seht ihr, habe ich es euch doch gesagt«, hat der Mönch gesagt, »nicht von dieser Welt.« Vor den Augen der Ältesten begann die Katze in der Nacht zu leuchten. Ein bleiches Schimmern ging von der Haut unter ihrem dünnen Fell aus und wurde immer stärker. Bleich und grünlich und mit einem heimlichen Puls wie von Glühwürmchen schimmerte der Körper der Katze in der Nacht. »Nicht von dieser Welt«, hat der Meidepilger immer wieder gesagt und auf dem Rest des Weges hat er sich ein paar Mal übergeben. »Gut«, hat er jedes Mal gesagt, »gut.« Mima hat geschaut, als würde er irgendetwas verstehen, aber da war nichts zu verstehen. Ein Mann kotzt in der Nacht, nichts zu verstehen. Dumm oder böse, denkt die Älteste. Der Mönch hat sie nicht in die falsche Richtung geführt. Nicht zum Ring, den Bodenherren, den Kupplern. Aber von Mima und was mit ihm ist, kann er ja nichts wissen. Dann denkt sie daran, wie der Mond herausgekommen ist und was sie gesehen haben. Aber schnell geben ihre Gedanken nach, gerade so wie ihre Knie am Ende des Wegs, und ihr Schlaf wird wieder stumm, taub, blind und tief.

Und wieder wacht sie auf. Sie ist einen Atemzug lang durcheinander, dann orientiert sie sich an der Kälte in ihrem

Rücken und dem Rest Wärme in ihrem Gesicht. Das Feuer muss schon heruntergebrannt sein. Wind macht Lärm an ihren Ohren. Aber sie hört noch etwas. Es ist die Kleine, die wimmert. Sie träumt, denkt die Älteste und versucht, die Augen aufzumachen. Sie sind wieder verklebt. Was für ein Sekret kommt jede Nacht so schnell aus meinen Augen und trocknet so zäh, denkt sie. Sie will ihre klammen, schmutzigen Hände nicht im Gesicht spüren. Aber sie kann nichts sehen und die Kleine wimmert. Schließlich greift sie sich ins Gesicht, tastet nach den verkrusteten Augen und reißt die Lider offen. Es dauert ein paar Herzschläge, bis sie klar sehen kann. In der Morgendämmerung sieht alles grau aus. Die Kleinste schläft. Sie wimmert im Schlaf. Der Meidepilger kniet hinter ihr. Er hat seine Hände um ihren Kopf gelegt und hält ihr dabei den Mund zu. Immer wieder senkt er sein Gesicht auf ihren Kopf, hebt es wieder, dreht es zu einer Seite, dann zur andern, und senkt es wieder auf das Kind. Es sieht aus wie Küsse. Verzweifelte Küsse, die der Mönch ihr gibt. Aber es ist nicht ihr Mund, den er sucht. Es sind die Augen.

»Nimm die Hände weg von ihr«, sagt die Älteste. Dann erst steht sie auf und als sie steht, hat sie das Totem des Vormanns in der Hand.

»Leg das hin«, sagt der Mönch. »Das ist heilig.« Die Älteste sieht etwas an seinem Mund heruntertropfen. Sie will jetzt nicht wissen, was es ist.

»Ich schlag dir den Schädel ein damit«, sagt sie. Der Mönch steht auf, die Kleinste schnappt nach Luft und weint jetzt laut. »Weg von ihr«, sagt die Älteste und geht einen Schritt auf ihn zu, das Totem zum Schlag hinter ihren Kopf erhoben.

»Du bedrohst einen heiligen Mann«, schreit Mima, »du bedrohst einen Meidepilger«. »*Blutig*«, schreit die Älteste. »*Blutig ist er heilig!* Du hast gesehen, was er gemacht hat, und hast zugeschaut. Zugeschaut! Und nicht bloß mit den Augen«, äfft sie den Spruch des Brauchs nach. »Was siehst du mit mehr als den Augen, Mima? Was sagst du jetzt mit mehr als dem Mund?«

Der Meidepilger versteht sofort. Er tritt von Mima zurück. Die Älteste macht noch einen Schritt auf ihn zu, aber er schaut nur auf Mima.

Mima strahlt vor Stolz.

»Ich schlage euch beide tot«, sagt die Älteste. Die Jüngste wimmert. Sie hält sich die Fäuste vor eine Hälfte des Gesichts. Dann stürmt die Älteste auf den Mönch los und schlägt ihn mit dem Totem. Der gezackte Metallklumpen an seinem Ende trifft den Arm, den er zur Abwehr gehoben hat, und reißt ein Loch in die Wickel. Das Loch färbt sich augenblicklich rot.

»Du schlägst einen heiligen Mann«, sagt Mima. »Du hast gesehen, wie heilig er ist«, sagt die Älteste. »Du *siehst*, wie heilig er ist.« Der Mönch hält sich den verletzten Arm und weint vor Schmerz. »Geh«, sagt die Älteste. »Geh, bevor ich dir noch ein Loch schlage. Ich schlage dir das Gesicht aus.« Der Mönch geht rückwärts in die graue Dämmerung. Sein ganzer Arm ist jetzt rot. »Lauf«, schreit die Älteste. Mima tritt vor sie hin. »Was willst du jetzt tun?«, zischt sie. »Mir den Wund zeigen? Dass ich den Abgrund sehe? Tust du das? Schau«, äfft sie ihren feierlichen Ton nach, »schaut alle.« Aber Mima schüttelt den Kopf. »Warte«, sagt er. Der Mönch ist schon nicht mehr gut zu sehen. Mima ruft ihm hinterher. »Warte.« Dann rennt er los.

Die Kleine kauert am Rest des Feuers und weint. »Mamu«, weint sie, »ich will die Mamu.« Die Älteste lässt das Totem fallen. Sie lässt ihren Kopf in den Nacken fallen, starrt in den weißen Himmel und wartet darauf, dass sie selbst fällt. Aber sie bleibt stehen, ihre Knie halten wieder. »Mamu«, schluchzt die Kleine. »Halt den Mund«, sagt die Älteste. »Die Mamu ist tot. Sie ist tot. Du bist allein.« Die Kleine wirft sich hart gegen die Älteste und drückt den Kopf unter ihren Arm. »Du bist jetzt die Mamu.« Der Morgennebel über ihr lichtet sich einen Atemzug lang, und sie sieht, wie weit sie gewandert sind. Zum Greifen nahe sieht sie vor sich den doppelten Gipfel und einen Teil der Felswand, die wie ein Tuch nach Osten an ihm aufgespannt ist. Sie sieht sich nach der Katze um, aber sie ist nicht mehr da. »Zeig mir dein Auge«, sagt sie.

Sie sind ein paar Stunden gegangen, als die Kleinste nicht mehr kann. Sie geht auf Knie und Hände nieder. Das eine Auge ist hinter einem blauroten Bluterguss zugeschwollen. In den Winkeln bildet sich eine eitrige Kruste. Die Kleinste hält auch das andere Auge geschlossen. Kein Wunder, denkt die Älteste. Sie ist selbst am Ende ihrer Kraft. Der Weg ist steil, unter den Füßen rollen die Steine weg. Die Sonne ist hoch und brennt auf der Haut. Es wächst nichts mehr hier oben, außer Dornen. »Aber das ist gerade das Gute«, hat der Mann gesagt. »Hier hört der Kreis einfach auf. Der Ring zieht sich nicht bis in die Berge. Keine Bodenherren. Keine Kuppler. Keine Mönche. Ihr müsst nur über die Gipfel, auf die andere Seite. Dann ist der Weg offen.«

Die Älteste kniet sich hin und lässt die Kleinste auf ihren Rücken steigen. Am Anfang zittern ihre Knie, als sie aufsteht, aber nach ein paar Schritten geht es. Sie schwitzt mehr. Ihr Atem ist kürzer. Aber es geht. Sie rechnet sich aus, dass sie den oberen Rand der Felswand erreichen wird, ein Drittel ihrer Länge von den Doppelgipfeln entfernt. Was dahinter ist, keine Ahnung.

»Soll ich dir von dem Land erzählen?«, fragt sie über ihre Schulter. Die Kleine antwortet nicht. Aber sie atmet. »In dem Land«, sagt die Älteste, »in dem Land, da wächst das Essen in dem Boden, den du halt hast. Du musst ihn dir nicht verdienen. Keiner nimmt ihn dir weg. Alle halten zusammen. Auch Mima mit dem Wund sitzt mit den anderen. Keine fürchtet sich. Kein Brauch nimmt uns Mima weg.«

Da erst wird ihr wieder bewusst, dass Mima ja schon weg ist. Dass es schon zu spät ist. Aber sie redet weiter. »Vielleicht gibt es da gar keinen Brauch. Oder nur guten Brauch. Verstehst du? Wir müssen nur hinter den Berg. Da im Norden, da ist das Land. Es ist einfach da. Kein Tor, kein Ring, keine Wachtleute, keine Mönche. Wir gehen einfach hinüber.«

Dann steigt sie auf einen Felsen, hinter dem kein weiterer Felsen zu sehen ist. Nur der weiße Himmel. Bevor sie oben ist, setzt sie das Mädchen ab. »Mamu?«, sagt die Kleinste. »Ich bin da«, sagt die Älteste. »Wir sind ganz oben. Wir schnaufen kurz und dann gehen wir zusammen über diesen Felsen. Gut?« »Gut«, sagt die Kleinste.

Die Älteste dreht sich um und schaut über die Hügel, die sie hinter sich hat. Da, wo die Meide sein muss, sieht sie nicht hin. Dann entdeckt sie etwas. Es ist weit unten und sieht klein aus. Wie zwei Mäuse. Wie zwei Igel. Sie krabbeln denselben Weg wie sie herauf. Sie greift nach dem Arm der Kleinsten. »Schau«, sagt sie. Ihr klopft das Herz. Die Aufregung ist pur, ungetauft, heißt noch nicht Angst oder Freude. Sie weiß zu wenig, um das zu entscheiden. Nicht, ob es der Mönch ist oder Mima, der da heraufkommt. Nicht, wer von den beiden führt und wer folgt.

Aber sie sieht mit dem nächsten Augenblick, dass die Antwort keiner und keiner lautet. Eine Gruppe Wolfmänner geht hinter den beiden her. Jetzt hat sie den Namen für ihr klopfendes Herz.

»Wir müssen weiter«, sagt sie dem Mädchen, »schnell.« Mit ein paar Schritten sind sie oben am Grat und dahinter erscheint ein dunkelgrünes Meer aus Baumkronen, das sich unter ihnen bis zum Horizont ausbreitet. Dort steigen neue Höhen an, an denen Dörfer lehnen. Dörfer, schneeweiß und friedlich.

»Das Land?«, fragt die Kleinste. Aber die Älteste sieht am Abhang, ein paar Schrittlängen tiefer, den Zaun. Ein Bodenherrenzaun, unüberwindlich. Metall, Dornen, von den Doppelgipfeln ostwärts bis irgendwohin, endlos.

»Das Land«, sagt sie. »Aber wir können nicht hinüber.«

Als die Wolfmänner da sind, macht sie die Augen auf, nicht eher. Und auch da hebt sie den Kopf nicht. Sie hat sich hingesetzt und die Kleinste an sich gezogen. Die Augen zu und die Stirn an den rauen, funkelnden Stein des Berges gelegt. Es war schwer, die Knie zu beugen. Die jetzt endlich bereit waren, notfalls Tag und Nacht zu gehen, notfalls ihr doppeltes Gewicht zu tragen, die nicht zitterten und sich nicht beugen wollten. Aber es war das Einzige, was ihr eingefallen ist. Mit der Stirn am Stein ist sie in eine Art Schlaf gefallen. Sie hat die Wolfmänner heraufkommen hören, eine halbe Stunde lang immer näher, schnaufen und grunzen und spucken. Aber sie und die Kleinste haben in ruhigen und langen Zügen geatmet, als wäre das bloß etwas, was man ihnen erzählt.

Immer noch stöhnen und spucken die Männer. Das Blickfeld der Ältesten am Boden reicht gerade bis zu einem ihrer Füße. Stiefel, Metall, Staub.

»Wo wollten die denn hin?«, fragt einer.

Die Älteste schaut. Geflochtener Bart, gefeilte Zähne.

Ein anderer ist der Anführer. Streifen von Pelz hängen von seinen Ärmeln, kahler, silbern bemalter Kopf. »Hinüber wollten sie«, sagt er und deutet auf den Zaun. »Was haben sie sich bloß gedacht?«, sagt der andere und lacht. »Ja, was haben sie sich gedacht, keine Ahnung, was sie gedacht haben. Vielleicht, dass sie da hinüberkommen.« Die Männer lachen. »Jetzt gehören sie uns«, sagt der Anführer. »Alle auf dieser Seite von der Meide gehören uns.«

Da entdeckt sie Mima hinter den Männern. Neben ihm der Mönch. In ihr steigt ein Zorn auf und sie schickt ihn mit den Augen zu Mima.

Mima schüttelt den Kopf. Er legt die Finger auf den Mund und schüttelt den Kopf. Ich habe nichts gesagt, heißt das. Und dann wandern seine Augen zu dem Meidepilger an seiner Seite. Der hat eine Hand auf ein Knie gestützt und schnauft noch vom Aufstieg. Er sieht zufrieden aus. »Der da«, sagt er, als er wieder zu Atem gekommen ist, und deutet mit der Stirn auf Mima. »Über den muss ich euch noch was sagen.«

Der Anführer geht langsam auf Mima zu. Leise redet der Mönch mit ihm. Die anderen Männer machen auf einmal kein Geräusch mehr, sie gehen mit ihren wilden, stinkenden Körpern auf Abstand zu Mima.

»Das ist etwas Besonderes«, sagt der Anführer. »Du kannst ein ganz anderes Leben haben. Weißt du das?«

»Ja«, sagt Mima.

»Und willst du das?«, sagt der Anführer.

Die Älteste sieht Mimas Gesicht, trotz der Entfernung, ganz genau. Und sie liest seine Gedanken in seinen Augen. Er nickt zu allem, was der Anführer sagt. »Ich bringe dich zum Ring. Und dann vergisst du den blutigen Dreck hier. Dann heißt es goldene Kleider…«

Die Älteste kann die Worte des Anführers mitsprechen: goldene Kleider. Der Mann hat sie ihnen gesagt: »Goldene Kleider, und sie glauben es, sie glauben es, wie kann man so dumm sein.«

»Goldene Kleider, Junge«, sagt der Anführer der Wolfmänner. »Vor dir verbeugen sie sich da, dir geben sie den Ehrenplatz.«

Die Älteste starrt Mima an. *Glaub ihm nicht,* denkt sie. *Denk an den Mann.* »Wie kann man so dumm sein«, hat er gesagt. »Goldene Kleider. Ja, drei Tage lang«, hat er gesagt, »drei Tage.« Und der Ehrenplatz? »Sie haben ihn schon in ihren verdammten Boden gegraben, bevor du zu ihnen kommst, und der Ehrenplatz ist dort, in dem Loch in der Erde, in das du am vierten Tag kommst, wenn du dich nicht bewegen kannst von ihrem Gift in dem vielen Essen, du kannst dich nicht rühren, und dein Gesicht bleibt glatt und satt, so dass es alle sehen, wie gut du es meinst und wie einverstanden du bist, dabei hast du Angst und du willst schreien, aber du bist hinter deinem glatten Gesicht gefangen und du schreist nur in deinem Kopf, wenn sie dich in das Grab senken, und bist du unten, decken sie dir den Wund auf, dass er den letzten Lichtstrahl sieht, nur ganz kurz, und dann schütten sie es zu, schütten ihren Boden, ihren Dreck über dich. Ich habe es gesehen«, hat der Mann gesagt, »schnell ist der Boden über dir festgestampft. Und dann arbeitet unter der Erde der Wund. Der Boden zittert. Spalten reißen auf. Es dampft aus dem Boden. Es leuchtet aus der festen Erde. Und es kreischt. Das bist schon nicht mehr du, was da unten kreischt. Und oben die Leute, die lachen. Sie lachen und halten sich die Ohren zu. Sie hoffen, dass es aufhört, aber sie halten es aus und lachen, solange es dauert. Weil ihr Brauch sagt, dass es Glück bringt und je länger und je lauter, desto mehr Glück. Und erst wenn das Kreischen unter der Erde aufgehört hat, gehen sie in ihre Häuser.«

Die Älteste hat es nicht vergessen und sie kann sehen, dass Mima es auch nicht vergessen hat. Er schaut zu ihr herauf. Und der Anführer der Wolfmänner folgt Mimas Blick. »Die da«, sagt er, »die Kleine und die größere da, die Schmutzige, die kann ich überall verkaufen.« »Außer«, sagt der mit dem geflochtenen Bart, »wir behalten sie selber.« Die Männer lachen ihr hässliches Lachen. »Aber du«, sagt der Anführer, »gehst in ein neues Leben.«

Die Älteste hält Mimas Blick jetzt mit ihren Augen fest, so fest, dass zwischen ihnen ein gespanntes Band entsteht, das sie miteinander festhalten. Auf diesem unsichtbaren Band könnte man Musik machen, so hoch halten sie es gespannt. Und sie können ihre Gedanken entlang diesem Band flüstern und einander hören. Zum letzten Mal, denkt die Älteste.

Was wirst du tun?, fragt sie.

Ich lasse es hier enden, sagt Mima. *Gleich, gleich jetzt.*

Ja, sagt die Älteste, obwohl sie weiß, dass weder der Mann noch die Mamu dem zugestimmt hätten. *Ja. Sprichst du die Worte?*, fragt Mimas Stimme an dem gespannten Band. »Ja, mach ich«, sagt die Älteste laut. Die Wolfmänner drehen die Köpfe zu ihr. Sie steht auf, steht auf dem staubigen Felsen hoch über dem kranken Land im Süden und dem Land hinter dem Zaun, aber sie schaut in keine Richtung. Sie holt Luft und spricht die Worte, die der Brauch vorschreibt. *»Tu auf die Augen und wende sie nicht.«* Der Anführer grinst und schüttelt den Kopf. »Nein, nein«, sagt er, »so nicht.« Aber Mima hat bereits die Kleidung von den Schultern geworfen und die Muskeln seiner Hände sind angespannt. Die Älteste redet weiter. *»Nun sieh, aber nicht nur mit den Augen.«*

Mima steht wie ein vom Blitz getroffener Strauch. Sie lässt das Band zwischen ihr und ihm noch nicht los. Die Kleinste kauert sich so sehr zu ihren Füßen zusammen, dass sie zu etwas zwischen dem Boden und der Ältesten wird.

Die nächsten Worte ruft sie und sieht, dass die Wolfmänner und der Mönch bereits die Köpfe zu Mima gedreht haben, willenlos. Und nicht zu Mima selbst natürlich, sondern zu dem Abgrund, in den er sie schauen lässt. Die letzten der rituellen Worte schreit sie bereits in den Lärm, der auf einmal in der Luft ist. Und Mimas Körper, der vom Blitz getroffene Strauch, breitet sich aus, ein Strauch, der an allen Zweigen brennt. Die Älteste schließt die Augen und löst, im letzten Moment, das gespannte Band zwischen ihnen. Mima geht den letzten Schritt allein.

»Augen zu«, sagt sie zu der Kleinen.

Nur der Anführer der Wolfmänner lebt noch, als sie die Augen wieder aufmacht. Was von seinem Köper übrig ist, kriecht den Weg herauf. Die Älteste sieht, dass sie gehen müssen, jetzt sofort. Vielleicht stimmt es, was er gesagt hat, und es gibt keinen Weg hinüber. Aber es ist die einzige Möglichkeit. »Steh auf«, sagt sie zu der Kleinen. Sie gehen los, zügig, jetzt geht es nicht mehr bergauf.

Selbst wenn der Zaun kein Loch hat, denkt sie, irgendwann steht ein Baum nahe genug. Und wenn nicht, dann sterben wir, während wir den Zaun entlanggehen. Und dann fragt mich die Mamu, wo sind meine Kinder? Und ich sage ihr, dass ich alle verloren habe. Was soll ich sonst sagen.

Als sie viele Stunden gegangen sind, kommt der Ältesten der Anblick der Meide in der Nacht in den Sinn. Woher der Schrecken? Denkt sie. Es ist doch auch nur etwas, auf das eben der Blick fällt. Ein tief abfallendes Land, ein Trichter. Und unten zwei Gruben. Wie die bodenlosen Augen einer Spinne. Schwarze Löcher in der Erde, weiter nichts. Die Mitte des Kreises. Aber es war trotzdem, als ob der Kreis selbst den Wund hätte. Der alles hier verwandelt. Alles in den Abgrund reißt. Auch dieser Zaun, denkt sie, kommt von ihm her, von dem Dunkel in den Spinnenaugen dieser Löcher. Dieser endlose, schimmernde, fehlerlose Zaun, den wir entlangwandern. Irgendwann, denkt sie, wieder wach, nachdem sie fast im Gehen eingeschlafen wäre, irgendwann steht ein Baum zu nahe. Und ich fälle ihn, dass er auf den Zaun fällt, und wir gehen hinüber. Über den Baum. Wir steigen aus seiner Krone herunter und sind drüben.

»In dem Land?«, fragt die Kleinste.

Die Älteste hat nicht gemerkt, dass sie laut geredet hat.

»In dem Land«, sagt sie.

»Die momentan ausgefeilteste Lösung
scheint zu sein: Strahlenkatze zusammen mit
einer heilig-religiösen Vermittlung des Sinns.«

Stephan Beuting,
DeutschlandRadio-Wissen-Reporter

DER EINZIGE WEG

Der Kleiderschrank ist offen und über das schwarzseidene Abendkleid fließt Eigelb. Es zieht eine Spur über den Krepp um die Taille und tropft an dem durchsichtigen Rock vorbei auf einen Schuh. Es ist Nacht. Ich bin todmüde.

Aber schlafen kommt nicht in Frage. Es ist eine Extremsituation. Denn ich befinde mich mitten in einer Katastrophe. Der Fernseher würde das übrigens sofort bestätigen.

Wenn ich ihn einschalten würde.

Er würde sagen: überall Bilder der Verwüstung und so weiter. Er würde sagen: unfassbar. Und das wäre keine Übertreibung.

Es ist die Nacht vom vierten auf den fünften Juni 2013. Die Stadt Passau steht unter Katastrophenalarm. Wir befinden uns mitten in dem, was nur einen Tag später als Jahrhunderthochwasser gelabelt werden wird. Seit einer Woche regnet es über ganz Mitteleuropa. Die Wiesen und Äcker schwimmen in weitläufigen Pfützen wie in einer Waldmeisterbowle. Normalerweise tröpfeln die Bäche vor sich hin, wie Infusionsschläuche, die man dem müden Inn und der trägen Donau angelegt hat, damit sie nicht austrocknen. Jetzt schießen sie seit Tagen wie Anabolikaspritzen in die großen Flüsse. Und die großen Flüsse schwellen an. Von Staudamm zu Staudamm wälzen sich Schübe von Wasser ostwärts. Wasser? Eine zähe, schlammige Brühe, ein Cocktail aus Fäkalien, Trümmerteilen und Heizöl.

Die Donau ist über die Ufer getreten, so weit so gut. Hat ihre Kompetenzen überschritten. Meinetwegen. Schlimm genug. Aber dann kam der Inn. Und seitdem ist den Reportern das Vokabular abgesoffen. Und dann sagt man unbeschreiblich, unglaublich, unfassbar und sogar die Bilder hinter den Reportern sind sich selbst ein Rätsel, so viel Wasser enthalten sie.

Ich schalte also den Fernseher nicht ein, obwohl er mich bestätigen würde in meiner Einschätzung, dass ich mich gerade mitten in einer Katastrophe befinde.

In Passau trifft der Inn auf die Donau. Zwei große Raubtiere sind das, wenn sie hohe Pegel führen, majestätisch und übellaunig. Das ganze Jahr apathisch wie kranke Zirkuselefanten oder Tanzbären an der Kette, aber wie alle Käfigtiere verhaltensgestört, neurotisch, unberechenbar und gewalttätig. Vor vier Tagen ist der Inn über die Donau hergefallen und es war wie Tarantula gegen Godzilla oder King Kong gegen Mechagodzilla. Ein Kampf von Monstern, von Giganten, bei dem man bloß staunen kann oder noch besser: davonlaufen. Die Dompteure haben die Peitsche fallengelassen, der Mensch hat solchen Mächten nichts entgegenzusetzen und wie man so etwas eben sonst noch sagen kann.

Kennt man ja alles.

Jedenfalls wenn Godzilla gegen die Spacemonster kämpft, dann hilft bloß rennen. Der Inn wirft sich also wie in einem Anfall auf die Donau. Im Ausweichen hat die Donau dann mit einer Arschbacke die halbe Stadt geflutet. Haustüren und

Fensterscheiben eingedrückt. Heizöltanks ausgehoben und umgekippt. Bäume entwurzelt, Brunnen mit Dreck gefüllt, die Unverletzlichkeit der Wohnung nicht zur Kenntnis genommen, keinem Zureden zugänglich, unaufhaltsam einfach überall hineingelaufen. Schränke leergeräumt, Matratzen getränkt, Geheimnisse hinter Kommoden hervorgespült, Geschirr zerbrochen, Wasch- und Spülmaschinen mit Schlamm und Benzinresten gefüllt, Gewölbe ausgehebelt, Holzbalken verzogen, Mauerwerk und Fundamente für Jahre in weiche und schimmelnde Brösel verwandelt.

Die Donau, die Drecksau.

Jetzt ist es mitten in der Nacht und meine Augen verfolgen noch immer das Eigelb, wie es über Julias Kleid rinnt. Ich registriere einen Sekundenschlafanfall. Hinlegen steht aber nicht zur Debatte, weil: Extremsituation, Katastrophenalarm, Ausnahmezustand.

Wenn man die Wohnung als Ganzes anschaut, wird das sofort klar. Extremsituation wie sie im Buche steht. Katastrophe. Zerbrochene Tassen auf dem Küchenfußboden. Herausgerissene Schubladen. Die Gemälde im Wohnzimmer zerfetzt. Bücher aus dem Deckel gerissen und in die Scheißkakteen gestopft. Die klebrigen Teile der Hausbar an Wänden und Polstermöbeln ausgebracht. Eierlikör. Cassis. Der teure Calvados. *Creme de menthe.* Der Pinguin aus Buenos Aires zu weißem Keramikmehl zerstampft. Der Badspiegel. Das Fleisch aus der Gefriertruhe. Bilder der Verwüstung eben. Recht hat er, der Fernseher.

Es ist vielleicht überall so, draußen, in dieser wahnsinnig leisen und besonders finsteren Nacht.

Jetzt ist es bloß so – ich weiß gar nicht, wie ich es sagen soll: Dass das Hochwasser jedenfalls nichts damit zu tun hat, wie meine Wohnung aussieht. Weil nämlich die Wohnung oben auf dem Berg liegt. Siebzig Meter oder so über dem Fluss. Kein Hochwasser kommt jemals bis hier oben, nicht einmal, wenn alle Polkappen gleichzeitig abschmelzen. Was ist also passiert? Vandalismus, Plünderungen, im Schutz einer mondlosen Nacht ohne elektrischen Strom?

Die Wohnungstür ist unversehrt. Ein Rätsel. Welche Kreatur hat hier gewütet?

Ein Drecksrätsel ist das. Ich weiß die Lösung. EineDuckslösung.

Will jemand wissen, welche Kreatur in unserer Wohnung gewütet hat?

Tja.

Ich war das.

Meine Damen und Herren: Ich.

Die Ichkreatur.

Und nachdem das jetzt einmal heraus ist, nehme ich mir noch ein Ei aus der Bio Freiland Güteklasse A Schachtel und pfeffere es aus dem Handgelenk in den Kleiderschrank. Nicht mehr ganz mit dem gleichen Vergnügen wie beim ersten Mal. Es ist, genau genommen, überhaupt kein Vergnügen. Es ist fürchterlich.

Was tue ich da bloß?

Was ist aus mir geworden?

Sie entschuldigen mich für eine Minute, es ist kein schöner Anblick, mich so hemmungslos schluchzen zu sehen. Rotz und Wasser, buchstäblich. Wasser? Ein zähes, ziemlich stark konzentriertes Drüsensekret, überdurchschnittlich salzig, und was die Alkoholkonzentration betrifft, zumindest nicht ganz ohne. Archaische Geräusche entringen sich meiner Kehle, die Sie, wenn ich das so sagen darf, lieber nicht hören möchten. Aber das geht vorbei.

So.

Danke für die Geduld. Ich bin wieder klar.

Ich bin total klar.

Absolut klar. Total und absolut.

Aber ich bin auch wütend. Ich fange wieder an, im Flur auf- und abzutigern wie am Anfang meines kleinen Amokspaziergangs. Wie eingesperrt marschiere ich in meinen schlammigen Gummistiefeln die sieben Schritte von der Eingangstür zur Speisekammer, drehe mich über die linke Schulter und marschiere wieder zurück. Von der braunen Tür zur gelben Tür und wieder zurück zur braunen. Es ist ein schmaler Flur. Die Wand fliegt an meinen Augen vorbei wie eine Landschaft. Rauputz, Wohnzimmertür, Rauputz, Küchentür, Seeaquarell, Rauputz, Eingangstür. Über die linke Schulter und zurück. Nach dem dreißigsten Mal, Rauputz, Rauputz, Seeaquarell, probiere ich einmal die rechte Schulter, ich bin ja nicht irgendwie zwanghaft, ich kann ja jederzeit die rechte Schulter nehmen. Aber die rechte Schulter macht nicht das gleiche Gefühl. Es fühlt sich nicht stimmig an. Irgendwie ist es nicht richtig, über die rechte Schulter zu drehen.

Die Idee, dass dreißigmal über die linke Schulter drehen irgendwie auch nicht ganz richtig sein kann, kommt mir nicht. Ich tigere erst einmal weiter. Nochmal dreißig Runden, aber ich zähle nicht mit, bloß so ungefähr. Vielleicht sind es auch sechzig. Von der gelben Tür zur braunen Tür. Rauputz, Tür, Rauputz, Aquarell, und ffft! Über die linke Schulter und weiter. Da habe ich Zeit, mir meine Situation vor Augen zu führen.

Ich bin dreiundvierzig Jahre alt und habe praktisch alles verloren, was mein Leben ausgemacht hat. Und dazu den teuren Calvados. Beruflich bin ich an einem nicht mehr unterbietbaren Tiefpunkt angekommen. Ich arbeite als Nachtportier in einem ziemlich zweitklassigen Hotel, acht Euro die Stunde, weniger als was zwei Jahre später Mindestlohn werden wird. Und sogar da haben sie mich vor ein paar Stunden gefeuert. Meine Kinder hassen mich da unten in der gluckernden Dunkelheit des Stromausfalls, wenn sie nicht überhaupt schon ertrunken sind. Aus meinem Haus, in dem ich schon drei Jahre nicht mehr wohne, haben sie mich vorgestern hinausgeworfen, unter Flüchen und Geschrei, zusammen mit ihrer Mutter, meiner Exfrau.

Das ist jetzt auch hin. Das Haus. Wenn es nicht einstürzt, wird mich der Abriss ruinieren.

Und die Frau, die ich liebe, lässt mich im Stich. Gerade jetzt. *You picked a fine time to leave me, Lucile.* Bloß, dass sie nicht Lucile heißt. Verdrückt sich einfach, zu irgendwelchen Typen in irgendwelchen WGs, mit unserem Kleinen, das letzte meiner Kinder, das mich noch nicht verachtet. Aber nur, weil sie, glaube ich, mit einem Jahr noch nicht wissen, wie das geht: verachten. Aber er wird es schon noch lernen und dann kann er mich ja auch verachten. Für alles, was ich getan habe. Über die linke Schulter und weiter. Braune Tür, gelbe Tür.

Wie können sie mir das alle antun?

WIE KÖNNEN SIE MIR DAS ALLE ANTUN!!

Wie KOMMT es überhaupt, dass ich in diesem beschissenen Hotel arbeite, mit zwei Hochschulabschlüssen verdammt noch mal, wofür HAB ich die eigentlich? Dass ich da stehe und Koffer hereintrage und fünfzig Cent Trinkgeld kriege, mit DREIUNVIERZIG! Herrgott nochmal.

Und dazu das Hochwasser.

Ich finde, gemessen daran halte ich mich ganz ausgezeichnet.

Vorbildliche Contenance. Gemessen an den Umständen.

Finde ich schon.

Nach drei Nachtdiensten zum Beispiel.

Und dann die elenden Flüsse. Isar, Iller, Lech und Inn fließen längs zur Donau hin, Altmühl, Naab und Regen, fließen ihr entgegen. Und lassen den Donaupegelstand in Passau von viereinhalb auf dreizehn Meter steigen. Und das ist nicht gut. Das tut vor allem mir ganz und gar nicht gut. Denn auch bei mir fließt es über. Noradrenalin und Serotonin fließen von dieser und jener Drüse in die Regionen meines Gehirns, in denen auf den Wiesen schon quadratkilometergroße Pfützen aus Alkohol stehen, und Dopamin flutet das limbische System.

Gelbe Tür. Linke Schulter. Weiter.

Eine große Naturkatastrophe, eine Trennung, der finanzielle Ruin und fünf Nächte ohne Schlaf. Das ist zu viel. Braune Tür. Linke Schulter.

Das ist eindeutig und entschieden zu viel. Denn ich habe eine psychische Diagnose und drehe manchmal schon wegen schlechtem Wetter ab. Oder wenn mich jemand schief anschaut. Oder wenn ich meine Bankkarte zu Hause vergesse oder ein bisschen später ins Bett gegangen bin. Von einem Glas Wein ganz zu schweigen. Rauputz, Aquarell, Gelbe Tür.

Und jetzt, hintereinander und alles gleichzeitig, das sogenannte Jahrhunderthochwasser, die Kinder UND den Job verloren, siebzig Stunden auf den Beinen, zwei Flaschen Rotwein und Julias Verrat, jawohl VERRAT, genau das und nichts anderes ist es nämlich, und das alles auf einmal, wie gesagt.

Braune Tür, linke Schulter, weiter gehen.

Gelbe Tür.

Ich bleibe stehen. Ich bin nicht unbedingt ruhiger geworden, aber irgendwie schmerzfreier. Betäubt durch die stereotype Bewegung. Wie durch Hypnose. Ich weiß das. Ich weiß überhaupt, wie der Hase läuft.

Aber dieser Flur und dass ich die Wohnung zerstört habe, das ist eine Sackgasse. Von hier geht es nicht weiter. Ich muss einen Ausweg finden.

Das Telefon. Mal sehen, ob es funktioniert. Ja, ich habe wieder ein Netz.

Und wen rufe ich an?

Markus rufe ich an.

»Ja?«

Es ist drei Uhr nachts und das hört man ihm an. Es ist mir ein Rätsel, wie er schlafen kann.

»Ich weiß nicht, was ich machen soll.«

»Wo bist du denn?«

Hat er gegähnt? Gegähnt? Er fragt mich, was los ist. Wie kann er das fragen? Ich antworte, dass man, naja, in diesem

Zusammenhang schon diese übertriebene Nässe in der Altstadt erwähnen könne. Und erzähle ihm von meinem privaten Zerstörungswerk.

»Ach, je.«

Markus klingt enttäuscht und müde, aber nicht überrascht. Und ich erkläre ihm die Lage. Ausführlich. Leidenschaftlich. Damit er es versteht. Damit er sieht, dass das alles schon Sinn macht, Serotonin hin oder her. Dass ich ÜBERHAUPT! KEINE! ANDERE! WAHL! habe, als zu tun, was ich getan habe. Dass jeder vernünftige Mensch in meiner Lage genauso gehandelt hätte. Den Calvados zerschmettert und das Fleisch aus dem Eis gerissen. Was er denn bitteschön sonst vorschlagen würde. Und dass ich in so einer Situation jedenfalls unmöglich schlafen kann, denn das würde gewiss sein Vorschlag sein, schlafen. Schlafen: Unmöglich, sage ich ihm.

»Was willst du dann machen?«, fragt Markus.

»Ich weiß es nicht.«

»Du bist nicht irgendwie suizidal, oder?«

»Nein.«

»Weil, weißt du, ich kann jetzt auch nichts Sinnvolles mit dir machen. Die Brücken sind gesperrt, ich komm nicht zu dir rüber. Soll ich die Feuerwehr anrufen?«

»Was soll ich denn mit der Feuerwehr?«

»Die kommen zu dir durch und bringen dich zum Arzt.«

»DU bist doch mein Arzt.«

»Aber ich kann ja nichts machen.«

»Nein, ich brauch keine Feuerwehr.«

»Und du machst keinen Blödsinn?«

»Keine Sorge.«

»Hauptsache, du stellst nicht noch was an.«

»Okay. Mach ich nicht. Dann gute Nacht.«
»Gute Nacht.«

Zwei Effekte hat das Gespräch gehabt. Ich bin wirklich ein wenig ruhiger. Und ich weiß jetzt doch, was ich zu tun habe. Markus hat mich zu einer echt guten Idee inspiriert.

Diese Idee sieht folgendermaßen aus, passen Sie gut auf, damit Sie das nachmachen können, wenn Sie in so einer Situation sind, denn, wie gesagt, jeder vernünftige Mensch würde so handeln.

Als erstes schreibe ich einen Brief an meine Vermieter, mit der Hand, auf die Rückseite des Anwaltbriefes über das Umgangsrecht mit meinen Kindern. Die Vermieter sind ein altes Ehepaar und wohnen oben, wir im Erdgeschoss, mit Gartenbenutzung. In dem Brief entschuldige ich mich für die Schäden, die ich gerade verursacht habe. An den Lichtschaltern, am Putz, an den Türen. Alles täte mir sehr leid, schreibe ich, aber ich habe keine andere Wahl. Ich schreibe wörtlich: *keine andere Wahl.* Leben Sie wohl, schreibe ich, und danke für Ihre Geduld. Ausdrücklich schreibe ich *leben Sie wohl.*

Ich schleiche, soweit man mit den riesigen Gummistiefeln schleichen kann, die Treppe hinauf vor ihre Wohnungstür, lege den Zettel dort ab und wieder hinunter in unsere verwüstete Wohnung. Die Wohnung hat zwei Eingänge: Die Tür, die ich gerade hinter mir zweimal zusperre, und die Terrassentür. Und hier setze ich meinen genialen Plan um. Die Eingangstür doppelt verriegelt. Die Terrassentür zu. Und trotzdem bin ich nicht mehr in der Wohnung. Verschwunden. Meine Version des *locked room mystery.* Das perfekte Verbrechen. Ich steige im Schlafzimmer aus dem Fenster und zertrete das Gemüsebeet, das vom Dauerregen so nass ist, dass es sich anfühlt, wie in eine Schwarzwälder Kirschtorte zu treten. Ich ziehe das Fenster wieder hinter mir zu, so weit wie möglich. Die Terrassentür habe ich nicht abgesperrt. So können sie hinein, wenn sie schlau genug sind, um zu merken, dass das geht. Aber wahrscheinlich halten sie sich so mit der Vordertür auf, dass sie weder das Fenster noch die Terrassentür probieren werden. Aber das ist dann ja nicht meine Schuld. Sie werden einfach die Tür aufbrechen, weil ihnen das im Grunde Spaß macht und das ist ja der Grund, warum sie das alles überhaupt machen. Sie, die Feuerwehr oder die Wasserwacht oder die Polizei. Und hinter ihnen werden die Vermieter abwarten, oder eine Gruppe von besorgten Freunden, Julia vielleicht, aber das wird zu spät sein. Ich bin weg! Zauberei! *Now you see me* und so weiter.

Sagen Sie selbst: Das ist doch ein ausgesprochen vernünftiger Plan. Elegant, effizient, unaufdringlich in seiner entschlossenen Negativität.

Würden Sie etwas Anderes tun?

Wohnung verwüsten und auf trickreiche Art, puff, aus der Wohnung verschwinden, mit einem zweideutigen Abschiedsbrief an zwei 90jährige? Geben Sie es zu: Sie würden es genauso machen. Was kann man denn anderes tun? Nichts.

Es ist der einzige Weg.

Und dann stapfe ich in meinen vor Schlamm starrenden Jeans und den eisigen Gummistiefeln in die Nacht, hinunter zur Brücke.

Wenn Sie mir nachschauen, in der Dunkelheit der toten Straßenlaternen, im Nebel, der von der überfluteten Stadt aufsteigt, bin ich nur ein paar Schritte weit zu erkennen.

Now you see me.

Now you don't.

Norbert Entfellner hat Philosophie, Geschichte, Germanistik und Schauspielkunst studiert und dementsprechend in der Altenpflege, der Metallindustrie, der Gastronomie, der Universität und im Brauwesen gearbeitet. Er hat Geld am Theater und an verschiedenen Schulen im In- und Ausland verdient. Nach Jahren in Konstanz, München, Ulm, Wien und Buenos Aires lebt er zur Zeit in seiner Heimatstadt Passau und im Bayerischen Wald.

Die Erzählungen auf den vorangegangenen Seiten können mir nicht allein zur Last gelegt werden. Ich hatte Helfer:

Dankeschön,
Babsi Dorsch für das schöne Wort »geschaufelte«, sowie
Christoph Haas,
Cornelius Hafner (immer in meinem Kopf),
Regina Kremsreiter.
Dr. Anke Isabel Bitter hat im Lektorat Schlimmeres verhindert – Danke, Anke!

Im Andenken an Sepp Meißner –
im Andenken an Johanna Diepold

Manche Texte stützen sich auf die sogenannte Wirklichkeit. Wo es nicht ohnehin angegeben oder offensichtlich ist, nenne ich hier zum Nachlesen:

- Christian Stöcker (Der Spiegel 15.07.2018): Die tiefe Sehnsucht nach dem Zusammenbruch, über die Prepperszene und andere katastrophenaffine Gruppen
- Deutsche Gesetzliche Unfallversicherung: Prüfliste für Chlorungseinrichtungen unter Verwendung von Chlorgas und deren Aufstellungsräume in Bädern
- Deutschlandfunk Kultur am 17. 12. 2012: Gespräch mit dem Semiotiker Roland Posner zur Atomsemiotik
- Kernenergetisches Symposium Dresden, 16. Oktober 2013: Dr. Frank Charlier, Die Rückholbarkeit von Behältern mit radioaktiven Abfällen in Steinsalzformationen.

Bildnachweis:
Umschlagmotiv: Montage aus © Mariusz Niedzwiedzki – stock.adobe.com

Lektorat: Dr. Anke Bitter
Korrektur: Thomas Schillo
Umschlaggestaltung: Sophie Schillo
Satz: Nina Andritzky
Druck & Bindung: Jettenberger Internationale Druckagentur,
D-Königsbrunn

Printed in Europe
ISBN 978-3-944716-13-8

Schillo Verlag
Orleansstr. 43
81667 München

Unser komplettes Programm finden Sie unter
www.schillo-verlag.de

Die Deutsche Nationalbibliothek verzeichnet diese Publikation in der Deutschen Nationalbibliografie; detaillierte bibliografische Daten sind im Internet über http://dnb.d-nb.de abrufbar.